KB058944

Story by Fuse, Illustration by Mitz Vah

후세 지음
밋츠바 일러스트
도영명 옮김

전생했더니
슬라임이
없던 건에 대하여 ③
Regarding
Reincarnated to Slime

디스트로이
파괴의 폭군
밀림 나바

마리오넷 미스터
인형괴뢰사
클레이만

스카이 퀸
천공여왕
프레이

비스트 마스터
사자왕
칼리온

"처음 보네!
나는 마왕 밀림 나바야.
네가 이 도시에서
가장 강하다고 해서
인사차 왔어!"

전생했더니 슬라임이 있던건에 대하여 ③

Regarding
Reincarnated to Slime

Regarding Reincarnated to Slime

넓고 호화로운 방.

장인들이 몇 년은 걸려서 만들었을 것으로 보이는 고급스러운 카펫이 깔려 있는 바닥.

그곳에 놓인 책상은 오래된 향목(香木)을 깎아서 만들어낸 명품으로, 기분 좋은 향기를 풍기고 있다. 그것은 상당히 큰 원탁으로 수십 명이 느긋이 자리에 앉을 수 있게 만들어져 있었다.

넓이에 어울리지 않게 준비된 의자의 수는 세 개. 너무나 사치스러운 것으로, 왕족이나 귀족도 소유하기가 어려울 것 같은 물건이었다.

벽 일면에는 환상적인 그림들이 걸려 있긴 한데, 그게 정말 그림인 것일까? 정교한 터치로 그려진 듯한 환상적인 생물들은 때때로 용틀임을 하듯이 자세를 바꾸곤 했다.

화면을 뚫고 나와 언제라도 이 세계로 출현할 수 있을 것만 같다.

그것도 당연하다. 그 그림 중 몇 개는 마계의 거장인 비스마르크에 의해 제작된 것이다. 환수들을 산 채로 봉인한 것이라는 말이 전해지는, 묘봉화(描封畵)라는 이름으로 불리는 아티팩트(마보도구, 魔寶道具)——지고의 미술품이니까.

이 방의 물건을 하나 팔기만 해도 귀족 같은 사치스러운 삶을 10년은 살 수 있을 것이다. 그 정도로 품질이 뛰어난 물건 하나하나가 이 방을 찾아온 자를 압도한다.

돈도 또한 권력이다.

돈이 있으면 고급스러운 매직 웨폰(마법 무기)을 있는 대로 사들일 수 있고 초일류의 용병을 고용하는 것도 가능하다. 이 방을 찾아온 자는 그야말로 그 사실을 깨닫게 될 것이다.

자신이 지닌 재력을 과시하여 찾아온 손님들로부터 자신을 적대하려는 마음을 앗아가 버린다. 그게 바로 최대한 사치스럽게 만든 이 방의 역할이면서 목적이다.

──그러나 이번에 초대된 손님들은 그런 위협이 통하는 상대가 아니었다.

방의 주인은 단정한 이목구비를 갖춘 남자다.

매끈한 느낌의 마른 몸, 지적이지만 신경질적으로 보이는 눈매.

그러면서 다른 사람들을 따르게 하는 패기를 갖고 있는 자──마왕 클레이만이다.

클레이만은 방 안을 둘러보고 만족스러운 표정으로 고개를 끄덕이더니 준비된 의자 중 하나에 앉았다.

테이블 위에는 미소 짓는 표정을 본떠 만든 가면이 하나 있었다. 클레이만은 그걸 쥐고 한 번 쓰다듬은 뒤에 소중하게 품에 넣는다.

그 하나하나의 동작을 통해 그가 꼼꼼하고 빈틈없는 사람이라는 것을 엿볼 수 있었다.

이제 곧 손님이 도착할 때가 되었다.

손님이란 그와 동격인 자들──즉, 마왕이다. 제멋대로 굴기 좋아하는 그들을 구슬려서 잘 길들이는 것이 클레이만의 목적이었다.

고급스러운 순백의 예복을 입은 클레이만은 회중시계를 꺼내서 시간을 확인한다.

슬슬 시간이 되었는데. 클레이만이 그렇게 생각한 순간──.

"여, 클레이만. 게르뮈드 녀석은 잘하고 있어?"

어느샌가 의자에 한 사람이 앉아 있었다. 다리를 꼰 자세로 유유자적하게 등받이에 몸을 기대고 있다.

별 부담 없이 클레이만에게 말을 거는 그 인물은 아주 큰 덩치에 근육질의 몸집을 갖고 있었다. 그러나 그의 부드러운 움직임은 결코 둔중한 이미지를 느끼게 하지 않는다. 오히려 역전의 용사라는 느낌을 준다.

고급품으로 보이는 옷을 대충 걸쳐 입고 있지만 옷차림새가 엉망이라는 인상은 주지 않는다. 그보다는 오히려 야생성을 강조하는 것이, 독특하면서 쉽게 접근하기 어려운 일종의 분위기를 띠고 있다.

친숙하게 구는 말투와 다가가기 어려운 분위기가 언밸런스하지만 그게 이 남자의 내력을 더 증가시켜주고 있는 것 같다.

짧게 자른 금발이 예리하게 생긴 얼굴에 잘 어울린다. 매처럼 날카로운 시선은 클레이만을 똑바로 쳐다보고 있었다.

클레이만을 전혀 신용하지 않는 것인지, 그 동작에는 빈틈이 없다.

"칼리온인가, 빨리도 왔군. 오늘은 그 일에 대해 보고를 좀 할까 해서 말이야. 하지만 네가 먼저 올 줄은 몰랐어."

클레이만이 그렇게 말하자 칼리온이라고 불린 남자는 어깨를 으쓱거린다.

"그런 말은 함부로 하지 말라고. 레이디는 이래저래 준비하는 게 큰일일 테니까."

그리고 칼리온은 그렇게 대답하면서 씨익 웃었다.

이 남자──칼리온이야말로 라이칸스로프(수인족, 獸人族)를 다스리는 왕으로서 '비스드 마스터(사자왕, 獅子王)'로 불리는 '마왕' 중의 한 사람이었다.

"훗, 레이디란 말이지. 그래, 그래. 이런, 이 이상은 말하지 않는 게 좋겠군. 어쨌든──."

"자기 험담에는 민감하니까 말이야, 그 녀석은."

두 명의 마왕이 그렇게 말하면서 서로 눈짓을 주고받더니 낮은 소리로 웃는다.

그 웃음이 멈추기를 기다린 것처럼 갑자기 큰 소리를 내면서 문이 거칠게 열렸다.

"지금 내 뒷담화를 하고 있었던 거 아냐?"

거기 서 있는 것은 한 명의 소녀.

두리번거리면서 안을 둘러보고 그곳에 클레이만과 칼리온, 둘밖에 없다는 걸 확인한 뒤에 소녀는 그렇게 입을 열었다.

마왕들의 회담에 참가하기엔 부자연스러울 정도로 어린 소녀이다.

나이는 열넷, 열다섯 정도 될까. 마인이라면 외모와 실제 나이가 맞지 않는 일도 흔하지만 그런 것치고도 너무나도 분위기가 어울리지 않았다.

오른쪽 어깨에는 용의 발톱 같은 걸로 만든 어깨 보호대를 장비하고 있었다. 어떤 구조로 만들어진 것인지 모르지만 살짝 공간을 둔 채 공중에 떠 있다.

정작 중요하게 보호해야 할 몸에는 옷이라고 할 만한 것이 거의 보이지 않는다. 얇은 천으로 만든 허리띠와 팬츠, 기분상으로는 한창 부풀어 있는 가슴을 덮는 가슴 가리개. 움직이기 편한 것을 중시한 것인지, 마치 수영복같이 노출도가 높은 의상이었다.

하지만 무엇보다도 눈을 끄는 것은 소녀의 미모다.

아직 어린 티가 남아 있지만, 커다란 눈동자는 강한 의지를 담은 채 푸르게 빛나고 있다. 그 눈동자에 실린 강한 힘이 소녀가 평범한 자가 아니라는 사실을 증명하고 있었다. 플라티나 핑크빛의 머리카락은 머리 양쪽으로 자연스럽게 트윈 테일로 묶인 상태로 매혹적인 광채를 발산하고 있었다. 그러나 그런 가련한 인상을 날려버릴 듯이 입가에는 대담한 미소를 띠고 있다.

소녀는 그 부풀기 시작한 가슴을 펴면서 오만불손한 태도로 방안에 있는 마왕들을 바라보고 있었다.

"여어, 밀림. 뒷담화 같은 건 안 했어. 늘 제시간에 맞춰서 오는 너치고는 별일이다 싶어서 말이야. 이래 보여도 걱정해주고 있는 거였거든?"

"그 말이 맞습니다, 밀림. 뭐, 저는 당신을 걱정하지는 않지만 말이죠."

칼리온은 얼버무리려는 듯이 호쾌하게 웃는다.

클레이만은 어깨를 으쓱하면서 우아하게 홍차를 입에 댔다.

둘 다 이미 익숙한지라 어설픈 변명 같은 건 하지 않는다. 그랬다간 오히려 밀림의 화를 북돋게 만든다는 걸 이해하고 있는 것이다. 그렇기 때문에 자극하지 않도록 가벼운 대화로 그냥 넘겨버린다.

두 명의 마왕은 이 소녀를 앞에 두고 아주 약간이지만 긴장하고 있는 것처럼 보였다.

그 이유는 하나.

보기와는 달리 이 소녀가 강하기 때문이다.

왜냐하면 이 소녀야말로 유일한 드라고노이드(용마인, 竜魔人)이자 '디스트로이(파괴의 폭군)'라는 별명을 가진 자——마왕 밀림 나바이기 때문이다.

밀림은 흥 하고 귀여운 코로 콧방귀를 뀌더니 칼리온과 클레이만을 차례로 노려본다. 그래도 반응하지 않는 두 사람에게 "뭐, 됐어"라고 투덜대고는 방 안으로 들어오는 밀림.

그런 밀림을 따라 또 한 사람 방으로 들어온 사람이 있다.

커다란 독수리같이 생긴 날개를 가진 하피(유익족, 有翼族)다.

"이런, 밀림. 이 방에는 마왕 외엔 출입할 수가 없습니다. 시종을 데리고 오는 것도 허락할 수 없습니다. 당신이라고 해도 이 룰은 지켜주셔야——."

"오랜만이네, 클레이만. 나는 밀림의 시종이 아닌걸. 오고 싶어서 온 건 아니지만 마왕이라면 문제는 없겠지?"

예정 외의 인물이 등장하는 바람에 눈썹을 찌푸린 클레이만을 향해 우아하게 대답하는 목소리. 마왕인 클레이만을 보고도 두려워하지 않는 당당한 태도를 보인다. 단아한 외모의 여성이지만 아는 자가 본다면 그 몸에서 풍기는 오라(요기)가 보통이 아니라는 사실을 알아차릴 것이다.

그도 그럴 것이, 그녀도 또한 마왕의 한 사람이자――,

"어이, 어이, 왜 네가 여기 있는 거야, 프레이?"

프레이――하피의 마왕이면서 '스카이 퀸(천공 여왕)'이라고 불리는 자.

클레이만과 칼리온, 그리고 밀림과 동격인 이 세계 최강의 한 축이다.

"안녕, 칼리온. 보다시피 이렇게 됐어. 나는 바쁘다고 거절했지만 밀림에게 끌려왔지 뭐야."

"와하하하하. 뭐 어때. 복잡한 표정으로 생각에 잠겨 있기에 내가 기분이나 풀라고 데려왔어. 불만은 없겠지? 클레이만."

"네에, 그런 거라면야――."

밀림이 억지를 부리는 건 늘 있는 일이라 반쯤은 포기하고 승낙하는 클레이만.

정면에서 대놓고 반대할 이유는 없다. 반대로 잘된 일이라고 긍정적으로 생각할 수도 있다. 이번에 게르뮈드의 계획이 실패한 사실을 전하게 되면 밀림의 기분이 불쾌해질 것이 틀림없다.

그때는 프레이가 그녀를 잘 달래는 역할을 해줄 것이기 때문이다.

클레이만은 그렇게 생각하면서 새로운 계획을 생각하기 시작한다.

"그럼 어서 프레이의 자리를 준비해."

밀림의 재촉을 받고 클레이만은 고개를 끄덕였다.

손가락을 한 번 튕기자 지금까지 아무것도 없었던 장소에 의자가 출현했다. 마치 처음부터 그곳에 있었던 것처럼 방의 분위기에 잘 어울리는 의자가 어느새 존재하고 있었다.

밀림과 프레이도 그게 당연하다는 것처럼 받아들이고 있는 건지, 아무 망설임 없이 의자에 앉는다.

이렇게 이 자리에 네 명의 마왕이 다 모였다.

이제 '마리오네트 마스터(인형괴뢰사, 人形傀儡師)' 클레이만의 솜씨를 보여줄 차례다.

다른 자를 뜻대로 조종하는 것이야말로 그의 특기라고 할 수 있는 기술.

클레이만은 엷은 미소를 지으면서 마왕들을 향해 입을 열었다.

지금 막 마왕 회담이 시작의 때를 맞이했다.

＊

클레이만은 아주 간단히 현재 상황을 말했다.

게르뮈드가 실패했으며 누군가에게 살해당했다고 설명한 것이다.

"게르뮈드 녀석은 너무 서둘렀어. 베루도라가 사라졌으니 어쩌니 하던데, 계획을 앞당길 필요는 없었던 거 아냐?"

"칼리온, 그렇게 말할 수도 있겠지만 숲의 지배자인 베루도라가 사라진 이상 소란이 일어나는 것은 당연합니다. 그렇다면 제대로 길러내지 못한 씨앗을 수확하길 기다리는 것보다 자신의 손으로 마무리를 짓는 쪽이 스스로도 납득할 수 있는 게 아니었을까요?"

그렇게 설명하자 납득하는 칼리온. 숲에는 다양한 힘 있는 종

15

족이 살고 있는 이상, 자신들의 장기말이 이길 수 있다는 보장은 없다. 좀 더 가능성이 높은 오크 디재스터를 기른다는 것도 작전으로 따져보면 일리가 있는 것이라 이해했기 때문이다.

하지만 납득하지 못하는 마왕도 있다.

"뭐라고?! 그럼 오크 로드를 마왕으로 만드는 얘기는 어떻게 되는 거야?"

"밀림, 그러니까 오크 로드를 조종하고 있던 게르뮈드가 죽은 이상, 이 계획은 백지로 돌릴 수밖에 없지 않겠습니까."

클레이만도 계획을 포기하는 것은 뼈아팠지만 게르뮈드와 자신의 연결고리가 들키지 않았다면 문제는 없다. 지금에 와선 오크 로드나 마인들 중 어느 쪽인가 살아남은 쪽을 상대로 새로운 계획을 세우는 것이 재미있을 거라 생각하고 있다. 마왕들이 흥미를 가지게 만들 수 있다면 그걸 이용하여 패를 늘리는 일도 가능할 것이라는 생각도 하고 있다.

칼리온은 눈을 감은 채 묵묵히 이야기를 듣고 있다. 뭔가 생각이 있는 것이겠지만, 우선은 클레이만의 설명을 다 들은 후에 판단할 속셈이다. 이 점을 통해 성격이 급한 밀림과는 달리 신중한 성격이라는 것을 엿볼 수 있다.

그러나 밀림은 그렇게까지 생각이 깊지 않다.

"시시해! 오랜만에 새로운 마왕이 태어나나 했더니……. 그건 그렇고 게르뮈드 녀석, 큰소리를 떵떵 친 것치고는 완전 무능한 녀석 아냐?!"

"자, 자, 밀림, 그렇게 화내지 마. 클레이만의 얘기는 아직 끝나지 않았으니까. 화를 내는 건 나머지 얘기를 듣고 하는 게 어때?"

클레이만이 예상한 대로 계획이 실패했음을 알리는 것만으로 밀림은 격노했다. 지금부터 달래려면 엄청난 노력을 들여야 할 것이라고 각오하고 있었지만, 보아하니 프레이 덕분에 쉽게 진정해주는 것 같아서 안도한다.

(밀림이 프레이를 데려와 줘서 살았군요.)

표정은 여유 있는 웃음을 계속 짓고 있지만, 속으로 그렇게 중얼거리는 클레이만.

실제로 '디스트로이'라는 별명에 어울리게 밀림이 날뛰기 시작하면 손을 델 수가 없게 된다. 그렇게 되면 클레이만도 진심을 다해 대응할 수밖에 없게 되면서, 대립하는 일 없이 마왕들을 뜻대로 조종하려고 하는 본래 목적과는 주객전도의 사태가 벌어지고 만다.

밀림은 단순하기 때문에 조종하기 쉽다는 이점이 있지만, 단순하기 때문에 실패하면 자신이 큰 피해를 입고 마는, 클레이만의 입장에서는 양날의 검이었던 것이다.

이번에는 밀림 자신이 제어장치로서 프레이를 데리고 와준 덕분에 생각했던 것보다도 편하게 이야기를 진행시킬 수 있을 것 같았다.

게다가 무엇보다 프레이 자신은 계획에 관여하고 있지 않음에도 불구하고 전혀 흥미가 없는 듯한 모습을 보이는 것도 아주 만족스러웠다. 다른 마왕들이라면 계획을 처음부터 설명하라고 시끄럽게 굴었을 것이다. 그 점에 있어 프레이는 클레이만에게는 아주 대하기 편한 인물이었다고 할 수 있다.

"밀림, 프레이의 말이 맞습니다. 우선은 이걸 봐 주시죠."

그렇게 말하면서 클레이만은 네 개의 수정구를 꺼냈다.

클레이만의 눈동자에 요상한 빛이 감돌았고, 마왕들의 놀라는 모습을 상상하면서 그의 입가가 웃는 모양으로 일그러졌다. 그리고 마왕들의 반응을 살피는 듯한 자세로 수정구에 영상을 띄운다.

클레이만의 예상대로 그 수정구에 비친 영상을 보면서 마왕들도 또한 흥미를 가지는 것 같았다. 특히 마지막 수정구, 게르뮈드의 시선과 동기되어 있던 영상은 모두가 잡아먹기라도 할 것처럼 뚫어지게 보고 있었다.

"제법이잖아, 게르뮈드. 이렇게 재미있는 구경거리를 남겨놓다니!"

밀림의 기뻐하는 목소리가 방 안에 울려 퍼졌다.

오크 로드가 어떻게 되었는지 이 영상으론 판단이 서지 않는다. 하지만 영상이 끊어진 것을 보면 게르뮈드가 사망했다는 것은 확실했다.

"과연. 확실히 게르뮈드 녀석은 실수한 나머지 살해당한 것 같군. 네 설명대로야. 하지만 이 마인들에 관해선 일부러 입을 닫고 있었지?"

칼리온의 지적에 클레이만은 머리를 끄덕이며 긍정했다.

"재미있죠? 게르뮈드가 죽은 것 때문에 이다음에 어떻게 되었는지는 알 수가 없습니다. 하지만 이 정도의 상위 마인급인 자들이 있는 걸 보면 오크 로드는 죽었다고 보는 게 맞겠죠. 하지만 만약——."

"만약 살아 있을 경우엔 확실하게 마왕으로 진화했을 거란 얘기네."

클레이만의 말을 프레이가 이어받는다. 계획을 몰랐을 테지만 총명한 머리를 통해 대충 돌아가는 분위기를 알아차린 것 같다.

　(역시 프레이······. 무투파이면서 단순한 두 사람과는 달리 방심할 수가 없군요.)

　클레이만은 눈을 살짝 가늘게 뜨면서 프레이를 관찰했다. 흥미가 없는 듯한 태도를 보이고 있지만, 뭔가를 생각하는 듯이 수정구를 바라보고 있다. 그 모습을 보고는 프레이가 무슨 생각을 하고 있는 것인지 파악할 수는 없지만, 적어도 밀림에게 강제로 끌려오는 바람에 처음에 보였던 흥미 없는 태도는 사라진 모양이다.

　(귀찮기는 하군. 그러나 프레이에겐 뭔가 고민거리가 있는 것 같군요. 방금 전까지는 흥미가 없어 보였지만, 지금은 뭔가를 고민하고 있는 것 같은데──.)

　클레이만은 프레이에게 흥미를 가졌다.

　프레이는 계통으로 따지자면 클레이만과 마찬가지로 무투파라기보다는 두뇌파에 속하는 마왕이다. 그러므로 더더욱 쉽게 조종하는 건 불가능해 보인다. 그럴 듯하게 속이기가 어려운 상대인 것이다.

　하지만 프레이의 고민이 어떤 약점을 잡는 것으로 이어지는 계기가 된다면──.

　클레이만은 속으로 깊고 조용히 사악한 꿍꿍이를 계획한다.

　"그건 그렇고 어떻게 할 거지? 누가 확인해보러 갈 거야?"

　"와하하하하! 그런 거라면 선수를 치는 사람이 이기는 걸로 하면 되잖아?"

　"밀림, 선수를 치는 사람이 이기는 걸로 하자니 뭘 하려고 그래? 네 경우에는 조사만으로 끝나진 않을 거 아냐?"

클레이만의 생각을, 마왕들의 대화가 방해했다. 우선은 이 마인들을 어떻게 할 것인지를 먼저 정해둘 필요가 있겠다는 생각에 클레이만은 의식을 전환한다.

"진정하세요, 여러분. 그곳은 쥬라의 대삼림, 불가침 영역입니다."

"뭐? 실제로 손을 대는 게 아니니까 그딴 건 관계없을 거 아냐. 그 마인들을 스카우트해서 동료로 가담시키겠다는 것뿐이잖아? 하지만 뭐, 동료가 되는 걸 거부한다면 그때는 불행한 사고가 일어날지도 모르지만 말이지. 후하하하하!!"

"새치기는 안 돼요, 칼리온. 아까부터 얘기를 들어보니 당신들은 새로운 마왕을 탄생시켜서 자신들이 부릴 생각을 갖고 있죠? 그게 실패한 거라면 그 다섯 명의 마인들 중에서 한 명을 마왕으로 인정하고 우리에게 복종하도록 만드는 게 좋지 않아요?"

"역시 대단한걸, 프레이. 우리의 계획을 멋지게 간파할 줄이야!"

클레이만 일행의 계획, 자신들의 뜻대로 움직일 수 있는 마왕을 만들어낸다는 진짜 목적을 프레이는 금세 간파해냈다.

밀림이 프레이의 말을 긍정함으로써 프레이도 자신의 생각이 맞다는 것을 확신했을 것이다. 하지만 그건 상관없다. 거기까지는 클레이만이 예상한 범위 안이었다. 프레이가 오늘 회담에 참가한 시점에서 그렇게 될 것이라는 것은 이미 다 생각해놓은 바였으니까.

밀림이 속마음을 숨기는 연기를 할 수 없는 이상 뭔가를 숨기는 일은 불가능한 것이다.

"하지만 조사는 필요합니다. 칼리온의 말을 되풀이할 생각은 아니지만, 협조적으로 나오지 않을 가능성도 있죠. 또한 만일 오크 로드가 승리한 것이라면, 부모격인 게르뮈드가 없는 지금 폭주하고 있을 가능성도 있으니까요."

클레이만은 그렇게 말하면서 마왕들이 새치기하지 않도록 못을 박았다.

클레이만의 말을 듣고 마왕들은 생각한다. 확실히 조사는 필요하다고.

오크 로드냐, 마인들이냐──그 둘 중 하나라고 해도 이 싸움에서 승리했다면 힘이 늘어나 있을 것이다. 잘 길들일 수 있다면 좋겠지만, 섣불리 실수했다간 자신의 장기말을 잃는 것 정도는 문제가 아니게 될 테니까.

이번 경우에는 준(準)마왕급의 존재가 태어나 있을 것을 상정해서 행동할 필요가 있다. 그런 존재에게 확실하게 이길 수 있는 장기말을 준비하는 것이라면 마왕들에게도 손쉬운 이야기가 아닌 것이다. 성공하면 다른 마왕과 격차를 벌릴 수 있겠지만, 실패하면 뼈아픈 손실을 입을 가능성도 고려할 필요가 있었다.

만약 살아남은 자가 멋대로 '마왕'을 자칭한다면 즉시 흥미를 잃고 제재를 가할 것이다. 그러나 지금은 아직 그럴 때가 아니다.

마왕들은 서로에게 눈길을 보내면서 서로의 속마음을 파헤치고 있다…….

●

'비스트 마스터(사자왕)' 칼리온은 기분 좋게 생각한다.

라이칸스로프 왕국을 계승한 지 수백 년, 세력 확대를 노린 대전에서 살아남았다. 그리고 지금은 죽은 커스 로드(주술왕, 呪術王)나 마왕 밀림에게 인정을 받아 칼리온은 마왕이 된 것이다.

커스 로드를 쓰러뜨린 레온에겐 나름대로 복잡한 감정이 있긴 하지만, 그렇다고 해서 분노나 증오 같은 감정은 가지고 있지 않다. 약육강식이라는 절대적인 룰이 있으며, 커스 로드는 그를 따른 결과로 죽은 것이니까. 레온에게 불만을 말하는 것은 이치에 맞지 않는 일이다.

그리고 레온은 강하다.

마왕이 된 이후로도 자신을 연마하는 것을 게을리 하지 않으며, 그것도 모자라 강자를 자기편으로 끌어들이고 있다고 들었다. 지금은 신참 마왕이라고 얕볼 수 없는 세력이 되어 있는 것이다.

칼리온은 강한 자를 좋아한다. 그렇기 때문에 마왕 레온을 인정하고 있었던 것이다.

하지만 레온의 세력이 힘을 더해가고 있는 걸 잠자코 지켜보고 있을 수는 없다. 자신도 또한 마왕의 한 사람으로서 강대한 힘을 보유할 필요가 있다고 칼리온은 생각하고 있다.

누구에게도 굴복하지 않는 강대한 힘.

자신이 통치하는 왕국을 지키고 적대자를 물리치기에 충분한 힘을 추구하는 칼리온.

그건 신중함에서 오는 생각이라기보다 강함을 추구하는 본능에 따랐을 뿐이라 할 수 있을 것이다.

하지만——그렇기에 칼리온은 강하다.

지금의 강함에 만족하지 않고 항상 새로운 힘을 받아들이려고 한다.

그리고 지금 칼리온 앞에 매력적인 이야기가 날아든 것이다.

클레이만의 권유를 받아서 마왕 회담에는 심심풀이로 참가했다.

마왕 세 명의 합의에 의해 새로운 마왕의 승인이 가능해진다.

그 마왕이 자신들이 시키는 대로 따른다면 다른 마왕들에 비해 절대적인 우위를 얻을 수가 있을 것이다.

클레이만의 설명을 듣고 칼리온은 동의했다.

이유는 여러 가지가 있지만, 가장 큰 이유는 마왕들이 서로 동료가 아니라는 점이다.

마왕끼리의 다툼도 존재한다.

클레이만이 레온과 사이가 안 좋은 것은 유명한 이야기다. 증거를 남기지 않으면서 여러모로 그를 괴롭히는 것도 모두가 알고 있는 사실이다. 표면상으론 어찌 됐든 간에 물밑에서는 늘 서로 견제하고 있는 것이 현재 상황이다.

그렇기 때문에 클레이만이 자신을 배신할 일은 없다는 것이 칼리온의 생각이었다. 신용할 수 있는가는 별개의 이야기지만, 이해관계상 서로를 이용하고 있는 거라면 어떤 의미로는 서로 도움을 주고받는 관계에 있는 것이니까. 협조적인 마왕에게 공격을 할 정도로 클레이만은 바보가 아니다. 그건 칼리온에게도 해당되는 사항으로 피차 마찬가지라고 할 수 있다.

클레이만 외의 두 사람에 대해서 말하자면, 이쪽도 걱정할 필요는 없을 것이다.

하피의 여왕인 프레이는 아마도 흥미를 갖고 있지 않을 것이다. 밀림이 억지로 끌고 왔을 뿐이지, 애초에 처음부터 계획에 참가한 게 아닌 것이다.

게다가 아까부터 뭔가 걱정거리가 있는 것 같았고, 수정구에 비치는 광경을 바라보면서도 뭔가 딴생각을 하고 있는 것 같다. 새로운 전력──동료를 새로 얻는 것에는 그다지 의욕이 없는 것처럼 보였다.

기본적으로 하피는 특수한 종족이다. 지배 지역 안에선 날개가 있는 자를 상위 종족으로 치는 완전한 상하사회가 성립되어 있는 것이다. 아무리 강력한 상위 마인이라고 해도 자력으로 하늘을 날지 못하는 자가 좋은 대접을 받는 일은 없다.

수정구에 비친 마인들 중에 한 명이 유일하게 날개를 가지고 있는 것 같았지만…… 그것만으로는 프레이가 움직일 일은 없을 것이라고 칼리온은 생각했다.

(그리고 한 명 정도라면 프레이에게 줘도 되겠지. 뭐, 살아남아 있을 경우의 얘기겠지만.)

그렇다, 마인은 혼자가 아니다. 오크 로드와 싸웠고, 둘 중 누가 승리했는지는 확실하지 않다. 그러나 칼리온은 마인들이 승리했을 거라 예상하고 있었다. 그렇다면 살아남은 자들 중에서 한 명 정도는 프레이에게 줘도 좋을 것이다.

그렇게 되면 남은 건 밀림이다.

칼리온은 생각한다. 클레이만과는 이해관계가 대립되고 있는 것 같은데, 밀림과는 과연 어떨까?

밀림은 성격이 급하고 단순하긴 하지만 방심할 수는 없는 마왕이다.

하지만 그 이상으로 자신의 욕망에 충실한 면이 있었다. 흥미 본위로 일을 결정하고 감정이 이끄는 대로 행동하는 것이다.

어떤 의미로는 예상하기 어려운 마왕이었다.

칼리온의 입장으로선 자신을 마음에 들어 하여 마왕으로 추천해준 은혜도 있긴 하지만…….

(그건 그렇지만…… 이 녀석만큼은 정말 예상이 안 된단 말이지…….)

칼리온은 그렇게 생각하면서 밀림을 슬쩍 살폈다.

밀림은 자신만만한 표정을 짓고 있다. 그리고 잡아먹을 듯이 수정구를 들여다보고 있었다.

틀림없이 가장 흥미를 가지고 있는 이는 밀림인 것으로 보인다.

이번에 새로운 마왕을 옹립한다는 계획은 게르뮈드라는 마인이 클레이만에게 제안한 것이라고 한다.

그 이야기가 진짜인지 아닌지는 아무래도 상관없었다. 중요한 건 재미만 있으면 그걸로 충분했던 것이다.

밀림도 마찬가지겠지. 오래 살아온 밀림은 지루한 것을 싫어한다. 그렇기 때문에 더더욱 재미있어 보이는 이야기는 의심도 하지 않고 일단 덥석 물고 보는 것이다.

게다가 밀림의 힘은 진짜이기 때문에 약간의 계략 정도는 힘으로 밀어붙여 돌파해버린다.

'디스트로이(파괴의 폭군)'란 호칭은 말이 좋은 것이지, 그야말로 불합리하게까지 느껴질 정도로 강대한 힘이 구체화된 모습이 밀림이라는 마왕이었다.

그런 밀림이기 때문에 생각은 단순하지만 행동을 파악하기는 더욱 힘든 것이다.

밀림이 생각하는 바는 명백했고, 아마도 스스로 조사를 하러 갈 생각을 하고 있을 것이다.

상대의 강함이나 위험도 같은 건 밀림에게는 큰 문제가 되지 않으니까.

살아남은 자가 누구이든 간에 마음에 든다면 마왕으로 세우려고 할 테고, 마음에 들지 않는다면 죽일 것이다.

하지만 이번에는 그것이 불가능하다.

장소가 좋지 않았다. 쥬라의 대삼림은 불가침 영역이기 때문에 들어가는 것만으로도 문제가 된다. 아무리 밀림이라고 해도 모든 마왕을 상대로 자신의 억지가 통하지는 않는다.

그러므로 우선은 조사가 먼저다.

밀림이 전력 증강 같은 걸 생각할 일은 없으므로, 생각할 필요가 있는 것은 클레이만과의 이해관계뿐이다.

칼리온이 보기에 클레이만이라는 남자는 신사 같은 정중한 태도를 가장하여 다른 사람에게 본심을 보이지 않는 인물이었다. 무슨 생각을 하고 있는지 읽기가 힘들어서 진심으로 신뢰할 수가 없는 남자이다.

이번에는 지략이 모든 것을 결정한다. 그렇다면 말로 구워삶기 쉬운 밀림은 문제가 되지 않는다.

프레이도 밀림을 따를 테니까 고려할 필요는 없다.

문제가 되는 건 클레이만, 단 한 명.

칼리온이 그런 결론을 내린 것은 자연스러운 흐름이다.

나머지는 어떻게 이야기를 꺼낼 것인가 하는 것인데…….

칼리온은 군침을 삼키면서 작전을 생각한다.

●

하피의 여왕인 프레이는 짜증이 나 있었다.

사실은 이런 회담에 참가하고 있을 때가 아닌 것이다.

영문도 모른 채로 밀림에게 끌려왔을 뿐이다.

"와하하하하! 때로는 휴식도 필요한 거야!"

그런 말을 하면서 프레이의 의사를 확인도 하지 않고 억지로 일을 진행시켜버렸다. 당연하겠지만 다른 마왕의 허가도 얻지 않은 것 같다.

밀림은 그런 걸 신경도 쓰지 않을 게 뻔하기 때문에 이런 걸 신경 써봤자 소용이 없지만…….

암묵적으로 밀림의 폭주를 뒤처리하는 일이 어느새 자신의 역할로 여겨지고 있는 것 같아서 프레이는 달갑지가 않았다.

게다가 평소라면 모를까, 지금은 시기가 최악이었던 것이다.

하피의 무녀가 재앙의 부활을 예언한 것이다. 예언이라고 하지만 이건 확정된 사실이다. 마력요소의 흐름과 공간의 일그러짐을 읽고 하피에게 있어 천적이 되는 존재의 부활을 확정하여 예측한 것이다.

먼 옛날에 용사에 의해 봉인되었다고 하는 캘러미티 몬스터(재액급 마물)——카리브디스(폭풍대요와, 暴風大妖渦)의 부활을…….

카리브디스라는 것은 과거에 하늘을 지배했던 거대 요괴이다. 상어 모양의 마물인 메갈로돈(공영거대교, 空泳巨大鮫)을 소환하여 부

27

리는 천공의 폭군. 수백 년이라는 긴 사이클을 통해 죽음과 재생을 되풀이하는 괴물이다.

예전에는 프레이가 마왕이 막 되었을 때 부활하여 그녀의 지배 영역도 상당히 많은 피해를 입었다. 마지막에는 카리브디스를 죽여도 다시 부활할 것을 걱정한 '용사'에 의해 쥬라의 대삼림 어딘가에 봉인되었지만…… 그 봉인이 풀리려 하고 있는 것 같다.

용사의 봉인이 풀린다는 것은 예상외였지만 이건 베루도라가 사라진 것과 관계가 있는 건 아닐까, 프레이는 그렇게 생각하고 있었다.

카리브디스는 이질적인 존재이며 사악한 사념의 결정체라고 일컬어지고 있다. 파괴를 바라는 의지가 에너지(마력요소)와 결합되어 태어난 정신 생명체의 일종이라고.

커다란 죽음이 대지를 가득 채웠을 때 그 시체를 일시적인 육체로 삼아 부활한다. ──그렇게 전설로 남아 있었다. 즉, 부활하려면 자신을 받아들일 그릇이 되는 육체가 필요할 것인데…….

(쳇, 빌어먹을. 쥬라의 대삼림에서 소란을 일으켜서 마왕을 탄생시키려 했다니…… 미리 알았더라면 이렇게 되기 전에 막았을 텐데…….)

원인이 무엇인지는 불명이지만, 밀림 일당의 꿍꿍이도 그 요인 중 하나일 것이라고 프레이는 추측하고 있었다. 그걸 생각하니 화가 나긴 하지만, 그렇다고 해서 밀림을 막을 수 있었을까를 묻는다면 대답하기 곤란하다.

이제 와서 그런 말을 해봤자 아무 소용이 없는 이상, 프레이는 대책을 생각한다.

메갈로돈조차 위험도를 따지면 A-랭크에 해당한다. 하물며 그걸 부리는 카리브디스는 격이 달랐다. 캘러미티 몬스터의 이름에 부끄럽지 않은 힘, A랭크를 훨씬 뛰어넘는 실력을 보유하고 있는 것이다.

그렇다. 카리브디스는 인간들의 국가에서도 마왕에 필적하는 S랭크 지정을 받은 위험한 존재이다. 자아를 갖고 있지 않으며, 본능대로 살아가는 마물이기 때문에 마왕으로 인정받지 못했다는 이야기가 돌 정도이다.

어디까지나 인간이 정한 기준의 위험도이긴 하지만, 프레이와 동등하게 보고 있는 것은 달갑지 않다.

그러나 그런 분류에도 이유는 있었다.

그 본능이 골치 아픈 것이다.

하늘을 자유롭게 헤엄치고 돌아다니면서 눈에 띄는 것을 장난 삼아 죽인다. 배가 고프면 도시를 습격하고 사람도 마물도 관계없이 마구 잡아먹었다. 오크 로드 따위는 비교도 되지 않는 흉악한 마물이었다.

하피는 천공을 다스리는 자이며, 그중에서도 프레이는 '스카이 퀸'으로 불리는 실력을 갖고 있다. 높은 마력을 갖고 있으며, 공중 전투에선 타의 추종을 불허했다. 하늘을 날지 못하는 자에겐 질 리가 없다고 자부하고 있는 것이다.

종족 특유의 고유 능력인 '마력방해'를 병용함으로써 전투 공역의 〈비행계 마법〉을 방해한다. 그것만 써도 자력으로 날지 못하는 자는 고공에서 추락하여 죽음을 맞았다.

상위 마물이라면 상당히 높은 고도에서 떨어져도 죽지는 않겠지만, 인간이라면 생존은 절망적이다. 가령 살아남는다 해도 높은 하늘에 대한 공격 수단은 제한되어 있다. 그렇게 땅을 기는 자들에게 일방적으로 공격할 수 있는 우위성은 달리 말할 필요도 없을 것이다.

하늘을 날지 못하는 자 따위는 위협이 되지 않았다.

하지만 카리브디스가 나오면 이야기가 달라진다.

수십 미터를 넘어서는 거대한 몸에는 '마력방해'가 통하지 않는다. 그보다도 카리브디스도 하피와 마찬가지로 고유 능력인 '마력방해'를 가지고 있는 것이다.

하피의 절대적인 우위가 비행 능력에 있는 이상 그게 없어지면 전투력은 크게 떨어진다. 카리브디스가 하피의 천적인 것도 어떤 의미론 당연한 이야기였다.

그러나 그런 위협과 만나지 않기를 바라기만 하는 것은 프레이의 마왕으로서의 긍지가 허락하지 않았다. 그렇다고 해서 정면에서 싸운다면 크나큰 손실을 각오해야만 할 것이다.

그것이 프레이의 고민거리이면서, 지금의 회담에 그다지 관심이 없는 이유이다. 만약 재앙의 부활 같은 일이 없었다면 조금은 더 관심이 생겨서 새로운 마왕 옹립 계획에 참가했겠지만…….

수정구의 영상 속에 날개를 지닌 마인이 한 명 있다는 것을 알아차렸다. 만약 그 마인이 살아남아서 힘이 증가되었을 경우도 생각했지만, 프레이는 그런 생각을 스스로 부정한다.

(겨우 마인이 한 명 늘었다고 해봤자 얼마나 큰 전력이 될지도 모르는걸. 마왕급의 마물을 상대로 상위 마인 정도로는 얘기가 되지 않아. 가령 준마왕급으로 성장할 수 있었다고 해도 날 도와

줄 거라는 보장도 없고. 귀찮아. 아무것도 생각하지 않고 내가 싸울 수 있다면 그게 가장 빠른 방법인데⋯⋯.)

프레이는 그렇게 생각하면서 우울한 표정으로 한숨을 쉬었다.

마왕이 된 지금, 여왕인 자신이 솔선하여 싸울 수는 없다. 프레이에겐 백성과 영토를 지켜야 할 책임이 있으며 그저 전투에 승리하기만 하면 되는 것이 아닌 것이다. 얼마나 많은 희생이 나온다 해도 프레이는 싸움에 참가할 수 없다. 확실한 승리가 보이기 시작할 때야 비로소 프레이가 나설 차례가 되는 것이다.

단 하나, 확실하게 카리브디스를 쓰러뜨릴 방법은 있다. 프레이는 천적 부활의 예측 보고를 들었을 때 그 방법을 맨 처음 떠올리고 있었다.

하지만 그건──.

프레이는 밀림을 힐끗 훔쳐봤다.

즐거운 표정으로 수정구를 바라보는 밀림. 최강이라고 불리는 마왕들 중에서도 격이 다른 존재.

칼리온이나 클레이만은 밀림의 진짜 모습을 모르고 있다. 소녀로 보이는 외모에 속아서 그 본질을 잘못 파악하고 있다.

입장만 따지면 동격인 마왕이라고 해도 그 실력에는 명확한 격차가 있었다.

밀림 나바는 특별하다. 프레이 같은 신참 마왕과는 달리 최고참 마왕 중 한 명인 것이다.

그녀는 드라고노이드(용마인, 竜魔人)다. '용종(竜種)'에 필적하는 힘을 지닌 특S급의 마왕인 것이다. '디스트로이(파괴의 폭군)'라는 별명은 장식이 아니며, 과거에 어떤 왕국을 멸망시킨 일도 있다고 한다.

밀림은 보통 때는 수납되어 있는 자신의 날개로 하늘을 난다. 마법에 의존하지 않는 강인한 육체를 가지고 있으며, 부조리하다고 느껴질 정도의 전투력이 있었다. 당연하지만 '마력방해' 같은 건 통하지 않는다.

밀림도 또한 프레이에겐 최악의 천적인 것이다.

그렇기에 프레이는 밀림을 거스를 수가 없다…….

이번에도 억지로 밀림에게 끌려왔다.

카리브디스에 대한 대책을 짜내느라 고뇌하고 있는 프레이에겐 정말 귀찮은 민폐이기 때문에, 적당히 이야기를 맞춰주면서 회담이 끝나기를 바란다.

하지만 동시에 생각한다.

만약 밀림이 협조해준다면 카리브디스도 쓰러뜨릴 수 있을 거라고. 어쨌든 밀림에겐 '마력방해' 같은 게 통하지 않으니까 말이다.

하지만 그건 어려울 것이다.

마왕끼리는 서로 동료일 수가 없으며, 가볍게 부탁을 할 수 있는 관계가 아니기 때문이다. 이용하고 이용당하는, 그런 관계가 마왕들 사이에는 존재했다.

'부자는 몸을 사린다'는 말뜻 그대로까지는 아니지만, 공공연하게 적대관계가 되어버리면 다른 마왕에게 파고들 빈틈을 주는 이유가 되면서 위험에 처할 우려가 있다. 그뿐만 아니라 상대가 약해진 부분을 노리는 바람에 자신이 멸망하는 원인이 될 수도 있다. 그런 이유로 마왕들은 상호 불가침조약을 맺고 있을 뿐이다.

그런 상대에게 마왕급의 재해를 쓰러뜨리기 위한 협조 의뢰를 하는 것은 있을 수도 없는 일이다. 그리고 밀림을 이용하는 것도 현실적이지 않다. 기본적으로 밀림이 바라는 것이 뭔지 전혀 짐작도 가지 않으니까 말이다.

밀림을 용의 황녀로 숭배하는 자들의 나라가 있으며, 밀림은 그 나라를 비호해주고 있다. 평화롭고 풍요로우며, 그러면서 지루한 나라. 그 나라에는 무력(武力)이 존재하지 않는데 그건 밀림 혼자만으로도 충분하기 때문이다.

마왕 밀림이 비호하고 있다는 사실을 알면서 그 나라를 공격하려는 어리석은 자는 존재하지 않는다.

즉 밀림은 부와 명성은 말할 것도 없으며 부하와 동맹국 같은 무력조차도 필요하지 않은 것이다.

(밀림을 움직이게 할 수 있다면 문제는 해결할 수 있을 것 같지만…… 그래도 그건 어렵겠지──.)

밀림이 추구하는 것은 지루함을 덜어줄 수 있는 것. 그것이 어떤 것인지 프레이는 짐작이 가질 않았다.

그러나 지금 밀림은 수정구의 광경에 흥미를 가지고 있는 것 같다.

(이 상황을 잘 이용할 수 있다면──.)

어쩌면 밀림을 움직이게 할 수 있을지도 모른다.

(아니. 이용하는 거야. 그리고 카리브디스를 처리하게 만들자.)

그녀는 그렇게 결심하면서 슬쩍 숨을 내쉬었다.

클레이만은 신사의 미소를 지으면서 세 명의 마왕을 관찰한다.

이번에 게르뮈드에게 계획을 지시한 것은 클레이만이었다. 당연하지만 그 사실이 밖으로 드러나면 클레이만은 입장이 곤란하게 된다. 그러나 그럴 걱정은 이제 없다. 게르뮈드가 죽은 시점에서 증거는 모두 은폐되었기 때문이다.

칼리온은 아마 클레이만이 관여했음을 의심하고 있겠지만, 그걸 입 밖으로 낼 성격은 아니므로 안심해도 괜찮다.

프레이라면 그럴 걱정도 있겠지만 증거가 없는 이상 어떻게든 얼버무릴 수 있다.

애초에 다른 마왕들에게도 이득이 돌아가는 얘기였기 때문에 클레이만만 비난을 받을 이유도 없는 것이다. 계획은 실패로 끝났지만 결정적인 손실을 입은 것은 아니라고 할 수 있을 것이다.

클레이만은 다 끝난 일을 계속 생각하는 것을 그만두고 새로운 계획을 구상한다.

살아남은 자를 조사하고, 그걸 어떻게 이용하는 것이 자신에게 제일 좋은 계책이 될 것인가. 클레이만은 신중히 생각한다.

자신이 노리는 대로 마왕들의 흥미를 끄는 것에는 성공했다.

클레이만 입장에선 살아남은 마인 자체는 어찌 되든 상관없다는 것이 본심이다. 다른 마왕을 낚는 미끼로서 역할을 다해주면 그걸로 되는 것이다.

확실히 살아남은 자가 준마왕급으로 성장하여 자신의 부하가 되어준다면 전력의 증강에 도움이 된다. 그러나 전력의 증강만 따진다면 클레이만에겐 다른 연줄이 있었다. 말 그대로 돈만 동원하면 얼마든지 용병을 고용할 수도 있을 것이다. 자신들의 뜻대로 움직일 수 있는 마왕으로 기른다면 또 모를까, 그저 강하기만 한 상위 마인 따위는 클레이만에겐 필요가 없다.

클레이만은 득실 관계를 저울로 재보다가 목적을 변경했다. 밀림과 칼리온, 두 사람의 마왕에게 은혜를 베풀어서 자신을 믿게 만들기로 한 것이다.

그런 뒤에 나중에 무슨 일이 생길 경우 자신의 뒤를 받쳐줄 자로 삼을 생각이었지만……

(밀림과 칼리온은 예상대로 강자를 좋아하는 경향이 있군요. 미끼를 잘 물어줬습니다. 그러나 예상외의 변수는 프레이군요. 뭔가 고민이 있어 보이니 잘 하면 약점을 잡을 수도 있겠습니다. 조사해보는 것도 재미있을지도 모르겠군요.)

생각 못 한 결과에 클레이만은 속으로 웃는다. 밀림과 칼리온에게 은혜를 베풀기만 할 예정이었지만, 프레이의 약점을 쥘 수 있을지도 모른다고 생각하면서.

마왕 한 명을 뜻대로 할 수 있게 된다면 오크 로드라는 장기말을 잃었다 해도 충분히 이득이 남는 결과가 나올 것이다.

밀림과 칼리온은 얕볼 수 없는 마왕들 중에서 가장 단순한 성격을 가진 두 사람이다. 하지만 무력이 뛰어나다는 건 틀림없다. 기본적으로 자신의 무력을 숨기는 경향이 있는 마왕들 중에서 자신의 힘을 감출 생각도 없이 드러내고 있는 자가 밀림과 칼리온이니까.

무력에 특화된 두 명의 마왕. 신용을 얻어두면 손해 볼 일은 없다.

모든 마왕이 모이는 발푸르기스(마왕들의 연회)에서 자신을 포함하여 세 명의 표가 확정적이 된다는 것은 아주 큰 의미를 지니는 일이다. 여기에 프레이가 더해진다면 거의 모든 의제를 클레이만의 뜻대로 결정하는 것도 가능하게 된다.

(후후후, 훌륭하군요. 당초 계획과는 달라지겠지만 이런 분위기는 이상적입니다. 오크 로드를 꼭두각시 마왕으로 삼아 내가 조종하는 인형으로 부리는 것도 재미있어 보였지만…… 이건 이것대로 괜찮군요. 그리고 일이 잘 풀린다면 프레이를——.)

클레이만은 저절로 흘러나오는 미소를 이를 악물고 속으로 참는다. 지금부터는 '마리오네트 마스터(인형괴뢰사)'인 자신의 솜씨를 보여줄 때다.

우선은 프레이.

그리고 밀림과 칼리온을…….

이윽고 발푸르기스도 지배하여 이 세상을 모두 자신의 손안에 넣는 것도 꿈은 아니라고 클레이만은 생각했다.

쥬라의 대삼림은 불가침 영역이기에 마왕의 입장에선 당당히 조사단을 파견할 수는 없다. 게르뮈드 같은 마왕 진영에 소속되지 않은 자유로운 상위 마인을 고용할 필요가 있다. 그것도 자신들이 뒤에서 실로 조종당하고 있다는 걸 알아차리지 못하도록 신중하게.

이런 뒷거래는 클레이만의 전매특허이며, 밀림과 칼리온에겐 어울리지 않는다. 그렇기에 역할을 분담해서 클레이만이 게르뮈드를 조종하는 역할을 맡고 있었던 것이다.

이번에도 마찬가지다. 밀림이 이상할 정도로 흥미를 보이고 있는 것이 마음에 걸리긴 하지만 조사는 클레이만의 역할이 될 것이다.

쥬라의 대삼림이 현재 어떻게 되어 있는지가 명확하지 않기 때문에 이건 거의 결정된 사항이라고 여겨도 틀림없을 거라고 크레이만은 생각했다.

(가능하다면 먼저 구슬려서 내 편으로 만든 뒤에 밀림과 칼리온에 대한 스파이로 써도 되겠지. ──이거 일이 재미있게 됐군요.)

클레이만은 희미하게 웃으면서 생각한다.

그다지 지나친 욕심을 부리는 건 생각해볼 일이라고 자제하고는 있지만, 앞으로의 전개에 따라선 불가능한 이야기가 아니기도 하다.

프레이의 약점을 쥐는 것을 가장 중요한 과제로 삼으면서, 가능하다면 쥬라의 대삼림을 조사하는 쪽도 자신이 주도권을 쥔다.

클레이만은 앞으로의 행동 방침을 정하고 천천히 마왕들의 안색을 살폈다.

●

플라티나 핑크색의 트윈테일이 잘 어울리는 미소녀, 마왕 밀림 나바는 생각한다.

(이 멍청이들에게 맡겼다간 모처럼 생긴 장난감이 소용없게 될 게 틀림없어. 어쨌든 이 녀석들은 이제 막 태어난 병아리라서 사물의 본질을 꿰뚫어 보는 눈은 가지고 있지 않으니까 말이지. 여기선 역시 쿨하고 현명한 내가 솔선해서 나서야겠어.)

밀림은 최고참 마왕으로서의 여유를 가지고 수백 년 정도의 경험밖에 쌓이지 않은 젊은 세대의 마왕들을 이끌어줘야겠다고 생각한 것이다.

가장 어리게 보이는 외모를 가진 밀림이 가장 나이가 많은 마왕이라는 것은 아이러니하지만 명백한 사실이다. 잠시 생각한 후에 밀림은 유일한 드라고노이드이자 가장 오래된 마왕 중의 하나로서 위엄 있게 입을 연다.

"좋아! 그럼 지금부터 가서 살아남은 자와 교섭을 시작해보도록 할까."

더는 기다릴 수 없다는 듯이 잔뜩 달아오른 모습으로 밀림은 모두에게 제안했다.

밀림의 말에 침묵하는 마왕들.

그것도 그럴 것이 쥬라의 대삼림에 불가침조약이 존재하는 이상, 눈에 띄게 직접 그곳으로 가는 건 불가능하다. 밀림이 말하는 것처럼 지금 당장 간다는 건 아예 논외였다.

"저기 말이야, 밀림……. 불가침조약이 있으니까 그건 불가능하지 않아?"

"그러게 말이지. 갑자기 무슨 소릴 하는 거야, 넌."

"밀림, 진정하세요. 제가 확실하게 조사를 해볼 테니까 그때까지 시간을 좀 주시죠."

세 명이 놀라면서 말리는 걸 가볍게 웃어넘기는 밀림.

'뇌까지 근육으로 꽉 찬 것 같은 녀석', 소위 '뇌근'이라는 것이 밀림을 아는 마왕들의 공통 인식이다. 하지만 실은 그렇지 않다. 그건 밀림의 성질 급한 행동이 그렇게 생각하도록 만들 뿐이지, 사실 밀림의 지능은 아주 높다.

밀림은 일이 돌아가는 이치를 잘 알고 있으며, 순서에 맞춘 사고를 할 줄 안다. 그런 상태에서 과정을 날려버리고 결과로 바로 이어지는 행동을 취하는 일이 많기 때문에 생각이 짧다고 여겨지고 있을 뿐인 것이다. 그렇다기보다 마왕들 중에서도 1, 2위를 다투는 천재가 밀림이지만, 그걸 깨닫는 자는 슬프게도 아주 적다는 것이 현실이다. 그러기는커녕 밀림이 가장 성질이 급하고 단순하다고 다들 생각하고 있었다.

그런 사정은 전혀 모른 채로 밀림은 자신 있게 가슴을 펴면서 당당하게 자신의 생각을 드러내기 위해 입을 열었다.

"불가침조약? 그게 뭐가 어쨌다는 거야? 그런 건 그저 지금 당장 철폐하면 될 거 아냐. 여기 마왕이 네 명이나 있으니까 간단한 일이잖아?"

대담한 미소를 지으면서 밀림은 내뱉는다.

마왕들은 그 말을 듣고 절규라도 한 것처럼 말문이 막혀버렸다.

그런 뒤에 뭔가 깨달은 것처럼 그들은 밀림의 말을 검토한다. 그리고 그게 현실적으로 가능하다는 사실을 깨달은 것이다. 반론을 말해보려고 해도 반론을 할 이유가 없었다. 각자의 마음속에 세워둔 작전이 밀림의 말 한마디에 수포로 돌아간 순간이다.

그렇다고는 해도 조사에 개입할 이유를 한참 생각하고 있던 칼리온에겐 오히려 바라 마지않던 상황이 되었다.

"과연 그렇군. 확실히 우리 이름으로 조약 파기를 전달하면 이의가 있는 자가 거부하지 않는 한 받아들여지겠지……. 그 의견은 나도 찬성이야."

밀림의 의견에 동의를 표시하는 칼리온. 이걸로 당당하게 부하를 보낼 수가 있으니까 칼리온 입장에서는 불만은 없다.

"나도 조약 파기에 찬성하겠어. 내 영토는 원래 쥬라의 대삼림에 접해 있는 데다 불가침이라고 해봤자 귀찮았거든."

프레이로서도 이론은 없다.

프레이의 목적은 밀림을 이용하는 것이므로 밀림의 환심을 사기 위해서라도 여기선 동의하는 것이 무난하다. 그리고 쥬라의 대삼림에는 풍부한 사냥터가 있으며, 프레이의 귀여운 딸들의 사냥터도 되어줄 것이기 때문이다.

숲의 관리자를 맡을 가능성은 있지만 그건 그렇게 되었을 경우의 이야기다.

칼리온과 프레이의 동의를 받으면서 밀림은 만족스럽게 고개를 끄덕인다.

"하지만 그렇게 잘 풀릴까요? 다른 마왕들이 쉽게 받아들이려나요?"

그런 밀림에게 클레이만은 물었다.

밀림의 기분을 상하게 하는 건 좋은 계책이 아니지만 쉽게 동의하는 것도 좋은 일이 아니라고 생각한 것이다.

딱히 조사에 집착할 생각은 없지만 나중에 다른 마왕들의 비난을 듣는 것도 절대 사양하고 싶을 뿐이다.

네 명이 찬성한다면 이 의견이 통과될 것은 틀림없다. 그러나 쥬라의 대삼림은 최근 수백 년 동안 불가침이 지켜지고 있던 토지이기에 이렇게 간단히 파기해도 되는 조약이라고는 생각하지 못한 것이다.

(이렇게 간단히 파기할 수 있다면 애초에 뒤에서 고생할 필요도 없었을 텐데. 무슨 이유로——설마 베루도라가 사라졌기 때문

인 겁니까——?!)

클레이만이 그 이유에 생각이 미친 것과 동시에 밀림이 씨익 웃더니 클레이만의 생각에 긍정한다.

"응? 이제 알아차린 모양이네. 그 생각이 맞아. 그 숲에 대한 불가침조약은 귀찮은 녀석이 자기 구역으로 삼고 있었기 때문이야. 300년 정도 전에 그 녀석——'폭풍룡' 베루도라가 봉인되었을 때 쥬라의 대삼림에 대한 불가침조약이 체결되었는데, '모처럼 만들어진 봉인이 풀리지 않도록' 하자는 게 그 이유였지. 너희는 딱 그때쯤에 마왕이 되었으니 몰랐어도 이상할 건 없겠지만 말이야. 분명 그 의견을 제시한 건——."

그렇게 즐거운 표정으로 당시를 회상하는 밀림.

밀림의 이야기를 흘려들으면서 클레이만은 속으로 납득했다.

문제가 되는 베루도라가 사라졌다면 이의를 제기할 마왕은 없을 것이다. 가령 이견이 있다고 해도 마왕 회의에서 심의를 하기 위해 세 명 이상의 동의를 얻는 수준까지는 가지 않을 것이라 생각했다.

(이 자리는 밀림의 말대로 하는 게 무난하겠군요.)

깔끔하게 마음을 바꿔먹고 클레이만은 밀림의 의견을 받아들인다.

"그런 거라면 저도 반대하지 않겠습니다. 빨리 사람을 뽑아서 쥬라의 대삼림으로 조사 부대를 파견하도록 하죠."

"이봐, 이봐, 클레이만, 그 조사라는 건 서로 협력하는 식으로 갈 거야? 아니면 밀림의 말대로 빠른 자가 이기는 식으로 갈 거야?"

칼리온이 영악스러운 웃음을 지으면서 클레이만에게 묻는다.

그 질문에 대답한 것은 클레이만이 아니라 프레이다.

"저기, 이건 내 생각인데…… 모두 각각 부하를 보내서 서로 경쟁을 시키는 건 어때? 정 뭣하면 내 딸들을 보내도 좋지만…… 여기서 우리가 언쟁을 벌이는 것도 바보 같다는 생각 안 들어?"

내키지 않는 투로 프레이가 발언했다.

전력 증강을 목적으로 행동하고 있으면서, 이 자리에서 사이가 틀어졌다가는 오히려 주객이 전도된 꼴이 된다. 프레이의 말은 지당한 이야기였다.

한순간 굳어지는 세 명의 마왕. 각각 생각하는 바로 보건대, 공동전선을 펼치는 것보다는 개별 행동을 하는 쪽이 더 편하다. 경쟁이라는 형태라면 상대에 맞출 필요가 없는 만큼 이상적이라고 할 수 있다.

마왕들은 서로의 안색을 살피면서 고개를 끄덕인다.

"와하하하하! 그럼 빠른 자가 이기는 걸로 하되, 서로 원망하지 않기다!"

"좋아. 조사같이 시간만 걸리고 번거로운 짓은 중지야. 서로 방해는 하지 않지만 협력도 하지 않는다. 그거면 되겠지?"

"어쩔 수 없군요. 살아남은 자가 어떻게 되었는지 명확하진 않지만 뭐, 괜찮겠죠. 그걸 포함해서 각자 자기 책임하에 진행하도록 하죠."

이렇게 마왕들은 각자 부하들을 선출하여 쥬라의 대삼림으로 보내서 독자적으로 개입하기로 한다.

"그럼 경쟁이로군. 단, 서로에게 손을 대는 건 금물이야. 약속했어!"

"그래, 알았어. 나도 너희를 방해하지 않겠다고 선언할게."

"좋아. '비스트 마스터(사자왕)'의 이름을 걸고 나도 약속하지."

"알겠습니다, 밀림. 이 클레이만은 약속은 어기지 않습니다."

"좋아! 그러면 이 자리에서 약속을 했으면 협정은 성립된 거야. 그럼 곧바로 쥬라의 대삼림에 대한 불가침조약은 철폐하는 걸로 하지."

밀림은 만족스러운 얼굴로 고개를 끄덕이더니, 협정이 성립되었음을 선언했다.

이렇게 네 명의 마왕들은 협정에 의해 서로의 세력에게 손대는 것을 금지하기로 했다.

그 후에 재빨리 마왕 네 명의 서명 하에 쥬라의 대삼림에 대한 불가침조약의 파기를 각 마왕들에게 비밀 통지로 선언했다. 이로 인해 쥬라의 대삼림의 중립성은 사라졌으며, 이 땅은 마왕들의 전쟁 놀이를 위한 무대 중 하나로 변한 것이다.

선언을 마침과 동시에 밀림은 분주한 걸음으로 그 자리에서 뛰쳐나갔다.

"그럼 나는 이만 갈게!"

그렇게 남긴 밀림의 작별 인사가 그녀가 사라진 후에 들릴 정도로 재빨랐다.

그리고 밀림이 떠난 뒤의 회의실에서는,

"날 놔두고 가버렸네……. 여전히 제멋대로에 자기밖에 모르는 사람이라니까."

어이없다는 표정으로 투덜거리는 프레이.

칼리온은 웃으면서 어깨를 으쓱거리며 동의한다.

클레이만은 쓴웃음을 지으면서도 노코멘트를 자처했지만——.

"그건 그렇고 쥬라의 대삼림의 불가침조약이 없어졌다면, 새로운 지배자가 필요해지지 않겠습니까?"

문득 떠올린 것처럼 중얼거린다.

그 말에 대답하듯이 칼리온과 프레이도 마음속으로 쌓아둔 말을 뱉는다.

"정 뭣하면 내가 그 주변도 지배해줄 수 있는데 말이지?"

"그런 말을 하는 사람이 나오니까 불가침조약이 맺어진 거라는 생각이 드는걸."

"크하하하하, 그런 소리 하지 마. 조사해본 뒤에 살아남은 녀석이 준마왕급까지 성장한 상태라면 그 녀석의 지배를 인정해줘도 괜찮겠지. 그렇다면 그걸로 꼭두각시 마왕을 만들어낸다는 당초 계획을 부활시켜도 좋을 테고 말이야."

"그것도 그러네."

"뭐, 숲의 패권을 노리려는 녀석도 있을 테니까 빨리 움직이도록 하자고."

결국 조사해보지 않으면 예정은 세울 수 없다. 그렇게 판단한 마왕들은 밀림을 본받아 행동을 시작한다.

칼리온은 유쾌하게 웃으면서 자신이 지배하는 영토로 원소마법 : 워프 포털(거점 이동)로 귀환했다.

칼리온을 따라 프레이도 그 자리에서 사라졌다.

그리고 마지막으로 남은 클레이만은 희미하게 웃으면서 앞으로의 계획을 세운다.

"밀림에 칼리온, 그리고 프레이. 자, 그럼 어디——."

클레이만은 혼자서 즐거운 표정으로 몽상에 잠긴다——.

이렇게 하여——리무루 일행이 사는 도시에 새로운 위협이 찾아오게 된 것이다.

ROUGH SKETCH

클레이만

칼리온

프레이

제1장

나라의 이름

Regarding Reincarnated to Slime

드워프의 왕 가젤 드워르고는 암부(暗部)가 보낸 보고를 떠올리며 생각에 잠긴다.

마음에 걸리는 슬라임(마물)을 관찰하도록 암부에 지시했지만 보고된 내용은 느닷없고, 믿기 어려운 황당무계한 것이었다.

마물들이 대규모의 도시를 건설 중.

그런 한 문장으로 시작되는 보고서는 가젤 왕을 상당히 혼란시키는 것이었다.

농담인가? 가젤 왕은 그렇게 받아들일 뻔했지만 암부가 농담 따위를 할 리가 없다. 암부가 사실을 단적으로 보고하고 있음은 의심할 바도 없기에 마음을 진정시켜 읽긴 했지만…….

보고서의 뒷부분에는 이렇게 적혀 있었다.

오크의 무리가 폭주를 개시.

──그 수, 약 20만.

숲의 유력 종족인 오거를 멸망시킨 것으로 보임.

리저드맨이 전쟁 준비를 마치고 군비를 증강 중.

오크 로드의 존재를 확인, 위험도 A급으로 추정.

쥬라의 대삼림에서의 결전은 불가피.

──총합 위험도 특A급에 해당할 것으로 여겨짐.

이게 어제까지 도착한 보고서였다.

마법으로 전해져 온 보고이면서 각지로 날아간 암부들이 조사한 성과이다.

정체불명의 슬라임을 감시하도록 보낸 암부가 목격한 것은 도시를 건설하는 마물들이었다.

그리고 도시의 마물들을 관찰하고 있던 암부가 숲의 이변을 알아차렸다.

가젤 왕의 승인을 얻어 암부의 인원을 늘린 뒤에, 인원을 할당해서 각지의 조사를 행하고 있었던 것이다.

그 결과가 이것이다.

오크 로드의 탄생은 무시할 수 없는 상황이기에 가젤 왕은 즉시 긴급사태를 선언했다.

걱정거리는 오크 로드뿐만이 아니다. 숲에서 벌어진 결전의 결과에 따라서는 이곳 드워프 왕국도 전화(戰火)에 휩쓸릴 가능성이 농후했다. 20만이나 되는 오크 군대에게 공격을 받는다면 국가의 존망이 걸린 위기가 되리라고 판단한 것이다. 암부의 보고에 따르면 드워프 왕국은 오크의 공격 방향에서 벗어나 있다고 하지만, 가젤 왕은 결코 낙관하지는 않았다.

가젤 왕은 칙명으로 페가수스 나이츠(천상 기사단, 天翔騎士團)에게 소집 명령을 내렸다.

드워프의 장인들이 만든 최고의 무기와 방어구를 입고 페가수스(천마, 天馬)를 모는 기사들. 페가수스와 인마(人馬)일체가 된 기사의 전투력은 A랭크에 해당한다. 그 총수는 500명. 무장 국가 드워르곤이 자랑하는 최강의 기사단이었다.

최악의 경우 이 애지중지하는 페가수스 나이츠로 시간을 벌어서 군의 준비를 마무리하는 것이 그가 노리는 바이다. 무장 국가라고는 해도 군의 출동에는 많은 시간을 필요로 하기 때문에, 이것은 가젤 왕에게만 허락된 고육지책이었다.

무장 국가 드워르곤은 재빨리 전시체제에 돌입하면서 조용히 전쟁에 대비한 준비를 진행하고 있다.

긴박한 시간을 보내면서 속보를 기다리는 가젤 왕.

그러던 중에 가젤 왕이 애타게 기다리던 보고가 도착했다.

——여러 명의 상위 마인이 참전함으로써 전쟁 종결.

우리의 감시가 들키면서 방해를 받은 탓에 상세 사항은 불명.

마인들은 그 슬라임의 부하인 것으로 보임——.

추신 : 만전의 사태에 임하기 위해 장비 레벨을 최상의 것으로 교환하길 희망함.

가젤 왕은 보고서를 촛불에 대고 태웠다.

"폐하, 암부는 뭐라고 하옵니까?"

눈을 감고 상황을 정리하려 하는 가젤 왕에게 기사단장의 목소리가 들렸다.

"……위기는 사라진 것 같구나. 전쟁이 끝났다고 한다."

"뭐라고요?!"

기사단장은 놀라면서 소리를 질렀고 페가수스 나이트들도 술렁거리기 시작한다.

손을 들어 입을 닫게 함으로써 가젤 왕은 기사들을 진정시켰다.

"──기다려라. 짐도 갑작스럽기에 쉬이 믿기가 어렵구나."

왕의 말에 기사들도 냉정함을 되찾으면서 송구스러운 자세를 취했다.

암부에 의하면 자신들의 감시망을 마인 중 한 명에게 들켰다고 한다.

은형법(隱形法)으로 모습을 숨기는 데에 특화된 암부가 발견되었다는 것도 믿기 어려운 이야기지만, 겨우 추적을 따돌리는 데는 성공했다고 한다. 그러나 이 이상의 접근은 위험하다고 판단한 암부의 수장에 의해, 위험 인식도를 높이고 장비의 제한을 해제해줄 것을 요청하는 허가 신청이 날아온 것이다.

확실히 자세한 상황을 알 필요가 있었다.

전황이 진정되기를 기다렸다가 다시 조사를 시킬 필요가 있을 것 같다.

"나중에 기별하겠다. 페가수스 나이츠는 이대로 전시체제를 유지한 채로 대기하라. 다른 군대는 준전시체제로 경계 레벨을 낮추고 만일의 경우를 대비하도록 하라."

""""알겠습니다!!""""

가젤 왕은 명령을 내렸다.

쥬라의 대삼림에서 일어난 전쟁이 종결된 것은 반가운 일이지만, 곧바로 안전하다고 판단하는 것은 위험하다. 가젤 왕은 그렇게 판단하고 암부에서 온 요청을 승인함과 동시에 상세한 조사를 명했다.

*

그리고 3개월 후.

알현의 방에는 왕국의 수뇌진이 모여서 왕의 지시를 기다리고 있었다.

암부가 모든 조사를 끝낸 것이다.

그 결과를 기반으로, 최근 며칠 동안 자는 시간도 아까워하면서 회의를 계속했으며, 이제 겨우 그 결론이 나왔다.

현재 숲의 마물이 활성화되면서 발생한 피해는 생각 외로 적었다.

숲에서 소란이 일어났다고는 믿어지지 않을 정도로 숲 주변의 환경은 안정되어 있었다.

베루도라가 존재했던 시기보다 약간 마물이 늘어난 건 확실하지만, 마물이 많았던 해와 비교한다면 큰 차이는 없었다. 최소한 이 결과의 배 이상은 피해가 나오리라 예상했던 것이다.

숲의 치안이 유지되고 있는 요인이 존재한다는 것은 틀림이 없다는 결론도 나와 있다.

그건 아마도 그 슬라임이 관여하고 있다는 내용이다.

그리고 이번에 벌어진 오크 군의 폭주와 종식.

정체불명인 상위 마인들의 존재.

암부의 감시를 알아차릴 정도의 실력자가 있다는 사실.

그리고 조사 결과, 20만이나 되는 오크 군대가 폭주하는 일 없이 각지로 흩어졌다고 한다. 게다가 그 오크들이 하이 오크로 진화했다는 사실은 가젤 왕의 이해 범위를 넘어서는 이상 사태였다.

그 슬라임이 건설하는 도시에 사는 마물은 고블린이 진화한 홉 고블린이 대다수라고 하니, 원인을 알 수 없는 이 일련의 진화에도 틀림없이 그가 관여하고 있을 것이다.

(이건 그냥 넘길 수 없는 일이로다. 특A급은커녕 자칫하면 S급의 위험도가 아닌가——.)

그런 보고를 받았을 때 가젤 왕은 결의했다.

이건 국가적 위기가 될 가능성이 있으므로, 왕이라고 해서 잠자코 좌시할 수는 없다고.

위험도라는 것은 피해 규모에 따라 산출되고 있다.

특S급——카타스트로프(천재(天災)급)라고 불린다. 마왕 중의 일부와 '용종'이 이에 해당하며, 일개 국가로선 대처가 불가능한 것으로 여겨지고 있다. 인류가 국가의 틀을 넘어서 서로 협력하면서 생존의 운명을 걸어야 하는 레벨이다.

S급——디재스터(재화(災禍)급)라고 불린다. 통상적으로는 마왕을 가리킨다. 약소국으로선 대처가 불가능하며 대국이 총력을 기울여야 대처할 수 있는 레벨이다.

특A급——캘러미티(재액(災厄)급)라고 불린다. 상위 마인이나 상위 악마의 암약에 의한 국가 전복규모의 위험도이다.

A급——해저드(재해(災害)급)라고 불린다. 도시에 격심한 피해가 미칠 가능성이 높은 정도의 위험도이다.

이런 구분은 어디까지나 대강의 기준일 뿐이지만, 마물의 강함과 동일시되어 널리 이용되고 있었다.

암부에 의한 위험도 인식은 특A급이었다.

오크 로드 개인만 본다면 A급의 위험도를 지닌다. 확실히 간과할 수 없는 위험한 마물이긴 하지만 페가수스 나이트 여러 명이 대처한다면 격파가 가능한 마물이었다.

하지만 오크의 군대가 폭주를 계속하여 이 도시로 물밀 듯이 쳐들어온다면 피해 규모는 상상을 초월한다. 약소국이라면 제대로 대처하지도 못하고 점령되면서 끝날 것이다. 그 칼끝이 자신들을 향하지 않는다는 보장은 없다. 사태는 운이 좋았다는 걸로 넘길 문제가 아닌 것이다. 그런 의미로 봐서도 특A급의 판정은 잘못된 것이 아닐 것이다.

하지만 문제는 그것이 아니다.

그런 위험한 상황이 시작되게 만들어버린 자, 그 인물이야말로 문제인 것이다.

A랭크에 해당하는 실력자인 암부의 은형법을 꿰뚫어 본 상위 마인. 그런 상위 마인에 필적하는 것으로 보이는 마물을 여러 명 부리면서 정체불명의 진화를 마물에게 가져다주는 자.

그 정체를 파악하는 것이야말로 가장 중요한 사항이라는 결론이 나온 것이다.

(——이번 일은 잘못 대처했다간 이 나라가 망할지도 모른다.)

그렇다면 더더욱 자신의 눈으로 직접 파악할 필요가 있다.

가젤 왕은 그렇게 결론을 내렸다.

알현의 방은 고요함에 휩싸여 있었다.

모두가 마른침을 삼키면서 왕이 말하기를 기다리고 있다.

뜨겁게 자신을 바라보는 자들을 둘러보면서 가젤 왕은 입을 열었다.

"짐은 직접 만나볼 필요가 있다고 생각한다."

왕의 말을 기다리는 자들을 앞에 두고 가젤 왕은 엄숙하게 선언했다.

알현의 방에 모인 수뇌진들 사이에 동요가 일어났지만 입을 여는 자는 아무도 없다.

왕의 말은 곧 결정이며, 부정할 수 없다는 사실을 알고 있기 때문이다.

"그렇다면 제가 폐하를 따르겠습니다."

"──경에게만 맡길 수는 없소. 저도 동행하겠습니다."

"후후후후후, 오랜만에 밖으로 나가보는 것도 좋을지도 모르겠는걸."

"그렇다면──여러분의 안전은 페가수스 나이츠에게 맡겨주시길──."

나이트 어새신(암부)의 미녀 수장인 앙리에타.

어드미럴 팔라딘(군부 최고사령관)인 번.

아크 위저드(궁정 마도사)인 노파 젠.

그리고 왕의 직속인 페가수스 나이츠의 단장 돌프가 한 말이었다.

무장 국가 드워르곤의 최고 전력.

가젤의 동료들이 전부 모여 왕국을 나서는 일은 가젤이 영웅왕이 된 이후로 처음 있는 사태였다.

"짐이 직접 살펴봐야 하지 않겠는가."

가젤 왕의 선언을 듣고 모두가 일제히 움직이기 시작했다.

과연 정의로운 존재인가, 사악한 존재인가.

적으로 돌리는 건 피하고 싶지만 그 성질이 사악하다고 판단된다면 지금 그 재앙의 싹을 뽑아내야만 한다. ──가젤 왕은 그렇게 생각했다.

화근을 남기는 것은 무슨 일이 있어도 피해야만 한다고.

왕은 결단을 내리고 행동을 개시한다.

●

도시도 예상 이상으로 깔끔하게 정비되어가고 있었다.

제로에서 구획정리를 시작한 덕분에 정리가 잘된 거리가 완성된 것이다.

내 노력의 산물이다. 그렇게 말한들 나는 지시만 내렸을 뿐이지만 말이지…….

바둑판 눈금처럼 집들이 늘어서 있어서 방향치에겐 조금 힘들지도 모르겠다. 하지만 뭐, 그런 건 지금 언급하기엔 딱히 중요한 문제는 아니겠지.

내가 집중적으로 공을 들인 부분은 화장실, 물 공급 문제, 벌레

퇴치, 그리고 목욕탕이다.

일본에서 살면서 그 생활 레벨을 알고 있는 내가 이세계에서의 삶에 맞출 이유 따윈 없다. 마물들의 문화 레벨 정도는 가히 짐작할 수 있으니까. 처음부터 완전히 무시하고 나는 내가 하고 싶은 대로 계획을 세우고 있다.

상하수도를 완비한 시점에서 이런 구상은 하고 있었지만——실제로는 내 의도 이상으로 완벽하게 완성되었다.

우선은 화장실과 물 공급.

처음에는 나무로 변기를 만들어봤지만, 그건 쓸 만한 것이 못 되어서 바꿨다.

전통 방식이라면 모를까, 나무 변기는 청소가 너무 힘들었던 것이다.

얼룩이 지면 냄새가 사라지지 않는 데다 관리를 게을리 하면 썩어버린다.

아니, 뭐 관리를 게을리 하는 게 잘못이라면 그 말이 맞긴 하지만, 내구성도 생각해볼 때 역시 나무로 만드는 것은 그다지 적합하지 않다는 생각에 기각했다.

철로 만드는 건 논외다. 그렇지 않아도 자원이 부족한 상황인데 그런 사치는 인정할 수 없었다.

그런고로 내 기억에 있는 도자기에 가까운 재료의 변기를 준비하기로 한 것이다.

여기서 도움이 된 것이 '사념전달'이다. 이건 누구에게나 사용할 수 있기 때문에 의사소통에 아주 많은 도움이 되어주었다.

내가 생각한 그대로 전할 수가 있기 때문에 실물을 상상하는 것도 용이하게 됐다.

그림이나 말로는 전달하기 어려운 것도 이미지를 그대로 전달함으로써 어긋남이 없이 상대에게 전해지는 것이다.

나머지는 드워프 장인들의 차례이다.

도자기로 만든 일용품은 유통되고 있는 모양인지 비교적 간단히 재현할 수 있었다.

숲의 여러 곳에서 채집해 온 흙 중에서 적당해 보이는 것을 엄선한 뒤에 내가 준비해둔 가마에서 구워냈다. 이 과정에서 다소 시행착오를 한 것 같지만, 한 번 완성하고 나니 그 뒤는 빠르게 진행되었다. 눈 깜짝할 사이에 내 기억과 똑같은 변기가 재현된 것이다. 변기를 놓을 자리는 나무로 만들어뒀으니, 나머지는 끼워 맞추면 완성이다. 이렇게 각 집에 변기와 배수 시설도 설치된 것이다.

과연 드워프, 융통성이 대단하다고 감탄했다.

하지만 놀란 건 여기서부터였다.

수도꼭지를 틀어서 물이 나오는 수도 시설의 이미지를 전하긴 했지만, 아무래도 재현은 무리일 거라고 포기하고 있었다.

물의 고품질 마석을 사용하여 대기 중에서 물을 모으는 장치가 있다고는 하는데, 이건 상당히 고액인 데다 부피가 커진다고 한다. 또한 마석의 교환에 돈이 너무 들어서 일부 부자들만이 이용하는 설비라고 한다.

당연하겠지만 그런 고가의 장치를 수세식 화장실용으로 쓰는 바보는 없다. 그러므로 수세식 화장실 같은 물건은 드워프들조차 눈으로 본 적이 없었던 것이다.

이 세계의 문화 수준으로는 드워프 왕국이 채용하고 있는 물을 길어 채우는 방식조차 최신식에 속하는 상황이니 당연한 이야기라 할 수 있다.

그러나 '이세계인'의 지식만큼은 유통되고 있어, 상수도에 관련된 개발 자체는 진행되고 있었던 모양이다. 예산 문제 때문에 인가를 받지 못했을 뿐이라고 한다.

생각해보니 상수도랑 하수도를 신설하려면 무시무시한 액수의 예산이 필요하게 된다. 편리하다고 해서 가볍게 대체하는 것은 아예 불가능하니 수십 년에 걸쳐서 천천히 침투시킬 계획을 세우고 있었을 것이다.

하지만 이 도시에 관해서 말하자면 그런 문제는 해당되지 않는다. 애초에 황무지에서 시작한 데다 감독이 나였다. 내가 바라는 대로 도시 개발을 할 수 있었던 것이다.

상수도의 부설까지 완성해냈다면, 나머지 단계인 드워프들의 지식으로 배수관을 설치하는 건 힘든 일도 아니었던 것이다.

하지만, 아무리 그래도 원래 살던 세계의 수도처럼 상시적으로 수도에 압력을 걸어서 유지하는 건 어렵다. 그렇기 때문에 자연 중력을 이용한다. 맨션 같은 데서 이용되고 있는 고가수조 방식에 가까운 구조다.

고압 펌프가 없으므로 인력으로 옥상에 설치된 저수조에 물을 공급할 필요가 있다. 그러나 이건 마물에게는 큰 노력이 들지 않는다. '위장'이나 '공간수납'을 지닌 마물이라면 아무런 수고도 없이 운반이 가능하기 때문이다.

그렇다 해도 그런 식의 최신 구조가 갖춰져 있는 건 중앙 시설

뿐이다.

각 가정에 한해서는 자신들이 우물에서 물을 길어올 필요가 있었다. 하지만 수돗가나 화장실에는 소형 저수조가 설치되어 있으며, 거기에 물을 보급하기만 하면 되도록 되어 있다.

일주일에 한 번 정도 전문가에게 각 가정의 수도 시설 정화를 맡길 필요는 있지만 대충 이미지에 맞게는 완성된 것이다.

역시 카이진에 미르드다.

나는 드워프 장인들을 얕보고 있었다. 일단 생각나는 대로 말해보길 잘했다.

앞으로 큰 과제가 될 것으로 생각했던 수도 시설이 아주 깔끔하게 실현된 것이다.

그 후에 마물들에게 수돗가를 청결하게 유지할 것을 철저하게 다짐시켰으며, 손 씻기와 양치질도 버릇을 들이게 했다.

원래 마물에 잡균들이 존재하는지 아닌지 모르기 때문에 헛수고가 될지도 모르겠지만 일단 만일을 대비한 처사였다.

카이진에 의하면 모험가들은 초기에 생활마법 : 클린 워시(상태 청결화)를 다루는 자를 동료로 들이지만 스스로 배울 수도 있다고 한다. 위생 관리는 중요 과제인 모양이니, 이걸 할 수 없으면 여행 그 자체가 불가능하다고 한다.

긴 여행을 하면 불결해질 것이기 때문에 마법으로 대처한다고 한다. 그렇다고 해도 찜찜한 기분을 더는 정도의 효과밖에 없는 것 같지만.

고블린 중에도 생활마법 : 클린 워시를 쓸 줄 아는 자가 있는 것을 보면 마물이라도 병에 걸릴 염려는 존재한다고 생각하는 게

타당할 것 같다.

이렇게 꿈에 그리던 수세식 화장실까지 완비했고, 집 안의 수돗가에서 수도꼭지를 틀면 물이 나오는, 이 세계에는 어울리지 않을 정도의 문화적인 도시가 완성된 것이다.

그 다음은 벌레 퇴치.

사는 장소가 숲인 만큼 역시 벌레가 많다. 그런 것들을 막지 않으면 벌레에 쏘이기만 해도 엄청난 고통을 겪게 된다. 나는 괜찮았지만 홉고블린들은 고통스러워하고 있었다.

그리고 무서운 것은 병의 매개체가 되는 것이다.

아무리 청결하게 지낸다고 해도 정체불명의 병원균이 퍼지게 되면 의미가 없다. 청결하게 지낸다면 그런 벌레가 들끓는 일도 적겠지만, 밖에서 찾아오는 건 어쩔 도리가 없었다.

그래서 벌레에 대한 대책이 필요하게 된다.

내가 맨 처음 떠올린 건 방충망이었다.

이 도시의 집들은 천연 소재를 사용한 일본풍의 목조 가옥으로 되어 있다. 그렇기 때문에 그 틈으로 침입해 오는 것을 막아야만 한다.

소재에 거미줄을 가공해서 방충망을 만들게 했다.

그 결과 거미줄을 이용한 방범 시설까지 구비된 집이 만들어진 것은 그나마 애교라고 할 수 있을 것이다. 벌레는 물론이고 저급 마물까지도 무난하게 막아내는, 의도하지 않은 효과까지 발휘된 것이었다.

인간의 도시에선 벌레를 막는 결계를 준비한다고 들었는데, 이

건 도시 단위의 결계 시설이라고 한다. 가옥 단위로 설치하려면 돈이 드는 데다 각 가정에 결계를 유지할 정도의 재력은 없을 것이다.

그렇게 생각한다면 각 집에 방범 장치가 있는 이 도시는 이상한 곳이라고 말할 수도 있겠지만 그런 건 내 알 바가 아니다.

마지막으로 목욕탕.

문화적인 시설을 따지자면 당연히 떼려야 뗄 수 없는 것이 목욕탕일 것이다.

도시의 중심부에 있는 우리가 사는 집에는 멀리 화산 지대에서 온천을 끌어와 언제든지 목욕을 할 수 있게 만들어봤다.

소우에이와 내가 '그림자 이동'을 해가면서 배관 작업을 한 것이다. 그림자 공간에선 열이 도망칠 수가 없기 때문에 온천의 온도를 유지할 수가 있다. 그 덕분에 언제나 쾌적한 온도의 온천수를 준비할 수 있게 된 것이다.

욕조 자체는 드워프들에게 맡겼으며, 대리석제의 멋들어진 것으로 완성되어 있었다. 대욕탕은 수십 명이 동시에 들어갈 수 있을 만큼 넓었으며, 그야말로 사치 그 자체라고 할 수 있을 만한 쾌적한 공간으로 이뤄져 있다.

내가 열심히 진두지휘를 했으니만큼 만족스러운 완성도로 만들어진 것도 당연했다.

여성용과 남성용으로 나뉘어져 있기 때문에 시간을 신경 쓰지 않고 들어갈 수 있는 것도 높은 포인트를 줄 수 있는 점이다. 혼욕일 것으로 생각했던 사람도 있겠지만 그건 너무나도 안일하기 그지없는 생각이다.

일단은 내가 염원하던 욕탕은 완성되었지만 여기서 문제가 발생했다.

각 집마다 욕조를 설치하는 일은 간단했지만 온천의 배관은 아무래도 불가능했던 것이다. 본관에서 배분을 하려고 해도 모든 관을 그림자 공간을 통과하게 만드는 건 무리가 있었다.

앞으로도 계속 신축되는 집이 늘어날 것이고, 그때마다 나랑 소우에이가 설치하는 건 아무래도 현실적이지 않다고 판단했다.

귀찮다고 생각하는 속마음은 말할 것도 없다.

앞으로 목욕 문화가 정착되면서 어떻게든 자기 집에도 온천을 끌어오고 싶다면 '그림자 이동'을 습득한 뒤에 스스로 알아서 하도록 시키자. 나는 남의 일인 양 그렇게 생각했다.

어쨌든 뭐, 온천을 마을 전체가 쓰도록 만드는 건 포기했지만 그렇게 되면 겨울을 지내기가 힘들 것이다. 그러므로 어떻게든 뜨거운 물을 공급할 방법을 생각한다.

왜 이런 걸 생각하느냐 하면 연료 문제가 있기 때문이다.

지금까지 요리조차 제대로 몰랐던 고블린들은 불을 사용할 기회가 그렇게 많이 없었다. 잘해야 고기를 굽는 정도였던 것이다. 그러던 중에 하이 오크들도 합류하면서 도시의 인구가 한꺼번에 늘어나는 바람에 불을 쓰는 사람이 대폭적으로 늘어난 것이다.

지금은 나뭇조각 같은 폐자재를 이용해서 연료에 여유가 있긴 하지만, 이게 계속 유지되진 않는다. 그렇다고 해서 숲의 나무를 베어서 연료로 쓴다면 엄청난 노동력이 필요해지게 될 것이다.

연료 자원의 확보에까지 손이 가지 않는 것이 현재 상황이며 계획적인 운용을 하기에도 조사가 필요하다.

각자가 멋대로 불을 다루는 것도 문제가 있다. 그렇게 판단한 것이다.

여기서 활약한 것이 드워프 3형제 중 둘째인 도르드이다.

도르드는 염색이나 작은 물건을 만드는 데 종사하고 있었지만, 어느 정도는 사람들에게 장비가 마련되어 여유가 생겼다. 그래서 도르드가 특기로 하는 〈각인마법〉을 사용한 도구 제작을 의뢰한 것이다.

그런 도구들은 일반적으로는 '마도구(魔道具)'라고 불리고 있다. 고가의 '매직 아이템(마법 도구)'과는 달리 서민이 사용할 목적으로 만들어진 도구였다.

마도구는 마석이라고 불리는 것을 연료로 삼는 모양이다. 마물의 핵에서 취할 수 있는 '마정석(魔晶石)'에서 마석을 추출하여 가공한다고 한다. 마석은 인간이 정령공학으로 가공한 것으로 천연물은 그 수가 적다.

순도가 높은 '마정석'이라면 마석보다도 마도구로 가공하는 것이 효율이 좋다고들 하지만, 그런 걸 지닌 마물은 A랭크에 가까운 위험한 존재밖에 없는 모양이다.

현재 상태에서 마석을 손에 넣을 수단은 한정되어 있다고 한다. 대규모의 공장 설비가 필요하며 자유조합의 중앙 본부에서밖에 가공할 수 없다고 한다.

마물 토벌 시에 드물게 나오는 '마정석'을 각 지부가 모아서 중앙으로 보낸다. 그 양에 대응해서 각 지부의 지원금 액수도 정해진다던가. 그런 시스템으로 이루어져 있는 모양이다. 모험가가 마물을 사냥하는 것은 피해를 막는 목적뿐만이 아니라 영리 목적도 있다는 이야기다.

드워프들에게 상세한 설명을 듣기는 했지만, 잘 만들어진 시스템이라고 생각한다.

"그 공장을 여기서 만드는 건 어떨까——?"

"아니, 아니, 나리. 아무리 그래도 그건 무리입지요……."

밑져야 본전이라는 생각으로 물어봤지만 역시 무리였다.

그렇다면 마석을 입수하려면 구입하는 방법밖에 없다는 말인가…….

《해답. 마물의 핵에서 직접 에너지(마력요소)를 이용하면 문제없습니다. 각인의 수정식은——.》

그때 내 '대현자'가 놀랄 만한 방법을 제안해준 것이다.

문제가 없는 건가, 과연 그런가…… 그렇게 어이없어하면서도 나는 그 말을 도르드에게 전했고, 도르드는 반신반의하면서 도구를 제작해주었다.

"이 부분의 각인을 바꾸기만 하면 된다는 겁니까?"

"음. 그러면 되는 것 같아."

"되는 것 같다니요, 나리……."

"핫핫하. 괜찮아, 도르드. 안심하게."

의심스러워하는 표정의 도르드를 웃음으로 안심시키면서 얼버무렸다.

샤워 헤드를 만들어서 손잡이 부분에 각인을 새기도록 했다.

그걸 쥐면 마법이 발동하면서 물을 따뜻하게 데워주는 것이다. 사용자의 마력을 이용하는 것이지만 생활마법 레벨의 에너지 사용량만 필요하기 때문에 어느 정도의 마력이 있으면 누구라도 사용할 수 있을 것이다. 마물이라면 문제없이 사용할 수 있는 획기적인 마도구가 완성된 것이다.

대개는 샤워로 끝내겠지만 기합을 넣으면 욕조에 물을 채울 수도 있다. 욕조에도 온도 조절을 목적으로 한 각인을 새겼기 때문에 물을 채운 뒤에 잠깐 동안 마력을 주입하면 따뜻한 물을 준비할 수도 있게 되어 있었다.

"이런, 이런, 이게 정말이란 말인가……. 만든 제가 이런 말을 하는 것도 이상하지만 이런 마법식만으로……. 그것도 이 정도의 설비가 각 가정에 표준 장비로 설치되는 것도 이 도시 정도밖에 없을 겁니다……."

가장 놀랐던 사람이 제작자인 도르드였다는 건 아이러니한 이야기라고 생각한다.

하지만 이번 발명이 그를 자극시키면서 연구 의욕을 높이는 결과가 되었다. 마력요소라는 만능의 물질을 이용한, 연료가 고갈될 걱정이 없는 환경. 마물의 도시이기 때문에 가능한 발상으로, 마석을 이용하지 않는 마도구가 태어난 것이다.

앞으로도 도르드 군이 여러모로 편리한 도구를 개발해줄 것이라고 기대를 걸어보고 싶은 바이다.

이렇게 내가 중점적으로 생각하던 부분은 전부 실현되었다.

*

이렇게 모두가 살 집은 완성되었다.

그렇게 되자, 안에 들어갈 사람의 문제가 새롭게 발생했다.

진화 전과 비교하면 마물들의 출생률이 인간 급으로 떨어진 것이다. 예전엔 한 번의 출산으로 다섯에서 열 마리는 낳았다고 하는데 진화하면서부터는 한 명이나 두 명 외에는 낳지 않게 되었다.

이건 결코 나쁜 일은 아니다. 어찌 됐든 태어나자마자 상위종인 홉고블린이 되는 것이니까.

훨씬 더 고등한 존재가 된 증명이라고도 할 수 있는 것이다.

그런 것을 감안한 상태에서 결혼 제도를 어떻게 할지를 고려해야만 한다.

고블린이나 오크는 종족을 불문하고 강한 자가 좋아하는 상대를 고를 권리가 있다고 한다. 더욱 강한 자손을 남기기 위한 관습이라 할 수 있을 것이다.

여기서 문제가 되는 것이 일부다처제를 인정할 것인가 말 것인가 하는 점이다.

남편이 죽은 여성이라면 인정해줘도 좋다고 생각한다. 하지만 강한 자가 있는 대로 여성을 죄다 빼앗아버린다면 그야말로 불평불만이 일어날 일이다.

키진들은 누구와도 아이를 만들 수가 있는 것 같지만 만들지 않겠다고 말했다. 하지만 만약 베니마루와 소우에이가 하렘을 만들려고 했다면 여성들도 거부할 자는 적었을 것이다.

그러나 베니마루가 말하길——,

"리무루 님 정도뿐입니다. 마력요소의 감소를 신경 쓰지 않고 행동하는 건 말이죠. 마물에게 있어 마력요소는 생물로 따지면

생명력 같은 것인 데다──대개는 부하에게 이름을 지어주는 것
만으로도 마력요소가 회복하지 못하는 일도 있으니, 마왕급의 자
들도 그리 쉽게 이름을 지어주진 않는다는 걸 아셔야 합니다. 하
물며 자식을 잘못 만들었다간 자신의 힘이 크게 감소되어버리니
까 말이죠."

그런 충격 발언이 튀어나온 것이다.

"잠깐, 잠깐? 지금까지 실컷 이름을 지어줬는데, 이제 와서 그
런 말을 하면 어떡하나?"

"아니, 모르셨단 말입니까……?!"

베니마루의 어이없어하는 시선이 따갑다.

용케도 지금까지 마력요소가 회복되어주었단 말이로군.

앞으로는 이름을 지어주는 것도 사전에 생각을 해봐야겠다. 그
러나 회복하는 게 당연하다고 생각하고 있었던 데다 괜찮다는 확
신도 있었는데……. 아니, 앞으로는 신중히 행동하자.

그건 일단 넘어가는 걸로 치고.

아이들도 두 종류가 있다고 한다.

씨만 물려주는 패턴과 진심으로 만드는 패턴.

전자는 자신의 능력을 어느 정도 이어받아서 태어나긴 하지만
약하다. 마력요소도 그렇게 많이 감소하지 않기 때문에 그럴 마
음만 먹는다면 마음껏 씨를 뿌릴 수 있다. 하지만 마력요소가 감
소할 리스크가 존재하기 때문에 어중간하게 벌일 일은 아니라고
한다.

후자는 모든 능력을 이어받아 강력하게 태어나는 모양이다.

진심으로 아이를 만들면 수명까지 줄어든다고 한다.

그러므로 베니마루는,

"전 독신이면 충분합니다. 진화한 덕분에 수명이 상당히 늘어났으니까요. 자손에 대해선 딱히 흥미도 없고."

그런 식으로 말했다.

오거의 수명은 100년 정도지만 키진의 수명은 1,000년을 넘는다고 한다.

그 정도면 아이도 필요가 없겠군. 베니마루가 말한 대로 흥미를 가지지 않는 것도 당연하다.

뭐, 키진들에 대해선 걱정할 필요는 없을 것 같았다.

그럼 베니마루 일행은 그렇다 치고 홉고블린의 강자는 어떨까?

일단 물어보긴 했지만, 이쪽도 정도의 차는 있지만 키진들과 마찬가지였다.

마물은 인간과는 사정이 다른 것이다.

아이에게 마력요소를 몽땅 빼앗긴다고 한다.

이쪽도 회복하지 못하는 경우가 있다고 하니, 내키는 대로 씨를 뿌리는 바보는 없다고 한다.

하등한 고블린이었을 때는 큰 영향이 없었다──그렇다기보다도 자손을 남기기 위해 대량으로 아이를 낳을 필요가 있었다──고 하지만, 홉고블린이 된 지금은 대량의 마력요소를 빼앗기도록 바뀐 것이다. 대놓고 말해서 아이를 만드는 행위를 한 시점에서 성공인지 실패인지 직감으로 알 수 있다고 한다. 꽤나 적나라한 이야기지만 사실이다.

임신에 성공했다면 아버지의 마력요소량의 최대치가 반 가까이 줄어든다고 한다. 시간이 경과하면 회복한다고 하지만 연속적으로 이런 사태가 벌어질 경우에는 이야기가 달라진다. 회복하지 못하는 일도 있다고 한다.

그런 사정이 있다면 수많은 여성을 상대한다 해도 아이를 대량으로 만들 수는 없을 것이다.

아이를 목적으로 하는 게 아니라 여성을 보호하는 목적으로 생각한다면 일부다처제 말고는 현실적인 방법이 없다고 판단했다.

덧붙여서 여성의 경우에는 이야기가 달라진다.

강한 종 이외에는, 여성은 자신의 의사로 임신을 거부할 수 있다던가.

바라지 않는 상대에게 정당하지 않은 수법을 써서 행위가 이루어졌다고 해도 아이가 생기는 일은 없다는 모양이다. 자신이 인정한 상대가 아니면 아이를 만들 권리가 없다고 한다.

이건 고위 마물이나 마인에게도 공통적인 사항인 모양이다. 그러므로 의외로 마물들은 순애적인 생태를 가진 존재라고 말할 수 있었다.

인간과 교배를 해온 데미휴먼(아인족, 亞人族)에겐 그 정도까지의 강제력은 없으며, 거의 인간과 다른 점이 없어진다고 하지만.

이것만은 어느 쪽이 좋은지 코멘트하기가 어려운 문제라 할 수 있겠다.

──자손을 남긴다는 시점에서 일부다처제는 있어야 한다. 단, 아이를 바라는 미망인으로 한정한다.──

그런 규칙을 만들기로 했다. 아이를 바라지 않는 미망인은 국가에서 보호해주면 된다. 문제가 있다면 변경할 예정이다.

월초에 고백식을 벌이고 성립된 커플에게 집을 준다. 그런 풍습이 이루어지도록 만들어야겠다.

독신자는 연립형 거주 구역에서 살게 한다.

뭐, 높은 직책을 맡게 되면 자신의 집을 가지는 것도 자유다.

그 부분은 불만이 생기지 않도록 정해나가려고 생각한다.

사이좋게 지내는 남녀 마물을 보면서 나는 그런 생각을 한 것이다.

사는 장소가 생기면서 당초의 목적이 달성되었다.

의식주, 모든 게 채워진 것이다.

주거에 관해서는 방금 말한 대로다.

의복류에 대해서도 가름과 슈나의 제자가 된 고블리나들이 새로운 것을 계속 만들어내고 있다.

식량 사정만은 인구가 늘어난 탓에 다소 혼란이 있었다.

도중에 하이 오크도 늘어났기에 식량 조달이 큰일이었다. 그러나 경비대장 리그루가 마을 주변 순찰 겸 사냥감을 대량으로 사냥해주었다. 지금은 부대 수를 늘려서 천 명 규모로 각 방면에서 식량을 조달해주고 있다.

게다가 리리나의 관할인 채소류의 재배도 순조로웠다. 리그루 부대가 채집해 온 각종 야생초를 슈나가 감정한 뒤에 종묘를 만들고 있다. 그 결과 먹을 수 있는 품종이 점점 늘어나고 있었다.

건설 부대의 다음 작업 내용은 도시 주변의 개간이었다. 엄청난 속도로 밭이 늘어나고 있으며 식량 사정이 점점 개선되고 있다. 어지간한 일이 없는 이상 굶주릴 걱정은 사라진 것이다.

이렇게 도시의 체제는 거의 정비되었다.

*

잊어서는 안 되는 녀석이 있다.

가비루다.

그 멍청이는 1개월 정도 전에 아무것도 모르는 척하는 표정으로 이 도시를 찾아와 당연하다는 듯이 밥을 먹고 있었다.

"이거 참, 핫핫핫! 이 가비루, 리무루 님의 힘이 되어드리고 싶어서 이렇게 달려왔습니다!"

어이없어하면서도 "여기서 뭘 하고 있나?"라고 묻는 내게 뻔뻔하게 그런 말을 뱉은 것이다.

"베어버릴까요?"

시온이 진지한 얼굴로 내게 물어보는 바람에 나는 벌벌 떨었다.

그 얼굴은 진심이었고 진지했다. 그런 표정을 하고 있었다.

이 아가씨는 농담을 농담으로 안 받아들여서 참 난감하단 말이지. 가볍게 고개를 끄덕였다간 진짜 베어버릴 수도 있다.

그걸 알아차린 모양이다.

가비루는 창백해진 얼굴로 놀라면서 그 자리에 엎드렸다.

"최근 몇 주 동안 제대로 된 식사를 못 하는 바람에 그만 신이 나서 실례를 저질렀습니다, 용서해주십시오! 제발 저희들을 리무루 님의 부하로 받아주시길 바랍니다. 반드시 도움이 되도록 노력하겠으니, 부디 이렇게 간청드립니다!!"

그 말을 신호로 100명의 부하들도 일제히 나를 향해 무릎을 꿇었다.

그걸 보고 비로소 시온이 만족스러운 표정으로 대태도를 집어넣었기에, 침착하게 이야기를 나눌 수 있는 분위기가 만들어졌다.

들자하니 가비루는 아버지에게 의절당해서 갈 곳도 없는 모양이다.

너무나도 불쌍해서 부하로 삼아주기로 했다. 애초에 위화감도 없이 홉고블린들과 어울려서 밥을 먹고 있는 시점에서 얕볼 수 없는 재능을 갖고 있다고 생각한 것이다.

건물 건설에 방해가 되기 때문에 방호벽의 설치는 뒤로 미루고 있었다. 그러므로 들어오는 건 쉬웠겠지만, 순찰조에게 의심을 사지도 않고 내 부하라고 자신 있게 말했던 모양이다.

"처음부터 이럴 계획이었던 거 아닌가?!"

"하지만 제겐 달리 의탁할 수 있는 분도 없었으니…… . 게다가 전 리무루 님 말고 다른 자를 모실 생각은 털끝만큼도 없었으니까…… ."

그런 식으로 여전히 제 좋을 대로 말한다.

"이래 보여도 오라버니는 반성하고 있습니다. 부디 속죄할 기회를 오라버니에게 주십시오."

가비루를 감싸주듯이 의견을 올린 자가 있었다. 잘 보니, 리저드맨의 두령인──아비루의 친위대장이다.

분명 아비루의 딸이면서 가비루의 여동생인 것으로 기억한다.

"어라? 친위대장까지 왜 여길 온 거지? 아비루 곁에서 신체제 구축에 관여하고 있어야 하는 게 아닌가……."

확실히 리저드맨의 두령에게 '아비루'라는 이름을 지어줄 때 보좌를 하듯이 옆에 있었던 것으로 기억하는데…….

"아아, 전 오라버니와는 달리 의절을 당한 것은 아닙니다. 저 자신의 의지로 여기 왔습니다──."

듣자하니 아비루는 내가 이름을 지어준 것 때문에 진화하여 수명이 대폭 늘어난 모양이다. 리저드맨의 수명은 50에서 70년 정도라고 하지만, 드라고뉴트로 진화하면서 200년으로 늘어났다고 한다. 어디까지나 문헌에 의한 지식이므로 실제로 어느 정도 살수 있는지는 확실하지 않다고 하지만.

그래도 수명이 늘어난 것은 틀림없는 모양이다.

리그루도 쪽과 마찬가지로 실질적으론 다시 젊어진 것이다.

후계자 문제도 당분간은 나중의 일로 미룰 수 있게 됐기 때문에 견문을 넓히도록 하기 위해 딸을 밖으로 보내는 것에 동의해줬다고 한다.

친위대장은 "아버지께서 잘 부탁드린다고 전해달라고 하셨습니다"라고 마무리했다.

"뭐라고? 날 따르고 싶어서 쫓아온 게 아니었단 말이냐?!"

"전 일단은 오라버니를 존경하고 있어요. 하지만 굳이 말한다면 소우에이 님을 동경하고 있기 때문에, 가능하다면 소우에이 님을 따르고 싶습니다."

이야기를 듣고 있던 가비루가 시끄럽게 따졌지만, 그런 가비루에게 폭탄 발언으로 응하는 친위대장.

"뭐라고오?!"

"무슨 문제라도 있나요?"

그렇게들 말하면서 언쟁을 시작했다.

그녀도 가비루와 같은 핏줄답게 상당히 개성적이었다.

가비루과 같이 온 부하들 중 대부분이 가비루를 따르는 자들이라는 것은 틀림없었지만, 몇 명은 친위대 소속인 자가 섞여 있었다. 대장을 따라온 모양이다.

뭐, 소우에이를 모시고 싶다면 그것도 좋을 것이다.

"소우에이를 따르고 싶다면 내가 얘기를 해주지. 하지만 그 녀석은 밀정인데, 너희들이 도움이 되겠나?"

"문제없습니다! 전 여기 있는 도련님과는 기합이 다르니까요!"

"뭐라고?! 아까부터 잠자코 듣자하니 도가 지나치구나. 날 얕보지 마라, 이 꼬맹아!!"

정말로 사이가 안 좋군. 아니, 자주 싸울수록 사이가 좋다고 하던가?

친위대장도 가비루가 모반을 일으켰을 때 붙잡힌 걸 내심 속에 담아두고 있겠지. 그냥 내버려 두는 게 좋을 것 같다.

귀찮을 것 같으니 상관하지 않기로 했다.

나중에 몰래 들은 이야기에 의하면 그것 말고도 이유가 있었다. 실은 아비루가 가비루를 걱정하여 감시하도록 분부했던 모양이다. 그러므로 밀정으로 행동하는 것은 자신의 처지에 적합한 것이었다고 한다. 가비루의 태도에 따라선 의절된 인연을 다시 회복하는 것을 검토하겠다고 말했다고 한다.

하지만 이건 가비루에겐 비밀이다.

가르쳐주면 곧바로 잘난 척 굴게 뻔하기 때문에 한동안은 반성
하게 두는 것이 좋을 것이다.

*

뭐, 그런 식으로 가비루 일행이 우리 동료가 되었다.

동료가 되었다면 이름이 필요할 것이라 생각하여 각자에게 이
름을 붙여주기로 했다.

이 시점에선 아직 베니마루의 이야기를 듣지 않았다. 그래서
이름을 지어주는 것에 그렇게까지 큰 저항은 없었던 것이다. 모
른다는 건 정말 무서운 일이다.

"뭐, 소우에이의 부하라면 '소우카(창화, 蒼華)'라는 이름이 좋지
않을까."

그렇게 말하면서 친위대장에게 이름을 지어줬다.

친위대장을 따라온 자들은 여자 둘에 남자 둘로 총 네 명이었
으므로, 각각 '토우카(동화, 東華)', '사이카(서화, 西華)', '난소우(남창,
南槍)', '호쿠소우(북창, 北槍)'라고 이름을 지어줬다.

여자가 꽃(華)이고 남자가 창(槍).

깊은 뜻은 없으며, 적당히 지은 것이다.

이름을 지어주자 진화가 시작되었다.

그걸 부러운 표정으로 보고 있는 가비루.

하지만 내겐 가비루에게 이름을 지어줄 생각은 없다. 이미 이
름이 있으니까 붙여줄 필요가 없는 것이다.

"가비루 군, 부러워하지 말게. 자네에겐 '가비루'라는 멋진 이름

이 있잖은가?"

그렇게 말하면서 가비루의 옆을 지나치려 했다. 하지만 그 순간, 대량의 에너지(마력요소)가 빠져나가는 감각이 나를 덮친다.

이런, 설마 저질러버렸나? 그렇게 생각하면서 돌아보자 눈을 반짝거리면서 나를 보는 가비루와 눈이 마주쳤다.

그때 이미 가비루의 몸은 빛을 발하기 시작했고——어라? 이건…… 혹시 진화?

내 의도와는 상관없이 가비루에게 이름을 지어주고 만 것이었다.

설마, 새 이름으로 기존의 이름을 덧씌우는 게 가능할 줄은 생각도 못 했다. 이름을 지어준 부모가 이미 죽은 상태인 탓에 어쩌다 보니 파장이 맞아떨어지는 경우가 발생한 것일까.

이유는 확실하지 않지만 가비루에게 이름을 지어주고 말았다는 건 틀림없는 사실이다.

가비루를 좀 더 반성하게 내버려 둘 생각이었지만 이미 저질러버린 일은 어쩔 수가 없다. 그렇다면 고부타와 같이 하쿠로우에게 맡겨서 나름대로 지옥을 맛보게 해주는 게 좋을 것 같다.

그렇게라도 하지 않으면 진화한 김에 또 분수를 모르고 까불 것 같아서 두려우니까.

뭐, 나중에는 뭔가 일거리를 줘야 하겠지. ……그런 일을 생각하면서 나는 늘 그랬듯이 슬립 모드(저위활동상태)로 들어갔다.

다음 날부터는 리저드맨 전사단의 100명에게도 이름을 지어주기 시작했다.

움직이지 못하는 동안에 알파벳을 섞어서 적당히 이름을 생각해둔 것이다.

리저드맨이 상위의 마물이라는 이유도 있어서 20명 정도에서 한계가 찾아왔다. 그러므로 5일 정도 걸려서 모두에게 이름을 지어주게 되었다.

이름을 주게 되면서 가비루 일행은 드라고뉴트로 진화했다.

드라고뉴트란 존재는 용의 피를 이은 아인이라고 일컬어지고 있다.

우선 외모를 말하자면──,

신기하게도 남성과 여성의 외모가 달라졌다.

남성은 리저드맨과 비교해서 큰 변화는 없다. 용 같은 날개와 뿔이 생겨났으며, 비늘이 단단하게 변한 정도다. 비늘 색이 녹색을 띤 검은색에서 보라색을 띤 검은색으로 변화한 것이 가장 큰 변화점이라 할 수 있겠다.

그에 비해 여성은 인간과 비슷한 외모로 변화한 것이다.

상당히 미형이다.

단, 용의 뿔과 날개가 생겨났으며, 피부를 용의 비늘로 변하게 만들 수 있는 '용린화(龍鱗化)'라는 스킬도 소유하고 있는 것 같다. 이 능력을 구사함으로써 반대로 인간의 모습에 가깝게 변하는 것도 가능하다고 한다.

내가 지닌 '만능변화'와 비슷한 느낌의 스킬로 보이지만 기왕이면 완전히 인간으로 변할 수 있게 되었으면 좋았을 텐데. 아니, 어쩌면 연습하기에 따라선 가능하게 될지도 모른다.

남자는 인간의 모습에 흥미가 없었기 때문에 인간에 가까운 외모로 변하지 않은 것이라 할 수 있을 것이다.

인간의 나라에서 첩보 활동을 할 일도 있을 테니까 의외로 중요하게 쓰일 것 같은 능력이었다.

변화한 건 외모뿐만 아니라, 힘도 늘어나 있었다.

강인한 육체는 단단하고 강한 비늘로 덮였으며, 거기에 물리 공격과 마법 공격에 내성을 가지는 '다중결계'가 자동으로 펼쳐지는 모양이다.

드라고뉴트는 '마법내성'을 지닌다고 하며, 내게도 '글러트니(폭식자)'의 '수용' 효과로 환원된 것이 판명된 것이다. 고생해서 얻은 '다중결계'를 '공급'한 점은 좀 꺼림칙하긴 하지만 정산을 해본다면 이득이다.

그 외에도 몇 가지 능력을 준 것 같지만 어떤 것인지는 나중에 밝혀질 것이다. 의도하여 주지 않는 한 나는 그 내용을 알지 못한다는 것도 납득이 가지 않는 이야기였다.

뭐, 그건 상관없지만…….

가비루에게 어느 정도의 방어 능력이 갖춰졌는가가 신경이 쓰였다.

그렇게 되었으니 당장 실험을 해봐야겠다. 나는 인간 형태로 변신하여 전에 습득해둔 마력탄을 아무 말 없이 다짜고짜 가비루에게 발사했다.

"왜, 왜 이러십니까?!"

튕겨나간 가비루가 놀라면서 물어본다.

하지만 나는 아무렇지도 않게 "멍청한 놈!"이라고 내뱉었다.

눈을 휘둥그레 뜨는 가비루.

그런 가비루를 보면서 나는 계속 말한다.

"네가 아버지를 배신한 것에 대한 벌을 내린 것이다. 다음은 절대 봐주지 않는다. 단단히 각오해라."

함부로 까불지 말라고 못을 박는 의미도 있다. 하지만 그 이상으로 배신은 절대 용서하지 않겠다는 의사표시를 해두는 게 중요하다고 생각한 것이다. 실험을 하는 김에 그렇게 되긴 했지만 일부러 그걸 말할 필요는 없겠지.

가비루는 기쁜 표정으로 납득하고 있었다. 역시 바보이긴 하지만 미워할 수 없는 녀석이다. 고부타와 막상막하일 것 같았다.

추가로 말하자면 가비루는 마력탄을 맞았지만 전혀 효과가 없는 것 같았다.

'용린화'와 '다중결계'로 거의 무효화시킨 모양이다.

봐주지 않고 쏜 것이니, 있는 힘을 다해 주먹으로 때린 것에 비하면 다섯 배 정도의 위력은 될 터인데 말이지…….

뭐, 바보라서 고통을 못 느끼거나, 어쩌면 내 '통각무효'까지 계승된 것일지도 모르지.

공룡도 통각은 둔하다고 하니, 어쩌면 그 연장선일지도 모른다.

어쨌든 벌은 내렸으니 가비루를 인정해주자고 생각했다.

이런 식으로 가비루 일행은 상당히 강해져 있었다.

C+랭크의 리저드맨에서 B랭크의 드라고뉴트가 된 것이다.

전사로서의 기량은 그대로 유지되고 있으므로 상당히 강력하게 성장했다고 말할 수 있을 것이다.

가비루와 소우카, 그리고 그녀의 부하 네 명은 격이 달랐다.

소우카는 A-랭크로, 부하 네 명은 B+랭크가 되었다.

그리고 가비루는 훌륭하게 A랭크의 벽을 넘어선 것이다. 지금의 가비루라면 그 게르뮈드와 싸워도 좋은 승부를 벌일 듯하다.

베니마루 일행 정도는 아니지만 잘 단련시키면 더 강해질 수 있을 것 같다.

하쿠로우에게는 가비루를 특별히 더 엄하게 수행시키도록 부탁해두자고 생각했다.

소우카 일행의 다섯 명은 소우에이에게 소개하고 그 뒤는 그에게 맡기기로 했다.

소우에이라면 훌륭한 닌자와 쿠노이치로 단련시켜줄 것이다. 기본적으로 그 녀석은 자비심이라곤 눈곱만큼도 없으니까.

*

소우카 일행은 바라던 대로 소우에이가 맡도록 분부했다.

"제 마음대로 부려도 되겠습니까?"

그렇게 도마 위의 생선 같은 표정으로 대기하고 있는 그녀와 부하들을 보면서 내게 확인을 구하는 소우에이. 내 쪽이 오히려 소름이 끼칠 것 같은 차가운 태도다.

하지만 소우에이를 동경하고 있다고 말했던 것만큼, 소우카 일행은 전혀 신경 쓰는 기색 없이 기대하는 표정으로 내 말을 기다리고 있었다.

"아아, 응. 소우에이가 하고 싶은 대로 단련시켜도 돼."

내가 그렇게 대답하자 소우에이는 "그럼 리무루 님이 바라시는

대로"라고 말하면서 소우카 일행을 맡는 것을 받아들여 줬다.

그 말을 듣고 소우카가 기뻐하며 소리를 질렀다.

나는 이해가 안 됐지만 본인들이 기뻐하고 있으니까 문제는 없을 것 같다.

이렇게 소우카 일행은 소우에이의 부하가 되었다.

문제는 가비루 일행이다.

소우카 일행은 소우에이가 어떻게든 잘 맡아주겠지만 가비루 일행에 관한 건 내가 맡아야 할 일이다.

모처럼 내 부하가 되었으니 뭔가 일거리를 주어야만 한다.

그 이전에 의식주를 만족스럽게 제공해주는 것도 급선무였다.

식량은 그렇다 치더라도 옷과 거주할 곳이 문제였다.

그들은 방어구로 다 부서진 스케일 메일을 착용하고 있을 뿐이다. 무기는 창을 들고 있지만 이쪽도 날이 이가 다 빠져서 쓸 만한 것이 못 될 것 같다.

이 문제는 생산 장관을 맡고 있는 카이진에게 부탁해서 가능한 한 빨리 갖출 수 있도록 준비시켰다.

그리고 잘 곳은 원래 살던 곳을 생각한다면 물이 가까운 쪽이 좋을 텐데…….

이 부근에서 물이 있는 곳이라면 가까이에 흐르고 있는 강이 있다. 그러나 겨우 100명이 살기 위해 새로운 집락촌을 만드는 건 귀찮은 일이다.

그때 머릿속에 번뜩이면서 떠오른 것이 동굴 안에 있는 호수의 존재이다.

베루도라가 봉인되어 있었으며 내가 실험 장소로 다니는 곳이지만 그곳이라면 충분한 넓이가 있다. 봉인의 문 안쪽으로는 드나드는 자도 적으니 가비루 일행의 잘 곳으로는 딱 좋을 것 같았다.

문제가 있다면 빛이 없다는 것인데, '마력감지'를 습득시키면 해결될 것으로 생각한다.

처음에 그 호수는 물고기도 살 수 없을 정도로 고농도의 마력요소를 함유하고 있었지만 지금은 상당히 옅어진 상태다. B랭크의 마물 정도쯤 되면 그럭저럭 버틸 수 있지 않을까?

그곳의 마력요소를 이용해 히포크테 풀의 재배도 해보고 싶다고 생각하고 있던 참이다. 가비루 일행이라면 그 일을 맡기기에 적합할 것 같다. 살 곳과 일거리를 줄 수가 있으니 그야말로 일석이조였다.

나머지 걱정거리는 이 녀석들의 수준으로 동굴 안에 들어가는 건 위험하지 않을까 하는 점이다.

가비루는 A랭크를 넘어섰기 때문에 동굴 안에 적은 없을 것으로 본다. 그러나 B랭크인 드라고뉴트 전사들로선 아직 이기지 못하는 마물이 있는 것이다.

그중에서도 이블 지네는 B+랭크이기 때문에 아주 강하다.

내가 동굴로 보낸 탓에 마물의 먹이가 되어버렸다간 그야말로 꿈자리가 사나울 것이다.

《해답. 단순한 랭크를 비교한다면 이블 지네가 상위에 있지만 다섯 명 이상이 연계한다면 드라고뉴트 전사들로도 충분히 이길 수 있습니다. 현재의 무장 상태로 연산한 결과이기 때문에 장비가 충실하다면 승

률은 더욱 높아집니다. 회복약을 준다면 사망자가 나올 가능성은 한없이 낮아질 것입니다.》

고민하는 내게 '대현자'가 어드바이스를 해줬다.

드라고뉴트에겐 날개가 있기 때문에 비행 능력을 갖추고 있다.

이블 지네는 강력한 마물이라곤 해도 상공에서의 공격에는 약하다고 한다. 조심해야 할 건 브레스지만 '다중결계'가 있다면 치명상을 입는 일은 없을 것 같다.

나는 가비루 일행을 믿고 이 일을 맡겨보기로 했다.

"가비루, 너에게 동굴 안에서 히포크테 풀의 재배를 맡기고 싶다."

"맡겨만 주십시오! 이 가비루, 몸이 가루가 되도록 열심히 일하겠습니다!"

눈을 반짝이면서 더할 나위 없이 감격스러워하는 대답이 돌아왔다.

맡겨보자. 의욕은 충분히 있는 것 같으니.

무엇보다 가비루 일행이 동굴에 정착해준다면 문지기 노릇을 대신해줄 것이므로 동굴에 대한 경계가 필요 없게 된다.

동굴 안에선 반드시 다섯 명 이상이 집단행동을 하도록 엄명하는 것을 잊지 않는다. 이건 어떤 의미로는 훈련도 되기 때문에 숙련도를 높이는 의미로 생각해도 적합한 것이었다.

덤으로 이걸 자신들이 만든다는 목적의식을 가질 수 있을 테니까 각자에게도 회복약을 대량으로 넘겨줬다. 만일의 경우엔 즉시 사용해도 좋다고 허가해주었다. 방심하다가 중태가 되었다고 해도 이것만 있으면 괜찮을 것이다.

이렇게 가비루 일행에게 잘 곳과 일거리를 동시에 줄 수가 있었다.

*

최근 1개월 동안 가비루 일행도 요령이 생긴 것인지, 별 위험 없이 동굴 안에서 움직일 수 있게 되었다.

가름과 쿠로베의 신작 무기와 방어구를 장착하면서 실력도 여러 단계 상승한 것이다.

걱정이 되어서 한번 상태를 보러 갔지만 상당히 잘 지내고 있었다.

시력이 전혀 도움이 안 되는 환경이었지만 '마력감지'와 '열원감지'를 모두가 습득했기 때문에 전혀 문제가 되지 않는다. 다섯 명으로 반을 편성했고, 항상 세 개 반이 연계를 취하고 있다.

'사념전달'로 연락을 주고받으면서 행동하고 있기 때문에 만일의 경우에 대한 대응도 빠르다.

가비루는 이런 지휘 쪽에는 발군의 능력을 발휘하였기 때문에 생각했던 것 이상으로 동굴 생활에 적응하는 것이 빨랐다.

항상 전투가 끊이지 않는 환경에서 생활을 계속해온 전사단도 경험이 올라가 그 실력이 늘어나 있는 상태다. 다섯 명이라면 회복약에 의존하지 않고 이블 지네를 물리칠 수 있을 것 같다.

믿음직스럽기 그지없다.

나중에 고블린 라이더와 모의전을 시켜봐도 재미있을 것 같다. 스타 울프는 단일 개체로는 B랭크에 속하지만 기수인 홉고블린과 일심동체가 되면 B+랭크에 해당할 정도로 강해진다. 부대로서의 숙련도도 높기 때문에 지금은 고블린 라이더가 위에 있겠지만…… 하늘을 날 수 있는 전력인 드라고뉴트들이라면 의외로 재미있는 싸움이 될 것 같다.

가비루 일행의 성장을 보고 나는 문득 그런 생각이 든 것이다.

그리고 현재 가비루 일행은 동굴 안에서 히포크테 풀을 열심히 재배하고 있었다.

동굴 안의 순찰 임무에서 제외된 열 명 정도가 히포크테 풀의 성장에 대한 관찰을 하고 있다. 어떤 상태에서 가장 품질이 좋은가를 조사하기 위해 구역 별로 재배 방법을 달리 하고 있다.

그리고 가장 좋은 품질로 나온 것을 재배하여 늘릴 계획을 하고 있는 것이다.

여기서 재배한 히포크테 풀에서 회복약을 만든 뒤에 그걸 팔아서 외화를 벌어들이고 싶다. 앞으로 인간 사회를 견학하러 갈 때를 대비해 돈을 버는 수단 중의 하나로 눈독을 들이고 있었던 것이다.

가비루를 부른다.

"가비루 군. 재배 상황은 어떤가?"

"후후후, 잘 물어보셨습니다! 순조롭습니다! 재배에 들인 노력의 결정이 바로 이것입니다."

그렇게 말하면서 내게 풀을 슬쩍 내민다.

잡초였다.

나는 말없이 가비루에게 '흑뢰'를 한 방 먹인다.

딱히 죽지는 않을 것이다. 최근에는 완벽하게 위력을 조절할 수 있으니까.

"끄오오, 왜 이러십니까! 제가 무슨 실수라도?!"

"바보 녀석, 그건 잡초잖아! 넌 대체 뭘 키우고 있는 거냐?!"

"뭐, 뭐라고요?! 이런 실수를……. 이 가비루, 아주 약간 공을 세우고자 서두르고 있었나 봅니다."

"공을 세우길 서둘렀다고 끝날 얘기가 아니잖아……. 정말이지, 확실히 좀 하라고. 애초에 그 고농도의 마력요소 안에서 잡초를 키우는 게 더 어려운 일 아닌가?"

그런 일이 있긴 했지만 전체적으로는 계획대로다.

희소 식물인 히포크테 풀을 드라고뉴트가 기르는 작업은 순조롭게 진행되고 있다.

가비루에게 잡초와 구별하는 법을 가르쳐주는 쪽이 더 고생스러울 정도다. 물론 시력에 의존하지 않고 감촉만으로 판단하는 건 어려운 일이라는 것도 잘 알고 있다. 내겐 '해석감정'이 있지만 가비루 일행은 그런 편리한 스킬을 가지고 있지 않다. 경험에만 의존할 수밖에 없기 때문에 억지로 재촉해도 소용없을 것이다.

빛이 있다면 더 좋을 텐데…….

이 문제는 앞으로 생각할 과제였다.

그런 가비루였지만 동굴 안을 자기 구역인 양 돌아다니는 데다, 이제는 완전히 동굴의 주인이 되어 있다.

마물들도 가비루를 보면 도망칠 정도다.

가비루의 측근 중에서도 혼자서 이블 지네에게 이길 수 있는 용맹한 자가 나오기 시작한 모양이며, 동굴 안의 일부는 그들의 지배 영역으로 변해 있었다.

상당히 큰 성과이다. 절대 그 사실을 언급하지 않을 것이며, 칭찬도 하지 않을 것이지만 말이다.

녀석은 칭찬을 해주면 신이 나서 까불다가 실패할 타입이다.

나랑 한없이 닮았다.

닮은 사이이기 때문에 더욱 잘 안다. 그렇기 때문에 맡긴 일은 책임을 다해 완수해주리라고 믿을 수 있는 것이다.

지금은 재배에 전념하도록 시키고 있지만, 이 일이 어느 정도 안정되면 다음은 조합에 들어갈 것이다.

내 능력이라면 쉽게 양산할 수 있지만 그렇겐 하지 않는다. 내가 없이 생산할 수 있는 생산 체계를 만들자고 생각하고 있다.

내가 없어지면 아무것도 하지 못하는, 그런 상태가 되는 걸 피하고 싶은 것이다.

아무리 실패해도 좋으니 확실한 한 번의 성공을———.

그렇게 바라면서 나는 그 자리를 떠났다.

*

의식주 문제가 해결된 데다 가비루 일행도 동료로서 모두와 친숙해졌다.

평화로운 나날이 이어지고 있다.

야아, 평화롭다는 건 정말 좋은 일이다. 나는 시온의 품에 안긴 채로 이동하면서 느긋하게 그런 생각을 하고 있었다.

걷는 리듬에 맞춰 가슴이 흔들린다.

출렁, 출렁. 출렁, 출렁.

아아, 점점 기분이 좋아지네…….

그렇게 나른한 생각에 푹 잠기려고 한 바로 그때였다——.

'리무루 님, 긴급사태입니다. 수백 마리의 페가수스가 도시를 향해 날아오고 있습니다.'

소우에이의 냉정한 '사념전달'이 내게 도착한 것이다.

"시온, 긴급사태다. 베니마루와 하쿠로우는 내가 부를 테니 리그루도한테 시민들에게 긴급 지시를 내리라고 전해다오!"

"알겠습니다."

놀라서 명령을 내리자, 시온은 나를 내려놓고는 즉시 달리기 시작했다.

도시의 주민 모두에게 전하려면 '사념전달'로는 무리가 있다. 긴급사태를 알리는 종을 울려서 광장에 모든 사람들을 모을 필요가 있는 것이다.

나는 베니마루에게 상황을 알리면서 상공을 향해 의식을 집중했다.

평소에는 제한을 걸어두고 있는 '마력감지'를 최대한으로 펼쳐서 관측한다. 그러자 드워프 왕국이 있는 쪽에서 날아오는 존재를 감지했다.

그 수는 대략 1천.

개개별의 랭크는 평균적으로 따지면 A랭크까지는 미치지 않을 정도지만——아니, 이건 2인1조——랄까, 페가수스에 기사가 타고 있는 건가?! 그렇다면 통제가 잘 된 무장 집단이란 이야기가 된다.

《해답. '해석감정' 결과. 기사의 능력은 A-랭크, 페가수스도 마찬가지로 A-랭크에 해당합니다. 하지만, 일심동체라고 부를 정도로 파장이 동기하고 있습니다. A랭크를 약간 넘을 것으로 추측합니다.》

관찰한 결과, 약 500명 정도 되는 기사단일 것으로 판단했다. '대현자'의 말에 따르면 A랭크급의 기마병이 500명이 되는 것인가. 우리 힘을 총동원해도 이길 수 없을 정도의 전력이란 이야기다…….

기마대의 일원을 하나하나 살펴보니 이제 막 A랭크가 된 가비루보다 약하게 느껴진다. 그러나 세 명이 동시에 상대한다면 가비루를 쓰러뜨리는 것도 쉬울 것 같은 전력이다.

이건 어떤 의미로는 20만의 오크 군대도 상회하는 위협이라 할 수 있었다.

시온이 슈나를 데리고 돌아왔다.

동시에 베니마루와 하쿠로우도 도착했고 언제 왔는지 소우에이가 내 뒤에 대기하고 있다.

게루도는 건설 현장과 자재 조달을 위해 숲으로 간 하이 오크들을 호출하여 무장을 갖추도록 다급하게 움직이고 있지만 이대로는 제시간에 도착하지 못할 것 같다. 그래 봤자 C+랭크의 하이오크들로선 유린당하기만 할 뿐이겠지만…….

"리무루 님, 어떻게 하시겠습니까?"

베니마루가 내게 물어보지만 명확하게 대답할 수는 없다.

"어떻게 하냐고 물어본들 말이지……. 그쪽의 목적도 정체도

불명이니. 싸웠다간 질 게 뻔하니 가능하면 싸움은 피하고 싶은
데……."

《해답. 접근 중인 집단의 목적지는 이 장소가 틀림없습니다. 이쪽으
로 곧장 향해 오고 있습니다.》

내가 중얼거리는 소리에 '대현자'가 반응했다.
숨어서 지나치기를 기다리는 작전은 선택할 수 없을 것 같다.
"문제없습니다! 물리치면 됩니다."
소극적인 내 생각을 시온의 느긋한 목소리가 날려버린다.
넌 바보냐고 말하고 싶지만, 말해봤자 이해하지 못하겠지…….
나랑 시온은 서로 생각하는 승리 조건이 다른 것이다.
아무리 희생이 나와도 적 500명을 물리치면 된다면 이야기는
간단하다. 가능하냐 아니냐를 따진다면 가능하다.
그러나 도시의 주민에게 피해를 입히지 않으려고 한다면, 그건
불가능이라는 결론이 나온다.
'대현자'에 의한 연산으로는 여기서 모두가 일제히 다른 방면으
로 도망치는 경우가 가장 생존율이 높다고 한다. 이 경우에는 9
할이 살아남을 수 있는 모양이다.
정면에서 대응하여 공격하는 경우에는 반수가 사망한다는 결
과가 나왔다. 나랑 키진들조차 살아남을 수 있는가는 운에 달렸
다고 한다. 어디까지나 전력을 다해 싸웠을 경우의 계산이긴 하
지만, 물리치자는 시온의 의견을 채용하고 싶지 않다는 건 두말
할 필요도 없을 것이다.

어찌 됐든 간에 희생은 나오게 된다.

전투가 벌어진 시점에서 이미 내가 보기에는 진 싸움이 된다.

도시가 입을 피해 같은 건 아무래도 상관없지만 인적 피해는 간과할 수 없다. 그러므로 내 입장에선 전투가 벌어지는 것만은 피하고 싶은 바이다.

"뭐, 될 대로 될 수밖에 없나. 일단 전투가 벌어지게 되면 주민들의 피난을 우선시한다. 그 동안에 우리가 시간을 버는 거다."

"알겠습니다. 전력을 다해서 싸워보면 의외로 쉽게 이길 수 있을지도 모르니까요!"

"마법으로 보조하는 건 제게 맡겨주세요!"

"후후후, 저의 대태도는 피를 바라고 있습니다."

"——나는 리무루 님을 따를 뿐."

키진들의 사기도 확인함과 동시에 하쿠로우와 쿠로베에겐 피난할 경우를 대비해 모두를 인솔하는 역을 맡기기로 했다.

달려온 리그루도에게도 사정을 설명하고 대화가 아니라 전투가 벌어진다면 도시 밖에 있는 게루도의 부하들과 합류하도록 하라고 전해두었다.

그때 "어라, 혹시……" 하고 중얼거리는 소리가 들려왔다.

그쪽으로 눈을 돌리니 카이진이 뭔가 생각에 잠겨 있다.

"왜 그러나? 카이진."

"아, 아뇨. 하늘을 날아다니는 기사라고 하니 드워프 왕 직속의 극비 부대가 있다는 소문을 들은 적이 있어서 말이죠. 어디까지나 소문입니다만……."

"뭐? 드워프 왕국이라면 중무장한 보병이나 고화력의 마법병

단이 주력이지 않나? 게다가 과거에 단장이었던 자가 모르는 극비 부대가 있을 리가 없잖아?"

"아니, 그게……. 소문의 출처가 퇴역한 노장들이란 말이지요. 단장이라고 해봤자 우린 애송이 격이니까 말입니다. 몇백 년이나 살아온 선조들에겐 머리를 들 수가 없으니……."

씁쓸한 표정으로 말하는 카이진.

쉽게 말하자면 수명이 길고 술을 좋아하는 드워프답게 퇴역하고도 여전히 군부에 영향을 주고 있다는 모양이다. 그런 퇴역 군인을 위로하는 술자리에서 그런 소문이 돌고 있었다고 한다.

술에 취한 탓에 입도 가벼워졌다. 아마 그런 느낌일까.

일곱 개의 정규군이 아닌 국왕 직속의 극비 부대——그 이름은 페가수스 나이츠라고 한다.

"페가수스는 보통 C랭크의 마수지요. 비행 능력이 있으니 드워르곤에서 사육하고 있지만 말입니다. A-랭크의 페가수스라면 자연계에선 좀처럼 존재하지 않거든요. 그렇다면 그 소문은 진실이었나 하는 생각이 들어서……."

과연, 카이진의 말에도 납득이 가는 점이 있다.

그런 비밀 부대의 존재가 겉으로 드러날 리가 없으니, 전(前) 단장이라고 해도 겨우 소문으로나마 알고 있을 뿐이라고 생각하면 설명은 되는 것이다.

그렇다면 이쪽으로 오는 건——.

"만약 카이진의 생각이 옳다면 이쪽으로 오는 건 드워프 왕일 가능성이 있단 말인가?"

"그렇겠……군요. 가젤 폐하는 요즘엔 왕궁에서 나오는 일이 없지만 과거에는 영웅으로 불리던 사람이니까요. 만약 필요하다고 판단되면 스스로 솔선하여 움직인다고 해도 이상할 건 없습니다."

"그 필요하다고 생각하는 이유에 대해 짐작 가는 점은 있나?"

"아니요······. 어쩌면 오크 로드 건이 아니겠습니까? 하지만 이미 해결된 일인데——."

응? 오크 로드······?

"어라? 그러고 보니 리그루도, 묻고 싶은 게 좀 있는데······."

"네, 무엇입니까?"

"카발 쪽을 통해서 모험가에게 소문을 흘리도록 하긴 했지만, 그 사건이 해결됐다는 건 전달했나?"

"——윽?!"

"이런, 이런, 잊어버렸단 말인가. 카발 쪽에 전달해둬야겠군."

"드릴 말씀이 없습니다. 그만 잊어버리고 있었습니다——."

리그루도 탓만은 아니다. 나도 잊어버리고 있었으니 피차 마찬가지다. 소우에이에게 부탁하면 금방 전달할 수 있으니 큰 실수라고 할 수도 없을 것이다.

지금 당장이라도 소우에이를 보내고 싶지만 지금은 이리 오는 자들의 상대를 하는 게 더 중요했다.

"가젤 폐하는 어쩌면 그 정보를 듣고 도와주러 온 것은, 아닐까요?"

카이진이 희망적인 관측을 입에 올리긴 했지만 아무래도 그런 분위기는 아니다.

모르는 걸 계속 생각해봤자 별수 없으니 그 이야기는 끝내기로 했다.

우리는 최악의 경우를 대비해 그 자리에 선 채로 초대하지 않은 손님을 기다렸다.

*

도시의 상공에 페가수스 무리가 날아왔다.

경계하면서 지켜보는 우리를 거들떠보지도 않고 상공을 몇 바퀴 정도 날아다닌 후에 도시 밖의 넓은 장소에 착지한다.

도시 안에도 중추 시설 건설 예정지 같은 넓은 장소가 있었지만, 초대받지도 않았는데 갑자기 안으로 들어오는 행동은 일단 예의상 하지 않은 모양이다.

대개는 국가 간에 그런 짓을 했다간 선전포고감이 되니 당연하려나? 하지만 마물을 상대하는 거라면 국제법 같은 건 아무 상관이 없을 테고, 애초에 이 세계에 국제법이 있는지조차도 잘 모르겠지만······.

그에 관해선 지금 생각해봤자 소용이 없다.

그것보다 우릴 찾아온 자의 정체가 드워프 왕이 틀림없다는 건 판명됐다. 지금은 그게 더 중요하다.

드워프 왕도 갑자기 우리를 습격할 생각은 없는 것 같다.

우리를 적으로 인식하고 있는 거라면 다짜고짜 공격해 왔을 테니, 어쩌면 카이진이 말한 대로 원군으로 온 것일까?

그렇다고 해도 우리를 도와주기 위해 극비 부대를 움직이는 건 있을 수 없는 일이다.

적어도 왕이 스스로 움직이는 일은 절대 없을 것이다.

도시의 주민을 피난시키는 것을 하쿠로와 쿠로베, 그리고 고부타에게 맡기고 우리는 도시 밖으로 향했다.

리그루도는 날 따라오고 있다. 대외 교섭은 자신의 역할이라고 주장하면서 말을 듣지 않았던 것이다. 뭐, 교섭할 여지가 있는지 없는지도 확실하지 않지만……

카이진과 드워프 3형제는 말할 것도 없다. 다들 모여서 날 따라온 것이다.

도시 밖의 광장에 가지런히 정렬한 기사들이 보였다.

기사들 앞에 압도적이기까지 한 패기를 내뿜는 인물이 한 명. 그 인물을 지키듯이 한눈에 봐도 실력의 차원이 다르게 느껴지는 자들이 서 있다.

그 수는 네 명.

가젤 왕을 포함하면 다섯 명이나 격이 다른 존재가 있다는 이야기가 된다.

그 실력은 확실하진 않지만 적어도 A랭크는 가볍게 넘어섰다. 가젤 왕을 눈앞에서 봤을 때에 느꼈던 위기감, 그와 동등한 분위기를 띠고 있는 걸 봐도 다른 차원의 실력을 지녔다고 생각하는 게 좋을 것 같다.

아마도 저자들은 영웅왕의 파티(동료들)인 것으로 생각된다. 그렇군, 이런 괴물이 있다면 도망치는 게 생존 확률이 높다는 말도 납득이 간다.

이건 정말로 전투가 벌어지는 걸 피하지 않으면 위험하다.

"오오, 가젤 폐하. 오랜만에 뵙사옵니다. 실로 위엄이 넘치시는 행차를 하셨는데, 오늘은 무슨 일로 이곳에 오셨는지요?"

카이진이 앞으로 나와 가젤 왕 앞에 무릎을 꿇으면서 물었다.

생각해보니 나는 가젤 왕과 직접 대화를 해본 적이 없다. 그때는 뭔가 귀찮은 절차를 밟지 않으면 왕과의 대화는 불가능한 규율이 있다고 들었다.

아무런 변명도 하지 못한 채 범죄자 취급을 당했고——그렇다고 해도 카이진이 귀족을 때린 건 사실이지만——결국엔 자칫하면 강제 노동을 할 뻔했던 것이다.

가젤 왕이 공명정대했기 때문에 구원을 받았으니 이대로 부당하게 싸움이 벌어질 일은 없을 것 같다. 만약 싸움이 벌어질 것 같으면 이번에는 하고 싶은 말 정도는 실컷 하도록 하자.

"오랜만이구나, 카이진. 그리고 슬라임. 짐——아니, 나를 기억하고 있는가?"

상대가 어떻게 나오는가를 살피고 있던 내게 싹싹하게 말을 걸어오는 가젤 왕.

그건 그렇고 그 귀찮은 절차는 필요 없는 것인가? 내가 느긋하게 그런 생각을 하고 있었을 때 등 뒤에서 불온한 분위기가 풍기기 시작했다.

가젤 왕이 나를 슬라임이라고 하대하여 불렀기 때문일 것이다.

베니마루가 웃음기를 거두면서 칼에 손을 대고 험악한 기운을 뿜고 있다.

그에 대조되는 것이 언제나 냉정한 소우에이다. 입가에 살짝 머금고 있는 미소가 그의 심정을 훌륭하게 표현하고 있다. 즉, 격노. 소우에이는 평소에는 무표정하지만 화가 나면 미소를 짓는 위험한 성격을 갖고 있다. 그의 웃는 얼굴을 보려면 죽음을 각오해야 한다는 건 아이러니한 이야기였다.

베니마루는 기본적으론 참을성이 없지만 그래도 키진들 중에선 비교적 자중하고 있는 편이다. 그 증거로 슈나랑 시온으로부터는 범상치 않은 위험한 오라(요기)가 흘러나오고 있었다.

너무나도 위험한 상황이다.

지금은 내 명령을 지키느라 참고 있겠지만 이 이상 무슨 일이 생긴다면 언제 한계가 찾아온다 해도 이상할 게 없다. 그들이 참지 못하고 나서기 전에 이야기를 수습해야겠는데…….

그런데 그런 걱정을 하고 있는 나와는 달리 카이진도 또한 왕의 예상외의 말에 동요하고 있는 것 같았다.

"폐, 폐하?!"

카이진은 눈이 튀어나올 것처럼 놀라면서 당황하고 있다.

역시 지금의 가젤 왕의 대응은 지금까지의 카이진이 가지고 있던 상식과는 달랐던 모양이다. 그러나 내 입장에선 좋은 찬스였다.

대국의 왕이 스스로 나서서 번거로운 절차를 생략한 덕분에 이야기를 나눌 수 있게 되었으니까.

갑자기 단죄를 당하지 않는 결과만이라도 나온다면 한번 도박을 걸어볼 만하다. 키진들의 분노는 어찌 됐든 간에 이 찬스는 어떻게든 살려야 한다.

"후하하하하. 여전히 완고하군, 카이진은. 보고도 모르겠나? 오늘의 나는 한 사람의 인간으로서 온 것이네. 어디까지나 구실일 뿐이지만, 그렇게라도 하지 않는 한 이렇게 돌아다니는 건 불가능하지."

호쾌하게 웃으면서 가젤 왕은 그렇게 내뱉었다.

카이진은 당황하면서 나와 가젤을 번갈아 바라보고 있었지만 왕뿐만 아니라 주위의 측근도 아무 말이 없는 걸 보고 왕의 말이 진실임을 깨달은 모양이다. 상황을 따라가지 못하는 바람에 굳어 버리고 말았다.

그건 그렇다 쳐도 드워프 왕 가젤은 공적이 아니라 사적인 일로 왔다고 한다.

그러면 뒤의 그 거창한 기사단은 대체 뭐란 말인가? 아니, 생각해보면 왕이 가볍게 혼자서 돌아다니는 건 있을 수 없는 이야기다.

그렇다면 저 기사단은 장로랑 대신들, 나라의 중추를 맡은 자들을 납득시키기 위한 호위라고 생각할 수 있다.

번거로운 절차가 필요 없다면 직접 본인에게 용건을 묻는 게 가장 빠르다. 싸울 생각은 없다는 말을 믿고 이 자리에선 강하게 대응해보도록 하자.

나는 그렇게 생각하여 말을 건다.

"그렇다는 건 평범하게 말을 걸어도 문제가 없단 뜻이겠지?"

"당연하지. 딱딱하고 갑갑하고 형식에 구애받을 자리는 아니니까."

"그럼 우선 이름을 밝히지. 내 이름은 리무루다. 슬라임인 것은 맞지만 나를 슬라임으로 부르지는 말아주면 좋겠군. 이래 봬도 일단은 쥬라의 숲 대동맹의 맹주니까. 예전과는 입장이 달라졌거든."

그렇게 말하면서 나는 인간형으로 변화한다.

"이게 본 모습이란 뜻은 아니지만 이쪽이 얘기하긴 더 쉽겠지?"

그리고 빙긋이 웃으면서 가젤 왕의 반응을 살폈다.

"인간으로 변했단 말인가요?!"

"──상위 마인, 그것도 상당한 거물이로군."

"흠. 마력 반응이 있어. 그러나 마법 반응은 없군. 스킬(능력)에 의한 상태변화, 같은 건가. 에너지(마력요소)양의 증가는 없으므로 본인이 말한 대로 외관이 변하기만 한 것 같군. 하지만 전투 방법은 달라질지도 모르겠군. 적어도 우리와 마찬가지로 장비를 착용한 시점에서 공격 수단과 방어력은 증가한 것 같으니까."

"성가시군…… 오랫동안 출현한 적이 없는 희소종의 이변체인가? 뒤에 있는 자들도 많이 이상한데."

"흠. 그쪽 정체는 알고 있네. 키진 족이야. 오크 로드와 맞먹을 정도로 희소종이지."

"뭐라고요? 키진 족이라면 오거가 진화한 존재인데. 나중에 버거워지기 전에 지금 여기서 처리하는 게 좋지 않나요?"

"──쉬운 얘기가 아닐걸? 이마에 뿔이 있는 자가 네 명. 우리도 각오를 해야 할 필요가 있겠어."

"나약한 마음을 먹는 건 금물이지만 얕보지도 않는 게 좋다는 말이군요."

가젤 왕은 말없이 날 바라보고 있었지만 그의 동료들의 경계심은 깊어진 것 같다. 왕의 동료들에게 베니마루의 정체까지 들킨 상태다. 저 노파가 무슨 마법을 써서 우리 정보를 캐고 있는 모양이다. 우리가 가진 패를 다 들키는 것 같아서 기분이 안 좋지만 어느 정도는 어쩔 수가 없다. 우리도 실력을 보이지 않으면 얕보이게 될 테니까.

살아남았다 하더라도 일방적으로 예속되는 건 절대 사양이다.

"조용히 하라!! 소란스레 굴지 마라. 지금은 나랑 이 슬라임이 얘기를 하는 중이다. 아니——리무루였던가. 내가 이자를 파악하고 있으니 너희들은 얌전히 견학하도록 하라."

내게서 시선을 돌리지 않은 채 가젤 왕은 갑자기 큰 소리를 질러서 이 자리를 조용히 시킨다. 엄청난 패기를 내뿜어서 그의 동료들을 순식간에 입 다물게 만든 건 역시 대단했다.

"소란스럽게 만든 것 같아서 미안하군. 그저 이쪽이 얘기하기 쉬울 것 같아서 변했을 뿐이다. 거기 있는 할머니가 말한 대로 이건 내 스킬인 '만능변화'에 의한 변신이지. 일종의 의태(擬態)이니 그렇게 경계하지 않아도 된다."

"그걸 판단하는 건 나다. 적인지 아군인지 판단할 수 없는 자의 말은 믿을 수도 없지."

그것도 그렇겠군. 하지만 적인가 아군인가라.

그렇군, 이번에 가젤 왕이 찾아온 목적은 우리가 어떤 존재인가를 파악하기 위해서인가. 아마도 내 예상이지만 오크 로드가 토벌되었다는 정보도 이미 알고 있는 상황에서 내린 판단일 것이다.

그렇다면 신용을 얻을 수만 있다면 적대할 필요는 없다는 뜻이 된다.

"뭐, 의심하는 거야 자유지만 그래선 대화가 성립되지 않는 거 아닐까?"

"안심하도록 하라. 너를 파악하는 데 말은 필요 없다. 내 검으로 네 본질을 꿰뚫어 봐주마. 이 숲의 맹주가 되었다며 허풍을 부리는 너에게는 분수라는 걸 가르쳐줘야겠으니 말이다. 그 검이 장식이 아니라면 내 결투 신청을 받아들이도록 해라."

그렇게 말하면서 손에 들고 있던 할버드를 옆에 서 있던 기사에게 건네는 가젤 왕. 내 칼을 보고 눈빛이 바뀐 걸 보니 상당한 배틀 정키(전투광)일지도 모르겠다.

"폐하, 설마……."

"흥! 진지하게 싸워 보는 게 가장 빠르지 않겠는가?"

가젤 왕은 사나운 표정으로 웃음을 짓고 있다.

주위의 기사와 왕의 동료들이 놀라는 모습을 보니, 가젤 왕이 검으로 싸우는 건 진심이라는 증거이리라.

내가 봐도 거절할 이유는 없다. 지금 현재도 도시의 주민들을 한창 피난시키는 중이므로 시간을 벌기에는 딱 좋았다.

"그 신청을 받아들이지. 내가 허풍을 부린다고 말했던 걸 후회하게 만들어주겠다."

나와 가젤 왕은 시선을 교환한 뒤에 둘 다 앞으로 나왔다.

키진들도 지켜보는 자세를 취하고 있다. 내가 질 것이라곤 생각하지 않을 것이다.

가젤 왕의 동료들과 부하인 기사들도 왕을 말리지 않고 싸움을 지켜보려는 생각인 것 같다.

어느샌가 나와 가젤 왕을 둘러싸듯이 원형으로 진이 만들어졌고 우리는 그 중심에서 대치했다.

"승부 내용 말인데, 내 연속 공격을 다 막아낸다면 네 승리로 쳐도 좋다. 말할 것도 없겠지만 넌 내키는 대로 공격해도 상관없다. 단──검성이라 불리던 나, 가젤 드워르고의 검을 우습게 보지는 마라."

가젤 왕은 그렇게 말하면서 검을 스르렁 뽑은 뒤에 눈앞에 들고 자세를 잡았다. 약간 휘어진 모양에, 한쪽 면에만 날이 섰으며, 아름다운 문양이 얕게 새겨져 있는 검이었다. 도와 비슷하게 보이지만 독특한 모양의 검이다. 검성으로 불렸던 자인 만큼 소지하고 있는 검도 아주 고급으로 보인다.

어디, 그러면 나도 칼을 잡아볼까 하고 생각했던 그때──.

"그러면 입회는 제가 맡도록 하죠!"

그 자리를 지배하듯이 차분한 목소리가 울려 퍼졌다.

동시에 출현한 청렴한 기운이 셋, 그중의 하나가 한 말이다.

내게 있어선 익숙한 기운, 드라이어드인 트레이니 씨다. 여전히 신출귀몰한 인물이다. 남은 두 개의 기운도 트레이니 씨와 비슷한 걸 보니 전에 이야기로 들었던 자매들인가 보다.

"드라이어드──?!"

경악하면서 소리를 지른 자는 우리 정보를 캐고 있던 노파였다.

갑자기 마물이 공간을 이동하여 나타난다면 그야 놀라는 것도 무리는 아니겠지.

트레이니 씨는 방긋 웃으면서 가젤 왕을 바라봤다.

그리고 말한다.

"우리가 속한 숲의 맹주에 대해 오만불손하게 구시는군요, 드워프 왕. 맹주이신 리무루 님께 허풍을 부린다고 말하다니, 이 숲의 주민을 적으로 돌릴 각오는 되어 있으신가요? 하지만 리무루 님이 당신과의 승부를 받아들이신 이상, 그분 밑에 있는 제가 끼어들 일은 아닙니다. 이번에는 못 본 것으로 하지요. 하지만 약속을 어기실 생각이라면 그때는 용서하지 않을 것입니다."

거역할 것을 허용하지 않는 분위기로 트레이니 씨는 가젤 왕 일행을 향해 경고했다.

하고 싶은 말을 다 해줘서 후련하다는 표정으로 고개를 끄덕이는 내 동료들.

그에 비해 드워프들의 안색은 좋지 않다.

"숲의 최상위 존재인 드라이어드가…… 일개 세력에 가담하다니……."

"상위 정령에 필적하는 존재야. 그게 세 명이나 있다니……. 다들 각오를 단단히 해야겠어."

그렇게 서로 중얼거리면서 비장한 표정을 짓는 자까지 있다.

그러니까 나는 싸우고 싶은 생각이 없다니까……

"후하, 후하하하하!! 숲의 맹주란 말이 허풍이 아니었단 얘긴가. 네가 허풍을 부린다고 말한 건 사과하마, 리무루여. 게다가 돌아가는 사정도 대강은 이해했다. 하지만 네 인품을 아는 건 별개의 얘기다. 입회인도 정해졌으니 이제 남은 건 검을 부딪혀보는 것뿐!!"

가젤 왕에게 동요는 보이지 않는다.

전혀 흔들림이 없이 처음부터 끝까지 계속 나를 바라보고만 있다.

"그래, 그 말이 맞아. 가볍게 이겨서 이번 일에 대한 설명을 확실히 듣도록 하겠다."

"후후후, 날 이길 수 있다면 대답해주마."

이제 주위에는 잡음이 사라졌다.

트레이니 씨도 긴장된 표정으로 서로 대치한 우리 옆에 선다.

이렇게 나와 가젤 왕은 승부를 겨루게 되었다.

＊

고요함에 휩싸인 광장에 "시작!"이라는 트레이니 씨의 목소리가 울려 퍼졌다.

나와 가젤 왕은 동시에 움직인다.

내 스킬(능력)인 '마력감지'는 범위 안의 정보를 읽어 들여 머릿속에 영상으로 재현할 수가 있다. 그 능력을 구사하여 나는 나 자신을 위에서 내려다보듯이 파악하고 있었다. 그리고 사고를 1,000배의 속도로 가속하여 전술을 생각한다.

진심으로 싸우는 건 오랜만이다.

오크 디재스터 게루도와 싸운 이후로 매일 하쿠로우와 모의전을 하는 걸 빼먹지 않았다. 그래도 실전은 아니라는 안일한 생각이 어딘가에 있었던 것 같다.

나는 오랜만에 모든 정신을 집중시켜 적을 바라봤다.

지금의 내 키는 130㎝ 정도로 성장해 있다. 오크 디재스터를 먹으면서 에너지(마력요소)양이 증가했는지 슬라임(만능) 세포가 늘어난 것이다.

그렇다곤 해도 가젤 왕의 키는 드워프의 평균보다 약간 큰 170㎝ 정도라서 머리 하나 이상의 체격 차이가 있었다.

내 체감 이미지로는 우뚝 솟은 산 같이 너무나도 큰 존재로서

묘사되고 있다. 왕의 존재감으로 인한 보정 효과일 것이다.

그러나 나는 마음의 평정을 유지하면서 가젤 왕을 계속 살핀다.

가젤 왕은 아름다운 외날 검을 눈앞에 든 자세를 취한 상태로 나를 정면으로 바라보고 있었다. 그 자세는 미동도 하지 않았으며 어떤 공격이라도 받아낼 수 있다는 자신감으로 넘치는 것 같았다.

사실, 나는 가젤 왕의 자세에서 빈틈을 찾아내지 못하고 있다.

마치 하쿠로우를 눈앞에 두고 있는 것 같은 착각을 느낀다. 검성이라는 호칭은 장식이 아닌 모양이다. 아니, 오히려 검성과 동급으로 느껴지는 하쿠로우가 대단한 건지도 모른다.

어쨌든 이건 훈련이 아니다. 방심은 절대 해서는 안 된다.

우선은 작은 기술로 반응을 볼 것이다.

가젤 왕은 연속 공격을 한 번만 쓰겠다고 말했다. 나는 그 동안 몇 번이라도 공격을 시도할 수 있다. 그 공격으로 쓰러뜨려도 문제없으니까.

달인이라면 어느 정도는 공간을 파악하는 데 능숙할 것이다. 그렇다면 더더욱——.

나는 '신체 강화'로 다리 힘을 증가시킨 뒤에 급가속으로 가젤 왕에게 칼 공격을 가했다. 맞으면 좋고, 알아보고 피한다면 내 계획에 빠지게 될 것이다.

나는 가젤 왕에게 충분한 정보를 주었다는 걸 확신하고 나서 공격을 하고 있다. 그 모든 것을 정확히 읽어내고 전투에서 활용할 것이라고 확신하면서. 그렇게 되면 공격을 하는 내 손의 길이를 10㎝만 늘려도 피해냈다고 착각하다가 공격을 당하게 될 것이다.

너무 길게 늘이지 않는 게 포인트다.

이런 걸 치사한 수법으로 생각할지도 모르지만 아주 유효한 방법이다. 상대가 간격을 알아차리지 못하게 하는 건 접근 전투를 할 때 중요한 포인트 중 하나이기 때문이다.

한마디 더 하자면 나는 이 방법으로 하쿠로우에게 한 번 이긴 적이 있다. 두 번 다시 통하지 않았으며, 그날의 하쿠로우는 악귀——아니, 키진이니 원래도 귀신이긴 하지만——로 변하는 바람에 나는 결국 지옥을 경험하게 되었지만, 그래도 몇 안 되는 승리를 거둘 수 있었던 작전이었다는 건 틀림없다.

달인조차도 속여 넘긴 내 기술을 과연 받아낼 수 있을까?!

그렇게 자신만만하게 휘두르는 내 참격을, 마치 그렇게 올 걸 다 파악하고 있었던 것처럼 정밀한 동작으로 받아 넘겼다.

이봐, 지금 농담하는 거지?! 나는 당황하면서 다시 칼을 잡고 자세를 취한다.

가젤 왕에겐 추격할 의사가 없었는지, 역시 나를 조용히 관찰하고 있는 것 같았다.

그 후로 몇 번인가 손을 바꾸거나 자세를 바꿔서 공격해봤지만 모든 공격을 유연하게 받아넘기고 말았다.

당연하지만 나는 절대 봐주지 않고 있다. 회복약이 있으니 죽지만 않으면 치료가 가능한 것이다. 전력을 다해 임했지만 전혀 통하지 않았다.

부드럽게 가볍게. 날이 상하지 않도록 최적의 힘 조절로 대처하고 있었다.

아무래도 나랑 가젤 왕 사이에는 압도적일 정도의 레벨(기량) 차이가 있는가 보다. 그걸 인정하지 않을 수 없을 정도로 전혀 상대가 되지 않았다.

"왜 그러나, 벌써 끝인가? 너의 힘은 고작 그 정도인가, 리무루여?"

생각해보니 내가 나 자신의 스킬을 사용하는 걸 주저해야 할 필요가 없다. 사용한다고 해서 반칙은 아닌 것이다. 하지만 그래도 여기서 스킬(능력)에 의존하는 건 왠지 패배를 인정하는 것 같아서 거슬렸다.

무슨 일이 있어도 한 번의 공격을 성공시키겠다고 생각했다. 아무래도 지는 걸 싫어하는 내 선천적인 성격에 불이 붙어버린 모양이다.

"시끄러워! 아직 진지하게 공격을 하지 않았을 뿐이니까 놀라지 말라고."

그렇게 대꾸해봤지만 여전히 유효한 방법을 떠올리지 못하고 있다.

지고 싶지 않지만 이길 방법이 없다.

그런 내 초조함을 다 들여다보는 것처럼 가젤 왕이 움직인다. 엄청난 투기가 가젤 왕에게서 흘러나오면서 나를 휘감았다.

투기에 휩쓸리면서 나는 움직임이 봉쇄되었다.

위험하다, 이대로는 공격을 당할 텐데?!

《알림. 해석이 완료됐습니다. 이 투기는 '위압'의 상위에 속하는 엑스트라 스킬 '영웅패기'입니다. 대상을 위축시키고 움직임을 봉하는 것을 목적으로 하는 능력입니다. 저항력이 낮은 자라면 마음이 굴복되면서

능력자에게 심취하게 될 것입니다.》

이건 위험하다고 생각한 순간, 믿음직스러운 파트너의 목소리가 들렸다. 곤란할 때 나타나는 '대현자'다. 지금 당장 대응책을 물어보자.

《해답. '위압'의 대처 방법과 마찬가지로 기합으로 레지스트(저항)를 하는 것이 가장 좋습니다.》

뭐라고? 기합이라니, 너…….

믿음이 가지 않는 대답이었다. 왠지 모르겠지만 '대현자'가 점점 대충 대답한다는 느낌이 든다.

아니, 지금은 그럴 때가 아니다.

일단은 이 상태를 벗어나는 것이 먼저다.

기합을 넣으려면 큰 소리를 질러야 한단 말인가. 몸은 움직이지 않지만 목소리는 나온다. 해보고 안 된다면 그때 생각하자.

"우, 오오오아아아아아아!!"

나는 있는 힘을 다해 포효했다. 그 뒤에 란가가 잘 쓰는 보이스 캐논(성진포, 聲震砲)을 가젤 왕을 향해서 쐈다. 동시에 '위압'을 내뿜어서 '영웅패기'를 중화시켜보려고 시도했다.

내 보이스 캐논을 피하지도 않고 상쇄시킨 가젤 왕. 하지만 약간 정신 집중이 풀렸는지 나도 '영웅패기'의 중화에 성공했다.

승부를 다시 시작할 수 있게 됐다.

한 번 더 칼을 쥐고 대치하는 나와 가젤 왕.

이렇게 되면 내가 승리하기 위해 할 수 있는 행동은 한 가지뿐이다.

──가젤 왕의 공격을 끝까지 보고 받아내는 것──.

맨 처음에 제시한 승리 조건을 채울 수밖에 없다.

그러나 가젤 왕이 설마 이 정도로 강할 줄은 생각 못 했다. 마치 하쿠로우를 상대로 하고 있는 것 같은 생각이 들 정도로 그 실력의 끝이 보이지 않는다.

나를 죽일 생각이라면 훨씬 전에 치명타가 될 공격을 날렸을 것이다. 그러지 않는 건 스스로 선언한 대로 나를 파악하기 위해서인 것이다.

하지만 나도 쉽게 패배를 인정할 수는 없다.

숲의 맹주라고 선언한 이상 전력을 다해 승리해야만 한다.

적어도 꼴사나운 모습을 보이는 것만은 결코 허용되지 않는다.

나는 마음을 새로 잡고 조용히 칼을 정면으로 들었다. 하쿠로우와 대치할 때처럼, 가르침을 청하는 마음가짐으로 가젤 왕과 대치한다.

가젤 왕의 기술을 받아내면 내 승리다. 나는 일체의 망설임을 버리고 그저 자신의 검과 일체가 되도록 정신을 집중했다.

검의 목소리에 귀를 기울이면서 검과 일체가 된다. ──그것이 하쿠로우가 말하는 검의 극의.

의미는 전혀 모르겠지만 지금은 순순히 말한 대로 칼에 의식을 집중할 뿐이다.

그런 나를 보고 가젤 왕이 빙긋이 웃었다.

"그래, 그러면 된다. 그럼 슬슬 시작해볼까!"

일부러 들으라고 선언하다니, 내가 그렇게 생각한 순간——가젤 왕이 눈앞에서 사라졌다. 내가 지닌 모든 감지 능력에서 소실된 것이다.

이건 대체——?!

대응할 수 있었던 건 우연과 행운이 낳은 결과에 지나지 않는다.

왠지 모르게——정말 이유도 없이——위험한 느낌이 바로 밑에서 다가오는 것 같았다. 그런 애매한 감각을 믿은 적은 지금까지 없었지만 지금은 순순히 그 직감을 믿어보기로 한 것이다.

만약 이게 극의에 달한 자에게만 들린다는 '검의 목소리'라는 현상일지도 모른다.

아주 약간 뒤로 피한 내 눈앞을 하나로 뭉쳐진 살의가 스치고 지나간 것 같았다. 그러나 그걸로 끝이 아니다.

왜냐하면——이건, 이 기술은——.

위험하다! 그렇게 생각한 것과 동시에 나는 무의식적으로 칼을 들어 몸을 가리고 있었다.

카아아————앙!! 하는 날카로운 소리가 울려 퍼진다.

승부가 났다.

나는 가젤 왕의 검을 받아내는 데 성공한 것이다.

"후, 후후후…… 후하하하하!! 내 검을 받아냈구나!!"

"어, 그래. 받아낸 걸 인정한다는 건 내 승리라는 얘기겠지?"

"그래, 그렇다고 하자. 너는 사악한 존재는 아닌 것 같구나."

가젤 왕은 호쾌하게 웃으면서 검을 거뒀다.

"결투 종료! 승자, 리무루 템페스트!!"

승부를 지켜보고 있던 트레이니 씨의 선언에 의해 내 승리가 확정됐다.

그 말을 듣고 나는 안도하면서 그 자리에 주저앉는다. 스스로 생각하고 있던 것 이상으로 방금 싸움에서 소모를 많이 한 모양이다.

이게…… 드워프 왕인 가젤 드워르고의 실력인가.

영웅이라는 자의 실력을 일부나마 엿본 것 같은 기분이 들었다.

*

내 승리가 선언되면서 마물들이 지르는 기쁨의 함성이 광장을 가득 채웠다.

하지만 드워프들은 달갑지 않았는지, 여기저기서 불만의 목소리가 나오고 있다.

"폐하의 검을 막아냈다고?!"

"말도 안 돼, 있을 수 없는 일이다!!"

"설마, 폐하께서 봐주신 게……?"

그런 소리가 들린다.

아니, 실제로 가젤 왕은 날 시험해보려 하고 있었다. 그렇지 않다면, 검으로 승부했다면 눈 깜짝할 사이에 내가 지고 말았겠지. 하지만 봐줬다고 표현하는 건 좀 그렇지 않나? 내 승리가 달갑지 않다는 건 알겠지만 그건 말이 좀 심하잖아…….

"닥쳐라!! 네놈들은 수치심도 없는가!! 폐하께서 봐주시다니, 그건 너무나도 오만한 발언이다! 내 눈으로도 포착할 수 없었던 폐하의 공격이 네놈들에겐 보였다는 말이냐?"

"──그 말이 맞다. 가젤 녀석은 절대 봐주지 않았어. '검성'의 이름은 장식이 아니다. 이번에는 죽이는 게 목적이 아니라 상대의 본성을 아는 것이 중요하다. 우리는 적을 만들려고 온 것이 아니다. 그걸 잊지 마라."

순백의 기사처럼 보이는 남자와 칠흑의 기사처럼 보이는 남자가 내가 하고 싶은 말을 대변해줬다. 그리고 역시 내 생각대로 드워프들의 목적은 싸움이 아니라 우리의 정체를 파악하는 것이었던 모양이다.

두 사람의 말을 들은 드워프들은 그제야 부끄러운 듯이 입을 다물고는, "저희의 실언을 용서해주십시오"라고 말하며 나와 가젤 왕에게 사죄하기 시작했다.

두 사람의 승부를 더럽힐 의도는 없었으며, 자신들의 왕인 가젤의 패배를 인정하고 싶지 않다는 마음에서 나온 말이라 할 수 있다.

그 태도는 진심에서 나온 것이니 만큼 나는 사죄를 받아들였다.

그리고 그들의 마음도 이해할 수 있다.

당사자인 내가 말하는 것도 우습지만, 솔직히 말해서 마지막 공격을 받아낼 수 있었던 건 운이 좋았던 것에 지나지 않는다. 나는 그 검기의 생김새를 알고 있었으니까. 받을 때의 인상이 똑같았기 때문에 직감이 명령하는 대로 칼을 들어 막은 게 정답이었을 뿐이라는 이야기다.

"그건 그렇고 용케도 내 '오보로(朧) 지천굉뢰(地天轟雷)'를 막아냈구나. 훌륭하다, 리무루."

"아니, 우연이오. 내 스승이 그 기술을 사용하던 것을 본 적이 있거든."

본 적이 있다기보다 훈련에서 자주 두들겨 맞던 기술이었다.

최근에도 첫 공격을 피해냈다고 기뻐하다가 정수리에 바로 일 격을 맞고는 실망했던 것이다.

대지에서 하늘을 찌르듯이 위로 베면서 적의 자세를 무너뜨리 는 것을 목적으로 한다. 그 뒤에 상대를 덮치는 두 번째의 공격이 야말로 '오보로 지천굉뢰'의 진짜 모습이라고 한다.

하쿠로우의 기술 중에선 초급에 속하지만 지금의 내겐 대처하 는 것만으로도 벅찬 검기였다. 알고 있었기 때문에 막아낼 수 있 었다. 단지 그랬을 뿐이기 때문에 칭찬을 들을 만한 것이 아니다.

"뭐라고? 설마, 그 스승이란 자는──."

가젤 왕이 흥분한 것 같은 표정으로 날 정면에서 바라봤다. 기 술이 같았다는 것도 그렇고, 혹시나──.

"헛헛허, 아주 훌륭했습니다, 리무루 님. 검의 목소리가 들린 것 같으니, 그 무엇보다 기쁜 일이로군요."

주민의 피난을 돕고 있었던 하쿠로우가 어느샌가 곁에 와 있 었다.

"여자와 어린아이들의 피난 유도를 끝내고 나머지는 고부타 쪽에 맡겨두고 와봤습니다만, 재미있는 걸 볼 수 있었습니다, 그려."

즐거운 표정으로 웃는 하쿠로우. 보아하니 날 도와주기 위해 달려와준 것 같다.

그런 하쿠로우를 보면서,

"실례지만 검귀 님이 아니십니까?"

가젤 왕이 공손한 태도로 말을 걸었다.

역시 생각했던 대로 가젤 왕과 하쿠로우는 아는 사이였던 모양이다.

"……호오, 그때 만났던 애송이인가. 미처 못 알아봤습니다. 아니, 드워프 왕께 큰 실례를 했군요. 방금 그 검기를 보고 대체 어떤 용맹한 자인가 하고 생각했더니…… 저보다 더 훌륭한 검사로 성장하신 것 같아서 기쁘기 그지없습니다."

하쿠로우는 가젤 왕을 보면서 눈을 가늘게 뜨고 웃었다.

"검귀 님께 그런 말을 듣다니, 황송합니다."

"흠, 300년 만인가요? 숲에서 길을 잃고 헤매던 애송이에게 심심풀이 삼아 검을 가르쳐준 건 그리운 추억이로군요. 그 애송이가 지금은 드워프 왕이 되었다니……."

과연, 하쿠로우가 검을 가르쳐준 일이 있었단 말인가. 어쩐지 칼을 쓰는 느낌이 똑같다고 생각했다.

그 말은 즉 가젤 왕은 내 사형이 된다는 이야기로군. 하지만 그렇다고 쳐도…… 300년이라니, 하쿠로우는 대체 얼마나 오래 산 거야? 정말이지 수수께끼가 많은 인물이다. 그리고 사람의 인연이란 건 어떻게 이어져 있는지 알 수가 없는 법이다.

그 뒤에 장소를 옮겨서 자세한 이야기를 나눠보기로 했다.

임시로 지은 게 아니라 제대로 새로 지은 중앙 건물. 이 건물 안에 이 도시의 운영에 관여하는 중요 직책에 임명된 자들의 방이 배당되어 있었다.

그 건물에 인접하여 세워진 사무동에 집무실과 회의실이 준비되어 있다. 우리는 그곳으로 들어가 이번 일에 관해 이야기를 나누기로 한 것이다.

피난시킨 주민들도 다시 불러서 기사단을 대접하는 일을 맡겼다.

양쪽의 간부들끼리만 모인 회합은 편안한 분위기 속에서 시작됐다.

드워프들의 목적은 오크 로드를 물리친 정체불명의 마물 집단의 조사――즉, 우리를 조사하는 것이었다.

적이 될 존재인지, 아군이 될 존재인지――그걸 알아내기 위해 온 것이라고 했다. 예상대로다.

그 결과, 드라이어드가 나타나질 않나, 과거의 스승이 나타나질 않나, 승부를 굳이 언급하지 않더라도 딱히 적대하고 싶다는 생각은 들지 않았다고 한다.

기본적으로 드라이어드는 공명정대한 마물이니 사악한 존재의 편을 들지는 않으리라고 믿었던 모양이다. 그런 마물이 편을 들어주는 이상, 더 시험할 것도 없이 우리가 해가 없음을 확신하고 있었다고 한다.

단지 그냥 흥미가 앞서다 보니 일단 승부는 겨뤄보기로 한 모양이지만.

드워프들의 사정을 들은 뒤에 우리도 사정을 이야기했다. 오크 로드의 소란에서 숲의 맹주가 된 경위까지.

오크 로드가 마왕으로 변한 것까지는 이야기하지 않았지만, 이미 해결된 문제이니 굳이 언급할 필요는 없다고 판단한 것이다.

이렇게 우리는 서로의 사정을 자세하게 이야기했다.

대화를 나누는 자리는 어느샌가 연회로 바뀌어버렸다.

이야기를 나누던 중에 우리 사이에 있던 긴장도 풀렸다. 그리고 밤이 되면서 슈나가 식사라도 하자면서 요리를 가져온 것이다.

이 도시에는 먹을 것이 상당히 풍부했기 때문에 나름대로 질이 좋은 요리를 만들 수 있다. 그리고 무엇보다 슈나의 요리 솜씨는 초일류였기 때문에 자연스럽게 연회가 벌어지는 것도 당연한 흐름이었다.

야간의 비행은 위험하니까 오늘은 묵고 가기를 권했다. 그렇기에 기사들도 커다란 집회장에서 느긋이 지내고 있다.

본국에 보내는 정시 연락도 문제가 없다고 하기에 좀 더 친목을 깊이 하고자 도시에서 개발 중인 술을 내놓아 봤다. 그랬더니 다들 정신없이 마시기 시작한 것이다.

그런 훈훈한 분위기 속에서 나는 마음에 두고 있던 것을 물어봤다.

"그런 것치고는 상당히 대응이 빠른 것 같은데. 3개월 전에 모험가 조합에 정보를 흘렸으니 그쪽으로 정보가 흘러들어간 건 최근이어야 하지 않나?"

그런 내 의문은 가젤 왕의 한마디에 눈 녹듯이 풀렸다.

"암부——첩보원에게 명령하여 너를 추적하도록 시켰다."

취한 탓인지 비밀로 해야 할 것 같은 사실을 가볍게 털어놓는 가젤 왕.

"잠깐, 잠깐…… 그거 말해도 괜찮은 얘기인가?"

"상관없다. 어차피 너희 쪽에 속한 것으로 보이는 자에게 들켰으니까."

내가 드워프 왕국을 나왔을 때부터 추적자를 붙였다고 당당하게 폭로했다. 그러나 마음에 걸리는 건 내 부하에게 들켰다는 점이다.

"아아, 저희 주변을 냄새 맡으며 슬금슬금 돌아다니는 자가 있었습니다. 리무루 님의 명령에 따라 죽이는 건 금지당했기 때문에 내쫓아 버렸습니다. 딱히 별 실력도 없는 자였습니다만, 붙잡는 게 더 나았습니까?"

차분한 표정으로 말하는 소우에이.

소우에이가 보기에는 문젯거리도 되지 않는다고 생각했으며, 일일이 내게 보고할 필요는 없을 거라 판단했다고 한다. 앞으로는 작은 일이라도 보고해달라고 부탁했다.

"잘도 말하는군. 확실히 내 부하는 직접 전투가 서툴긴 하지만……."

앙리에타라고 이름을 밝힌 미녀가 소우에이의 말을 듣고 투덜거린다. 미녀지만 술이 들어가면 트집을 잡는 스타일 같다.

가젤 왕의 심복으로 드워프 왕궁의 첩보 활동을 홀로 도맡아 지휘하는 나이트 어새신(암부)의 수장이라고 한다.

험악한 분위기를 띠는 두 사람을 순백의 기사 갑옷을 입은 진지해 보이는 남자가 말린다.

그는 페가수스 기사단장 돌프라고 이름을 밝혔다. 가젤 왕에게 심취해 있으며 부하 기사들의 실언을 사과한 인물이기도 하다. 극비 부대를 맡을 정도인 걸 보니 외모에서 느껴지는 것 이상으로 성실하고 곧은 성격인 것 같다.

소우에이와 앙리에타를 중재한 후에는 공중전에 대해 베니마루와 뜨거운 토론을 나누기 시작하고 있었다. 성실한 남자라도 그 두 사람의 상대를 계속하기는 싫었나 보다. 두 사람은 서로 비꼬는 짓은 멈췄지만, 너무나도 차가운 분위기를 풍기면서 말문을 닫아버렸으니 말이다. 그야 당연히 자신이 좋아하는 전술에 관해서 이야기하는 쪽이 더 좋겠지.

내 스킬(능력)에 흥미진진해 하던 노파 젠은 드워프 중에서 제일가는 지식인이면서 아크 위저드(궁정 마도사)라고 한다. 지금은 슈나와 마법 이론에 관해 이야기의 꽃을 피우고 있었다. 슈나가 가르침을 청하고 있는 느낌이다.

우리를 조사하던 마법에 흥미가 있었나 보다. 그뿐만이 아니라 기사단에도 레기온 매직(군단마법)이 걸려 있으며, 대군마법을 무효화시켜두고 있었다고 한다. 가령 베니마루가 '헬 플레어(흑염옥, 黑炎獄)'로 공격을 시도했다고 해도 아마 큰 대미지는 주지 못했을 것이라고 말했다.

개인 전투에 관해서도 나름대로 실력이 있지만 군단을 강화시키는 마법의 전문가라고 한다. 외모 이상으로 위험한 할머니다.

카이진과 친하게 이야기를 나누고 있는 사람은 칠흑의 갑옷으로 중무장한 전사다. 번이란 이름을 가졌으며 무장 국가 드워르곤의 최고 전력을 장악한 인물. 어드미럴 팔라딘(군부 최고사령관)이라고 한다. 가젤 왕에 버금가는 실력자라고 들었다.

카이진과는 상사와 부하 사이였다고 한다.

입장상 카이진의 편을 들어줄 수는 없었다고 하지만 지금도 그가 그만둔 것을 아쉬워하고 있는 모양이다. 그렇기에 더더욱 이번 일로 전쟁이 벌어졌을 경우엔 카이진 일행을 구하기 위해 움직일 생각이었다고 한다. 외모는 무섭지만 마음이 착한 인물이다.

대충 그런 느낌으로 드워프들과도 사이가 좋아졌다.

가젤 왕은 옛날을 그리워하는 표정으로 하쿠로우와 이야기를 나누고 있다.

"지금의 나는 하쿠로우라는 이름으로 불리는 키진이외다. 리무루 님의 '스승'을 맡고 있지요."

그런 하쿠로우의 말을 듣고 가젤 왕도 제자로 들어가고 싶다는 말을 했다. 그러나 역시 동료들에게 제지를 당한 모양이다. 일국 의──그것도 대국의 왕이 다른 나라의 지도자를 가르치는 스승 의 제자로 들어가는 건 역시 인정을 받을 수 없을 것이다.

분한 표정으로 나를 노려보는 가젤 왕. 내 잘못은 아니니까 그 런 눈으로 바라보지 말아줬으면 좋겠다.

그건 그렇고 이 가젤이란 사내, 사적으로 왔다고 스스로 말했 던 만큼 왕자(王者)의 관록을 완벽하게 벗어던지고 있었다.

너무나 가벼운 태도로 행동하는 것이, 위엄 있는 모습은 온데 간데없다. 예전의 그 모습은 진짜가 아니며, 지금의 모습이 원래 그가 가진 본질인지도 모르겠다. 스스로 만들었다는 검을 쿠로베 에게 칭찬받자 기뻐하는 가젤 왕을 보면서 나는 그런 생각이 들 었다.

영웅왕으로서의 가젤, 무인으로서의 가젤.

가젤 왕이 내 본질을 꿰뚫어 보고 있었던 것처럼 나도 또한 그 의 본질을 직접 볼 수가 있었던 것이다.

*

  연회도 슬슬 끝나갈 무렵, 가젤 왕이 진지한 표정으로 바뀌면서 날 바라봤다.

"리무루여, 묻고 싶은 게 있다."

"음, 뭐든 답하도록 하지."

"나와 맹약을 맺을 생각은 있는가?"

  처음부터 취하진 않았지만 순식간에 취기가 가시는 것 같았다.

"이건 너의 사형으로서 하는 말이 아니라 왕으로서 하는 말이다. 네가 이 숲의 맹주라고 한다면 우리는 대등한 입장이다. 만약 이 광대한 숲을 모두 손 안에 두고 다스릴 수 있다면 우리나라를 상회하는 부와 힘을 손에 넣을 수가 있겠지. 상공에서 관찰해봤다만 이 도시는 아름다운 구조를 이루고 있었다. 게다가 엄청날 정도로 합리적인 건설 기술로 숲으로 길이 이어지게 만들어놓았더군. 지금은 아직 미완성이지만 이곳은 언젠가 교역로의 중심 도시가 될 것이다. 지금까지 존재하지 않았던 판로를 손에 넣는 것은 그 의미가 크지. 그때가 되면 뒤를 받쳐줄 나라가 있는 것이 편리하지 않겠나?"

  왕에 어울리는 위엄을 발산하면서 가젤 왕은 내게 제안을 해왔다.

  진지한 눈빛으로 날 바라보고 있다.

  자연스럽게 자신이 사형임을 주장하는 건 그냥 듣고 넘긴다 하더라도 우리를 정식으로 하나의 집단으로서 인정해주겠다고, 그렇게 말하고 있는 것이다.

그것도 뒤를 봐주겠다고까지 말하고 있다. 더는 바랄 게 없는 이야기였다.

"괜찮은가? 그건 우리를——마물의 집단을 국가로서 인정하겠다고, 그리 말하는 것과 같은 뜻이 되는데?"

더는 바랄 게 없는 이야기지만 이건 가젤 왕 혼자서 정할 수 있는 일이 아니다. 사적인 발언이 아니라 왕의 입장에서 하는 말이라고 선언한 이상, 철회할 수 있는 기회는 지금밖에 없다.

"물론이다. 그리고 잘못 생각하고 있는 것 같으니 미리 말해두마. 이 얘기는 우리에게도 조건이 좋은 얘기다. 선의로 하는 말이 아니라 서로에게 이익이 되는 얘기란 말이지."

씨익 웃으면서 그리 말하는 가젤 왕. 그 뒤에 아주 진지하게 조건을 제시했다.

가젤 왕의 조건은 다음과 같다.

하나, 상호 불가침조약을 체결할 것.

둘, 국가적인 위기에 처했을 때 상호 협력할 것.

셋, 후원국이 된 대가로 무장 국가 드워르곤까지 이어지는 도로를 준비할 것.

넷, 쥬라의 대삼림 안에서 드워프의 안전을 보장할 것.

다섯, 상호 기술 제공을 약속할 것.

그 외에도 세세한 조건이 여러 개 있었지만 대강 이 다섯 개가 중요한 것이었다.

상호 불가침조약은 당연한 것이며 안전보장도 타당하다고 본다.

상호 협력을 한다고 해도 명문화하고만 있을 뿐이지, 국가적인 위기 사태가 일어나는 일은 없을 것 같다. 군사적으로도 일단 드워르곤은 동쪽 제국과 국경을 접하고는 있지만, 대국이자 중립국인 무장 국가에게 시비를 걸 정도로 제국은 바보가 아닐 테니까. 적어도 우리가 나설 차례는 없을 것 같다.

국교를 맺는다면 길을 연결하는 것도 당연한 이야기다. 교역을 하기에도 판로의 정비는 가중 중요한 과제이니까. 그러나 그 부담을 모두 우리가 짊어지는 건 사실 받아들이기 힘든 이야기라고 본다.

그 점은 가젤 왕이 빈틈이 없다는 걸 엿볼 수 있는 부분이지만 이 조건은 파격적이기도 했다.

왜냐하면 마물이 인간에게 인정을 받는다는 것은 상식적으로 생각해도 웬만한 일이 아니기 때문이다. 내 계산으로도 꾸준히 시간을 들였을 경우, 아무리 빨라도 수십 년 이상의 세월을 들인 끝에 교류할 수 있게 되면 그나마 다행이라고 생각했으니까.

대국인 무장 국가 드워르곤의 후원은 금전적으로 환산할 수 없는 가치를 지닌 것이다. 약소국과의 교섭조차도 비현실적이었는데…….

생각지도 못한 좋은 기회에 나는 자신도 모르게 몸이 떨리고 말았다.

"이 얘기, 기쁘게 받아들이려 하오."

나는 가젤 왕에게 승낙하겠다는 의사를 밝혔다.

리그루도랑 베니마루, 트레이니 씨를 비롯한 다른 사람들도 이견은 없었다. 모두 하나같이 "리무루 님에게 모든 걸 맡겼으니까요"라고 대답한 것이다.

트레이니 씨가 말하길, 드라이어드가 나를 맹주로 인정한 시점에서 반대를 주장할 사람은 없다고 한다. 마물이 인간과 드워프와 어울리는 것에도 기피감 같은 건 존재하지 않는 모양이다. 이렇게 우리는 드워프 왕국과 정식으로 동맹을 맺게 된 것이다.

"그럼 본국에도 그 소식을 전하도록 하지."

그렇게 말하는 가젤 왕의 말에 암부의 수장이라는 앙리에타가 움직였다. 마법으로 전달할 수도 있는 것 같지만 직접 전하는 편이 더 정확할 것이다.

"그건 그렇고 너희 나라는 이름이 뭔가?"

자연스럽게 나온 질문 내용에 나는 멈춰버린다.

어?! 라는 표정으로 서로 얼굴을 바라보는 우리.

나라의 이름…… 이라고? 아니, 가젤 왕이 우리를 나라로 인정해준다면 확실히 국명은 필요할 것이다. 하지만 나라라……. 도시를 만들고 만족하고 있었던 터라, 그 점은 아직 아무것도 생각해보지 않았다.

언젠가는 마물의 나라를 만들어보고 싶다고 생각은 했었지만, 그건 아직 먼 미래의 일이라고 여기고 있었던 것이다.

"아니…… 아직 나라라고 할 단계도 아니라고 생각하는데. 쥬라의 숲 대동맹이라고 해도 나를 맹주로 인정한 각 종족이 참가하고 있을 뿐이니까. 게다가 내가 국왕이 되는 것에 납득하지 않는 자도 나올지도 모르고……."

그런 나약한 내 발언을 그 자리에서 모두가 부정하고 나섰다.

"리무루 님을 왕으로 인정하지 않는 자가 있다면 이 시온이 베어버리겠습니다!"

"힘이 있는 자를 따르는 것, 그건 말하자면 마물의 본능이기도 하니까 말이죠. 하지만 리무루 님의 경우는 근본적으로 다르달까요? 뭐, 억지로 따르는 자는 없으니 반대할 자도 없을 거라 생각합니다만?"

시온과 베니마루는 당연하다는 얼굴로 말한다.

"우후후후후. 현 상황에서 리무루 님이 지배하시는 숲의 영역은 거의 3할 정도랍니다. 아니나 다를까 숲의 상위 종족은 조용히 사태를 지켜보기로 결정했어요. 하지만 중위 종족의 고등한 마물은 순순히 따를 뜻을 보이고 있으며, 하위 종족이라 해도 지혜가 있는 자들은 보호해줄 것을 요청하면서 이 도시로 모이겠지요. 지금은 대동맹의 이름하에 결속되어 있다지만 나중에 그들의 의사가 통일되면 하나의 국가가 탄생할 것으로 생각되네요. 그 중심이 될 마물이 바로 리무루 님이랍니다."

트레이니 씨의 말이 결정타가 되었다.

여기서도 약육강식이라는 절대적인 규칙이 적용되는 모양이다.

베루도라라고 하는 숲의 수호자――그 용이 그렇게 생각을 하고 있었는지 아닌지는 상관없이――가 사라진 지금, 욕심 많은 인간과 패권주의를 앞세우는 마왕들이 손을 대기 전에 숲의 마물들이 공동 투쟁을 할 수 있는 관계를 세울 필요가 있다고 한다. 그걸 만들지 못한다면 착취를 당하거나 멸종을 당하거나 선택지는 둘 중 하나라고 한다.

『──쥬라의 대삼림의 각 종족이 대동맹을 맺고 상호 협력 관계를 구축한다. 다종족 공생 국가 같은 게 만들어진다면 재미있겠다는 생각은 들지만 말이지──.』

그렇게 이야기했던 내 말이 트레이니 씨 일행에 의해 퍼지면서 숲의 각 종족에게 큰 반향을 일으켰다고……. 내가 모르는 사이에 일은 크게 벌어지고 있었던 것이다.

이제는 각오를 굳힐 수밖에 없는 것 같다.

"알았다고. 그럼 나라 이름을 생각해보기로 할까……."

어이가 없다는 표정으로 웃는 가젤 왕을 남겨두고 우리는 다른 방에서 나라의 이름을 생각해보기로 했다.

드워프들은 아직 술이 부족한지 밤새도록 연회를 벌일 생각인 것 같다. 내일 정식으로 맹약──실질적으로 국가 간의 조약이지만──을 맺기로 약속한 뒤, 우리는 그 자리를 떠난 것이다.

그리고 다음 날.

하룻밤 내내 고심한 끝에 우리가 속한 나라의 이름이 결정됐다.

급하게 각 부문의 리더인 간부들을 모아서 밤샘 회의를 벌인 결과이다.

그렇게 하여 정해진 것이 '쥬라 템페스트 연방국'이다.

약칭은 '템페스트(마국연방, 魔國蓮邦)'이다.

처음에는 리무루라는 이름으로 정해질 뻔했지만 부끄러워서 말렸다. 템페스트라면 그럭저럭 참을 수 있을 것 같다.

나 혼자만의 이름이 아니라는 느낌인 데다 어감을 봐서도 아슬아슬하게 괜찮은 느낌이다.

그렇게 내가 방심하던 차에 이 도시의 이름이 '리무루'로 정해졌다…….

중앙 도시 리무루, 이게 정식 명칭이 되었다.

리무루의 도시라거나 리무루(마도, 魔都)로 불리게 되려나? 생각만으로도 부끄러웠지만 모두의 강경한 의견을 기각시킬 수가 없었기 때문에 어쩔 수가 없었다. 빨리 익숙해질 수 있기를 바랄 뿐이다.

나라의 방침에 관해서도 이야기를 나눴다.

이에 대해서는 하룻밤 내내 이야기해도 결론을 낼 수 없었기 때문에 몇 번이라도 대화를 나눌 자리를 만들 예정이다.

일단 주요 권력자는 나이지만, 차츰 공화제로 변경시키고 싶다. 힘은 없어도 지혜가 있는 마물을 채용하여 정치에 관여하게 만들 것이다. 적재적소가 내 모토인 것이다.

뼈대조차 아직 미완성이지만 일단 지금은 괜찮다. 이번 맹약은 나랑 가젤 왕이 서로를 신뢰하면서 맺은 약속이니까.

이번에 무장 국가 드워르곤과 쥬라 템페스트 연방국이 맺은 맹약은 두 나라 간의 협정에 해당한다.

국가의 대표끼리의 조인——이 경우는 서로의 사인——이지만 정식으로 효력이 발휘되는 것이다.

마법에 의해 보장을 받으면서 이 맹약은 세상에 공표되게 된다.

이렇게 드워프 왕 가젤 드워르고와의 맹약은 성립된 것이다.

이것이——역사에 '쥬라 템페스트 연방국'이 등장하는, 최초의 사건이 되었다.

제2장
마왕 내습

Regarding Reincarnated to Slime

페가수스(천마)로 이동하면 드워르곤에서 마도까지 하루에 올 수 있다고 한다.

또 오겠다──그런 말을 남기고 가젤 왕은 떠났지만…….

"자, 약속대로 왔도다, 리무루여!"

큰 소리로 웃으며 페가수스에서 내리는 가젤 왕.

"아니, 당신, 그제 막 돌아간 참이잖소?!"

나도 모르게 솔직한 심정으로 딴죽을 걸고 말았다.

"무슨 소릴 하는 겐가. 사형이 만나러 와줬으니 솔직하게 기뻐해도 좋다네."

마이페이스에 사람 말을 듣지 않는 아저씨다. 그리고 여기서도 자신이 사형이라고 선언한다. 이제는 딱히 감출 생각도 없이, 나에게 자신이 사형임을 인정하게 만들고 싶은가 보다.

점점 왕의 위엄이 사라지는 것 같은 기분이 들지만 내 기분 탓인 것 같지는 않다.

아니, 호위도 데려오지 않고 혼자서 오다니……. 대국의 왕이 그래도 되는 건가?

내가 그런 의문을 품었을 때, 서둘러 달려온 카이진이 외쳤다.

"가젤 폐하, 설마 성을 몰래 빠져나오신 것입니까?!"

"흥! 경비병이 100명이 있어봤자 내가 빠져나가는 걸 알아차리지도 못하지 뭔가. 다들 너무 해이해. 돌아가면 철저하게 다시 훈련시켜야겠네."

"아, 아니…… 그게, 폐하가 상대라면……."

"응? 카이진, 뭔가 하고 싶은 말이 있는가?"

"아, 아뇨…… 아무것도 아닙니다……."

"그런가? 그럼 됐네."

기세 좋게 따지고 든 것치고는 카이진도 가젤 왕에겐 약한 모양이다. 순식간에 말싸움에서 지고 말았다.

그건 그렇고…….

왕이 몰래 빠져나오다니, 대체 이게 어떻게 된 일이람? 그래도 되는 건가, 드워프 왕국?!

내 생각은 아랑곳하지 않은 채 두 사람의 대화는 이어진다.

"그건 그렇고 폐하, 오늘은 대체 무슨 용건으로……?"

"음. 아니 뭐랄까, 별것 아니네. 내 결정으로 자네들을 드워르곤에서 추방했으니까 말이지. 내 쪽에서 만나러 왔을 뿐이네. 기술 협정에 관해 얘기를 나누지 않았던가? 적임자를 데리고 왔네."

그런 말을 하면서 가젤 왕은 지고 있던 꾸러미를 땅에 내려놨다.

그러자 무슨 일인지 꾸러미가 꾸물꾸물 움직이는 게 아닌가.

"설마?!"

카이진이 놀라서 꾸러미의 입구를 열자 안에서 새파래진 얼굴의 마른 남자가 튀어나왔다.

"베스터잖아!"

자신도 모르게 소리치고 말았다.

우리를 함정에 빠뜨리려고 했던 망할 녀석이다. 그런데 왜 여기 있는 거지?

"후후후, 그 말이 맞네. 베스터에게도 자네들에게 누명을 씌운 책임을 물어서 왕궁의 출입을 금지시켰지. 하지만 유능한 이 녀석을 마냥 놀게 놔두는 것도 아쉬운 일이 아닌가! 그래서 데려왔네."

"……"

"그래서 데려왔네, 가 아니지 않습니까?! 폐하, 이해하고 계시는 것이겠지요? 베스터 경을 여기서 일하도록 시키는 것이 어떤 의미인지를——."

"응? 안 되는가?"

"당연히 안 되지 않습니까! 베스터 경의 지식이 저희에게 유출되는 꼴이 된단 말입니다!"

아주 진지한 자세로 꾸짖는 카이진. 원래 성격이 진지해서인지, 우직할 정도로 정직하게 왕에게 따져 묻는다.

당사자인 베스터는 뭐가 뭔지 모르고 있는 것 같다. 그야 꾸러미 속에 억지로 집어넣어진 채로 끌려온 것 같으니 상황 파악도 잘 되지 않겠지. 생각해보니 하룻밤 내내 꾸러미 속에 있었던 꼴이니…….

"유출……이라. 이제 와서 새삼스레 무슨 소리인지. 자네가 나간 시점에서 이미 유출된 셈이 아닌가! 사실은 암부에게 명령해서 자네들을 제거할까 하는 생각도 했다는 걸 알고 있나?"

표정이 확 바뀌면서 가젤 왕은 진지하게 말했다.

도저히 농담으로 들리질 않는다. 틀림없이 진심이었을 것이다.

"폐하…… 그, 그건——."

"사실이네. 고민 끝에 중지시켰지만 말이지. 나는 쓸모없는 짓은 하지 않네. 베스터를 데려온 것도 여기서 일하도록 시키고 싶기 때문일세."

가젤 왕의 그 말을 듣고 베스터의 눈에 불이 켜졌다.

"폐, 폐하——."

"착각하지 마라, 베스터. 너를 용서한 건 아니니까. 하지만 기대하고 있었던 건 사실이다. 날 따르는 건 허락할 수 없지만, 여기서 마음껏 일하는 건 허락하마. 네 본분을 살려서 여기서는 그 재능을 썩히지 말고 열심히 살아가도록 하라!"

"가젤 폐하?! 그 말은 드워프가 가진 기술을 아낌없이 이 땅에서 마음껏 선보여도 괜찮다는 뜻으로 들립니다만?"

카이진이 엄청나게 당황하기 시작했다.

하지만 가젤 왕은 개의치 않는다는 투로 쾌활하게 웃으며 말한다.

"흥, 괜찮으니 마음껏 묻도록 하라. 너희가 있는 이 땅을, 아직 본 적도 없는 최첨단의 기술이 존재하는 곳으로 만들어보거라. 알겠는가? 기존의 시점이 아니라 새로운 발상 아래 자유롭게 연구를 진행시키는 것이다. 그러기 위해 우리나라와 이 나라가 상호 간에 기술을 제공하기로 약속을 한 것이니까."

왕의 위엄을 보이면서 가젤 왕은 카이진과 베스터를 설득한다.

처음부터 이게 목적이었던 모양이다.

내가 아는 기술뿐만 아니라 쿠로베의 대장장이 기술, 슈나의 재봉 기술, 극비로 진행 중인 회복약의 개발까지.

손익계산에 밝은 후각으로 우리에게 뭔가가 있다는 냄새를 맡은 것이리라.

역시 오랜 세월 동안 드워프 왕국을 번영시킨 왕답다.

그건 그렇고, 아무래도 영 석연치가 않다.

가젤 왕에겐 계속 선수를 당하고만 있다. 그래, 마치 속마음을 다 들키고 있는 것 같이……

내가 그런 생각을 시작하자마자,

"잘 들어라, 리무루. 넌 은형법의 극의인 '오보로'를 꿰뚫어 보지 못했었지. '마력감지'는 확실히 뛰어나더구나. 하지만 그 빈틈을 파고드는 방법은 아주 많이 있다. 네가 생각해보고 실행했을 탐지 방법을 상정하고 그 빈틈을 파고드는 것이지. 그게 전투의 기본이다. 스킬(능력)에만 의존하고 있다간 성장하지 못한다. 그리고 정치도 마찬가지다. 상대가 생각하고 있는 걸 파악하고 그보다 먼저 움직이는 것이다. 그렇게 하지 못하면 위정자는 될 수가 없다. 좀 더 정진하도록 해라."

마치 내 생각을 읽은 것처럼 적절하게 조언을 해주는 가젤 왕.

하지만 이건 역시——,

《해답. 개체명 : 가젤은 독심계의 스킬 보유자일 가능성이 농후합니다.》

그렇겠지. 그렇게밖에는 생각이 안 든단 말이지.

아니, 그렇다면 모든 게 들어맞는다.

내 공격을 전부 다 피할 수 있었던 것도 부자연스럽다면 부자연스러웠다. 마치 다 알고 있었던 것처럼 깔끔하게 피했으니까.

"잠깐, 혹시——."

"이런, 슬슬 암부가 쫓아올 시간이로구나. 나는 이제 그만 가봐야겠다!"

내가 물어보려 한 순간, 기다렸다는 듯이 가젤 왕은 말했다.

그리고 씨익 웃으며, 품에서 주먹 크기의 수정을 하나 꺼냈다.

"이걸 네게 주마."

그렇게 말하며 내미는 바람에 나는 나도 모르게 그만 그것을 받아 들고 말았다.

"그건 연락을 주고받을 수 있는 통신용 수정이다. 설치하는 법은 베스터도 알고 있겠지. 긴급할 때의 연락은 그걸로 하면 된다. 그럼 잘 있거라!"

그 말을 남기고 페가수스에 걸터앉았다.

그리고 베스터를 바라보면서 말한다.

"베스터. 여기서 마음껏 연구에 매진하도록 하거라!"

"폐, 폐하! 이번에야말로, 이번에야말로 기대에 보답해 보이도록 하겠습니다!!"

그 대답을 듣고 만족스러운 얼굴로 고개를 끄덕이는 가젤 왕.

"그럼, 또 보자!"

그 말을 남기고 날아올라 사라졌다.

갑작스럽게 찾아와서 분주히 사라진다.

그야말로 폭풍 같은 남자였다.

*

가젤 왕이 사라진 뒤에 나와 카이진은 서로의 얼굴을 바라봤다.

"저기, 카이진……. 당신 나라의 왕이라는 자가 저렇게 자유인이어도 괜찮은 건가?"

"글쎄요……? 그렇지만 지금까지 몇백 년이나 통치해오신 실적이 있으니 괜찮지 않겠습니까? 그렇다고 쳐도…… 제가 궁에서 모셨을 때는 저렇게 자유롭게 내키는 대로 돌아다니시진 않았는데 말이죠……."

"뭐, 상관없다. 나도 남 말 할 입장은 아니니까……."

그렇다, 나도 이제 곧 인간들이 사는 도시로 놀러갈 생각을 품고 있으니까. 쓸데없는 말을 해서 내 무덤을 팔 필요는 없다.

이야기를 대충 마무리한 뒤에 우리는 광장을 떠나기로 한다.

그런 우리 뒤에서 말을 걸어오는 목소리가 들렸다.

"리무루 님, 카이진 경——정말 죄송합니다! 우선 사과하게 해주십시오. 그리고 여기서 일할 수 있게 허락해주실 수 있겠습니까?"

베스터가 우리를 향해 머리를 숙인 것이다.

이 남자의 함정에 빠질 뻔한 일은 아직 잊지 않고 있다. 그러나 지금의 베스터의 눈은 맑았으며, 예전처럼 욕심에 가득한 눈빛은 사라진 것처럼 보인다.

믿어도 괜찮겠다. 그런 생각이 들었다.

"확실히 말해두겠는데, 내 명령에는 따라줘야겠소. 마물이라고 해서 깔보거나 하는 건 금지할 텐데 괜찮겠소?"

"——물론입니다. 제가 한 짓을 돌이켜보면 부끄럽기 그지없습니다. 카이진 경에 대한 추잡한 질투가 원인이었지만, 떠올릴 때마다 제가 바보였다고 생각하고 있습니다……. 모처럼 얻은, 이

오명을 회복할 수 있는 기회를 잃고 싶지 않습니다. 그리고 좋아하는 연구에 최선을 다해 몰두해보고 싶다는 그 마음도 절대 거짓이 아닙니다!"

베스터는 내 눈을 똑바로 바라보면서 호소했다.

"저로서는 우수한 연구자가 늘어난 셈이니 큰 도움이 될 거요. 무슨 일이 생기면 제가 책임을 지겠으니 부디 이자에게 기회를 주시지 않겠소? 리무루 나리, 저를 믿고 이자를 용서해주시구려!"

베스터의 어깨를 한 번 두들기면서 카이진이 내게 그렇게 말했다.

힘든 꼴을 겪은 건 내가 아니라 굳이 말하자면 당신이잖아…… 하지만 뭐, 처음부터 믿어볼 생각이었던 데다, 정작 당했던 당사자가 신경 쓰지 않는다면 내가 허락하고 말고 할 게 없다.

"뭐, 카이진이 그래도 좋다면 나는 딱히 할 말이 없군. 베스터, 잘 부탁하겠네!"

"넷!! 불초 베스터, 최선을 다해 일하도록 하겠습니다!!"

"다행이군, 베스터. 여긴 지루하지 않으니, 쓸데없는 일로 고민할 틈이 없을 게야. 단단히 각오해두라고!"

이렇게 베스터가 동료로 들어오게 된 것이다.

*

이렇게 됐으니 베스터에게도 당장 일거리를 주어야 한다.

하지만 이번에는 베스터에게 딱 적합한 일거리를 내심 정해두고 있다. 드디어 히포크테 풀의 재배가 안정세에 접어들었기 때문에, 다음 단계인 회복약의 제작을 시작해볼 생각을 하고 있었던 것이다.

가비루를 시키기에는 지식이 부족했지만 제로부터 개발시킬 생각을 하고 있었다. 그러나 정령공학의 전문가인 베스터가 동료가 된 지금이라면 이야기는 완전히 달라지는 것이다.

가비루를 조수 겸 보디가드로 임명해서 베스터와 공동으로 개발에 착수하도록 시켜야겠다.

우선은 가비루에게 베스터를 소개하기로 한다.

봉인의 동굴로 가서 가비루를 부른다. 서둘러서 마중 나온 가비루에게 베스터를 소개했다.

"처음 뵙겠습니다, 베스터라고 합니다. 이번에 여기서 같이 연구를 하게 되었습니다."

"가비루라고 하오. 나는 히포크테 풀의 재배를 맡고 있지만 달리 할 수 있는 게 있다면 뭐든지 말해주시오. 같이 리무루 님을 위해 노력합시다!"

그렇게 말하면서 악수를 나누는 두 사람.

가비루의 외모를 보고 겁을 먹지는 않을까 생각했지만 그런 일은 없어서 일단 안심했다.

히포크테 풀의 재배 장소를 견학시켜주기 위해 가비루에게 동굴 안내를 부탁했다.

히포크테 풀의 재배는 순조롭게 진행되고 있었다.

"리무루 님, 보십시오. 이게 전부 새롭게 재배한 히포크테 풀입니다!"

그렇게 말하는 가비루의 말에 고개를 끄덕일 뿐이었다.

봉인의 문을 들어가면 나오는 대공간 전체에 히포크테 풀이 무성히 자라고 있었던 것이다.

그런데 그때 문제가 발생했다.

나랑 가비루는 그렇다 쳐도 베스터에겐 어둠 속에서 사물을 볼 수 있는 힘이 없었던 것이다.

횃불이나 라이트(마법)의 빛만으로는 발밑을 제대로 보는 것도 쉽지 않다.

희미하게 빛나는 장소도 있긴 했지만 그것만으로는 빛의 양이 부족한 것 같다.

이 동굴에 처음 발을 들인 카이진도,

"나리, 이렇게 어두워선 뭐가 뭔지 전혀 보이지 않겠소……."

라고 말했다.

듣고 보니 확실히 그렇다. 내가 보인다고 해서 깜박 잊어버리고 있었지만, 컴컴한 어둠 속에선 작업이 제대로 이뤄질 리가 없는 것이다.

"그럼 조명을 준비해주면 되겠군요?"

어려운 이야기에는 전혀 참가하지 않았던, 자칭 나의 비서인 시온이 기쁜 표정으로 말했다.

"뭔가 좋은 생각이 있나, 시온?"

"네! 벽에 구멍을 내고 빛을 안으로 들어오게 만들면——."

"말이 되냐, 이 바보야!"

당장 기각해버리자 시온이 풀이 죽어버렸다.

이곳은 봉인의 동굴로 불리는 만큼 이상할 정도로 단단한 곳이다. 있는 힘을 다 하면 구멍 정도는 낼 수 있겠지만 자칫하면 동굴 자체가 무너지고 만다. 그렇게 되면 모처럼 가비루가 이룬 성과가 완전히 수포로 돌아가 버리지 않겠는가.

자신만만했던 시온에겐 미안하지만 이 의견은 기각이다.

"전기를 통하게 하면 될 것 같은데……."

내가 넌지시 중얼거리자 카이진과 베스터가 재빨리 반응했다.

"그게 뭡니까? 나리."

"어떤 것인지 가르쳐주실 수 있겠습니까?"

두 사람의 기세에 떠밀리다시피 하여 나는 전기에 관해서 설명한다. 아니, 그보다는 전구에 대해 떠올린 이미지를 두 사람에게 전달해봤다.

"과연, 금속을 가열시켜 빛을 낸단 말인가."

"호오, 그거 대단하군요. 형광이끼의 빛으로는 충분한 조명은 얻을 수 없을 테니, 이건 무슨 일이 있어도 한번 개발해봐야겠군요."

나는 전기저항으로 생기는 발열을 생각하고 있었지만, 마법진으로 마력요소를 압축시킨 열을 부여하는 것으로도 발열은 가능하다고 한다. 마법을 부여한 검이 희미하게 빛나는 것과 원리는 같으며 〈각인마법〉으로 처리하면 금속을 발광시키는 것도 가능할 것이라고 한다.

나머지는 어떤 금속을 이용할 것인가 하는 점인데, 그건 당연히 '마강'이 될 것이다. 원래 마검의 소재로서도 일류이며, 마력요소와의 상성이 좋다. 발광량도 많으며 내열 내구 효과도 기대할 수 있다. 게다가 각인하기에도 적합하니 다른 소재를 시험해볼 것도 없는 것이다. 원래는 귀중한 소재이긴 하지만 나는 그걸 대량으로 가지고 있다. 아니, 애초에 여기서 채굴한 것이니 아끼지 말고 사용하도록 하자.

금속 세공과 〈각인마법〉 이야기가 나왔으니, 여기서도 도르드가 나설 차례다. 나중에 카이진이 연락해서 같이 만들기로 결정됐다.

재료를 카이진에게 넘겨주면 내 할 일은 끝인 것이다.

준비만 끝내놓고 나머지는 세 사람에게 맡기기로 한다.

"이왕 조명을 설치하기로 했다면 이 장소에 연구실을 만드는 게 어떤가?"

그렇게 말했더니 베스터가 아주 적극적으로 의욕을 보였다.

"그래도 되겠습니까?! 실은 이런 동굴의 분위기는 제게 차분한 느낌을 줍니다. 비밀 연구 시설 같은 분위기를 아주 좋아하거든요."

베스터는 생각했던 것 이상으로 어린아이 같은 성격을 가지고 있었던 모양이다. 눈을 반짝반짝 빛내면서 말하기에 이제 와서 농담이라 말할 수도 없다. 안전상의 문제가 있으니 위험 인식에 대한 확인 차 만류해본다.

"괜찮겠나? 이곳은 B+ 정도의 이블 지네도 나오는데?"

"흠. 문제없습니다. 실은 전 마도를 익혀두기도 했고, 그럭저럭 다룰 줄도 아니까요!"

카이진을 보니 고개를 옆으로 젓고 있다.

도와주긴 힘들단 말인가.

걱정이 되어서 한 번 더 확인해봤다.

"후회하지 않겠다면 방을 준비하겠네만……?"

"문제없고말고요! 가비루 님도 있으니, 부디 그렇게 해주시면 좋겠습니다!"

그런가, 가비루가 있으면 습격을 받을 일도 없단 말인가. 아니, 그 전에 이 장소는 마력요소의 농도가 짙기 때문에 일반적인 마물은 가까이 다가올 수도 없다. 가비루 일행이 그럭저럭 버틸 정도다. 애초에 베루도라를 내가 삼켜버린 탓에 마력요소가 상당히 옅어진 덕분이기도 하지만.

인간이나 아인은 문제가 없는 것 같으며, 드워프나 홉고블린들은 출입이 가능한 수준이지만 말이지.

아무래도 자연 발생형 마물은 마력요소의 영향을 받기 쉬운 모양이다.

그렇다면 납득하기로 하고 가비루에게도 확인해본다.

"가비루, 베스터를 너에게 맡겨도 괜찮겠나?"

"맡겨주십시오! 저도 있는 데다 부하들 두 명을 늘 붙이도록 하겠습니다!"

믿음직스러워졌구나, 가비루.

우쭐거리기 쉬운 성격이 걱정거리이긴 하지만, 처음부터 능력은 높았으니 말이다.

최근에는 많이 차분해지기도 한 데다가 베스터와는 성격도 맞는 것 같다.

그렇다면 맡겨도 괜찮겠지.

그런 흐름으로 약을 개발하기 전에 베스터의 살 곳과 연구실을 만들어주기로 했다.

*

며칠 후 베스터의 방과 연구 시설이 완성됐다.

덧붙이자면 가비루 일행은 호수에 들어가서 잠을 자기 때문에 방 같은 건 필요가 없다고 한다. 침대에서도 잘 수는 있다지만, 날개가 방해되는 데다 물속이 더 쾌적하다고 한다. 소우카 쪽은 날개를 수납해서 방에서 잔다고 하던데, 같은 드라고뉴트라고 해도 취향이 다른 모양이다.

그건 그렇고 가비루의 방 말인데.

가비루의 부하들인 드라고뉴트가 굴을 파서 의외로 쾌적해 보이는 방을 완성했다. 통풍용의 배관도 완전히 갖추었다. 생활에 필요한 설비를 옮겨 와서 생활하는 것도 문제가 없을 것이다.

나머지 문제는 베스터가 이곳과 도시를 오가는 수단인데——.

"리무루 님, 이곳에 마법진을 만들어도 되겠습니까? 이 문의 안쪽에선 마법을 발동하는 게 어렵겠습니다만, 문 바깥이라면 가능합니다. 이 공간에 마법진을 설치해보고 싶습니다만?"

베스터가 과거에 내가 검은 뱀을 물리친 장소에 마법진을 설치하고 싶다는 의견을 냈다.

"그 마법진이란 건 어떤 것인가?"

"이건 이동계 마법진입니다. 이걸 등록한 지점까지 단숨에 이동이 가능해집니다. 발동까지 시간은 걸리지만 기껏해야 몇 분 정도입니다. 이동 시간을 대폭적으로 단축할 수 있을 거라 생각합니다——."

들자하니 원소마법 : 워프 포털(거점 이동)이라 한다고 한다. 출

입구에 같은 문양을 그려 넣어 이동을 가능하게 만든다고 한다.

하나의 마법진에 등록할 수 있는 것은 출구와 입구 하나씩. 그러므로 두 지점만을 이동할 수 있게 된다. 그래도 도시와 이곳을 연결시키면 충분히 편리하게 쓸 수 있는 마법이었다.

마도를 공부했다는 이야기도 아주 거짓말은 아니었던 것 같았다. 이 점에 관해선 카이진도 놀라고 있었다. 몰랐던 모양이다.

대개는 고가의 마법약으로 지면에 그린다고 하지만 여기선 좀 더 고가인 '마강(魔鋼)'에 각인하는 초강수를 쓰고 있다. 한 번 쓰고 버리는 게 아니라 몇 번이고 사용할 수 있는 것이 큰 이점이었다.

자국 내라면 극비 시설 안에 설치하는 것도 생각해보겠지만, 다른 나라 사이에선 '마강'이 너무나 비싸기 때문에 도둑맞을 우려가 있다고 한다. 그러므로 도난당할 우려가 없는 경우에만 각인식 마법진을 설치할 수 있는 것 같다. 밖에 내놓는다면 풍화나 파손 및 도난의 우려가 있는 데다 쉽게 관리할 수 없는 점이 있다고 한다.

그런 귀중한 마법진을 설치했다고 해도 여기라면 문제없다.

마력을 흘려보내 이동할 곳을 생각하지 않으면 발동하지 않는다고 하니, 여기 사는 마물이 도시로 나와 버릴 걱정도 없다.

그렇다면 좋다고 나는 허가를 내렸다.

그건 그렇고 이동용 마법진이라니, 참 편리한 것도 다 있다. 당장 배운 것은 말할 필요도 없다.

가비루 일행도 마찬가지로 그걸 배웠기 때문에 도시와 동굴의 이동은 딱히 어렵지 않게 되었다.

베스터, 예상 이상으로 쓸 만한 남자이다.

본인도 좋아하는 연구에 내키는 만큼 몰두할 수 있게 되면서 음험한 기운은 사라지고 활기찬 모습을 띠고 있었다.

권력에 사로잡혀 있었던 무렵의 얼굴을 떠올리면 한껏 어두웠던 표정을 하고 있었던 것 같다는 생각이 든다.

원래는 권력 싸움보다는 연구 쪽이 더 취향에 맞았던 것이겠지. 질투와 욕망에 물들어 좋아하지도 않는 일을 하고 있었다면 그렇게 일그러져 있었을 법도 하다.

역시 인간은 좋아하는 일을 하는 것이 가장 좋은 법이다.

그게 다른 사람에게 폐를 끼치는 행위가 아니라면 말이지.

이래저래 하다 보니 준비는 다 끝났다.

그렇게 가비루와 베스터의 공동 연구가 시작된 것이다.

*

자, 가젤 왕이 찾아오고 베스터가 동료가 되기도 했지만 그런 일이 일어나던 중에도 여러 손님들이 찾아왔다.

트레이니 씨가 말한 대로 이 도시에 다종다양한 종족이 찾아온 것이다.

우선 맨 처음 찾아온 건 코볼트였다.

행상을 위해 찾아왔지만, 숲의 상황이 격변하고 있는 사실에 간이 떨어질 정도로 깜짝 놀란 모양이다. 놀랍게도 나무들을 잘라서 광대한 땅을 개척한 뒤에 그곳에 건물을 세웠으니까. 그게 끝남과 동시에 리저드맨의 지배 지역인 시스호 방면으로 도로를 확대하고 있는 중이었으니까 말이다.

"이, 이게 대체 어떻게 된 일입니까?!"

숲의 오지에서 찾아온 코볼트였지만 숲의 이변은 알아차리고 있었던 것 같다. 그러나 이득에 밝은 상인답게 위기는 곧 기회라는 심정으로 찾아온 것이리라.

그러나 찾아와 본 것은 좋지만 다른 의미를 가진 이변을 만나게 된 셈인 것이다.

"이런, 이런, 코볼트 님들, 매번 신세를 지고 있습니다, 그려."

"……어어, 누구시죠?"

"핫핫하. 접니다. 리그루도입니다."

아니, 그런 모습이라면 못 알아볼 것 같은데…….

그 뒤에 리그루도가 자신이 과거 고블린의 촌장 중 한 사람이었다는 걸 설명하자 코볼트가 놀라서 눈이 뒤집히는 일이 벌어지기도 했다.

그러나 이 코볼트는 제법 성격이 좋은 인물인 것 같다. 숲의 각지를 돌아다니는 행상인이라고 하지만 일단 자신의 구역은 있다고 한다. 그중에서 리그루도의 마을을 담당하고 있던 인물이었는지, 몇 명의 홉고블린들과 사이좋게 이야기를 나누었다.

그렇기 때문에,

"이 도시에 저희가 거점으로 삼을 숙소와 창고를 세울 수 있게 허가해주시겠습니까?"

그렇게 물었을 때도 그 요청에 흔쾌히 응했다.

그 결과, 코볼트들은 이 도시에 본부를 세우고 부족 전원이 이주를 해 왔다. 그리고 이 땅을 거점으로 삼아서 숲의 각지와 이 땅을 왕복하는 것으로 생활 패턴이 변화한 것이다.

그 외에 찾아온 자는 하플링(소인족)과 머맨(어인)등이다.

하플링은 우리를 따를 뜻을 보였기에 농경을 맡도록 했다.

머맨은 우리에게 보호를 요청했다. 큰 강에 서식하고 있었는데 흉악한 수생 마수가 증식했다고 한다.

이쪽은 베니마루에게 명령하여 토벌 부대를 보냈다. 앞으로 드워프 왕국과 교역을 할 때는 강을 따라다니게 된다. 그때에는 여러모로 편의를 도모할 수 있을 테니, 도와줄 수 있다면 도와주자고 생각한 것이다.

그 외에 드물게 얻은 동료를 말하자면 숲을 탐사하고 있었을 때 다 죽어가던 인섹트(곤충형 마수)──마충을 보호하기도 했다.

몸길이 50㎝ 정도인 딱정벌레와 사슴벌레를 합쳐서 나눈 것처럼 생긴, 마음을 뒤흔들 만큼 너무나도 멋진 모습을 하고 있었다. 곁에는 B랭크에 해당하는 마수인 블레이드 타이거가 죽어 있었기 때문에 이 작은 마충이 쓰러뜨린 건 줄 알고 놀라기도 했다.

그 마충은 나를 적으로 생각했는지 다짜고짜 공격을 해 왔다.

무모한 녀석이라고 생각했지만, 즉시 그건 내 착각이라는 걸 깨달았다.

뒤에 또 한 마리의 마충이 있었던 것이다. 내게 공격을 한 건 이 마충이 도망칠 수 있도록 하기 위한 것이다.

'자, 잠깐만 기다리세요──.'

뒤에 있는 마충이 내게 말을 거는 바람에 그 사실을 알아차렸다.

몸길이가 30㎝ 정도 되는 벌 같은 외모를 하고 있다. 예전에 살던 세계에선 30㎝의 벌이라면 공포의 대상일 수밖에 없었지만 지금은 다 죽어가고 있었다.

아주 지능이 높은 모양인지 더듬거리긴 하지만 나와 사념으로 대화를 나눌 수도 있는 모양이다.

'——왜 도망치지 않은 거야? 이제 내겐 널 지켜줄 수 있는 방법이 없어. 미안해.'

내게 덤볐던 마충이 포기한 듯이 그렇게 말하면서 체념하고 있었다. 이쪽도 높은 지능을 가지고 있는 것 같다.

블레이드 타이거와의 싸움에서 다 죽어가는 몸이 되었음에도 불구하고 마지막 힘으로 내게 덤볐던 모양이다. 자신의 수명이 다 되었다는 걸 깨달았는지 긍지 있게 죽으려 하고 있는 것으로 보였다.

'강해 보이는 분이시여, 우리를 보호해주시지 않겠습니까?'

벌처럼 생긴 마충이 그렇게 부탁을 했다.

나도 이 마충들을 저버릴 생각은 없다. 자신이 죽어가고 있음에도 약한 자를 지키려고 한 그 마음가짐에 감동을 받고 있었던 것이다.

정 뭣하면, 이 두 마리를 내 부하로 삼아서라도——.

그때 머릿속에서 번뜩이는 생각이 있었다.

"너희들, 꿀을 모을 수는 있나?"

'네. 가능…… 합니다.'

꽃의 꿀을 모으는 일을 할 수 있을까 싶은 생각에 물어봤더니 할 수 있다고 한다.

그렇다면 좋다는 이유를 붙여서 나는 이 두 마리의 마충을 구해주기로 한 것이다.

두 마리 다 몸의 반 이상을 잃어버렸기 때문에 내 슬라임(만능)

세포를 조금 나눠줘서 치료했다. 없어진 외골격은 '마강'을 가공하여 보충해줬다. 그런 뒤에 회복약을 마시게 했더니 건강을 되찾았기에 멋지게 생긴 마충에게 '제기온', 벌 같이 생긴 마충에게 '아피트'라는 이름을 지어주고 내 펫(부하)으로 삼은 것이다.

숲에서 모은 희귀한 꽃들은 마력요소가 높은 장소나 특수한 장소에밖에 피지 않는다. 하지만 트렌트의 집락체라면 희귀한 꽃들도 많이 피어 있다고 한다.

지능이 높은 아피트라면 그런 희귀한 꽃들만을 골라서 꿀을 모을 수 있을 거라 생각한 것이다.

트레이니 씨도 흔쾌히 허락해줬기 때문에 제기온에겐 그 땅을 수호할 것을 명하고 아피트에겐 희귀한 꽃의 꿀을 모으도록 시켰다.

그 후로는 정기적으로 아피트가 모아 온 벌꿀을 몰래 받게 되었다.

뭐, 그런 느낌으로 협조적인 자들과의 교류가 늘어나게 되었다.

하지만 우호적인 자들만 찾아오는 건 아니다.

"핫햐──!! 여긴 살기 좋아 보이는 도시잖아. 오늘부터 내가 돌봐주도록 하지."

그런 식으로 삼류 분위기의 대사를 뱉으면서 하위 마인의 집단이 찾아오곤 한다.

대개는 고부타나 리그루의 경비대에 쫓겨나지만 실력이 있는 자가 들어오는 경우도 있곤 하다.

"저기, 시온. 손님이 왔는데?"

"네, 리무루 님!"

그런 하위 마인은 매번 비참한 결말을 맞이하게 되었다.

시온에겐 대화를 통한 교섭이라는 개념이 없어서 힘으로 이야기를 나누는 것이 보통이었다. 비서라기보다 호위라는 느낌에 가까우며 고부타랑 리그루보다도 대응이 엄격하다.

매번 비슷한 느낌으로 진행되다 보니, 하위 마인 정도는 몇 명이 오건 시온에겐 이기지 못한다.

울면서 용서를 구하기 시작한 뒤에야 겨우 "그래서, 찾아온 용건은 뭔가요?"라고 웃으면서 묻는 시온. 그 모습에 겁을 먹고, 방약무인이던 자들은 두 번 다시 가까이 오지 않게 되었다.

그리고 같은 짓을 두 번 용서할 생각은 없다.

나는 기본적으로 가능한 한 죽이지 말라고 분부해두고 있다. 마물은 약육강식을 따르기 때문에 힘을 보여주기만 하면 어느 정도는 따르기 때문이다. 하지만 한 번 겪어본 뒤 배우지 않고 두 번, 세 번 나쁜 짓을 하려 하는 자에겐 반성의 빛이 없다고 판단하여 처형하는 걸 허가하고 있었다.

지금은 아직 날 가장 약한 마물인 슬라임이라고 깔보거나 얄보임을 당해도 적을 죽이지 않는 성격 좋은 존재로 보고 만만하게 구는 자가 많은 것 같지만, 그 소문은 빠른 시간 안에 사라질 것이라고 생각하고 있다.

특히 소우에이는 시온 이상으로 냉혹한 성격인지라, 진심으로 공포를 느끼게 만든 뒤에 놓아주고 있는 모양이다. 마도의 방위망 구축에 힘쓰고 있다고 말하지만, 주위에서 멋대로 날뛰는 자에 대한 제재 행위도 하고 있을 거라 생각한다.

지금은 아직 우리는 신흥 세력으로서, 숲에서 먼저 살던 자들에게 시험을 받는 중이라 생각하고 있다. 그렇기 때문에 더더욱 지금 여기서 우리의 존재를 계속 과시하면서 주위의 인정을 받을 필요가 있는 것이다.

그런 내 정책은 천천히 주위에 침투했고, 주위의 존재들은 점차 그걸 인식하기 시작했다.

그런 느낌으로 쥬라 템페스트 연방국의 수도이자 중심 도시인 리무루에는 수많은 손님들이 오게 됐지만…… 생각지도 못한 손님까지 찾아오고 말았다.

내 '마력감지'가 강대한 마력의 덩어리가 날아오는 것을 포착한 것이다.

터무니없는 속도였다.

위험하다! 순간적으로 그렇게 판단한 뒤 나는 시온의 가슴에서 뛰어내려 문 밖을 향해 있는 힘을 다해 이동했다.

그리고 그 판단은 정답이었다.

마력의 덩어리는 공중에서 궤도를 바꾸더니 내 앞으로 착지한 것이다. 만약 도시 안에 있었다면 주위의 건물에 피해가 미쳤을 것이다. 왜냐하면 그자가 착지한 장소는 나무들이 크게 날아가면서 땅바닥이 크레이터 모양으로 파이고 말았으니까.

확실하게 말해서 지금의 내가 어떻게 할 수 있는 레벨이 아니라고 직감한다.

각오를 단단히 하고 상대를 관찰하기로 했다.

한눈에 그게 다른 차원의 존재임을 간파했다.

강한 의지를 담은 푸른 눈동자.

트윈 테일로 묶은 플라티나 핑크의 머리카락.

외모만 보면 나이는 14, 15세 정도 되어 보이지만, 마인의 나이는 외모로는 판단할 수 없다. 애초에 숨길 생각도 하지 않는, 압도적이기까지 한 에너지(마력요소)양으로 판단하건대, 외모 그대로의 나이라는 건 있을 수 없는 일로 보인다.

신기한 재질의 노출도가 높은 의상을 입고 있었다.

본 적도 없을 것 같은 미소녀이다.

내가 누구인지를 묻기도 전에 먼저 소녀는 막 부풀기 시작한 가슴을 펴고 오만불손한 태도로 입을 열었다.

"처음 보네! 나는 마왕 밀림 나바야. 네가 이 도시에서 가장 강하다고 해서 인사차 왔어!"

아름다운 마왕은 날 보면서 그렇게 소리쳤다.

●

불과 몇 분 전—— 마왕 밀림은 눈 아래에 펼쳐진 도시를 발견했다.

아름다운 도시다.

가지런하게 서 있는 건물에 구획도로를 장식하듯이 심어진 가로수.

자연과 융화된 거리가 널리 펼쳐져 있다.

A랭크 오버인 상위 마인도 몇 명인가 확인할 수 있었다.

하지만 무엇보다 놀라웠던 것은 도시의 주민들 한 명 한 명이

하위 마인이라고 해도 좋을 정도로 진화되어 있다는 사실이다.

에너지(마력요소)양과는 상관없이 모두 높은 지능을 갖고 있는 것 같다. 각자가 스스로 생각해서 주어진 일에 매진하고 있다는 걸 보고 알 수 있었다.

얼마 전까지 쥬라의 대삼림에는 이런 자들은 존재하지 않았다. 갑자기 이런 집단이 출현하다니, 평소에는 생각할 수 없는 사태다.

힘의 강약과는 관계없이 모두가 서로 협력하고 있다. 그걸 명령한 자의 통솔력이 얼마나 높은지를 밀림의 두뇌로 생각해봐도 상상이 가지 않는다.

밀림은 즐거워졌다.

오랜만에 두근거리는 심정으로 진실을 꿰뚫어 보는 유니크 스킬인 '용안(竜眼)'을 써서 한 사람 한 사람의 능력을 측정하기 시작한다.

굉장하다. 밀림은 그렇게 감탄한다.

믿어지지 않는 것이, 거의 모두가 네임드 몬스터였다.

(설마──이자들 모두에게 이름을 지어줬단 말이야?!)

밀림은 최근 수백 년 동안 느낀 적이 없는 경악과 감탄이 섞인 감정이 솟구치는 것을 느꼈다.

그런 귀찮은 일을 밀림은 도저히 따라 할 수 없다. 하물며 스스로의 힘의 일부를 양도했다고 해서 그 힘이 회복된다는 가능성이 없을 수도 있는 것이다. 일반적인 마인이라면 그런 위험한 짓을 할 리도 없었다.

약육강식인 이 세계에선 스스로의 힘을 잃어버리는 것을 무엇보다 꺼려하는 것이 요즘의 풍조이기 때문이다.

밀림은 즐거운 표정으로 살짝 웃었다.

(이건……!! 역시 만일을 대비해 손을 대지 말라고 미리 교섭해 두길 잘했어!!)

회담 후에 밀림은 맨 먼저 뛰쳐나갔다.

하지만 직감적으로 미리 교섭을 할 필요성이 있다는 것에 생각이 미치자 문제가 될 것 같은 두 명의 마왕에게 직접 담판을 하러 간 것이다. 그리고 억지를 부려──손을 대면 밀림이 적이 될 것이라고 위협했을 뿐이다──이 건에 대해 손을 대지 않겠다는 약속을 받아낸 것이다.

클레이만, 칼리온, 그리고 프레이. 이 세 명은 젊은 세대의 마왕들이다.

그러므로 멋대로 굴게 놔둬도 마지막에는 힘으로 어떻게든 처리할 자신이 있었다. 그러나 마왕들 중에는 밀림이 직접 나서도 상대하기 번거로운 자들이 존재하고 있었다. 하지만 그건 상대도 마찬가지이기 때문에 이번 같이 사전에 미리 교섭을 해두면 방해 받을 걱정도 없어지는 것이다.

이번에는 예상 이상으로 재미있어 보이는 자들을 만날 수 있을 거란 예감이 들어서 밀림은 아주 기분이 좋아졌다.

도중에 방해받을 걱정도 없다.

(우선은 천천히 그 마인을 찾는 것부터 시작하는 거야──.)

밀림은 그렇게 생각했다.

이번에 클레이만의 계획에 참가한 것은 평소와 같은 이유── 단순한 심심풀이였다.

오랜 세월을 살아온 밀림에게 일상은 지루함 그 자체이다. 그렇기 때문에 밀림은 재미있어 보이는 이야기에는 매번 참가해온 것이다.

게르뮈드라는 하등한 마인이 뭔가를 꾸미고 있다 한들 그건 알 바가 아니었다. 밀림에게 있어서 중요한 것은 오크 로드가 얼마나 강해질 것인가 하는 그것뿐이었다.

어느 정도 자란 뒤에 새로운 마왕이 태어난다면 그걸로 충분하다. 그 순간을 보고 지루함을 약간은 벗어날 수 있을 거라고 생각했던 것이다.

하지만 게르뮈드는 실패했다.

기대하고 있었던 만큼 밀림의 실망은 컸다. 그렇지만 그 자리에서 클레이만이 보여준 영상은 오크 로드 따위는 아무 상관 없다는 생각이 들 정도의 충격을 밀림에게 안겨준 것이다.

밀림의 유니크 스킬 '용안(竜眼)'은 수정구에 비친 영상에서도 진실을 꿰뚫어 볼 수가 있었다. 어디까지나 단편적이었지만 밀림의 입장에선 충분한 정보를 얻을 수가 있었던 것이다.

게르뮈드와 싸우는 정체불명의 마인은 명백하게 상위 마인의 범위를 넘어서는 힘을 갖추고 있다는 것을.

칼리온과 클레이만은 알아차리지 못한다 해도 밀림의 '용안'은 속일 수 없다.

그리고 게르뮈드를 죽인 범인이 누군지도 짐작이 갔다. 그렇다면 그 범인은 게르뮈드의 힘을 자신의 것으로 삼아 마왕에 한없이 가까운 존재로 진화했을 거라 추측할 수 있다.

그렇다면 그곳에서 처절한 전투가 벌어진 것은 틀림없다.

(——아니, 아니야. 오크 로드는 진화해도 잘해야 마왕종 급이었겠지만 저 마인은 이미——.)

그리고 밀림의 상상대로 살아남은 건 정체불명의 마인이었던 것 같다.

밀림은 만족스러운 기분으로 상공에서 도시를 관찰했다.

(어느 새에 이런 도시를 만들었다지?)

도로를 정비하고 있는 자랑 잘라낸 목재를 운반하고 있는 자, 그리고 건설 중인 건물을 들락거리는 마물들. 아무리 봐도 마물들이 자신들의 의지로 도시를 만들고 있었다.

밀림이 사는 성은 인간들이 만든 것이다.

밀림을 신으로 모시는 자들이 신전으로 건설한 것이다. 그자들은 지금도 밀림을 보살펴주고 있지만 밀림의 행동에 간섭은 하지 않는다.

밀림의 입장에서 보자면 하찮은 자들이었다.

밀림을 모시면서 신자들은 천년의 안식을 얻고 있다. 왜냐하면 그들의 토지는 밀림의 영토로 인정을 받으면서 다른 마왕들의 침략으로부터도 보호를 받고 있기 때문이었다.

다른 마왕은 불만을 말하지 않는다. 그녀에게 불만을 말할 수 있는 자는 아주 적은 것이다.

하지만——그 결과, 신자들의 시간은 정체(停滯)되었다.

평온함 속에서 새로운 도전을 시도하는 일도 없어졌다. 세대교체를 되풀이하면서 그저 밀림을 모시는 일을 최고의 기쁨으로 여기도록 변해버린 것이다.

그건 천년의 정체였다.

(이 도시에 사는 자들은 그런 지루한 자들과는 달라⋯⋯.)

이번에도 딱히 부하가 필요해서 찾아온 건 아니다.

밀림은 지루함을 잊기 위해 자극을 찾아서 왔다.

단지 그 이유만으로.

클레이만이나 칼리온이 전력을 원하고 있다면 질린 뒤에 그냥 넘겨주자고 생각하고 있었던 것이다.

젊은 마왕들을 놀려주고 분해하는 얼굴을 보는 것이다. 그리고 만족했으면 다음 놀이 거리를 생각하자. 그렇게 생각하고 있었는데⋯⋯.

그러나 정체불명의 마인의 능력은 밀림을 비롯한 다른 마왕들의 예상을 상회하고 있다.

그냥 내버려 둘 수도 없는 데다 자신의 말을 듣도록 하기에도 이미 너무 많이 커버린 상태였다.

싸워서 박살을 낼 것인가, 그렇지 않으면──.

밀림의 머리에는 이미 젊은 마왕들에 대한 생각은 존재하지 않는다.

그녀는 찾아내고 만 것이다.

이 도시에, '마왕'에 필적하는 힘을 지닌 자를.

(와하하하하! 역시 마왕에 필적할 정도로 자라나 있었네!!)

그렇게 밀림은 사냥감을 노리고 돌진한 것이다.

●

마왕이냐! 그렇게 놀라서 소리치고 싶은 심정을 억지로 참는다.

대체 마왕이 뭘 하러 온 거지?!

진짜인지 아닌지는 물어볼 것도 없었다. 왜냐하면 눈앞의 소녀가 뿜어내는 패기는 내가 알고 있는 한 최강 클래스. 그렇다. 베루도라에 필적할 수 있을 정도로 압도적인 것이었기 때문이다.

그보다…… 처음 찾아오는 건 대개 그 밑의 부하인 사자라거나, 사천왕 같은 존재라거나, 그런 자들이 오는 거 아니냐고?!

맹렬하게 딴죽을 걸고 싶었지만 자제한다.

그건 그렇고 뭐라고 대답해야 하나…….

나는 지금 슬라임 모습을 하고 있다. 당연하지만 오라(요기)를 마냥 뿜어내고 있지는 않다. 최근에는 마력조작에도 익숙해져서 무의식중에도 어느 정도는 억제할 수 있게 되었다.

즉, 아무것도 모르는 자가 본다면 분명 나는 단순히 잔챙이 마물인 슬라임으로밖에 보이지 않을 것이다.

분신한 뒤에 본체인 자신을 '마력감지'로 측정해봐도 야생 슬라임 정도의 오라밖에 흘러나오지 않았지만…….

그걸 아무렇지 않게 간파해내다니 이 마왕은 보통이 아니로군. 거짓말이나 속임수도 통하지 않을 것 같다.

어느 쪽이든 내가 어떻게든 처리할 수 있는 상대가 아니다. 여기선 섣불리 나서다가 기분을 상하게 하는 일이 없도록 하는 게 좋을 것 같다.

"처음 뵙겠습니다. 이 도시의 주인인 리무루라고 합니다. 용케도 슬라임인 제가 가장 강하다는 걸 아셨군요?"

실제로 가장 강한 건 하쿠로우일지도 모른다. 그렇게 생각했지만 굳이 말할 필요는 없다.

상황을 살펴본 뒤에 물어봤다.

"흐흥! 그 정도는 나에겐 간단한 일이야. 이 눈──'용안'은 상대가 숨기고 있는 에너지(마력요소)양까지 측정할 수 있지. 뭐, 내 앞에선 약한 척은 할 수 없다고 생각하는 게 좋을 거야!"

자랑스럽게 내뱉는 마왕 밀림.

잘난 듯이 가슴을 드러내고 있지만 그 사이즈는 너무나도 아쉽기 짝이 없다. 아직 다 자라지 않았다는 것을 한눈에 알아볼 수 있다. 노출도가 높은 복장이라 더더욱 감춰지지 않는다.

그러나 어른인 나는 당연히 그 사실을 언급하지 않고 넘어간다. 뻔히 보이는 지뢰를 일부러 밟을 정도로 나는 어리석지 않으니까.

그건 그렇고 내 '해석감정'과 비슷한 효과가 있는 눈을 가지고 있는 건가. 그렇다면 확실히 아무것도 숨길 수 없겠군.

번거로운 상대다.

내 '해석감정'에 의하면 명백하게 파워(마력)는 상대가 위. 레벨(기량)도 틀림없이 마왕이 위일 것이다.

이래선 이길 수 없다.

만약 전투가 벌어진다면 무슨 짓을 해도 통하지 않을 것 같다.

할 수 있는 게 있다면 스킬(능력)을 구사하여 잘 흥정을 하면서 시간을 버는 것 정도일까.

역시 진짜 마왕이라 할 수 없는 오크 디재스터와는 격이 다른 모양이다.

그런 생각을 하고 있던 내게 밀림은 계속 말을 이어갔다.

"그건 그렇고 그 모습이 진짜 모습인가? 게르뮈드 녀석을 압도한 그 은발의 인간 모습은 변화한 것인가?"

게르뮈드와의 싸움을 알고 있단 말인가? 생각해볼 수 있는 가능성은, 감시하는 자가 있었다던 보고를 소우에이에게서 들었던 적이 있는데, 혹시 그것이려나? 게르뮈드가 감시하고 있을 뿐이라고 생각했지만 설마 게르뮈드까지도 감시 대상이 되어 있을 줄은 생각하지 못했다.

그렇다는 건 게르뮈드의 꿍꿍이가 전부 다 새어 나갔단 말인가. ——혹은 게르뮈드도 처음부터 계획의 일환으로 조종당하고 있었던 것인가.

그러고 보니 게르뮈드는 자신의 뒤를 봐주는 마왕이 있다고 떠들어댔었다. 지고 난 뒤에 분해서 뱉은 소리라고 생각했지만 아무래도 정말로 마왕인 지인이 있었던 모양이다. 그것도 이런 거물이…….

"이 모습 말입니까?"

그렇게 말하면서 나는 사람 모양으로 변화했다.

가면은 쓰지 않는다. 오라(요기)를 감춰봐야 의미도 없기 때문이다.

"오오, 역시 너였구나. 그럼 오크 로드를 쓰러뜨렸겠지? 그 녀석은 게르뮈드를 잡아먹고 마왕종으로 진화했을 텐데?"

마왕 밀림이 즐거운 표정으로 말을 걸어온다. 이런, 게르뮈드가 죽은 것까지는 파악하고 있지만 그 뒷부분은 모르는 모양이로군.

이대로 속여 넘길까. ——아니, 그건 위험할 것 같은 예감이 든다. 여기선 정직하게 말하는 게 좋겠다.

"대단하군요. 분명 오크 로드는 오크 디재스터로 진화했습니다. 하지만 뭐, 제가 싸워서 이겼지만 말이죠. 그런데 오늘은 인사차 오셨다고 했는데 무슨 볼일이라도 있습니까? 혹시나 게르뮈드가 죽은 것 때문에 복수하러 왔다거나?"

말하는 김에 용건을 물어봤다.

만약 복수를 하러 왔다고 말한다면 어쩔 수 없지만 그런 쓸데없는 짓을 할 거라는 생각은 들지 않는다. 잘 하면 부하가 되겠다고 할 경우엔 용서를 받을 수 있을 정도겠지.

여기서 우리를 박살 낸다 해도 메리트가 없을 것 같으니까 말이다.

뭐, 어느 쪽이든 상대의 목적과 태도를 확실히 확인하는 게 선결 과제다.

"응? 용건, 이라고? 인사만 하러 온 건데?"

"……."

"……."

어색한 침묵.

나와 마왕 밀림은 말없이 서로를 바라봤다.

그리고 바로 그때.

"각오!!"

라는 외침과 함께 시온이 마왕 밀림에게 칼로 공격을 한 것이다.

날 따라와서 갑작스럽게 마왕의 패기를 직접 봐서 그런 것인지, 냉정한 판단 같은 건 멀리 날아가 버린 것 같다.

전력을 다한 선제공격으로 최소한의 우위성을 확보하려 한 것으로 보인다.

그리고 동시에 날 지나쳐 내달리는 검은 그림자.

란가가 땅바닥의 그림자에서 튀어나오듯이 마왕 밀림을 향해 달려든 것이다.

완전한 기습 공격. 일반적으로 생각하자면 한쪽에 대한 대처는 할 수 있어도 어느 한쪽의 공격은 맞는 게 당연할 타이밍이었다.

하지만 마왕 밀림을 상대로 하기엔——.

"와하하하하! 뭐야, 나랑 놀고 싶다는 거냐?"

즐거운 표정으로 웃음을 터뜨리면서 마왕 밀림은 오른팔로 시온의 검을 받아냈다. 그리고 란가를 향해 가볍게 왼손을 휘두른다.

카아———앙! 하는 금속을 자르는 것 같은 소리가 울려 퍼지면서 시온의 검은 그 자리에서 멎어버렸다. 맨살 부분으로 대태도를 받은 것 같은데 상처 하나 나지 않았다.

그리고 란가는 눈에 보이지 않는 충격파를 맞고 밀려나면서 온몸의 털을 곤두세운다. 가볍게 휘두른 왼손에서 음속을 넘어서는 충격파가 발사되었다는 사실을 깨달은 것은 모든 게 끝난 후였다.

"자, 잠깐, 너희들——?!"

내가 겨우 말리려는 말을 했을 때는 이미 다음 동작이 시작되어 있었다.

즉——,

"아무리 마왕이라고 해도 이 줄의 속박에서 도망칠 수는 없을 거다."

란가를 미끼로 삼은 소우에이가 등 뒤에서 '조사요박진(操絲妖縛陣)'으로 밀림을 포박하고 있었다.

그 상황에서 베니마루가——.

"그리고 이걸로 끝이다. 완전히 불타버려라."

——헬 플레어(흑염옥, 黑炎獄)로 마왕 밀림을 에워싼다.

일절 봐주지 않는 공격. 그것도 상대가 마왕이라는 걸 알고 전력을 다한 공격을 쏟아내고 있다.

키진들 나름대로 여기서 마왕을 없애는 것이 최선의 방법이라고 판단한 것이리라.

하지만 그러나——.

"와하하하하!! 굉장한데. 나 말고 다른 마왕이라면 이 정도의 공격을 아무 상처 없이 받아내진 못했을지도 모르겠는데. 어쩌면 쓰러뜨릴 수 있었을지도 몰라. 하지만——."

마왕 밀림의 오라(요기)가 단번에 부풀어 올랐다.

그리고 그 자리에 화산이 폭발한 것 같은 충격파가 거칠게 휘몰아친다.

밀림이 공격을 한 게 아니다. 아니, 밀림은 아무것도 하지 않고 있다.

그렇게, 지금까지 자신의 오라를 억제하고 있던 것을, 그저 해방했을 뿐인 것이다.

"——내겐 통하지 않아!!"

순식간에 밀림을 포박하고 있던 줄이 산산이 끊어지면서 밀림은 자유를 되찾았다.

이제 와서 다시 말해도 어쩔 수 없는 일이지만, 마왕 밀림은 격이 너무나도 달랐다.

자잘한 기술이나 수로 압도한다는 작전 같은 건 통할 상대가 아닌 것이다.

드워프 왕 가젤이 말하기로는 상위 마인에겐 캘러미티(재액급)나 해저드(재해급)라는 위험도 표현을 사용한다고 한다. 마왕이라면 디재스터(재화급), 베루도라 같은 '용종'이나 일부 마왕이 '카타스트로프(천재급)'로 불리면서 두려움의 대상이 되어 있다던가.

직접 눈으로 보고서야 이해할 수 있었다.

말 그대로 천재지변이다.

인간의 힘이 미치지 못하는, 대자연의 위협에 맞먹을 정도의 힘을 눈앞의 마왕이 보유하고 있다는 것을 느꼈다.

단 한 명의 인간이 위협이 된다. 말도 안 되는 악몽. 하지만 그게 이 세계의 현실인 것이다.

자, 이걸 어떻게 한다.

방금 그 충격으로 시온과 베니마루, 소우에이에 란가는 쓰러져 있다. 죽지는 않았지만 전투를 계속하는 건 불가능할 것이다.

"……리, 리무루 님…… 도망치십시오……."

"이, 이 자리는 저희가——."

하지만 그래도 내가 도망칠 수 있도록 일어서서 버티려는 시온과 베니마루.

그건 아무리 봐도 무리인 데다 도망칠 수 있다는 생각도 들지 않는다. 게다가 동료를 내버리고 나만 혼자 도망친다는 건 내 조그마한 자존심이 용서하지 않는다.

"뒤는 내가 맡겠다. 너희는 쉬고 있어라."

"그, 그렇지만——."

"포기하면 여기서 끝이니까 버틸 수 있을 때까지 버텨보겠다.

하지만 기대는 하지 마라."

그렇게 어깨를 으쓱하면서 베니마루를 조용히 시켰다. 어차피 도망칠 수 있을 것 같지 않으니, 시험해볼 수 있는 걸 시험해보려고 생각한 것이다.

"호오? 내게 맞설 생각이야? 재미있는걸."

마왕 밀림은 재미있다는 표정으로 미소를 지으면서 날 향해 손짓을 하기 시작했다.

좋아, 붙어주지.

이렇게 된 이상 어설프게 싸우지도 않겠다. 특기인 허세와 말솜씨로 어떻게든 상대해볼 수밖에 없다.

"그렇게 잘난 척 말해봤자 내가 떠올린 것 중에서 너에게 통할 것 같은 공격은 딱 하나다."

"호오?"

"자신이 있다면 한번 받아볼 텐가?"

솔직히 말해서 무슨 짓을 해도 이기지 못한다는 건 확실히 알고 있었다. 뭐라고 설명해야 좋을까──.

《해답. 측정이 가능한 하한선 단계에서 이미 에너지(마력요소)양이 열 배 이상입니다. 즉 상한선은 측정 불가능합니다.》

그런 '대현자'의 말을 들어보면 이해할 수 있으리라 생각하지만, 아직 진심으로 싸우지 않고 있는데도 내 열 배 이상으로 강하다고 한다. 그야 단순히 에너지양만 따진다면 무슨 짓을 해도 소용없겠지.

베니마루 일행의 전력을 다한 공격이 통하지 않는 것도 무리가
아닌 것이다.

그러므로 내가 취할 수 있는 작전은 단 하나뿐.

어떤 스킬(능력)도 통하지 않을 거라고 예측되는 이상, 갖고 있
는 아이템도 모두 이용해서 작전을 세워봤다. 나머지는 밀림이
내 도발에 응할까 아닐까 하는 것이지만.

"와하하하하! 좋아, 재미있어 보이니까. 단, 그게 통하지 않는
다면 너는 내 부하가 되겠다고 약속하는 거야?"

오, 이건 운이 좋군.

아무래도 생각했던 것 이상으로 마음이 넓은 녀석인 것 같다.
말도 없이 다짜고짜 공격을 가한 이상 죽임을 당하지 않은 것만
도 운이 좋은 것이다. 그런데도 부하가 되기만 하면 용서해주겠
다는 태도를 보인다.

"좋아. 단, 그게 통한다면 내 부하들도 용서해주겠나?"

"알았어. 그럼 어서 시작해볼까!"

마왕 밀림은 내 제안을 승낙하겠다는 뜻을 보인 후에 기대하는
표정으로 날 보고 있다.

그럼 그 기대에 응해주기로 할까.

나는 가볍게 땅을 박차면서 밀림을 향해 질주하기 시작했다.
칼도 뽑지 않고 정면에서 돌격한다. 그리고 손바닥에 액체 모양
의 작은 구체를 만들어낸다.

마왕 밀림은 흥미 깊은 표정으로 내 행동을 바라보고 있었다.
전속력으로 다가가지만 완전히 움직임을 포착당하고 있다. 그러
므로 잔재주 따위는 부리지 않는다.

"어디 받아봐라!!"

"응――?!"

나는 마왕 밀림의 바로 앞에서 정지한 후에, 손바닥 위에 있는 구체를 밀림에게 내던졌다. 여유 있는 태도를 띠던 밀림은 그게 큰 공격이 아니란 것을 꿰뚫어 보고 있었다. 그래서 경계도 하지 않고 그대로 맞는다.

――그렇다, 밀림의 입가에 말이다.

애초에 이 액체 모양의 구체는 공격이 아니다. 내가 가지고 있는 아이템을, 그저 흘러서 쏟아지지 않도록 감싸고 있었을 뿐이다. 나머지는 마왕 밀림이 이 아이템에 흥미를 가지느냐 아니냐 하는 것인데…….

우리의 운명은 마왕 밀림의 반응에 달린 것이다.

"이게 뭐야!! 이런 맛있는 건 지금까지 먹어본 적이 없어!!"

크게 흥분한 모습으로 마왕 밀림이 소리쳤다.

귀여운 혀가 입가에 묻은 방울을 핥고 있다.

훗, 아무래도 이 승부――내가 이긴 것 같군,

"큭큭큭, 어떡하겠나, 마왕 밀림? 내게 손을 댔다간 이것의 정체는 영원히 어둠 속에 묻히게 되겠지. 하지만 여기서 내가 이겼다고 인정한다면 이걸 또 줄 수도 있는데, 응?"

씨익 웃으면서 나는 또 구체를 만들어서 마왕 밀림에게 자랑스럽게 보여준다.

마왕 밀림의 시선은 구체에 못이 박힌 채, 내가 움직일 때마다 따라 움직이고 있다. 완전히 흥미진진해 하고 있다. 보아하니 이 위기를 그럭저럭 해결할 수 있을 듯한 분위기가 만들어졌다.

실은 이건 예전에 보호해준 마충 아피트를 시켜 채집한 벌꿀이다.

이런 일도 있지 않을까 싶어서 준비했다──는 건 거짓말이고 나중에 몰래 먹으려고 숨겨둔 것이었다.

사실 이 세계에 온 뒤로는 단것을 먹어보질 못했다.

최근에야 겨우 맛있는 밥을 먹을 수 있게 되었으니, 그 다음에는 단것을 먹고 싶다고 생각한 것이다.

그런데! 슈나에게 물어봐도 단맛은 초고급품이라서 쉽게 입수할 수 없는 것이라고 한다. 현실적으로는 과일류 정도 말고는 단맛을 얻을 수단이 없다고 했다. 서방의 대국이나 동방의 제국에는 설탕이 있다고 하지만 그런 물건이 타국에 유통되는 일은 거의 없으며, 도저히 구입할 수 있는 가격이 아니라고 들은 것이다.

그렇다면 어쩔 수 없다. 우선은 간단한 것부터 시작해보자는 생각에 벌꿀에 눈독을 들였다. 그런 상황이었기 때문에 아피트를 보호할 수 있었던 건 참으로 요행이었다.

이렇게 고생해서 손에 넣은 벌꿀이었지만 아직 양산 체제가 갖춰지지 않았다. 그래서 모두에겐 미안하지만 내가 먹을 용도로 몰래 숨겨놓고 다닌 것이다.

마왕 밀림은 엄청나게 망설이고 있는 것 같다.

"끄으응…… 하지만 그게…….."

그렇게 말하면서 심각하게 갈등하고 있다.

여기선 승리를 굳히기 위해 한 번 더 공격을 해야겠군.

"으음, 맛있어!"

나는 손에 들고 있던 액체 모양의 구체를 내 입으로 밀어 넣

었다.

"아!!"

"야아, 이거 정말 맛있네. 이런, 슬슬 양이 떨어지기 시작하는데."

"뭐라고?!"

재미있네.

왠지 어린아이 같아서 놀리는 재미가 있다.

"어째, 내가 이겼다고 인정하겠어?"

"──잠깐, 제안이 있어."

"어디 들어보지."

"무승부. 이번에는 무승부로 치는 게 어때?"

"그럼 그걸 받아들이는 경우엔 조건이 어떻게 되지?"

"이번 건은 전부 불문에 부치겠어."

"호오?"

"무, 물론 그뿐만이 아니야! 앞으로 내가 너희에게 손을 대지 않겠다고 맹세하는 것도 좋겠지! 그 외에도 뭔가 곤란한 일이 생기면 얘기를 들어주도록 하겠어!!"

이겼다!

실력은 압도적으로 강했지만 속은 겉보기 그대로 어린아이였던 모양이다. 어른이 쓰는 교섭술 앞에선 적이 되지 않는다.

그렇다, 어른은 치사하다.

그렇게 말은 해도 이 이상의 교섭은 위험하다. 상대는 마왕, 그것도 '천재급'이다. 이 이상 기분을 상하게 만들었다간 이번에야말로 도시가 통째로 잿더미가 되어버릴 우려도 있다.

"좋아. 그 조건을 받아들이지. 그럼 이번에는 무승부인 걸로."

마왕의 마음이 바뀌기 전에 나는 곧바로 합의하기로 했다.

아직 재고는 남아 있기 때문에 약간 많이 병에 담아서 마왕 밀림에게 건네준다. 점토를 대충 구워서 만든 볼품없는 병이지만 마왕 밀림은 기쁜 표정으로 그걸 받았다. 받자마자 손가락으로 떠서 핥고 있다.

기분도 좋아진 것 같으니, 위기는 사라진 것으로 보인다.

이렇게 우리는 미증유의 천재지변을 극복한 것이다.

*

베니마루 일행을 회복시킨 뒤에 도시로 돌아가려고 하니, 마왕 밀림이 따라왔다.

곤란한 녀석이다.

말솜씨로 잘 달래서 넘길 수가 있었으니 이대로 그냥 돌아가 주길 바랐지만 아무래도 실패한 모양이다.

벌꿀이 담긴 병을 소중히 끌어안고 내 옆에 딱 붙어서 떨어지지 않는다.

노리는 건 벌꿀인가? 아직 재고가 있긴 하지만 그 이상은 넘겨줄 생각이 없었다. 내 몫이 없어지고 말기 때문이다.

"저기 말이야. 넌 마왕을 자칭하거나 마왕이 되려고 하진 않는 거야?"

왠지 엄청 친한 말투로 길을 가는 도중에 그런 질문을 한다.

정말이지, 무슨 소리를 하는 거람, 이 녀석은…….

"왜 그런 귀찮은 일을 해야만 하는 건데?"

내가 반대로 물어보자, 어?! 하는 얼굴로 당황하기 시작했다.

"어, 그게…… 마왕이잖아?! 멋지잖아? 대개는 동경하거나 하잖아?"

"안 해."

"……뭐?"

나와 마왕 밀림에겐 생각에 큰 차이가 있었나 보다.

의견이 서로 맞지 않는 채로 얼굴을 마주 보고 있었다.

"그럼 하나 묻겠는데, 마왕이 되면 무슨 좋은 일이라도 있나?"

"응? 어, 강한 녀석이 알아서 먼저 시비를 걸어와. 그거, 엄청 재미있는데?"

"아니, 그런 건 바라지도 않고 흥미도 없어."

"뭐어어—?! 그럼 무슨 재미로 사는 거야?"

"그야, 여러 가지가 있지. 할 일이 너무 많아서 큰일인걸? 그 벌꿀도 이제야 겨우 손에 넣은 거니까. 그 밖에도 하고 싶은 게 너무 많아서 마왕 노릇 따위를 할 겨를이 없다고. 그게 아니면 마왕의 즐거움이 싸움 말고 다른 뭔가가 있나?"

"없지만…… 마인이나 인간에게 으스댈 수는 있는데……?"

"계속 그러는 건 지겹지 않아?"

내 말에 번개라도 맞은 것 같은 표정으로 바뀌는 마왕.

아무래도 지겨웠던 모양이다.

내 말이 너무 정곡이었는지 말도 나오지 않는 것 같다.

슬슬 도시에 도착했고, 마왕이 충격을 받았다면 그대로 돌아가 주길 바란다.

"그럼 얘기도 다 들었으니, 이제 조심해서 돌아가."

잘 따돌렸다고 생각했지만 내 생각이 안일했던 모양이다.

"잠깐! 너, 너?! 마왕이 되는 것보다 재미있는 일을 하고 있단 말이지? 그건 치사해, 치사해, 치사하다고!! 나, 화났어. 나한테도 가르쳐줘. 그리고 나도 동료로 넣어달라고!!"

네가 무슨 떼쓰는 어린애냐?! 그렇게 외치고 싶었지만 필사적인 노력으로 애써 참아냈다.

상대는 마왕, 섣불리 화를 내게 만들면 위험해질지도 모른다.

오히려, 어린애라고 생각하고 대접하는 게 쉬우리라 생각한다. 아까의 대응을 떠올려 봐도 어른인 내가 나서면 말로 구슬리는 건 쉬울 것이다.

이런 경우엔 깊이 파고들어선 안 된다. 억지를 부리는 걸 잘 달래서 이쪽이 의도하는 대로 이야기를 진행시키는 것이 중요하다.

이 시점에서, 내 안에선 마왕 밀림 = 친척집 아이 정도의 이미지가 정착되어 있었다.

"알았어, 알았다고. 가르쳐줄게. 단, 조건이 있어. 앞으로 날 부를 때는 리무루 씨, 라고 '씨'를 붙여 부르도록 해."

"뭐라고, 웃기지 마! 그 반대가 맞지. 네가 나를 밀림 님이라고 불러! 아니, 그러고 보니 너, 아까부터 내 이름을 그냥 부르고 있잖아──."

이런. 내가 좀 지나쳤나? 외모랑 속은 어린애가 맞지만 '천재급'의 실력자를 화내게 만드는 건 위험하다.

"아, 잠깐. 승부는 무승부였으니, 그건 괜찮은 거 아냐?"

"으, 으윽……."

"좋아, 이렇게 하지. 넌 밀림으로 부를게. 너도 나를 리무루라고 부르도록 해. 어때?"

"으으음⋯⋯. 좋아, 알았어! 너한테 밀림이라고 부르는 걸 허락해주지. 감사해야 돼. 이렇게 불러도 되는 건 내 동료인 마왕들뿐이니까."

"고마워. 그럼 오늘부터 우리도 친구가 된 거네."

"──?!"

과격하게 불꽃을 튀기면서 말싸움을 한 뒤에 분위기가 바뀌면서, 서로의 이름을 편하게 부르기로 이야기가 정리됐다.

"그럼 도시 내부를 안내하겠지만, 멋대로 아무 데나 훔쳐보진 말아줘."

"알았어, 리무루! 에헤헷."

어째선지 마왕 밀림──아니, 밀림 녀석, 묘하게 기분이 좋아진 것 같은데.

"좋아, 착하기도 하지. 그럼 내 허락 없이는 도시에서 날뛰지 말아야 해. 약속이다?"

"물론이지! 약속할게, 리무루!"

끝났군. 이 녀석, 생각했던 것 이상으로 쉽게 넘어왔네.

이걸로 일단은 괜찮을 것이다.

"⋯⋯역시 리무루 님이시군. 이렇게도 쉽게 마왕 밀림을 길들이실 줄이야──."

"리무루 님이라면 당연하죠!"

"──나는 리그루도 님께 먼저 알려드리도록 하지. 자칫해서 마왕을 분노케 하는 자가 나오지 않게 말이야."

그런 이야기 소리가 들리는 걸 봐서 베니마루 일행도 불만은 없는 모양이다.

──불평이 있다고 한들 마왕을 상대로 어쩌지는 못하겠지만 말이지.

그렇게 생각하면서 나는 밀림을 안내하며 도시 안으로 들어갔다.

덧붙이자면 멋대로 마왕을 자칭하면 다른 마왕들로부터 제재를 받는 경우가 있다고 한다. 아니, 실력을 증명하지 못하면 제거당한다고 한다.

위험했다. 아주 위험했다고 할 수 있다.

밀림의 말에 따라 마왕을 자칭했다면 진짜 마왕들에게 찍힐 뻔했던 것이다.

밀림도 진짜 마왕이라는 사실은 제쳐두고 나는 하나의 위기를 나도 모른 채 피해냈다.

나중에 그 이야기를 들었을 때 나는 그때 거부한 자신을 칭찬해주고 싶은 기분이 들었다.

＊

밀림을 안내하면서 도시 안을 돌아다닌다.

그건 생각했던 것 이상으로 중노동이었다.

작은 아이를 데리고 놀이공원에 간 경험이 있는 사람이라면 상상이 갈 것이다.

눈을 떼기만 하면 어디론가 사라진다. 말 그대로 그런 느낌이다.

"이봐아! 멋대로 뛰어다니지 말라고 했잖아!"

"와하하하하하! 이쪽이야! 이건 뭐지?!"

"말 좀 들어! 됐으니까 차분하게 내 말을 좀 들으라고."

"와하하하하하! 대체 뭐야? 듣고 있는데?"

아무리 봐도 듣고 있지 않다. 신기할 정도로 잔뜩 들떠서는 이리저리 뛰면서 돌아다니고 있다.

"오오, 리무루 님이 아니십니까. 마침 잘 됐습니다. 시험 제작한 게 완성돼서 가져가던 참입니다."

도시에 들어온 우리 앞에 상자를 안은 가비루가 나타났다.

타이밍이 좋은 건지 나쁜 건지.

"오오, 드라고뉴트잖아. 와하하하하! 이런 데서 보다니 별일도 다 있네. 열심히 살고 있나?"

"오오, 처음 보는 아가씨로군. 나는 드라고뉴트인 가비루라고 한다! 리무루 님의 심복이면서 비약(祕藥)의 개발을 맡고 있지. 너도 신참인가, 꼬마 아가씨?"

──빠직.

"으응? 방금 뭐라고 했지? 꼬마 아가씨──그건 설마 날 보고 하는 말이야? 혹시 너, 죽고 싶어?"

그때까지 방긋거리고 있던 밀림이 갑자기 돌변했다.

가비루가 꼬마 아가씨라고 부른 게 마음에 안 들었던 모양이다.

가비루의 머리를 움켜잡고 끌어당기더니 배에다 주먹을 한 방

먹인 것이다.

말릴 틈이 있을 리가 없었다.

커헉! 하는 소리를 지르면서 한 방에 사망 직전까지 몰리는 가비루.

자, 잠깐만?! 내 허락 없이 날뛰지 않겠다고 한 약속은……?

"잘 들어. 나는 지금 아주 기분이 좋아. 그러니 이 정도로 봐주겠어. 다음엔 절대 용서하지 않을 테니까 조심해야 해, 알겠지?"

그렇게 말은 하지만…… 그 이상 때렸다가는 죽겠는데.

이건 용서고 뭐고 할 레벨이 아니다. 절묘한 힘 조절로 죽기 직전에 멈췄다는 느낌에 가깝다.

밀림, 무서운 아이! 아마도 '용안'으로 다 파악한 것이겠지만 정말로 무서운 녀석이다.

가비루가 들고 있던 것이 회복약의 시험 제작품이라 다행이었다. 서둘러 써보니 가비루의 상처가 차츰 사라지고 있었다.

"푸하아?! 제 아버님이 강 건너편에서 손을 흔드시는 게 보였습니다!"

그렇게 외치면서 눈을 뜨는 가비루.

"뭐야, 아직 여유가 있나 보군. 네 아버지는 아직 살아계시잖아."

어이없어하면서 말하자, 가비루는 당황한 표정으로 다시 말한다.

"아, 그랬었죠. 이거 실례했습니다. 하지만 죽을 뻔했던 건 사실입니다만……. 여기 있는 소녀──앗차, 아가씨는 대체……?"

"아아, 소우에이가 방금 리그루도에게 알리러 갔지만 동굴에 있던 너에겐 전달되지 못한 것 같군. 이 녀석은 밀림. 듣자하니

179

마왕이라더군."

"네, 네? 네에에——?! 마왕이라고요오?!"

가비루는 소변이라도 지릴 것처럼 놀라고 있다.

응, 그 기분은 알겠어. 나는 가비루가 안정되기를 기다렸다가 밀림이 이 마을에 잠시 동안 머무르게 되었음을 설명했다.

"과연……. 어쩐지 강렬한 일격이다 싶었습니다. 아니, 제가 용케도 살아남았군요……."

"그래, 날뛰지 않겠다고 약속했으니까 말이지. 역시 죽일 생각은 없었던 모양이군."

"와하하, 당연하지. 그건 가벼운 인사일 뿐이야."

사양하고 싶은데, 그런 인사는.

하지만 이 상황을 보니, 날뛰지 않겠다고 한 약속은 별 도움이 안 될지도 모르겠다.

우리 입장에서 보면 대참사라고 해도 밀림의 관점에선 스킨십일 경우도 있을 수 있다. 모두에게 충분히 주의하도록 전해야겠다.

"나중에 동굴로 갈 테니까 베스터에게도 전해다오."

"잘 알겠습니다."

가비루는 연신 고개를 꾸벅이면서 그 자리를 떠났다. 그런 꼴을 당했는데도 의외로 별 이상이 없는 것 같다. 회복약의 성능이 좋은 건지, 가비루가 터프한 건지. 양쪽 다일 수도 있겠군.

밀림도 대범하게 고개를 끄덕이면서 손을 흔들고 있다.

그리고 아무 일도 없었던 것처럼 돌아보며 말한다.

"저 녀석, 꽤 튼튼한데! 다음엔 좀 더 세게 때려볼까?"

내게 묻지 말았으면 좋겠다. 진심으로 그렇게 생각한다.

"저기 말이야, 화가 난다고 해서 바로 사람을 때리면 안 돼."

"응? 날 화나게 한 게 나쁜 거야. 게다가 그 정도는 인사 수준이라고."

아니, 아니, 아니, 아니, 그건 인사가 아니지.

"서로 때리는 건 인사가 아니니까 그건 금지야!"

"그런가? 하지만 처음부터 세게 나가지 않으면 얕잡아 보니까……."

"아니, 안 돼! 이 도시에 사는 자들에겐 밀림을 얕보지 않도록 내가 확실하게 말해놓을게."

"음, 그래? 그럼 너에게 맡길게."

"으, 응. 그럼 주먹부터 먼저 날리지 않도록 조심해줘."

지금은 그렇게 주의를 줄 수밖에 없다. 앞으로 조금씩 밀림에게 상식을 가르쳐줄 필요가 있을 것 같다.

마왕 밀림의 건드리지 말아야 할 부분은 꽤 여러 가지가 있는 것 같으니, 앞으로 피해자가 나오는 건 가비루만으로 끝나기를 나는 빌었다.

이래저래 안내는 계속 이어진다.

그렇게 말한다 하더라도 이제 곧 저녁 시간이다.

일을 마치고 모두가 모이기 시작할 때가 되었기에 모두에게 소개시켜두기로 했다.

소우에이 덕분에 작은 폭군의 소문은 도시 전체에 퍼져 있었다. 하지만 그 모습을 확실하게 기억할 수 있도록 해두는 게 안심이 될 것 같다. 착각하여 실수하는 바보는 없을 거라 생각하지만 만일을 위해서다.

도시의 주민들에게 대광장으로 모이도록 알렸다. 그러자 일을 끝낸 주민들이 속속 모이기 시작했다.

모두가 다 모였을 때쯤 나는 단상 위로 올라갔다.

"에, 오늘부터 이 도시에 새로운 동료가 체류하게 됐다. 손님으로 대접할 예정이므로 다들 정중히 대응해주길 바란다. 단, 이 도시의 룰은 지키겠다고 약속을 했으니까 위반을 하는 모습이 보인다면 내게 알려다오."

마왕이라고 해서 뭐든 다 봐줄 생각은 없다. 단, 이 폭력성을 제대로 조절하는 게 어려운 것도 사실이다. 아주 번거롭지만 약속은 지키도록 분명하게 말해두었다.

밀림도 그런 주변머리는 있는 모양인지 "걱정이 지나치거든? 난 약속은 지킨다고!"라고 자신만만하게 말했다.

왜 그런지 모르게 걱정이 되었지만 의심만 하고 있어봤자 딱히 소용은 없다. 밀림을 믿어보기로 했다.

나를 대신해 단상에 오르는 밀림.

"밀림 나바야. 오늘부터 여기서 살게 됐어. 잘 부탁해!"

그렇게 자기소개를 하는 밀림.

아니, 잠깐, 방금 뭐라고 말했어?!

"이봐, 잠깐. 오늘부터 살겠다니, 그게 무슨 뜻이야?"

"말 그대로의 뜻인데? 나도 여기서 살기로 했어."

"잠깐, 잠깐. 넌 지금 살고 있는 곳이 있잖아? 거기 있는 사람들이 걱정하지 않겠어?"

"괜찮아. 가끔 돌아가 주면 문제없어!"

이 멍청아, 이쪽은 문제가 엄청 크다고! 그렇게 소리치고 싶은 기분을 꾹 참는다.

괜찮아……. 이 녀석은 기분파니까 질리면 돌아가겠지.

"뭐, 본인이 그렇게 말하고 있으니, 다들 그렇게 알고 대응해 다오."

나는 포기하고 밀림이 하고 싶은 대로 하도록 내버려 두기로 했다.

그렇게 말은 했지만 주민들의 반응은 전체적으로 호의적이었다.

"세상에?! 마왕 밀림 님이잖아!"

"오오, 존안을 처음 뵐 수가 있었네……."

"그건 그렇고 역시 리무루 님이시네. 저 폭군과 저리도 친하게──."

"이걸로 이 템페스트(마국연방)도 평화롭겠어."

등등.

마왕의 위광은 엄청나다지만, 그중에도 밀림은 인기인이었던 모양이다.

가짜라고 의심하는 자도 없었다. 내가 소개한 이상, 아무도 의심하지 않았던 것이다.

"한 번 더 말하지만 밀림도 오늘부턴 우리 동료다. 무슨 일이 생기면 여러모로 잘 돌봐다오."

"응. 나랑 리무루는 친구니까, 무슨 일이 생기면 날 의지해도 돼."

밀림에게 뭔가를 부탁할 정도로 배짱 좋은 자는 아마 없겠지. 오히려 밀림이 일으킬 소동으로 피해를 입을 자가 더 많을 것으로 생각한다. 그런 의미로 말했지만 밀림에겐 통하지 않는 것 같다. 긍정적으로 받아들인 것 같고 부정하지도 않는다.

그건 그렇다 쳐도——,

"친구라——."

마왕과도 친구가 됐는데 과연 이래도 괜찮은 걸까? 이 짧은 만남만으로 판단하자면, 밀림은 좋은 녀석이란 생각은 들지만…….

내가 중얼거리는 소리가 들렸는지, 밀림이 우물쭈물하기 시작한다.

"그러게 말이지, 친구는 좀 이상하네……. 어, 그러니까…… 그냥 친구라기보다는 '절친'이겠지!!"

무슨 이유인지 얼굴을 새빨갛게 붉히면서 다시 말했다.

뭐? 어, 그러니까…… 절친?!

밀림 군, 언제부터 우리가 절친이 된 거지?

"저, 절친?"

조심스럽게 물어본다.

"어? 아니야?!"

밀림의 눈에 점점 눈물이 차오르기 시작한다. 하지만 그 이상으로 주먹에 투기가 차오르는 게 더 빠른데?!

"아—하하! 농담이야, 농담. 우린 당연히 절친이지!"

재빠르게 기지를 발휘해서 위기를 회피.

나도 자칫하면 지뢰를 밟을 뻔했다. 가비루와 똑같은 꼴이 되는 건 사양한다.

"그렇지? 너도 사람을 놀라게 하는 재주가 있구나!"

내 대응이 정답이었는지 밀림은 미소를 짓고 있다.

정말 쉽게 넘어가는 녀석이다.

쉽게 넘어가지만 다루기 어려운 녀석이기도 하다.

앞으로 방심은 금물이다. 나는 한 단계 더 지혜로워졌다.

이렇게 화약고보다도 위험한 마왕 밀림이 템페스트의 동료로 들어온 것이다.

*

밀림의 소개도 끝났으니 식당으로 이동했다.

식사가 운반되어 나온다.

오늘 메뉴는 카레다.

정확하게 말하자면 카레를 재현한 요리이다. 쌀과 비슷한 벼과 식물을 발견했기에 현재 그걸 품종 개량 중이다. 지금은 그렇게 영양도 좋지 않고 맛도 별로다. 하지만 카레는 만능이기 때문에 그럭저럭 맛있게 만들어졌다.

슈나의 요리 솜씨가 좋은 덕분이기도 하다. 여기다 흰쌀이 완성돼서 더해지면 멋진 요리가 만들어질 텐데…….

인도 카레처럼 난과 비슷하게 만든 것도 있으므로 취향에 맞게 고를 수 있게 되어 있었다.

이런 요리는 수많은 시행착오 끝에 만들어진 것이다.

그 밖에도 요리법은 많이 있었지만 설탕이 없기 때문에 재현하는 데에 어려움을 겪고 있다. 사탕수수랑 비슷한 식물이 자라고 있지 않은지 확인해보기 위해 현재 숲을 찾아보게 하고 있다. 사탕무처럼 뿌리 부분에 당분을 포함하고 있는 것도 있을 수 있기 때문에, 순찰을 돌 때 다종다양한 식물들을 채집해 오도록 분부해놓은 상태다.

솔직히 말해서 실물만 있으면 '해석감정'으로 성분을 판명할 수 있기 때문에, 시간은 걸리겠지만 설탕을 유출해내는 것도 가능할 것으로 생각하고 있다.

밀림은 기분 좋게 먹고 있었다.

보나마나 어린애 입맛일 거라 생각해서 슈나에게 과즙을 많이 넣은 단맛으로 준비하도록 시켰다.

내 생각이 맞았는지 밀림은 열심히 집중해서 먹고 있다.

"맛있어———!! 이렇게 맛있는 건 한동안 먹어본 기억이 없어!!"

그렇게 절찬하면서, 한 그릇을 더 요구하고 있다.

슈나도 기쁜 표정으로 밀림의 밥을 담아주고 있었다.

흐뭇한 광경이다.

그런 분위기를 박살 내듯이 갑자기 폭탄 발언을 뱉은 자가 있다.

시온이다.

"그건 그렇고 리무루 님. 계속 궁금했었는데, 밀림 님께 선물하신 물건, 그건 대체 무엇인지요?"

움찔.

갑자기 무슨 소리를 하는 거야, 시온 녀석?!

"안 줄 거다! 이건 내 거야."

당황하면서 벌꿀이 담긴 병을 감추는 밀림. 계속 내놓지 말고 '공간 수납'으로 넣어두면 될 것을.

"괜찮습니다, 밀림 님. 아무도 밀림 님의 것을 빼앗으려 하지 않을 테니까요."

슈나가 웃는 얼굴로 말한다. 그야 그렇겠지. 밀림의 것을 빼앗으려는 목숨 아까운 줄 모르는 자가 이 도시에 있을 리가 없다.

밀림은 자신의 벌꿀을 아무도 노리지 않는다는 걸 안 순간, 생글생글 웃으면서 다시 식사를 시작했다. 정말 마왕인지 의심이 갈 정도로 무방비한 모습이다.

아니, 밀림은 문제없다. 문제는 내가 몰래 감춰두고 있던 벌꿀을 들킨 것이다.

"그러고 보니 뭔가 아주 좋은 향기가 나네요. 밀림 님의 소지품인 줄 알았는데 리무루 님이 밀림 님께 선물해주신 것이었나요——."

슈나는 밀림을 달래준 후에 뭔가 꿍꿍이가 있는 표정을 한 채 내 쪽으로 시선을 돌렸다.

위험하다. 이건 아주 위험한 사태다.

소우에이는 자신과 관계없다는 얼굴을 한 채 묵묵히 있지만 베니마루는 흥미진진한 표정으로 우리가 나누는 대화를 듣고 있었다.

이 테이블에 앉아 있는 사람은 전부 여섯 명.

나, 베니마루, 소우에이에 밀림, 슈나, 시온이다. 슈나를 제외하면 다들 밀림과 나 사이에 어떤 거래가 오고 갔었는지를 알고 있으니 얼버무리는 건 무리일 것 같았다.

아무래도 포기할 수밖에 없을 것 같다.

양산의 가능성이 보인 뒤에 밝힐 생각이었지만 이제는 어쩔 수가 없다.

나는 품에서 벌꿀을 꺼내어 눈앞에 있는 컵에 가득 따랐다.

"이건 벌꿀이다. 설탕이 없어서 대신 준비한 거야. 하지만 얻을 수 있는 양이 적기 때문에 모두에게 다 나눠줄 수는 없다."

모두가 순서대로 손가락으로 떠서 핥아보도록 시켰다.

""""——?!""""

놀라는 표정을 짓는 여성 두 명.

소우에이는 한쪽 눈썹만 살짝 올렸을 뿐이지만 베니마루는 좀 더 맛보고 싶어 하는 표정을 짓고 있다.

그리고 어째선지 밀림도 같이 떠먹어 보고 있었다.

이봐이봐이봐, 넌 이미 네 걸 갖고 있잖아?! 정말 욕심이 많은 녀석이라니깐.

"뭐, 맛을 보면 알겠지만 상당히 달다. 하지만 이건 약효도 있어서 만병의 특효약도 되지. 독이 혼합될 경우도 있기 때문에 유출에는 신경을 써야 해. 하지만 내가 직접 유출하고 있으니 문제는 없겠지만 말이야."

"이건 양산 가능한 것인가요?"

"지금은 무리겠지. 일주일에 컵 한 잔 분량을 확보할 수 있을까 말까 하는 정도야."

아피트에게 무리를 시키면 일주일에 세 잔은 가능할지도 모른다. 하지만 무리를 시키는 건 금물이니 미리 양을 조금 줄여서 말해둔다.

"이건 약으로 성분 연구를 해보고도 싶기 때문에 식용으로 돌리기는 좀 어려워."

이건 사실이다. 실제로 '해석감정'에 의하면 '만능 특효약'이라는 해석 결과가 나왔다. 희귀한 꽃에서 채집한 꿀이다 보니 훌륭한 효능이 있었던 것이다.

"확실히 그렇겠군요. 자이언트 허니비(거대 꿀벌)의 벌집에서 얻을 수 있는 꿀과는 비교가 되지 않습니다. 그건 감미료로 쓰기엔 애매했죠."

시온이 고개를 끄덕이고 있다. 요리는 못 하면서 그런 정보에는 박식한 모양이다.

뭐, 시온이 말한 대로 자이언트 허니비의 꿀은 달지 않다. 독성분이 많아서 식용으로도 적합하지 않은 것이다. 그것도 성분을 분석해서 유출하면 맛있게 만들어질 것으로는 생각하지만——키우는 게 어렵다.

"뭐, 그 녀석들도 꽃밭을 준비해서 그곳을 자기 구역으로 만들어주면 그런대로 고품질의 벌꿀을 만들 수 있을 거란 생각은 들지만 말이지."

"그렇군요……."

시온은 납득했는지 입을 다물었다.

"설탕 대신이라고 말씀하셨는데, 설탕이란 건 이렇게 단 것인가요?"

슈나가 흥미진진하게 물었다. 이건 밀림과 시온도 궁금했는지 귀를 쫑긋 세우고 있다.

"그래. 약효는 없지만 중독성이 생길 정도로 단 물질이지. 요리에 쓰거나 마실 것에 넣기도 하는 등 다양한 용도가 있어. 그게 있으면 만들 수 있는 요리의 가짓수가 단번에 늘어나겠지."

그렇게 설명했다.

"과연, 이해했습니다. 내일부턴 설탕을 발견하는 것에 전력을 다하겠습니다. 시온──."

"맡겨주십시오, 슈나 님. 이 시온, 목숨과 바꿔서라도 설탕을 발견해내고 말겠습니다!"

"음, 부탁한다!"

여성 세 명이 서로의 얼굴을 바라보면서 고개를 끄덕이고 있다.

그런 일에 목숨을 걸지 마, 라거나 너희들 어느새 그렇게 사이가 좋아졌냐, 등등 하고 싶은 말은 아주 많지만 지금은 그냥 넘어간다.

나는 남은 벌꿀을 핥으면서 이제 설탕을 발견하는 것도 머지않을 것이라 확신했다.

저녁 식사도 끝났으니, 자랑거리라 할 수 있는 목욕탕으로 안내하기로 했다.

드워프가 혼신을 기울여 대리석으로 만든 목욕탕은 언제든지 온수가 가득히 채워져 있기에 바로 물에 들어갈 수 있다.

슈나와 시온의 안내를 받아서 밀림도 얌전하게 따라오고 있다.

평소라면 슬라임 모습으로 돌아가 스스럼없이 어울려서 같이 들어가겠지만 오늘은 역시 사양했다. 밀림이 없는 동안에 앞으로의 일에 관해 이야기를 나눌 필요가 있다.

회의실로 이동하여 모두에게 오늘 생긴 일을 이야기해주었다.

"그렇다고 쳐도 이거 참……. 설마 마왕이 스스로 올 줄은 생각도 못 했습니다……."

리그루도가 머리를 저으면서 중얼거렸다.

그런 말이 나올 것 같은 기분도 잘 이해가 된다. 애초에 마왕 본인이 올 줄은 전혀 생각도 못 해봤으니까 말이다.

"하지만 뭐, 일단은 허락 없이 날뛰지는 않겠다고 약속을 했으니 괜찮겠지?"

나도 자신은 없지만 그 말을 믿을 수밖에 없기에 그렇게 말해봤다.

"아니, 하지만…… 지금 걸리는 점은 다른 마왕들이 어떻게 나올까 하는 것 아니겠소?"

카이진이 그렇게 말했다.

그 의견에 공감 가는 바가 있는지, 하쿠로우와 베니마루도 고개를 끄덕이고 있다.

"무슨 뜻인가?"

나는 이해가 되지 않았기 때문에 솔직하게 물어봤다.

"아뇨, 그게…… 마왕은 여러 명이 있습니다만, 서로 견제하고 있는 사이지요. 이번에 리무루 님이 밀림 님과 친구가 되었다고 선언하는 것은 이 도시도 마왕 밀림의 비호하에 들어가는 것을 의미합니다. 원래는 그게 바람직한 일일지도 모릅니다만——."

"——리무루 님은 쥬라의 숲 대동맹의 맹주——또는 쥬라 템페스트 연방국의 총통이라는 입장에 있으신 몸. 즉, 이 쥬라의 대삼림이 마왕 밀림과 동맹을 맺었다는 식으로 다른 마왕들의 눈에는 비치게 되겠지요."

"그렇게 되면 지금까지 부하를 둔 적이 없었던 마왕 밀림의 세력이 순식간에 커지게 되면서 마왕들의 파워 밸런스가 무너집니다. 그럴 때——수를 잘못 두면 이 숲도 전화에 휩쓸리게 될지도 모른다는 얘깁니다."

카이진, 하쿠로우, 그리고 베니마루가 차례로 말을 이어갔다.

그렇군, 깊이 생각해보진 않았지만 내 행동에 이 숲까지 휘말릴 우려가 있단 말인가.

하지만······.

"하지만 실제로 마왕 밀림 님을 말리려고 해봤자 무리가 아닙니까?"

리그루도가 세 명에게 의견을 말했다.

확실히 그렇긴 하다. 모두가 한꺼번에 다 덤벼도 무리일 것이다. 그렇기 때문에 나도 질려서 제풀에 나가주기를 기다린다는 소극적인 방법을 택한 것이니까.

"그렇긴 하지. 솔직히 말해서 저자의 실력은 아예 차원이 달랐어. 이길 수 있는지 아닌지를 따질 단계가 아니야. 리무루 님이 계시지 않았다면 우린 지금쯤 살아 있지 못했을 테니까."

"──그 말이 맞아. 어떻게 되든 간에 다른 마왕과 적대하게 된다면 그쪽을 상대하는 게 차라리 나을 거다. 마왕 밀림, 그자는 그야말로 천재지변이야."

리그루도의 말을 듣고 베니마루가 속마음을 밝힌다. 그리고 그 말을 소우에이가 긍정한다. 그게 결정적인 의견이 되면서, 다른 방법이 없으니 어쩔 수 없다는 분위기가 이루어졌다.

앞으로의 대응에 대해선 적대하는 마왕이 나타난 뒤에 생각한다는, 반쯤은 포기한 분위기로 이야기는 정리된 것이다.

그리고 중요한 밀림의 대응에 대해서는──.

"그럼 밀림 님의 상대는 절친이신 리무루 님께 모든 걸 맡기기로 하는 것에 여러분은 이견이 없는 거겠지요?"

""""없습니다!!""""

뭐라고?! 베니마루, 너!!

그렇게 생각했을 때는 이미 늦었다. 언제나 내가 하고 있는 '떠넘기기'를 반대로 당하고 만 것이다.

"게다가 마왕 밀림 님이라고 하면 가장 강하면서 가장 오래된 마왕 중의 한 분. 절대로 적대해선 안 되는 마왕으로 일컬어지고 있습지요. 이번만큼은 리무루 님께 맡길 수밖에 없겠습니다, 그려——."

그런 하쿠로우의 말이 결정타가 되었다.

그런 위험한 존재라고는 생각하지 않았지만 그렇다면 어쩔 수 없지. 나는 그렇게 생각하면서 한숨을 쉰다.

굳이 말하자면 나 말고는 달리 밀림의 기분을 맞춰줄 수 있을 것 같은 자가 없다. 이 자리는 어린아이를 상대하는 게 능숙한 내가 직접 팔을 걷어붙이고 나설 수밖에 없을 것 같다.

마왕 밀림은 내가 담당한다는 암묵의 동의가 성립되어버린 것이다.

목욕을 마치고 나와 보니, 밀림은 이미 졸려 보였다.

듣자하니, 목욕탕에서 신 나게 한바탕 소동을 벌인 모양이다. 뭐, 헤엄을 칠 수 있을 정도로 넓은 목욕탕은 이 세계에선 드물 테니 이해가 안 되는 것도 아니다.

일반적인 서민은 물을 끼얹는 것 정도로 끝내는 수준이며, 귀족들조차도 작은 욕조에 뜨거운 물을 채우는 정도라고 하니까 말

이다. 어지간히 유복한 나라가 아니면 목욕 같은 것과는 인연이 없다고 한다.

뭐, 목욕에 관해서는 내가 많이 집착한 편이긴 했다. 말하자면 내가 고집을 부려서 이렇게 굉장한 시설이 만들어진 것이다. 그러므로 기쁘게 사용해준다면 나도 만족한다.

슈나에게 부탁해서 손님용의 침실로 데려가 밀림을 재우도록 했다.

이곳에는 침대가 없다. 다다미와 비슷하게 만든 바닥에 이불을 깔아서 자기 때문에 불평을 하지 않으면 좋겠지만…….

그렇게 생각했지만 그건 기우였던 것 같다. 밀림은 쾌적한 표정으로 곧장 잠들었다고 한다.

이렇게 마왕 밀림의 템페스트에서의 생활이 시작되면서, 그럭저럭 첫째 날이 끝났다.

하지만 밀림이 몰고 온 회오리바람은 아직 이제 겨우 불기 시작한 참이었다.

＊

날이 밝으면서 다음 날이 되었다.

그날은 아침부터 너무나 바빴다.

우선 아침에 맨 먼저 밀림을 깨웠지만…….

"왜 마왕이 아침 일찍 일어나야 하는 건데!"

라고 말하면서 칭얼댄다.

겨우겨우 밀림의 옷을 갈아입히고 몸단장을 끝냈다.

밀림의 복장은 노출도가 너무 높아서 어젯밤에 다른 걸 준비하도록 했다.

　일단 남아 있는 것 중에서 적당한 걸 찾아낸 옷이지만 생긴 게 미소녀인지라 어떤 걸 입혀도 잘 어울려 보인다.

　"움직이기 불편해."

　"그래? 잘 어울리니까 그쪽이 더 좋아 보이는데?"

　그렇게 적당히 달래봤지만, 갑자기 기분이 좋아졌으니 잘된 걸로 치고 넘어가자.

　그건 그렇고 어린아이란 정말 단순하다.

　다음은 아침 식사다.

　빵과 비슷하게 만든 것에 과일 잼, 그리고 우유──소사슴의 젖을 차갑게 식힌 것. 내가 우유라고 불렀더니 다들 그렇게 부르게 되었다──가 메뉴다. 거기에 따끈따끈한 야채수프가 곁들여진다.

　잼은 설탕을 쓰지 않은 것으로, 푹 끓여서 식힌 뒤에 밀폐하고 냉각하여 굳힌 것이다. 무슨 과일인지는 모르겠지만, 슈나가 직접 만든 것으로 예상보다도 달다.

　내 기준에선 단맛보다는 신맛이 강했지만 단맛에 굶주린 이 세계에선 귀한 사치품인 것이다. 이 도시의 일반적인 아침 식사는 야채수프를 먹고 남은 것과 빵 비슷하게 만든 것이 주류이기 때문에 잼이 나온 것만으로도 귀하게 대접하는 분위기가 만들어지는 것이다.

　"맛있어───!! 이거 정말 맛있다!!"

밀림은 엄청 칭찬을 하면서 아침을 먹고 있다. 마음에 든 것 같아서 무엇보다 다행이다.

밀림이 아침을 먹고 있는 동안에 생각한다.

내가 밀림을 담당하게 된 건 좋지만, 과연 평소와 같은 행동을 해도 괜찮은 걸까?

건설 현장의 시찰, 농지의 시찰, 무기 및 방어구 제조 공장의 시찰, 식량 저장고의 재고 확인, 기타 등등.

내가 하는 일의 대부분은 시찰이 메인이다. 그 자리에서 가볍게 미팅을 가지고 앞으로의 방침을 확인하는 게 내 역할로 되어 있다.

그 외에도 도시 안에서 문제가 발생하면 내가 조정을 하는 경우도 있었다.

다종다양한 종족들이 집단으로 생활하는 이상, 모두가 지켜야 하는 규칙이 필요하게 된다. 마을이나 집락촌 같은 규모가 아니라 인구수가 만 단위인 연방국이 된 지금은 더 그렇다.

법률이라는 걸 제정할 정도의 여유는 없기 때문에, 결국은 대충 적당히 정한 규칙에 따라 다들 살고 있다. 그러므로 의견이 서로 맞지 않아서 다툼이 일어날 것 같은 경우에는 내게 의견을 물어 왔던 것이다.

그렇다고는 하나, 대개는 리그루도 쪽에서 해결해주기 때문에 내게까지 문제가 돌아오는 일은 어지간한 경우가 아니면 잘 없지만 말이다. 그 부분은 모두가 날 배려하느라 귀찮게 굴지 않으려고 마음을 써주는 것 같았다.

의외로 마물들의 협조성이 높은 게 놀라웠다.

모든 자가 불만을 가지지 않는다는 건 불가능하겠지만, 트러블을 일으킬 정도라면 내 판단에 따른다는 풍습이 어느샌가 이루어지고 있었던 것이다.

하지만 지금은 아직 그런 건으로 인한 예약은 없다.

분쟁을 조정해야 할 일이 있는 경우에는 적어도 일주일 전에 내게 연락이 온다. 애초에 쌍방의 의견을 듣거나 증거를 모을 시간이 필요하기 때문에, 예약제인 것은 당연하다.

그런고로 오늘 예정은 가비루가 있는 곳에 가보는 정도지만⋯⋯.

밀림을 슬쩍 본다.

과연 가비루가 있는 곳으로 데려가도 괜찮을까? 그곳에는 베스터에게 준비해준 귀중한 실험 도구 같은 것도 있다. 말하자면 템페스트의 연구 시설로 바뀌어 있는데⋯⋯.

문득 좋은 생각이 났다.

밀림에겐 지금 조금 전에 입힌 의상밖에 없다. 앞으로 한동안 여기서 지낼 것이라면 밀림을 위한 옷을 몇 벌 더 준비해줄 필요가 있다.

그렇다면──.

"밀림, 밥을 다 먹었으면 옷을 만들러 가볼까."

"왜? 이거면 충분하지 않아?"

"이거 한 벌만으로는 불편할 테고, 귀여운 옷을 입는 게 좋을 것 같은데."

"뭐?! 귀여운 옷이 있어?"

"응, 마음에 드는 옷이 있으면 준비시키도록 할게."

"알았어! 역시 리무루네, 여긴 뭐든지 다 있어서 정말 대단해!"

옷을 준비하기로 정하자 밀림은 금세 기쁜 표정으로 들뜨기 시작했다.

이러면 된다. 이걸로 시간을 벌 수 있을 것 같다.

기본적으로 그곳은 반나절 정도는 눈 깜짝할 사이에 지나가는 마굴이니까 말이지. 나도 한 번 지독한 꼴을 당해본 적이 있다. 옷 갈아입히기 인형처럼 수많은 옷을 억지로 갈아입어야 했던 것이다.

반쯤 재미로 디자인한 의상이 대량으로 있기 때문에 밀림의 마음에 드는 옷도 찾을 수 있을 테고 말이다.

"어머나, 밀림 님의 옷을 보고 고르시겠다고요? 그럼 제가 같이 모시도록 하죠."

"음, 잘 부탁할게. 나는 동굴에 볼일이 있으니까 무슨 일이 생기면 '사념전달'로 연락을 해줘."

"알겠습니다."

슈나도 흔쾌히 승낙해주었다.

"뭐야, 리무루는 안 오는 거야?"

"응, 나는 옷을 가지고 있으니까. 밀림의 준비가 끝날 때쯤에 데리러 올 테니까 마음에 드는 옷을 골라서 사이즈를 조절해달라고 하면 돼. 정 뭣하면 새로운 옷을 만드는 것도 좋겠지."

"오오! 알았어."

좋아, 잘 풀린 것 같다.

밀림은 새로운 옷이라는 말을 듣고 그쪽으로 흥미를 느끼고 있다. 이제 한동안은 내가 없어도 난폭하게 굴거나 소동을 부리지는 않겠지.

　아침 식사를 마치고 밀림은 슈나의 안내를 받아 제작 공방 쪽으로 향했다.

　자, 그럼 밀림이 얌전하게 굴고 있을 동안 나도 볼일을 마치도록 해볼까.

*

　카이진을 불러서 봉인의 동굴로 향한다.

　"어젠 괜찮았나?"

　나는 마중 나온 가비루에게 말을 걸었다.

　보기에는 이상이 없어 보였지만 마왕의 일격을 받았으니 후유증이 없는가 걱정이 되었던 것이다.

　"아무 문제 없습니다. 저는 튼튼한 것 하나만은 자신이 있으니까요!"

　가비루는 쾌활하게 웃으면서 그렇게 말했다. 괜찮아 보이는 것 같아서 일단 안심이다.

　"그건 그렇고 리무루 님, 가젤 폐하께도 보고를 했습니다만, 괜찮겠습니까?"

　베스터가 조심스럽게 물었다.

　보고라는 것은 밀림의 건에 대한 것을 말한다.

　맹약 중에 서로의 나라에 위기가 발생한 경우에는 가능한 한 지원을 한다는 문구가 있다. 이번 건은 틀림없이 위기 상황이었다고 할 만하다.

뭐, 이번 경우에는 어쩔 도리가 없었으니 만일의 경우엔 그쪽도 각오를 해두라는 의미도 있긴 하지만.

"음. 연락용의 통신 수정은 잘 작동하던가?"

"네. 가젤 폐하와 통화하는 것도 문제가 없었습니다. 하지만 마왕 밀림이 갑자기 나타났고 리무루 님이 대응했다고만 보고했습니다만 그래도 괜찮은 것인지요?"

베스터가 걱정하는 것도 이해는 된다. 드워프 왕국은 지금쯤 혼란에 빠져 정보 수집에 혈안이 되어 있을 테니까 말이다. 베스터에게 보고를 바라는 요청도 엄청나게 도착해 있는 상태이겠지.

"어젯밤 회의 결과로 내가 밀림을 돌보게 됐다. 아니, 달리 대처할 수 있는 방법은 없다는 게 결론이지. 그러므로 가젤 왕에게 보고를 하게 한 건 내 나름대로의 선의일 뿐이야. 뭔가 유효한 대처 방법이 있다면 오히려 내가 묻고 싶을 정도니까."

"그건 뭐, 그렇긴 합니다만……. 확실히——마왕 밀림이라고 하면 마왕들 중에서도 격이 다른 존재니까요……."

"음. 내가 알고 있는 한 최강이라고 들었지."

아아, 역시. 베스터랑 가비루도 알고 있을 정도로 유명한 녀석이었다.

하쿠로우도 가장 강하면서 가장 오래된 마왕 중 한 명이라고 했으니, 가비루의 말과도 부합이 된다.

하지만 생각하기에 따라선 다행이라고 생각한다. 마왕이라는 존재가 전부 그런 괴물이라고 하면 내가 아무리 애를 써봤자 시즈 씨의 복수를 해주는 건 애초에 무리라는 이야기가 되니까.

마왕 밀림이 격이 다른 존재일 뿐이라면 다른 마왕에게 승산이

201

아예 없지는 않을 테니까. 그렇게 생각하자 조금은 마음이 편해졌다.

소극적이지만 다른 마왕을 상대로 하는 게 낫다는 건 실로 합리적인 타협안이라 할 수 있는 것이다.

걱정만 하고 있어봤자 소용없다.

마왕에 대한 대처는 나중에 생각해보기로 하고 지금은 회복약에 관해 들어보기로 하자.

"그럼 보고해다오."

가비루는 고개를 끄덕이면서 베스터와 둘이서 현재의 개발 상황을 설명해줬다.

어제의 회복약은 베스터가 제작한 최신형이었던 모양이다.

드워프의 기술을 써서 제작해본 것과 근본적으로 다르다고 하는데…….

내가 양산한 회복약은 히포크테 풀을 99% 유출한 것이다. 마셔도 되고 뿌려도 되는 우수한 물건이다. 그에 비해 드워프의 기술로는 98%의 유출이 한계라던가.

겨우 1%의 차이지만 성능에는 큰 차이가 있다.

내가 만든 건 '풀 포션(완전 회복약)'이라는 정식 명칭이 있으며, 입은 상처를 100% 회복시킬 수가 있다. 게다가 부위 손상조차도 완치하는 마법약이다.

추가로 설명하자면 부위 손상이란 말은 손발을 잃어버리는 걸 말한다. 마물에 먹힌다거나, 마법으로 인해 날아가 버린다거나 하면서 신체의 일부를 잃어버리는 일은 종종 발생한다고 한다.

팔이 없어져도 완치할 수 있으니, 이건 그야말로 마법약이라 할 수 있다.

이걸 가능하게 만드는 이유 말인데, '대현자'에 의하면 유전자 정보를 근거로 부위를 재구축하는 것이라고 한다. 결국은 선천적인 상처가 아니라면 모두 치료가 가능한 것이다.

드워프의 기술로 만든 것은 '하이퍼 포션(상위 회복약)'이라고 불리며, 큰 상처라도 치료가 가능한 최고급의 약으로 취급받고 있다. 단, 실제로는 입은 상처에 따라선 완치되지 않는 경우도 있으며, 부위 손상도 정도에 따라선 재생이 불가능하다.

이건 아마도 성능이 모자라서 정보를 읽어 들이는 수준이 낮은 것으로 추측할 수 있다. 대부분의 상처라면 치료할 수 있지만 최후의 일선을 넘어서는 것이 불가능했던 것 같다.

대충 이 정도의 차이가 있다는 게 확인된 상태다.

재배한 히포크테 풀은 천연의 것과 같은 품질이었다. 즉, 소재는 최고품질이란 뜻이 된다. 성능에 차이가 있다는 건 제작 방법에 의한 차이라는 뜻이 될 것이다.

"일반적으로 보면 이 하이퍼 포션만으로도 성능은 충분하다고 할 수 있겠지만……."

카이진이 머리를 긁으면서 중얼거린다. 드워프의 기술을 훌륭히 재현한 질 좋은 약이 나왔기 때문이다.

"하지만 카이진 경. 더 높은 곳이 있다는 걸 알아버린 이상, 도중에 타협 따윈 할 수 없습니다!"

라는 게 베스터의 발언이다. 내가 만든 회복약의 성능을 알아버린 이상, 그걸 목표로 하는 것이 그의 소원이라던가.

그리고 어제 베스터의 시험 제작품이 완성된 것이라고 한다.

"어제 제가 사용했던 것은 리무루 님의 회복약과 비교해도 손색없는 것이었습니다. 이번에는 성공한 게 아닐까 하고 저도 감히 생각을 하고 있습니다."

가비루까지 이번 약에는 자신이 있는 모양이다.

"그럼 감정해보도록 하지."

그렇게 말하면서 나는 내게 제출된 회복약을 '해석감정'해보았다.

《해답. 이 약은 '풀 포션'에 해당합니다.》

오오, 세상에. 베스터 녀석, 제작에 성공한 모양이다.

"잘했다, 베스터. 이건 틀림없이 '풀 포션'이다."

"오오오! 해냈습니다!!"

"훌륭합니다, 베스터 경. 나도 협력한 보람이 있었구려."

"역시 대단하군, 베스터. 이런 연구는 역시 네가 가장 적임자라고 생각했었지."

베스터가 더할 나위 없는 기쁨의 함성을 질렀고, 가비루와 카이진이 축복의 말을 건네고 있다.

아니, 하지만 정말로 만들어낼 거라고는 생각 못 했다.

"이것도 전부 리무루 님에게서 받은 힌트 덕분입니다."

베스터가 날 보며 말한다.

아니, 나는 그렇게 대단한 말을 하지 않았다. 노력한 건 베스터이므로 모든 걸 죄다 내 공으로 돌리지는 않았으면 좋겠다.

나는 그저 생각난 것을 지적했을 뿐이다.

베스터의 작업 공정을 보면서 내 몸속에서 행해지는 유출 작업과의 차이는 느끼지 못했다. 유출할 수 있는 양에는 변화가 있겠지만 성능까지 영향이 미치는 건 부자연스럽다고 생각했다.

그래서 떠올린 것이 대기 성분과의 결합이다.

내 몸속——'위장' 안에서의 작업 공간——은 완전한 진공이다. 그곳에는 불순물이 전혀 없으므로 완전한 유출이 가능했던 게 아닐까 하고 생각한 것이다.

그래도 유출률이 99%였던 것은 유출액이 반응하기 쉬운 성질을 지니고 있기 때문이라고 추측한 것이다.

그 사실을 베스터에게 전하자 진지하게 듣고 있었다.

머릿속에서 떠오른 걸 적당히 말했을 뿐이므로 틀렸다고 해도 책임은 못 진다. 그렇게 말해뒀지만 베스터는 내 말을 믿고 실험을 계속했다고 한다.

그리고 훌륭하게 '풀 포션'의 제작에 성공한 것이다.

하지만 모처럼 성공했다 해도 모든 일이 그리 쉽게만 풀리지는 않는 법이다.

"카이진, 이 회복약을 팔면 템페스트의 자금원이 될 것 같은데, 어떤가?"

카이진은 잠시 생각한 후에 고개를 옆으로 저었다.

"흐음, 나리, 어려울 겁니다. 이 약은 성능이 너무 좋아요. 유출 효과가 너무 높아서 평상시에 쉽게 쓸 수 없을 겁니다. 그야말로 영웅급에 해당하는 자들이 만일을 대비해 준비하는 레벨의 품질이니까 말이죠……."

그 말에 베스터도 동의하면서 말한다.

"그렇겠지요. 최고품질의 물건을 만들어낸 건 만족하지만 상품으로 생각해보자면 이건 시장에 유통시키기엔 다소 부적합할 겁니다."

그럼 뭣 때문에 만든 건데?! 그렇게 나도 모르게 딴죽을 걸 뻔했다. 하지만 잘 생각해보니 내가 잘못 생각하고 있는 것이다. 나는 실은 여기서 만든 회복약을 도시의 특산품으로 팔 생각을 하고 있었지만, 베스터 쪽은 만일의 경우에 대비한다는 생각으로 연구 및 개발을 하고 있었던 것이었으니까.

"하지만 리무루 님. 드워프 왕국에는 약사가 그리 많지 않습니다. 조합을 할 줄 아는 연금술사는 있습니다만, 하이퍼 포션을 만드는 것만을 생업으로 하고 있는 자는 거의 없을 정도입니다. 시판되는 약은 실은 이 하이퍼 포션을 희석시켜 양산한 로우 포션(하위 회복약)입니다. 그걸 포션(회복약)으로 팔고 있지요. 그래서 드리는 말씀입니다만——."

내가 풀이 죽은 모습을 보고 베스터가 당황하며 그런 말을 했다.

자세히 들어보니, 단순한 이야기다.

천연의 히포크테 풀은 귀하기 때문에 잘 유통되지 않는다. 스스로 재배하는 기묘한 자도 있지만 극소량밖에 채취하지 못하는 것이 현 상황이라고 한다. 우리처럼 대량생산하고 있는 게 이상한 것이라고 한다. 그러니까 희석시킨 회복약이라도 귀한 물건으로 다뤄지고 있는 것이겠지.

그리고 베스터의 말은 이랬다.

"가젤 폐하와 교섭하여 템페스트의 로우 포션을 납품하는 건 어떻겠습니까? 단, 드워프 왕국에서 약을 만드는 걸 생업으로 삼고 있는 자를 우리 쪽에서 받아들이는 게 조건이 되겠습니다만……."

"그렇군, 그건 가능할 것 같습니다, 나리. 이 나라에서 계속 약을 생산하면서 판매원이 된다면 드워프 왕국은 필요한 양을 들여오기만 하면 끝나죠. 의외로 기술 협정의 목적은 그 정도면 충분할지도 모르겠습니다."

카이진까지 그런 말을 하는 형국이다.

하지만 그건 우리 쪽에서 봐도 괜찮은 이야기다.

카이진과 베스터는 한통속이 되어 여러 사안에 대한 이야기에 몰두하고 있다. 가젤 왕을 어떻게 설득할 것인가를 둘이서 궁리하고 있는 것 같다.

예전엔 사이가 뒤틀려 있었다는 것이 거짓말처럼 느껴지는 친밀한 사이가 되어 있었다. 역시 두 사람은 근본적인 부분에서는 마음이 맞는 사이인 것이다.

그들이 사이좋게 될 수 있어서 다행이라고 생각했다.

완성된 '풀 포션'을 희석시켜서 로우 포션을 100개 만들 수 있다고 하니, 이 이야기가 긍정적으로 진행되면 상당한 수입원이 될 것 같다.

하지만 아직 서두를 일은 아니다. 드워프 왕국의 기득권층과 충돌할 생각은 없기 때문에 양쪽에 다 이익이 생기도록 이야기를 진행시키고 싶은 바이다.

이 이야기는 앞으로 깊이 고려하여 천천히 진행시키는 것으로 결론을 내리면서, 그날의 보고회는 종료했다.

＊

결국 이야기가 길어지는 바람에 정오가 조금 지나고 말았다.

제작 공방에선 밀림이 고블리나들의 옷 갈아입히기용 인형이 되어 있을 테니 슬슬 마중하러 가봐야겠다.

템페스트에서의 식사는 아침과 저녁, 두 번이지만 밀림의 기분에 따라선 뭔가 준비해줄 생각이었다.

마법진을 통해 마을로 돌아간 순간, 그 일은 일어났다. 커다란 소리가 울려 퍼지면서 불기둥이 솟아오른 것이다.

중앙 시설의 건설 예정지로 만들어진 공터가 있는 방향이었다.

나는 날개를 만들어낸 뒤에 서둘러 그곳으로 향한다.

현장은 약간 엉망이 되어 있었다.

공터인 것이 다행이었으며, 건물에 대한 피해는 없다. 근처에 작업자도 없었는지 인명 피해도 나오지 않은 것 같다.

내가 온 걸 알아차렸는지 소우에이가 몰래 다가온다.

"무슨 일이 일어난 건가?"

"네, 실은——."

소우에이에게서 간단한 설명을 들었다. 그렇다곤 하나 현장에 도착해서 상황을 보니 대충은 무슨 일이 있었는지 상상할 수 있었지만.

내가 동굴에 가 있는 동안에 새로운 손님이 찾아왔다. 그리고 그 손님에 대해 밀림이 격노했다고 한다.

안내를 받고 소동의 중심지에 도착했다.

그곳에 모여 있던 것은 슈나와 시온, 베니마루에 하쿠로우. 그리고 리그루도와 몇 명의 홉고블린들이다.

리그루도는 두들겨 맞았는지 얼굴에 상처가 나 있었다.

"어떻게 된 거냐, 리그루도. 괜찮은가?"

"네, 리무루 님. 이 정도는 별것 아닙니다."

그렇게 아무렇지 않게 굴고 있지만 상당한 대미지를 받은 것 같다.

나는 회복약을 리그루도에게 건네고 나서, 모두의 주목을 받고 있는 인물을 향해 눈을 돌렸다.

"저 녀석한테 당한 건가?"

"네, 그렇습니다만……."

확인해볼 것도 없지만 일단 물어본다.

밀림에게 맞았는지 검은 머리의 마인이 땅에 엎드려 있다. 얼굴은 고통으로 일그러졌으며, 입에선 토사물이 길게 늘어져 있다. 살아 있기는 한 것 같지만 눈이 뒤집힌 채로 꿈쩍도 하지 않는다.

그 주변에는 그 마인의 부하들이 도망치지도 못한 채 굳어 있었다. 상황을 보고 당황한 나머지 어떡해야 좋을지 판단을 못 하고 있는 것 같다.

쓰러져 있는 마인을 보니, 검게 물들인 호화로운 의상에 값비싼 무기와 방어구를 착용하고 있다. 소우에이의 보고로는, 이 인물은 마왕 칼리온의 부하라고 자신의 정체를 밝혔다고 한다.

소우에이가 펼쳐놓은 경계망에 반응이 있었기 때문에 서둘러 달려왔다고 한다. 그러자 이 마인이 속한 집단이 상공에서 광장으로 내려왔다고 한다.

내가 부재중이라 리그루도가 대응했다고 하는데, 사건은 순식간에 일어났다. 소우에이가 상황을 파악하고 내게 연락을 넣는 것보다도 빠르게 모든 게 끝이 나버렸다는 것이다.

"연락이 늦어서 정말 죄송합니다——."

반성하는 소우에이에게 무리도 아니라고 위로의 말을 건넸다.

우선 최초로 마인은 유유히 도시를 돌아보고 거만하게 굴었다고 한다.

그때 리그루도가 찾아온 것이다. 그런 리그루도를 향해 마인이 잘난 체하며 선언한 것이 다음 대사다.

'나는 마왕 칼리온 님의 삼수사(三獸士), '흑표아(黑豹牙)' 포비오다. 수왕전사단(獸王戰士團) 중에서도 최강의 전사지. 이곳은 좋은 도시로군. 수왕님이 지배하기에 어울린다. 그리 생각하지 않나?'

이 말을 듣고 "농담이 심하십니다——"라고 리그루도가 말한 순간, 다짜고짜 두들겨 팼다는 것이다.

그래도 일단은 힘을 빼고 때린 것인지, 큰 상처만 입고 끝났다고 한다. 소우에이가 보기엔 터무니없이 강한 마인이었으므로 진심으로 공격했다면 리그루도는 죽었을지도 모른다고 한다. 눈앞에서 꿈쩍도 하지 않고 있는 모습을 보면 상상도 되지 않지만…….

그건 그렇고 왜 이렇게 되었냐 하면 이야기는 간단하다.

'흑표아' 포비오라는 녀석이 찾아온 걸 알아차린 밀림이 날아왔다. 그때 리그루도가 맞는 것을 목격하고 격노한 모양이다.

밀림을 알아보고 놀란 포비오가 표아폭염장(豹牙爆炎掌)이라는 기술을 발사했지만, 그게 무슨 기술인지는 불명이다. 애초에 밀림의 패기에 의해 상공으로 휘말려 올라가버렸으니까.

내가 본 불기둥이 그것이었나 보다.

그리고 그 여파로 인해 모처럼 갈아입었던 귀여운 옷이 살짝 타버렸다. 이 사실에 분노를 참을 수 없게 된 밀림의 주먹이 포비오의 배에 작렬하면서 지금의 상황이 만들어진 셈이다.

소우에이가 내게 연락을 해야겠다고 정신을 차렸을 때 내가 찾아온 것이 눈에 들어왔다고 한다.

자, 이제 이걸 어떡한다…….

"야아, 리무루. 이 녀석이 되도 않은 짓을 하는 바람에 내가 벌을 주고 있던 참이야!"

밀림이 날 알아차렸는지 자랑스럽게 말했다. 칭찬을 해주길 바라는 것 같지만 이게 칭찬을 해줘도 되는 일일까?

먼저 손을 댄 건 저쪽이지만 갑자기 마왕과 분쟁을 벌이게 되는 건 번거로운 일이다. 칼리온이라는 마왕은 처음 들어보지만 어느 정도의 세력인지도 불명이고…….

이쪽도 손을 대고 만 이상, 관계가 없다고 주장하는 건 무리가 있었다.

잠깐 눈을 뗀 것뿐인데 머리 아픈 문제가 발생한 것이다.

"──내 허락 없이 날뛰지 않겠다고 약속했잖아?"

"으엑?! 어, 그건……. 그래, 이건 다른 거야. 이 도시의 인간이 아니니까 세이프야, 그래 세이프라고!"

"아웃이야! 하지만 뭐, 리그루도를 보호해주다가 그렇게 된 것이니 점심밥을 굶는 걸로 용서해줄까──."

"너무해, 너무하다고! 와아아아아아!"

너무하다고 말은 하지만, 사실 점심은 어떻게 할까를 생각하던 중이었다. 나는 원래 식사를 할 필요는 없으며, 밀림도 마찬가지일 것이다. 참으로 식탐이 많은 마왕이다.

"젠장, 이것도 전부 이 녀석이 잘못한 거야. 칼리온 녀석도 그래. 약속을 어기다니, 이 치사한 자식. 한 대로는 부족해, 적어도 한 대 더——."

"잠깐, 잠깐, 잠깐!"

밀림이 포비오를 때리려 하는 걸 놀라서 말린다. 포비오의 부하들은 창백해진 얼굴로 밀림의 모습에 겁을 먹고 있었다.

"어쨌든 여긴 좀 그러니 장소를 옮길까……."

울부짖는 밀림을 달래며 말한다.

다른 의미로 수라장이 될 것 같았기 때문에, 어쨌든 장소를 옮겨서 자세한 이야기를 나눠보기로 했다.

*

익숙한 회의실로 장소를 옮겼다.

밀림의 옷은 치수를 재는 게 끝났기 때문에 새로운 것을 준비하려고 했었던 모양이다. 그래서 대용품을 곧바로 갈아입을 수가 있었다.

밀림의 투정을 계속 들어주는 것도 좀 문제가 있지 않을까 하고도 생각했지만 결국에는 점심 식사를 준비했다. 마음에 걸리는 말을 큰 소리로 뱉은 것도 있었기 때문에 자세히 이야기를 들어

보고 싶어진 것도 이유 중 하나이다.

준비한 샌드위치를 맛있게 먹는 밀림. 기분도 다시 좋아진 것 같으니 감지덕지였다.

회의실은 긴장에 싸여 있었다.

마음 편히 구는 건 밀림 정도뿐이다.

그건 그렇고 잠깐 눈을 떼자마자 문제가 일어나다니, 역시 마왕이란 이름은 장식이 아니다. 밀림이 없어도 일어났을 문제일지도 모르지만, 이렇게까지 순식간에 꼬이지는 않았을 테니까.

뭐, 이미 일어난 일은 이제 와서 말해봤자 소용이 없다. 앞으로의 일이 중요한 것이다.

"그래서 너희들은 뭘 하러 온 거지?"

나는 눈을 뜬 포비오에게 직구로 질문했다.

"흥. 하등한 마인 주제에 날 보고 답하라는 거냐?"

그런 포비오의 대답에 베니마루와 시온이 살기를 드러냈다. 참으라고 눈짓을 보냈기 때문에 내키지는 않지만 돌아가는 상황을 지켜보기로 한 모양이다.

우리 쪽 참가자는 나와 리그루도, 베니마루와 시온이다. 나머지는 밀림뿐이다.

포비오 쪽은 포비오와 부하 세 사람. 달리 구속을 하지는 않았기 때문에 태도가 건방지게 변한 것 같다.

"하등하다고 말하지만, 너보다 내 쪽이 강할 거다. 그리고 솔직히 대답하는 게 좋을 거라고 충고해두지. 나는 마왕 칼리온이라는 자를 모르니 네 태도에 따라선 칼리온은 우리와 적대하게 될수도 있을걸? 그렇지 않으면 너희는 이 쥬라의 숲 전체를 적으로 돌릴 셈이냐?”

특기인 허세를 섞어가면서 나는 잘난 체를 하면서 그렇게 고했다.

“흥! 슬라임 따위가 잘난 체 굴기는. 이 도시는 이런 하등한 마물을 따르는 거냐? 잔챙이들만 있으니 큰일이로군. 밀림 님의 마음에 들었다고 해서 까불지 마라.”

기본적으로 마인은 약육강식에 따르고 있으며, 힘을 신봉하는 경향이 있다. 이런 말에 일일이 반응하다가는 피곤해지기만 할 뿐이다.

그리고 이 포비오라는 마인이 가진 실력은 진짜다.

마왕 칼리온의 삼수사로서 ‘흑표아’라는 별명을 부여받을 정도의 강자. 스스로 큰소리를 치는 만큼 상당한 에너지(마력요소)양을 자랑하고 있다.

밀림을 상대로는 잔챙이 정도로밖에 보이지 않지만 베니마루랑 시온보다도 강할 것 같다. 오크 디재스터를 먹은 지금의 나라면 모를까, 얼마 전의 나였다면 힘들었을 상대였다.

준마왕급으로 분류할 수 있을 정도로 강력한 마인이었던 것이다.

내 쪽이 강하다는 건 아마 틀림없을 거라 생각하지만 시험해보고 싶다는 생각은 하지 않는다. 귀찮을 뿐인 데다 이겼다고 해도 얻을 게 없기 때문이다.

자칫하면 마왕 칼리온의 분노를 사서 진지하게 전쟁이 벌어질 수도 있다. 그것만은 피하고 싶기 때문에 말로 잘 구슬려서 이야기를 들을 필요가 있었다.

"하등한 마물이라고? 이봐, 너. 내 친구를 얕보는 소리를 하는
거 아냐?"

샌드위치를 다 먹은 뒤 밀림이 화를 내기 시작했다.

화약고는커녕 폭탄 그 자체. 내 교섭술을 활용하기 전에 밀림
이 모든 걸 망칠 것 같은 느낌이 든다.

하지만 나도 밀림을 다루는 법을 대충 파악한 것 같다. 먹을 걸
로 낚으면 쉽게 밀림을 얌전하게 만들 수가 있다.

"밀림, 잠깐만. 너, 또 무슨 짓을 하려는 거라면 진짜로 저녁밥
을 굶길 거야."

"아, 알았어. 얌전히 있을게."

밀림이 얌전해진 시점에서 다시 캐물어본다.

"그래, 나는 분명 슬라임이긴 하지. 하지만 내가 이 숲의 3할을
지배하고 있는 건 사실인 데다, 그쪽이 그럴 생각이라면 전쟁도
감수할 수도 있다고 생각하고 있다. 그러므로 잘 생각해서 대답
하는 게 좋을 거야."

약간 '위압'을 섞으면서 나는 포비오에게 질문을 시작했다.

그러자 생각했던 것보다 솔직하게 포비오는 대답을 해준 것
이다.

보아하니 밀림에게 위협을 당한 게 효과가 있었던 모양이다.
내 '위압' 때문이 아닌 게 아쉬웠지만 듣고 싶은 걸 들을 수 있었
으니 잘된 걸로 치자.

불쾌한 표정으로 말해준 내용에 의하면······.

오크 로드 내지는 정체불명의 마인들, 살아남은 쪽을 부하로
스카우트하도록 마왕 칼리온에게 명령을 받아서 여기 온 것이라

고 한다.

정체불명의 마인들이라는 건 우리를 말하는 것이겠지. 아무래도 밀림과 마찬가지로, 우리의 싸움을 보고 있던 마왕이 달리 더 있었던 모양이다. 그렇다면 게르뮈드가 말했던 뒤를 받쳐주는 마왕이란 건 밀림이 아닐 가능성도 있다는 말인가.

마왕이 여러 명 관여하고 있을 거란 생각은 못 했지만, 생각해 보면 밀림이 그런 귀찮은 계획을 세울 수 있을 거란 생각은 들지 않는다. 다른 마왕이라고 생각하는 게 자연스럽다.

이야기를 되돌려보자.

오크 로드이든 정체불명의 마인이든 승자는 강력하게 성장했을 가능성이 있었다. 그래서 준마왕급인 '흑표아' 포비오가 파견된 것이라고 한다.

마왕 칼리온의 착안점은 꽤 훌륭하다고 생각했지만, 아쉽게도 포비오는 지나칠 정도로 뇌까지 근육으로 이루어진 녀석이다. 나를 꼬드길 생각이라면 이익을 제시할 수 있는 지능적인 마인을 보냈어야지.

뭐, 그 이전에──.

"칼리온 녀석, 서로 방해를 하지 않기로 한 약속을 어기다니……."

볼을 부풀리면서 화를 내는 밀림. 그런 밀림을 두려워하는 표정으로 포비오가 눈을 돌린다.

준마왕급의 강자라 해도 진짜 마왕 앞에서는 체면이 말이 아니다.

흥흥거리며 화를 내는 밀림을 곁눈질로 살피면서, 이 녀석이 있었으니 누가 와도 실패했을 거라는 생각이 들었다. 그리고……
칼리온과의 약속이니 어쩌니 하는 그냥 듣고 넘길 수 없는 말을
했으니, 나중에 따져 물어봐야 한다.

포비오에게서 듣고 싶은 이야기는 들을 수 있었으니까 물러가
주길 부탁했다.

밀림이 있는 이상 포비오는 힘으로 밀고 나올 수가 없다. 나랑
밀림을 노려보면서 "반드시 후회하게 만들어주겠다!"는 대사를
뱉으면서 사라진 것이다.

우리랑 교섭을 하고 싶다면 날짜를 새로 잡아서 연락하도록 마
왕 칼리온에게 대신 전달하도록 했지만 소용이 없을 것이다. 전
할지 전하지 않을지는 포비오에게 달린 것이므로, 자신에게 유리
한 내용만 전할 것이라 생각한다.

임무에 실패한 이상 정확하게 보고하는 게 본인을 위해 좋은 일
이겠지만, 그걸 판단하는 건 포비오다.

내 입장에서는 마왕 칼리온이 어떻게 나와도 대응할 수 있도록
그의 성격이나 그 외의 정보들을 가능한 한 많이 밀림에게서 들
어둬야 할 것 같다.

그럼 이제 어떻게 밀림으로부터 이야기를 듣는가 하는 것인
데…….

"좋아, 밀림. 자세한 얘기가 듣고 싶은데."

"그건 안 돼. 서로 방해를 하지 않기로 약속했으니까 리무루에
게도 가르쳐줄 수 없어."

네, 비밀이 있다는 자백을 받았습니다.

여기서부터는 어른과 아이의 속이기 싸움이다. 솔직하게 말해서 질 것 같지 않다.

"어라어라? 그 말은 곧 서로의 존재를 비밀로 하기로 약속했다는 건가?"

"──아니, 그건 아니지만……. 그래도 방해는──."

"괜찮다니까. 칼리온도 부하에게 밀림에 대한 걸 가르쳐줬잖아? 우리는 절친이니까 서로를 도와야겠지? 그렇다면 나도 밀림 말고 다른 마왕을 알아두는 게 좋을 거라 생각하는데. 그리고 잘 생각해봐. 밀림이 어떤 약속을 했는지 알아두지 않으면 내가 나도 모르는 사이에 방해를 할지도 모르잖아!"

절친이라는 말을 강조하면서 밀림에게 물어봤다.

"확실히 그렇긴 하네. 하지만……. 절친──."

한 번 더 공격.

"그래, 나중에 내가 무기를 만들어줄게. 역시 절친인 내 입장에선 밀림이 걱정이 되니까 말이야."

장난감으로 기분을 좋게 만드는 작전을 써봤다.

"와하하하하! 그렇지, 역시 절친은 가장 중요한 거야!"

밀림, 함락. 어리숙하다, 너무나도 어리숙하게 넘어갔다.

나는 흉악한 웃음이 저절로 나오는 걸 억지로 꾹 참고, 어른의 여유를 만끽하면서 고개를 끄덕였다.

이렇게 밀림으로부터 정보를 얻어내는 데 성공했다.

밀림 외의 세 명의 마왕과 그들의 꿍꿍이.

이번에 일어난 사건과 그 뒷면의 거래에 관해서.

일련의 수수께끼에 대해 어느 정도의 정보를 들을 수가 있었던 것이다.

그러나──.

마왕들이 꼭두각시 마왕을 탄생시킬 계획을 꾸미고 있었다니…….

밀림은 단순히 심심풀이로 생각했던 모양이지만, 이건 상당히 본격적인 계획이었던 게 아닐까?

아니, 그걸 방해한 이상, 우리가 표적이 되는 것도 당연한 것인가──.

"이렇게 되면…… 다른 마왕도 관여를 해 오겠군요──."

"어떻게 이런 일이……. 트레이니 님과도 얘기를 나눠봐야겠습니다, 그려."

"괜찮습니다. 리무루 님이라면 다른 마왕들도 겁먹을 게 분명합니다!"

한 사람을 제외하고는, 다들 머리를 감싸 안고 고민할 큰 문제였다.

마왕 밀림의 습격과 함께 일어난 폭풍은 더욱 기세가 거칠어지면서 우리나라의, 템페스트의 깃발을 집어삼키게 된다.

제3장

모여드는 자들

Regarding Reincarnated to Slime

파르무스 왕국.

서쪽에 존재하는 여러 나라의 현관문으로 불리는 대국이다.

동쪽 제국과 서쪽 열국에는 직접적인 거래가 존재하지 않는다. 국가 간의 거래가 아니라 대상인이 개인적으로 특산품을 유통시키고 있는 것이 현재의 상황인 것이다.

그런 교역들의 대부분은 드워프 왕국——무장 국가 드워르곤을 통해 행해지고 있다. 무장 국가이긴 하지만 중립 도시로서의 면모를 갖췄기 때문에 드워르곤을 통하는 무역은 양진영에서도 묵인되고 있었던 것이다.

그리고 파르무스 왕국은 드워프 왕국에 인접하는 국토를 가지고 있다. 쥬라의 대삼림을 통하는 루트를 제외하면, 서쪽 열국이 드워프 왕국으로 가기 위해선 파르무스 왕국을 통할 수밖에 없다.

위험한 마물이 서식하는 쥬라의 대삼림을 통과하는 것보다 파르무스 왕국을 통과하는 게 더 안전하기 때문에 높은 관세를 문다고 해도 결국 싸게 먹히는 셈이다. 상인들이 이쪽 루트를 고르는 건 당연하다고 할 수 있다.

그 말은 즉, 진귀한 동쪽 제국의 물건뿐만 아니라 질이 좋은 드워프제의 무기와 방어구도 이 파르무스 왕국을 통하여 서쪽 열국으로 유통되는 것을 의미한다.

그렇기 때문에 파르무스 왕국의 수도인 마리스는 각국에서 사람들이 모이는 상업 도시로서 유명했다. 서쪽 열국의 현관문으로 불리는 것도 이유가 있는 것이다.

그런 사정으로 인해 파르무스 왕국의 국고에는 교역품에 매기는 높은 관세나 돈 씀씀이가 좋은 상인들에 대한 서비스업의 세금 수입에서 발생하는 막대한 부가 집약되어 있었다.

서방에서 1, 2위를 다툴 정도의 풍요로운 나라——그게 파르무스 왕국인 것이다.

●

니들 마이검 백작은 분노하고 있었다.

파르무스 왕국은 확실히 풍요로운 대국이다. 그러나 중앙 정부가 부리는 그 위세는 변경 영토를 맡고 있는 귀족과는 인연이 없는 것이다. 나라의 부는 중앙에 모여들지만 재분배되지 않기 때문에 니들 마이검 백작령이 거둬야만 하는 세금은 줄어들지 않았다. 다른 나라와 마찬가지로 농작물의 수확고로 세금을 지불할 필요가 있었던 것이다.

그런데도 숲의 위협에서 국토를 지켜야 하는 방위 임무만은 엄격하게 책임이 부과되고 있었다.

니들 백작의 분노는 그런 중앙에 대한 불만에서 비롯된 것이었다.

"그런 말도 안 되는 소리가 어디 있나!!"

재무대신이 방금 한 말을 떠올리면서 내뱉듯이 짜증 내며 소리친다.

떠올리기만 해도 부아가 치민다.

『'폭풍룡'의 위협은 사라졌다. 그러므로 중앙정부에서 지급되고 있던 특별 대책 지원금의 지불은 오늘을 기점으로 종료한다.』

그렇게 말하면서 일방적으로 이야기를 끝내버렸다. 중앙으로 불려간 것도 모자라 세 시간이나 기다린 끝에 들은 말이 그런 내용이었다.

확실히 지금까지의 지원금은 아주 큰 도움이 되었다.

쥬라의 대삼림에 접해 있는 백작령은 파르무스 왕국의 변경에 위치한 방위의 중추인 것이다. 하지만 그건 변경에만 해당되는 문제가 아니라 파르무스 왕국 전체의 문제라 해야 할 것이다.

"그걸 마치 무슨 은혜라도 베푸는 양…… 뭐하는 거야!"

너무나 화가 난 나머지 생각하던 게 입 밖으로 튀어나오는 걸 막을 수가 없었다. 니들 마이검 백작은 그런 자신을 어쩌지도 못한 채로 앞으로의 영지 운영에 관해 생각한다.

봉인되어 있었다고 해도 '폭풍룡' 베루도라가 특S급의 위협인 이상, 방치할 수는 없다. 그렇기 때문에 중앙정부는 변경 지역의 영역에 대해 특별 대책 지원금을 지급해주고 있었다. 그 '폭풍룡'이 소멸했다고 발표된 이상, 특별 대책 지원금의 지급 중지는 지당하다고 할 수도 있다.

그러나 지금은 시기가 안 좋다.

'폭풍룡'은 마물에게도 위협이었다. 그 위협이 소멸했다는 건 지배자가 사라지면서 마물의 움직임이 활발해지는 걸 의미한다.

변경의 경비를 더욱 강화할 필요가 있는데, 이런 타이밍에 지원을 중단하다니.

니들 백작의 분노의 원인은 바로 이것이었다.

중앙정부에게도 할 말은 있겠지만 니들 백작에겐 관계없는 일이다.

앞으로 어떻게 영지를 지켜야 할 것인가…….

용병을 고용하는 데도 돈이 든다. 자유조합의 모험가는 여차할 때는 도움이 되지 않는다.

원래는 중앙정부가 의지할 곳이 되어야 함에도 불구하고 사태를 전혀 파악하지 못하고 있는 무능한 작태를 보이고 있다.

만일이라도 니들 마이검 백작령이 마물의 무리에게 넘어가버리게 되면 주변 열국과 대상인들에 대한 신용을 잃어버리게 된다. 그렇게 됐을 때 가장 곤란한 건 그걸 허용한 중앙정부인데 말이다…….

니들 백작은 자신의 책임은 짐짓 모른 체하고 중앙정부에 대한 욕과 불평을 입에 올린다. 그런 뒤에 조금은 기분이 풀렸지만 마차 안에서 천천히 한숨을 쉬었다.

마지막 희망은 왕실에 있지만……. 니들은 국왕의 얼굴을 떠올리면서 절망한다. 그 욕심쟁이 국왕이 변경 영주의 문제를 배려하는 일은 결코 없을 것이다. 입 밖으로 뱉었다간 불경죄가 되겠지만 그게 속일 수 없는 니들 백작의 감상이었다.

'폭풍룡'이라는 명목이 사라진 지금, 자칫하면 세금이 늘어나게 될 우려까지 있었다.

니들 마이검 백작령이 인접하고 있는 것은 중앙과 쥬라의 대삼림뿐이다. 다른 나라의 침략을 대비할 이유가 없으므로 군대를 항상 준비할 필요는 없었다. 실제로 마물이나 마수에 대비한 백작령의 군대는 기사 100명 정도 되는 소규모의 것이다.

그 사실에 생각이 미치자 니들은 얼굴을 찌푸린다.

솔직히 말하자면 특별 대책 지원금은 니들 백작이 착복하고 있었다.

'폭풍룡' 베루도라가 봉인된 이후로 쥬라의 대삼림에 대한 경비를 게을리 하지 않도록 계속 지급되고 있었던 특별 대책 지원금. 하지만 앞서 나열했던 이유로 대규모의 군대를 보유할 의미도 없었던 이 지방에선 마물에 대한 대책만 세워둬도 충분하다.

특히 최근 수십 년 동안 자유조합이 대두해 오면서 마물에 대한 대책은 월등하게 적은 금액으로 처리할 수가 있게 된 것이다.

이번 사태는 원래 스스로 세웠어야 할 대책을 게을리 하고 있었던 백작의 자업자득이라는 측면도 있었던 것이다.

그 사실을 자각하면서도 니들 백작은 씁쓸한 감정을 버리지 못했다.

사태의 시작은 서방성교회에서 날아온 통지였다.

마법통신을 통해 '폭풍룡'의 소멸이 서방성교회로부터 정식으로 발표되면서, 니들 백작도 움직이지 않을 수 없다는 걸 깨달은 것이다.

서방성교회는 신성교황국인 루벨리오스의 국교이다. 유일신 루미너스를 절대신으로 정하고 서쪽 열국에서 널리 신봉되고 있는 종교의 총본산이었다.

서방성교회가 널리 신봉되고 있는 데에는 이유가 있다.

한 명 한 명이 A랭크의 전력을 넘는다는 소문이 도는 최강의 기사——홀리 나이트(성기사)들을 부리는 조직이면서, 마물을 상대하는 엑스퍼트로서 신뢰를 얻고 있기 때문이다.

마물의 소멸을 교의로 내세우면서, 약소국이 대응하기 힘든 마물이 출현할 때면 크루세이더즈(성기사단)를 동원하여 도와주고 있다.

그런 '선의'에서 성립된 조직인 만큼 그 발표 내용에 착오가 있을 거라는 생각은 들지 않는다.

서방성교회가 마물의 활성화를 경계하라고 경고한 이상, 그런 일이 일어날 것이라고 생각해야 할 것이다.

마지못해 시작하기는 했지만 니들 백작은 기사단의 증강을 꾀했다.

쥬라의 대삼림에 대한 경계 임무만이라면 기사단의 100명만으로도 가능하다. 하지만 마물의 폭주 같은 일이 발생했을 경우, 그에 대한 대비가 불가능해지게 되는 건 문제다.

기사단은 동원하지 않을 것이다. 그게 니들 백작이 낸 결론이다.

긴급 상황을 이유로 삼아 퇴역한 자를 다시 불러 모아서 평소의 세 배 가까이 되는 병력수를 갖추는 데는 성공했다.

그러나 그것만으론 불안했다. 마물들에게 새로운 질서가 만들어질 때까지 적어도 10년은 걸릴 것이다. 퇴역자에 의존하기만 하다간 앞으로 10년을 버티는 것도 어렵다.

자유조합 소속의 모험가들을 징용하는 건 재정을 압박하는 것이 문제가 된다.

긴급 소집을 발령하는 건 최후의 수단이기에, 지금은 각자의 임의에 따른 움직임에 기대할 수밖에 없다.

모험가들은 숲 주변의 마물을 토벌하는 역할을 받아들여 주지만, 위험도의 랭크 평가에 따라 고액의 의뢰비가 발생한다. 평소에도 상주를 시키는 건 아예 당치도 않은 짓이다.

하지만 그래도 최악의 경우에는 자유조합에 의뢰하는 것도 고려 대상에 넣을 수 있다. 지원금을 다 써버린다고 해도 영지 운영이 핍박을 받을 정도는 아니다. 니들 백작의 유흥 자금에 이용되었을 뿐이니까.

퇴역자가 기사단에 복귀하고 있는 이 틈에 새로운 젊은이들의 육성에 임할 수밖에 없다──니들 백작은 그렇게 생각했다.

니들 백작 나름대로 일단 대책은 세워두고 있었던 것이다.

일이 이렇게까지 벌어지면 돈을 아까워할 상황이 아니라고 생각하여 지원금만이 아니라 사재도 투자하고 있었다. 그러고 나서야 겨우 어느 정도 해결될 전망이 보였는데──그러던 중에 중앙 정부에서 소환 명령이 온 것이다.

그리고 들은 말이 특별 대책 지원금의 중단 선고였다. 니들 백작이 당황하는 것도 무리는 아니었던 것이다.

지금까지 대책을 게을리 하고 있었던 것도 모자라 자금의 착복까지 하고 있었던 것에는 일체 동정 따윈 할 수도 없겠지만…….

자신의 영지로 돌아가는 마차 안에서 니들 백작은 앞으로의 대책을 생각하느라 계속 골치를 썩이고 있었다.

지원금의 중단으로 머리가 잔뜩 복잡해진 니들 백작에겐 그 이상의 어려운 문제가 기다리고 있을 거라는 상상은 할 여유가 없었다…….

*

자신의 영지에 도착한 니들 백작을 기다리고 있었던 건 영지 안의 길드 마스터(자유조합 지부장)인 프란츠가 신청한 면회 요청이었다.

앞으로의 영지 방위에 대해 상담하고 싶었던 게 있었던 니들 백작은 이를 허락했으며, 다음 날에는 이야기를 나눌 자리가 마련되게 되었다.

느긋한 말을 하고 있을 상황이 아니라고 으름장을 놓는 프란츠에게 밀려버린 감은 있지만, 평소에는 온화한 인물로 알려진 프란츠가 잔뜩 긴장한 모습을 하고 있었던 게 마음에 걸렸다. 니들 백작은 불길한 예감을 느끼고 원래 절차를 무시하는 형식으로 면회 허가를 내린 것이다.

그리고 이야기를 나누는 자리에서,

"미확인 정보지만 오크 디재스터가 출현한 것으로 보입니다──."

프란츠가 인사도 대충 생략한 뒤에 꺼낸 말을 듣고 니들 백작은 기절할 것 같았다.

커다란 문제다.

"……방금 뭐라고 했나? 오크 로드라고? 미확인이라는 건 무슨 뜻인가?"

감정을 격앙시켜 겨우 버텨내면서 니들 백작은 프란츠에게 물으면서 따졌다.

프란츠는 동요하지 않고 담담하게 상황을 설명한다.

블루문드 왕국의 모험가로부터 오크 로드가 출현했다는 소문이 흘러나오고 있다고.

"저희의 요구 내용은 이 사태를 파악하기 위한 협력을 요청하고 싶다는 것입니다. 구체적으로 말씀드리자면 조사단의 파견을 부탁하고 싶습니다."

길드 마스터(자유조합 지부장)에 걸맞은 표정으로 바뀐 프란츠는 격앙한 니들 백작에게 요구를 들이댔다. 이건 결코 터무니없는 요구가 아니다. 자유조합은 자선단체가 아니며, 하물며 국가에 소속한 조직도 아니다. 상호 협력 관계에 있는, 국가의 범위를 초월한 조직이니까.

"조사를 의뢰해주신다면 특별 가격으로 받아들이겠습니다만——."

"닥쳐라! 이 욕심쟁이들!!"

당신에게 듣고 싶은 말은 아니라고 생각했지만, 프란츠는 표정으로 드러내지 않고 입을 다물 뿐이다.

어느 쪽이든 조사는 필요한 것이다.

프란츠로서도 조합원을 지킬 의무가 있다. 보수도 없이 위험한 임무를 받아들일 수는 없다.

일반적인 경우, 마물의 토벌 의뢰가 나올 수 있게 되기까지는 절차가 존재한다.

마을이나 도시에서 온 정식 의뢰를 통해 자유조합에 정보가 모이게 된다. 목격 정보 등을 통해 마물의 위험도를 산출하고, 경우에 따라선 적성에 맞는 자가 조사를 맡고 있었다.

자유조합의 규정에 따라 명백하게 이길 수 없는 마물의 토벌 의뢰는 받지 않는 것이 방침이었다. 위험한 임무라면 더더욱 사전 조사에 따라 적성 레벨을 아는 것이 무엇보다 중요해지는 것이다.

기본적으로 마물을 사냥하고자 생각한다면 그 마물과 같은 급인 모험가가 여러 명——조합의 규정으로는 세 명 이상——이 필요한 것이다. 일대일로 이길 수 있는 것이 승급 시의 판정이었지만 안전율을 계산해서 그렇게 정해져 있었다.

위험도 랭크에 미치지 못하는 낮은 레벨의 모험가 여러 명이 토벌을 하러 간다고 해도 대개의 경우는 전멸한다. 이겼다고 해도 몇 명은 확실하게 죽으며, 살아남은 자도 중상을 입는 경우가 대부분이었던 것이다.

마물의 출현이 확인되었다고 해서 곧바로 토벌을 하기 위해 사람을 보내는 것은 불가능하다.

일반적으로는 여유를 두고 대처할 수 있겠지만 최근에는 마물의 출현 빈도수가 너무 높다.

사람을 동원할 여유가 없는 것이다.

의뢰를 받아서 토벌을 위해 떠난 뒤에 그리고 돌아온다. 마을이나 도시를 이동하는 데 걸리는 그 시간이 문제가 되면서 모험가가 부족해지기 시작하고 있었다.

마을들을 돌아다니면서 의뢰를 기다리지 않고 토벌하는 역할을 맡는 조직이 필요한 상황이었던 것이다.

프란츠가 조사단의 파견을 요구한 것은 지극히 당연한 이야기였다.

간절하고 정중한 상황 설명을 들어보니 니들 백작은 입을 닫을 수밖에 없다.

도시를 지킨다는 이유로 기사단을 움직이게 하고 싶지는 않지만, 그렇다고 해서 주변의 마을들을 저버릴 수도 없다. 세금 수입이 있는 이상, 니들 백작에겐 그들을 지킬 의무가 있는 것이다. 조사단 입장에서도 모험가를 보냈다간 마을들을 지키는 것도 불가능하게 된다. 그건 나아가서 니들 백작의 목을 조르는 일이 될 것이다.

프란츠의 설명은 이치에 맞았으며, 니들 백작이 끼어들 여지가 없다. 실제로 사람 수가 부족하기 때문에 프란츠에게서 면회 신청이 날아온 것일 테니까.

그리고 오크 로드가 얽힌 문제다. 그 모든 것을 먹어치운다는 괴물이 출현했다면 방치해둘 수 있는 문제가 아니다. 당장 중앙 정부에 알려서 원군의 파견을 신청해야만 한다.

그러기 위해서라도 정보를 얻는 것은 최우선 과제였다. 중앙 정부를 움직이게 하기 위해서라도 확실한 정보가 필요하기 때문이다.

조사는 실행할 필요가 있다. 그것도 긴급하게──.

"──아, 그렇지. 이것도 미확인 정보이기 때문에 말씀드리긴 어렵습니다만……."

조사단의 파견을 어떻게 할 것인가를 고민하기 시작한 니들 백작에게 프란츠가 무겁게 입을 연다.

그 표정은 괴롭기 그지없었으며, 니들 백작에게 불길한 예감이 들게 했다.

"말을 돌리지 말고 바로 해보라."

"그럼 실례하겠습니다. 오크 로드의 군대는──."

"잠깐, 군대라고?! 설마 벌써 그 정도로 성장했단 말인가?!"

"네, 유감이지만 그런 것 같습니다……. 그리고 그 수 말입니다만, 대략──20만, 이라고 합니다."

"──뭐라고? 그런 말도 안 되는 일이 있을 리가 있나아──"

절규하는 니들 백작. 하지만 프란츠는 전혀 표정의 변화가 없다.

농담으로 이런 말을 하는 게 아니며, 이게 사실이라는 것을 니들 백작도 이해할 수 있었다. 그러나 그걸 인정하기는 어렵다. 이 이야기가 너무나도 지나치게 비현실적이기 때문이다.

"확신은 있는 것이겠지?"

기절하지 않은 자신을 칭찬해주고 싶다고 생각하면서 니들 백작은 물었다.

"상황증거를 볼 때 상당한 확률로 진실이라고 판단하고 있습니다."

"대책은?"

"군대의 침공 방향을 파악한 뒤에 재빠르게 피난을 유도하는 것 외엔 없습니다──."

"도시를 버리자는 건가?"

"이길 수 있는 방법이 있다면 저희는 말리진 않겠습니다. 단, 의뢰의 형태로 협력하라는 요청을 하신다고 해도 구체적인 작전을 듣지 않는 한 받아들일 수는 없습니다."

"이제 됐네. 그런 방법 같은 게 있을 리가 없지 않나."

고개를 푹 숙이면서, 니들 백작은 힘없이 중얼거린다.

"그럼 조사단 건은 맡기도록 하겠습니다."

프란츠는 마지막으로 한 번 더 다짐을 해놓은 뒤에 재빨리 방에서 물러갔다.

니들 백작은 생각한다.

도시를 버릴 것인지 말 것인지는 일단 제쳐두더라도 최악의 경우에 대비할 필요는 있다고.

그렇다면 기사단은 움직일 수 없다. 하지만 조사단은 필요하다.

어떻게 해야 좋을까?

지금까지 아무런 대책도 준비해두지 않았던 것에 대한 대가가 성난 파도처럼 닥쳐온 느낌이지만 투덜거려봤자 아무 소용이 없었다.

고민 끝에 묘안을 생각해낸 니들 백작.

정보만 손에 넣을 수 있으면 된다. 그렇다면 이동마법을 쓸 수 있는 마법사를 파견하여 조사가 끝나자마자 돌아오게 하면 되는 것이다.

호위를 맡은 자들에겐 사정을 알리지 않은 채 현장까지 유지하게만 하면 된다. 죽어도 되는 자를 모아서 조사단을 꾸리면 지불할 돈도 적게 끝낼 수 있는 것이다.

살아서 돌아왔다면 그건 그때다. 중요한 건 오크 로드의 동향이니까.

●

그런 사정을 이유로 니들 마이검 백작이 준비한 조직.

그 이름은 변경 조사단.

인원수는 30명.

마을에서 먹고살 길이 막혀 도시로 나와 죄를 저질러 체포되거나, 도시에서 힘자랑을 위해 싸우다가 체포된 자들. 그런 작은 범죄를 저지른 자들을 수용하고 있는 교정 시설이 있었다.

기사단의 허드렛일을 억지로 시키거나, 어떤 때에는 기사단의 모의전 상대를 맡긴다. 그런 교정이라는 이름의 허드렛일을 시키는 자들. 그들 중 한 명에게 단장을 맡겨서 이번 조사를 보내기로 한 것이다.

니들 백작의 입장에서 보면 그들이 죽더라도 아무런 지장도 느끼지 않는다. 지갑 사정의 손해도 없으니 오히려 바람직할 지경이었다.

그 정도의 생각으로 모은 자들이었지만……

니들 백작의 생각과는 다른 조직이 되었다.

"흥, 욕심 많은 너구리 자식. 뭐, 자유를 준 거라고 치고 좋게 받아들이면 돼."

30명의 난폭한 사내들을 통솔하는 남자가 큰소리친다.

변경 조사단의 단장으로 임명된 남자, 요움.

눈치 빠르고 예리하게 생긴 젊은이이면서 방심할 수 없는 눈빛을 가진 남자였다.

갈색으로 탄 탄력 있는 육체는 탄탄히 잡힌 근육으로 덮여 있다. 키는 그렇게까지 크지 않지만 정면에 서면 위압될 것 같은 무서움을 느끼게 한다. 그건 요움의 패기에 압도되기 때문이다.

굳이 말하자면 단정한 이목구비를 갖추고 있지만, 그 잔인해 보이는 웃음 때문에 다가가기 어려운 분위기를 띠고 있었다.

원래는 작은 범죄자에서 암흑가의 보스로 올라가도 이상할 게 없는 남자였다. 그러나 요움은 무슨 일인지 변경 조사단을 이끌어서 쥬라의 대삼림 안의 오지를 향해 가고 있었다.

쥬라의 대삼림에 접한 최후의 마을에서 식량 등을 보급받은 지 일주일 후.

니들 백작이 어릴 적부터 기른 마법사──롬멜은 요움을 앞에 두고 위축되어 있었다. 흉포한 식인 호랑이 앞에 선 기분이 들면서 무릎이 부들부들 떨릴 것 같다.

"그래서 우리는 뭘 조사하러 가는 거지?"

"그건 기밀 사항이라 대답할 수 없습니다."

"뭐라고? 너, 인마. 이상한 소릴 하네. 내가 신사답게 묻고 있을 때 대답하는 게 신상에 좋을걸?"

"정말입니다! 저도 자세한 건 듣지 못했다고요. 믿어주세요."

"호오, 과연, 그렇단 말이지. 우린 계약마법으로 인해 널 따라야만 해. 하지만 이 임무가 완료되면 자유의 몸이 될 수 있다는 약속을 받았어. 그렇지?"

"그 말이 맞아요. 제 고용주이신 니들 백작과의 계약 내용은 그게 틀림없습니다."

"그게 이상하다고 말하고 있는 거야, 이 멍청아!! 임무 내용도 잘 모르는데, 어떻게 그게 달성된 건지 아닌지를 판단하냐고? 임무 내용도 모르고 이 마의 숲의 가장 깊은 곳으로 간다니, 머리가 이상한 거 아냐?"

롬멜은 요움의 분노를 정면으로 받으면서 머리가 멍해질 정도로 공포를 느낀다.

실제로 자신의 설명이 이상하다는 건 충분히 이해하고 있으며, 그렇다고 해서 사실을 말할 수도 없다. 사실을 말한다면 그 자리에서 살해당해도 불평을 할 수 없을 테니까.

"그, 그러니까 숲에 이변이 일어났다고 자유조합에서 보고가 왔어요. 그래서 무슨 일이 일어났는지를 이 영상 기록 도구로 촬영해서 그것을 가지고 돌아가는 게 임무라고——."

"그렇군. 죽고 싶은 거로군. 잘 알았어. 그리고 너, 소서러(법술사) 따위가 타고난 파이터(전사)에게 접근전으로 이길 수 있을 거라 생각하나? 계약이 된 상태니까 자신에게 거역할 수 없을 거라고 생각해서 까불고 있는 건 아니겠지?"

이 남자는 진심이라는 생각이 롬멜의 심장을 옥죄어 온다.

계약마법에 의해 롬멜의 명령에 복종하게 되어 있을 테지만 이 남자에겐 그게 통하지 않는 게 아닐까, 그런 생각이 든 것이다.

"히, 히익?!"

공포로 뒷걸음질 쳤던 롬멜의 머리에 차가운 감촉이 닿았다.

"두목, 이 녀석을 죽여버리는 게 빠르지 않을까요?"

어둠에서 튀어나온 것 같은 검은 옷의 남자가 조용한 말투로 요움에게 물었다. 그 손에는 검게 물들인 나이프가 쥐어져 있었고, 그걸 롬멜의 목에 갖다 대고 있었던 것이다.

"아, 잠깐 기다려봐. 그 녀석이 스스로 입을 열어준다면 죽일 생각은 없었는데——."

"잠깐, 잠깐만요! 말할게요, 전부 말할 테니까 죽이지 말아요……."

"오오, 그런가. 오크 로드가 나타났으니 조사하러 가는 거라고 이제 겨우 가르쳐줄 마음이 생겼나?"

"뭐?! 왜 당신이 그걸 알고 있죠?!"

"핫! 날 바보로 보냐, 너? 사람이 30명이나 있으면 조합에 부하를 몰래 섞어놓는 것쯤은 쉬운 일이라고. 널 살려두는 건 계약마법을 해제하기 위해서야. 자……. 나머지는 네가 하기 나름인데, 어떡할래?"

롬멜은 주저 없이 계약마법을 해제하는 걸 선택했다. 이대로 있다간 살해당할 것이 명백했고, 요움이라는 남자에게선 거역하기 힘든 분위기가 풍겨 나왔기 때문이다.

공포로 마음을 속박당하면서 롬멜은 요움이 시키는 대로 따르게 되어버린 것이다.

"이 녀석이 머리가 잘 돌아가는 녀석이라 다행이군요, 형님. 이대로 계속 살려두는 것도 짜증 났는데, 이제 겨우 진짜 자유를 손에 넣을 수가 있었으니까요."

"이제 이 녀석을 어떡할까요?"

마법이 풀린 부하들이 험상궂은 분위기를 띠기 시작했다.

"살려주세요. 목숨만은, 제발!!"

눈물로 범벅이 된 얼굴을 일그러뜨리면서 목숨을 구걸하는 롬 멜에게 요옴의 부하들이 다가갔다.

"아, 잠깐 기다려. 그 녀석도 그 욕심쟁이 너구리에게 고용됐을 뿐인 인간이야. 죽일 것까지도 없어. 게다가 그 녀석도 라이프 서 치(생명 탐지) 마법 정도는 걸 줄 알겠지. 겨우 고용한 마법사가 조사 결과를 보고도 하지 않고 죽어버렸다간 말이 안 되니까 말이야."

"그럼 어떡할까요? 계속 감시를 붙여둬야 할 바에는 죽여버리 는 게 무난한데요?"

롬멜은 요옴과 부하들의 대화를 살아도 산 것 같지 않은 심정 으로 듣고 있었다.

"잠깐, 잠깐. 이 녀석은 이래 보여도 소서러거든? 여러모로 우 리를 위해 일해 줄지도 모르잖아?"

"시키는 대로 따르겠습니다! 뭐든지 분부만 해주세요!!"

"거 봐, 이 녀석도 이렇게 말하잖냐. 그리고 우리 계약을 해제 해준 은인이기도 해. 죽이는 건 좀 그런 것 같은데, 어때?"

"그렇지만 말이죠……."

"배반하지 않겠습니다! 절대로 배반하지 않을 테니, 믿어주십 시오!!"

마법 학원을 나온 후에 곧장 귀족에게 고용된 롬멜은 말하자면 세상 돌아가는 걸 모르는 존재였다.

요옴은 처음부터 롬멜을 죽일 생각은 없었기 때문에, 자신을 위해 일하게 만들려고 하고 있었다. 그런 생각을 꿰뚫어 보지 못 하는 롬멜은 그저 살고 싶다는 일념으로 요옴에게 도움을 청할 뿐이다.

"그럼 두목, 이건 어떻습니까? 재기가 마야(요술사)이니까 계약용 사법(邪法)으로 노예화시키는 건?"

"아뇨, 저 정도의 레벨이라면 롬멜 씨는 레지스트(저항)로 버텨낼 걸요."

"안 그러겠습니다! 레지스트를 쓰지 않을 테니까, 그렇게 해주세요!"

"좋아, 그럼 그걸로 모두 납득해주려나? 가능하면 나는 이 녀석을 앞으로도 참모용으로 쓰고 싶다고 생각하거든."

"저희는 두목을 따르겠습니다!"

"형님이 그렇게 하겠다면 아무 말 않겠습니다."

요움과 사전에 맞춰둔 대로 부하들은 차례로 외친다.

롬멜은 순순히 그것을 믿고 요움이 자신을 믿을 수 있도록 스스로 계약용 사법을 자기 몸에 뒤집어썼다.

그 후에 대폭소와 함께 웃음거리가 되었지만, 이미 되돌릴 수 없는 일이다.

그러나 롬멜은 사실 속으론 불만이 없었다.

요움이란 소악당의, 말로 표현할 수 없는 악의 매력에 매료되어버린 것이다. 세상에 익숙하지 못한 젊은이가 쉽게 길을 벗어나버리는 것처럼……

이렇게 롬멜은 진심으로 요움을 따르게 되었고, 변경 조사단은 니들 백작의 목줄에서 해방되어 활동을 시작한 것이다.

리무루가 아직 오거였던 베니마루 일행과 만났을 무렵——휴즈는 세 명의 모험가를 앞에 두고 한숨을 쉬고 있었다.

쥬라의 대삼림에서 무슨 일이 일어나고 있는지를 알기 위해 조사차 보냈지만, 돌아오자마자 뜬금없는 소리를 하기 시작했기 때문이다.

세 명의 모험가란 바로 카발, 에렌, 기도이다.

나름대로 솜씨가 확실하기 때문에 휴즈가 신뢰하고 있는 자들이다.

B랭크의 모험가들이지만, 그 실력은 휴즈도 인정하는 바이다.

그런 세 사람에게서 처음 들은 것은 휴즈에겐 은인이었던 이자와 시즈에의 마지막이었다.

"——그런 식으로 이플리트를 소환해서 그 폭주에 휩쓸리더군요."

"아마도 그렇게 될 예감이 들었기 때문에 도시를 떠난 거라고 생각해요오……. 자신에게 남겨진 시간이 얼마 안 남았다는 걸 그분은 알고 있었던 게 아닐까요."

"그럴겁니다요. 그대로 의식이 회복되었을지 아닐지……. 어쩌면 그대로 잠든 것처럼 떠나시는 것이 그분에겐 행복한 일일지도 모르지요——."

그렇게 차례로 설명하는 세 사람.

이자와 시즈에——시즈 씨를 조사에 동행시키도록 아버지인 하인츠를 통해 몰래 부탁을 받았다.

시즈 씨는 휴즈 입장에서도 영웅이었으며, 같이 마물과 싸웠던 일도 있는 동료이기도 하다. 은인을 위해서라고 생각한다면 휴즈에게도 불만은 없다. 그러기는커녕 마지막에 도움을 준 셈이기도 하니 오히려 기뻤을 정도다.

현지 조사가 끝나면 시즈 씨는 마왕이 다스리는 영토로 갈 것이라고 들었다. 풀지 못한 회한이 있었는지 시즈 씨의 의지는 굳건했다. 그렇다면 휴즈가 무슨 말을 하더라도 소용없었을 것이다. 그러니 적어도 뒤에서 도움이라도 주고자 숲을 조사하러 보낼 예정이었던 세 명과 접촉을 시킨 것이었지만…….

세 사람은 시즈 씨의 생사를 마지막까지 지켜보지 못하고, 보고를 하기 위해 돌아왔다.

이 판단에 관해서는 휴즈도 불만을 말할 자격은 없다.

왜냐하면 우선시해야 할 것은 임무 쪽이었으며, 시즈 씨의 일을 세 사람에게 비밀로 하고 있던 건 휴즈 자신이었으니까.

(그렇다고 해서 마물에게 맡기고 돌아온단 말인가?!)

불만을 말할 처지가 아닐지도 모르지만, 그래도 개운치 않은 감정을 느끼는 휴즈.

그뿐만 아니라 세 사람의 설명에는 납득을 할 수 없는 내용이 많았다.

시즈 씨에 대한 건 일단 제쳐두고 보고를 받았다만…….

일단 처음 들은 내용은 마물이 도시를 만들고 있다고 한다.

한 마리의 슬라임이 정점에 서서 홉고블린을 모아 도시를 만들고 있다고 한다. 그것도 인간의 도시처럼 제대로 된 구조를 갖추고 있다고 들었다.

지혜가 있는 마물 중에는 집락촌을 만드는 종족도 있다. 하등한 마물인 고블린조차 자신들이 살 집을 지을 수 있는 정도다. 그러므로 집이나 집락촌을 만드는 것뿐이라면 그렇게 놀랄 이야기는 아니다.

그러나 이번에 들은 세 사람의 설명으로는 숲을 개척하여 공터를 만들고 벌채한 나무로 집을 만들고 있다고 한다. 그것도 구획 정리까지 하고, 건조 예정의 건물들을 자세하게 분류까지 하고 있다고 하니 놀라운 일이다.

들으면 들을수록 본격적인 도시 건설이라는 생각이 들지만, 그걸 마물이 진행 중이라는 건 살짝 믿기 힘든 이야기였다.

그리고 신경이 쓰이는 것이 그 슬라임이다.

슬라임——이름이 리무루라고 한다는데, 단순한 네임드 몬스터는 아닌 모양이다. 기본적으로 그 도시의 마물에겐 모두 이름이 있다고 하며, 지금까지의 상식을 뒤엎어버릴 만한 상황에 놓여 있다고 한다. 그런 도시가 만들어진 것은 모두 리무루라는 이름의 슬라임이 출현했기 때문이라고 하는데……. 아무리 생각해봐도 방치할 수는 없는 안건이다.

"그리고 마물들에게 도움을 받고 나서 안내받은 곳이 그 도시였다니까요."

"개별적으로는 C랭크는 될 듯한 마물들이 수백 명 규모로 모인 집단이더라고요? 솔직히 말해서 저희로선 어쩌지 못할 수준이었어요. 우린 다 죽었다고 생각하고 있었는데, 놀랍게도 고기를 구워서 대접해주지 뭐예요!"

"그거 참 맛있었습죠. 3일 내내 아무것도 먹지 못했으니까요."

방치할 수 없는 안건인 건 확실하지만 세 사람의 느긋한 발언을 듣고 있으니, 위기감이 흐려지는 것 같은 기분이 드는 휴즈.

그 뒤에 시즈 씨가 폭주를 시작했고, 그 리무루라는 슬라임이 마인화된 시즈 씨를 쓰러뜨렸다고 한다.

아무리 생각해도 믿기 어려운 이야기였다.

이플리트는 특A급의 상위 정령. 만일이라도 그런 존재가 악의를 가지고 날뛰었다면 '캘러미티'의 위험도 판정이 나왔을 것이다.

블루문드 왕국 규모의 작은 나라라면 국가 전복 규모의 위험도인 것이다.

(그걸──최하급의 마물인 슬라임이 쓰러뜨렸다고?!)

농담도 정도껏 하라고 화를 내며 소리쳤지만, 세 사람은 어디까지나 진지하게 보고하고 있는 것 같았다.

거기다 드워프 장인이 있었다느니, 큰 부상을 입었지만 회복약을 받고 다 나았다느니, 급기야는 꿈이라도 꿨냐고 물어보고 싶은 이야기를 하는 판국이었다.

환각마법을 의심해보기도 했지만 에렌이 있는 이상 아무리 그래도 그쪽으로는 생각할 수 없다. 마법사는 마법 저항이 높아서 에렌조차 속일 수 있는 환각마법이라면 그야말로 특A급의 위험도라 할 수 있을 것이다. 게다가 눈앞의 세 사람이 입고 있는 장비 그 자체가 물적 증거가 된다.

짜증이 날 정도로 자랑을 들었지만 딱 봐도 고품질에 고성능인 일류품이었다. 유명한 드워프 장인인 가름의 작품까지 있다. 휴즈의 눈으로 감정해봐도 그건 진품이었다.

그런 증거가 있는 이상, 환각마법이라곤 생각할 수 없다. 당치도 않은 이야기지만 모두 진실이라고 판단할 수밖에 없을 것 같다.

휴즈는 어떻게 판단해야 할지 몰라 고민스러운 보고 내용에 머리를 감싸 안았다.

*

역시 다른 자들을 시켜서라도 조사를 보내야 할 것 같다. 휴즈는 그렇게 판단했다.

일주일 동안 고민한 끝에 낸 결론이다.

카발 일행 세 명의 보고로는 마물의 도시에 위험은 느껴지지 않았던 것이다.

장비나 회복약을 받아서 돌아올 정도였으니 그런 생각이 드는 것도 무리는 아니다. 또한 세 사람이 가지고 온 장비랑 회복약을 조사해본 결과지만 장비에 저주 같은 건 걸려 있지 않았으며, 회복약도 본 적이 없을 정도로 고성능의 것이었다.

세 사람이 시끄럽게 항의를 했기 때문에 장비품은 돌려줬다. 아니, 사실은 자신들의 장비는 망가져버렸기 때문에 그 장비품이 없으면 의뢰를 받아들일 수 없는 상태가 된다며 울며 매달렸던 것이다.

그 대신 회복약은 남은 것을 압수하도록 했다. 그걸 실제로 써서 세 사람의 말을 증명해본 것이다.

화상 이야기가 진짜인지 아닌지 확인해보기 위해 지독한 화상을 입고 실려 온 자에게 사용해봤다. 그러자 순식간에 화상 자국조차 남지 않은 완벽한 상태로 치료가 된 것이다.

이 결과에는 병원에 있던 마법 의사들도 경악하고 있었다. 신성마법에 있는 신의 기적에 필적한다는 권위자의 판정 결과까지 나온 판이다. 역시 세 사람의 이야기가 거짓이 아니라는 걸 증명하는 결과가 된 것이었다.

마물의 도시지만 리무루라는 슬라임의 명령에 따르는 질서 있는 집단이 살고 있는 모양이다. 게다가 그자는 무슨 생각을 하고 있는 건지 알 수 없지만, 나중에 이 도시로 놀러 오고 싶다고 말했다고 한다.

카발 일행은 환영하겠다고 말했다고 했으며, 휴즈에게도 리무루가 오면 잘 맞아주길 바란다고 부탁했다.

휴즈의 입장으로선 그런 정체불명의 마물을 왕국에 들인다는 건 언어도단이지만, 그렇다고 해서 혼자서 이플리트를 쓰러뜨린 마물과 적대하는 건 어리석은 짓이었다.

(하지만 그런 마물을 도시에 들인 시점에서 국가 전복죄가 적용되어도 이상할 게 없겠지…….)

휴즈의 고민은 끝이 없다.

자비를 들여 조사비용을 마련해서라도 더욱더 자세한 조사가 필요하다고 판단한 것이다.

그리고 휴즈가 파견할 인선에 고민하고 있었을 때에 새로운 문제를 안고 카발 일행이 들이닥쳤다.

길드 건물에 휴즈를 부르는 카발의 목소리가 울려 퍼진다. 원래는 약속도 없이 만날 수는 없지만, 그 당황하던 모습을 보고 보통 일이 아닌 뭔가를 느낀 휴즈는 카발 일행을 비밀 응접실로 안내했다.

"그래, 이번은 뭔가. 무슨 일이 일어난 거지? 그쪽 분과 관계가 있는 건가?"

후드를 눌러쓴 인물을 가리키면서 휴즈가 묻는다.

"휴즈 씨, 큰일입니다! 이 사람이 말하기론 오크 로드가 출현했다고 합니다!"

"오크 로드라고?!"

마시고 있던 차를 뿜을 뻔한 휴즈.

베루도라의 소실 때부터 사태가 시작되더니 정체불명의 슬라임의 출현, 그리고 오크 로드.

이 블루문드 왕국에는 비교적 영향이 적지만 위치가 가까운 국가에선 마물의 출현 빈도가 높아지고 있다고 들었다. 이런 일련의 문제는 모두 하나로 이어져 있는 게 아닐까 하는 생각에 휴즈는 진절머리가 난다.

어쨌든 지금 당장의 문제는 오크 로드다.

"실례지만 그쪽 분은 누구신가?"

냉정을 되찾은 뒤 휴즈가 다시 물었다.

그 말을 기다리고 있었던 것처럼 후드 밑의 맨얼굴을 드러내면서 그 인물이 인사를 했다. 그리고 휴즈를 향해 입을 열었다.

"실례했슴다. 저는 고부타 씨의 부하인 고부토라고 함다. 이번에는 오크 로드가 출현했다는 보고를 거기 있는 카발 나리께 전하러 왔슴다. 저희의 왕인 리무루 님께서 내리신 분부이심다."

그렇게 말하면서 후드를 다시 깊이 눌러쓰면서 의자에 다시 앉는 고부토란 인물.

휴즈는 그 얼굴을 슬쩍 봤다. 틀림없이 마물——홉고블린이다. 사람과 비슷한 외모이긴 했지만 특징적인 녹색이 깃든 피부색은 잘못 볼 리가 없다.

(네임드 몬스터——카발 일행은 역시 진실을 말하고 있었던 건가——.)

깊이 납득함과 동시에 모든 것을 믿기로 한 휴즈. 그렇다면 이번에 오크 로드가 출현했다는 정보도 거짓말이나 농담은 아니라는 뜻이리라.

"나는 휴즈라고 하오. 이 도시——블루문드 왕국의 길드 마스터(자유조합 지부장)를 맡고 있소. 고부토 씨, 라고 했던가. 하나 물어봐도 되겠소?"

"뭐심니까?"

"당신들의 주인인 리무루 님은 왜 이런 정보를 우리에게 가르쳐주는 거요?"

"우리 같은 말단은 자세한 건 모름다. 하지만 '최악의 경우엔 인간들이 오크 로드를 쓰러뜨려주지 않으면 안 될지도 모른다.'고 말씀하셨슴다."

"과연……."

"그런 말을 남기시고 리무루 님은 오크 로드를 토벌하기 위해 원정을 떠나셨슴다. 제가 보기엔 오크 로드는 이미 물리쳤을 거라 생각함다만 말이죠. 저도 고부타 형님을 따라가고 싶었슴다만, 리무루 님이 내리신 칙명으로 어쩔 수 없이 이리로 온 검다."

그렇게 묻지도 않은 말까지 이야기하는 고부토. 어지간히 불만이었는지 그 표정은 영 달갑지 않은 듯이 잔뜩 토라져 있었다.

그런 고부토를 달래줄 여유도 없을 정도로 휴즈는 방금 들은 내용에 당황하면서 안절부절못하고 있었다.

(뭐, 뭐라고?! 슬라임이 오크 로드를 토벌한다고? 이게 무슨 농담이람? 아니, 잠깐. 우리는 보험이란 말인가? 그렇게까지 앞을 예상하고 작전을 세운다고? 마물이? 있을 수 없는 일이 아닌가!!)

격한 혼란에 빠지면서 방금 들은 내용을 곱씹는 휴즈.

카발 일행은 지금 휴즈에게 모든 걸 맡길 생각인지 마음이 편해 보였다. 그 사실에도 부아가 치밀지만, 지금은 그럴 때가 아니라고 마음을 진정시키는 휴즈.

"뭐, 리무루 나리라면 오크 로드 따위는 적수가 아니겠지."

"그러게요오! 왜냐하면 그 이플리트조차 쓰러뜨렸으니까요. 오크 로드도 성장하면 번거롭지만 이제 막 태어났다면 그렇게 위험하진 않으니까요!"

"뭐, 우리하곤 관계없을 것 같네요."

그런 대화를 듣고 있는 것만으로 휴즈는 머리의 핏줄이 터질 것만 같았지만, 애써 기력을 짜내 냉정하게 상황을 정리해봤다.

보아하니 이 세 사람도 그렇고, 고부토도 그렇고, 리무루라는 슬라임의 승리를 의심하지 않는 것 같다. 그건 좋다. 문제는 그게 아니라 리무루라는 마물의 생각이다.

아무래도 이 리무루라는 자는 마물답지 않게 구는 행동이 눈에 띈다. 도시를 만들고 마물을 부리면서, 거기다 인간과 협력 관계를 맺고 싶어 하는 구석이 있다.

이번 사건이 그 좋은 예였다.

자신들의 패배 내지는 이기지 못한다고 판단했을 경우, 즉시 퇴각할 예정이리라. 그때가 되어서야 인간 측이 이 사태를 알아차린다면 선수를 뺏기게 되면서 오크 로드의 군대를 막아내는 건 불가능할 것이라 예상하고 있는 것이다.

(그렇게 되지 않도록 사전에 미리 전해준 것이라면…….)

리무루라는 마물은 뭔가 특별한 존재인 게 아닐까? 휴즈는 그런 생각이 들었다.

"알았네. 정보를 전해줘서 고맙네. 만일의 경우엔 이쪽에서도 대처할 테니, 그때는 협력을 요청할지도 모른다고 전해주길 부탁해도 되겠나?"

"잘 알았슴다. 그럼 전 이쯤에서 실례하겠슴다."

그렇게 말하자마자 고부토는 자리에서 일어나 방에서 나갔다. 마물답지 않은 당당한 태도였다.

"그럼 저희도 가보겠습니다."

라고 말하면서 카발 일행도 방에서 나갔다.

"이런, 이런, 터무니없는 일이 일어나 버렸군──."

그렇게 중얼거리면서 카발 일행이 나가는 걸 바라보는 휴즈.

(이 일은 내가 감당할 수 없을지도 모르겠군. 우선은 그 녀석에게 상담해봐야겠어──.)

휴즈는 절친한 친구인 베르야드 남작의 얼굴을 떠올리면서 이 나라 전체를 휘말리게 만들 수도 있다는 각오를 했다.

그 후, 휴즈의 조사 계획은 크게 수정되면서 3개월에 걸친 조사가 실시되게 되었다.

*

그리고 3개월이 경과된 후 보고가 날아들었다.

리무루 일행이 마왕 밀림의 습격을 받았던 때의 일이다.

늘 만나던 장소에서 휴즈와 베르야드 남작은 밀회를 가지고 있었다.

"이게 이번의 조사 결과란 말인가? 진군의 흔적을 통한 추측으로 볼 때 총 수가 10만을 넘는다는 건 확실했다, 란 말이지. 그럼 오크 로드가 출현한 건 틀림이 없단 말이로군?"

"그 말이 맞네, 베르야드 남작. 왕에게 부탁해서 정보국을 동원할 수 있는 허가를 받느라 얼마나 고생을 했는지……. 하지만 그 성과는 확실하네."

씁쓸한 얼굴로 휴즈는 투덜댄다. 왕에게 청원했을 때의 교환 조건은 휴즈에겐 달갑지 않은 것이었다.

"하하하, 나도 들었네. 듣자하니 이번 건으로 정보국에도 자네의 자리가 준비되었다더군. 자네 아버지도 빨리 자식에게 정보국을 총괄할 수 있는 지위를 넘겨주고 싶다고 생각하시는 것 아닌가?"

"그만하게. 나는 이 도시의 길드 마스터만으로 충분하니까."

"잘도 그런 말을 하는군. 하지만 지금은 넘어가도록 하지. 이 정보의 가치는 크네. 마물의 도시와 그곳에 사는 오크 로드를 이긴 슬라임. 그것도 10만 규모, 최대 예상치로는 20만이나 되는 대군을 지배할 정도로 성장한 오크 로드를 말이지. 놀라운 점은 남겨진 군대가 폭주하지 않은 채 각지로 흩어진 것이라 할 수 있겠지. 이건 사실인가? 아니, 사실이란 건 알겠지만 믿어지지가 않아."

친구인 베르야드 남작의 마음은 잘 이해가 된다. 왜냐하면 휴즈도 같은 감상을 느꼈으니까.

카발 일행의 정보와 고부토라는 홉고블린이 전해준 말.

그것들이 진실이라고 가정하여 왕에게 청원해 정보국을 동원하도록 했다. 그리고 얻어낸 정보는 휴즈의 상상을 초월하는 것이었으며, 블루문드 왕국이 미증유의 위기에 처해 있었다는 사실을 알게 된 것이다.

10만에서 20만이나 될 것으로 보이던 군대를 거느리는 오크 로드. 그런 존재를 토벌할 수 있는 모험가가 있을 리가 없다.

오크 로드를 노리고 기습을 하여, 가령 그게 성공했다고 해도——남은 군대는 폭도로 변해서 주변 도시나 마을을 습격할 것이다. 그렇게 되면 대처는 불가능하다. 나라의 군대를 동원한다 해도 언 발에 오줌 누기 격이다. 수를 앞세운 폭력 앞에 작은 나라의 기사단으론 나서봤자 그저 먹혀버리기만 하고 끝났을 것이다.

"확실히 믿어지지 않네. 마물이 그렇게까지 배려를 하는 생물이란 말인가? 아니, 그 이전에 어떻게 폭도화를 막고 설득을 시켰을까? 그렇게나 많은 수의 오크의 배를 채워줄 수 있었단 말인가?"

"채워줬겠지. 정말 믿어지지 않은 얘기지만 믿을 수밖에 없겠어. 우리는 그 리무루라는 이름을 가진 슬라임에게 구원을 받은 것이라는 걸."

"——그러게, 말이네."

휴즈는 베르야드 남작의 말에 동의하면서, 일단 그 시점에서 말을 한 번 끊었다.

그리고 천천히 자신의 생각을 정리하듯이 입을 연다.

"이곳 블루문드 왕국에서 2주 정도 걸리는 거리에 마물의 도시가 만들어져 있네. 이것도 또한 이미 확인이 끝난 일일세. 놀랄 정도로 기능미가 넘치는 구조로 만들어져 있다고 하던데, 멀리서 밖에 관찰할 수 없었다고 하더군. 광대한 토지를 정리해놓았지만, 그 모든 걸 망라할 수 있을 만큼의 경계망이 갖춰져 있었다고 하네. 정보국원조차 침입은 어렵다고 보고를 했을 정도이니 그 도시의 마물 레벨이 얼마나 높은지는 감을 잡을 수 있겠지? 문제는——우리와 그들의 관계를 앞으로 어떻게 할 것인가? 하는 점이네. 그 문제의 슬라임을 선의의 존재로 보고 대응할 것인가, 위협으로 보고 제거를 시도할 것인가——."

"잠깐만. 제거라는 말은 쉽게 할 수 있지만 그게 애초에 가능한가?"

"정직하게 대답해도 되겠나?"

"상관없다마다. 뭐, 대답은 들을 것도 없겠지만."

"흥. 대답은 불가능, 이네. 자네의 상상대로 말이지."

베르야드 남작은 휴즈의 대답을 듣고도 눈썹 하나 움직이지 않는다. 휴즈도 또한 그걸 당연하게 받아들이고 있다.

그야말로 서방성교회에 의뢰해서 성기사를 파견이라도 하지 않는 한, 블루문드 왕국만으론 승산은 없다는 것이 결론이었던 것이다.

그 마물의 나라의 주민들은 적어도 C랭크의 마물이라고 한다. 모든 마물이 네임드 몬스터이므로 그건 당연한 이야기다.

그중에는 B랭크나 A랭크 오버로 여겨지는 자도 있다고 하므로 총 전력을 따지면 계산도 제대로 되지 않을 정도였다.

"한번 만나러 가볼까……."

"자네가 갈 생각인가? 휴즈."

"음. 내가 이 눈으로 리무루라는 자를 파악해보겠네."

흠 하고 베르야드 남작이 휴즈의 말에 고개를 끄덕였다.

적대하는 것은 원하지 않지만, 그렇다고 해서 무시도 할 수 없는 상대이다. 휴즈의 입장에선 다른 사람이 아니라 자신의 눈으로 직접 보고 판단해야 할 필요성을 느낀 것이다.

베르야드 남작의 입장에서도 휴즈를 신뢰하고 있기 때문에 더더욱 그게 가장 좋겠다고 판단했을 것이다.

게다가──.

얼마 전에 일어난 일을 떠올리면서, 휴즈는 이게 최선이라고 생각하며 새롭게 결의했다.

며칠 전, 카발 일행에게 마물의 도시로 안내해줄 것을 의뢰했다. 그때 카발 앞에 갑자기 낯선 인물이 출현한 것이다.

그리고 일방적으로 카발을 향해 말을 걸었다.

"네가 카발이지? 리무루 님의 말을 대신 전하겠다. '오크 로드 건은 해결했다. 미안, 미안. 알려주는 걸 잊어버렸지 뭐야!'라는 내용이다. 그럼, 나는 확실히 전했다."

갑작스러운 일에 일동은 놀랐지만 가장 놀랐던 것은 휴즈이다.

그 장소는 자유조합 내부의 응접실로 방범 설비도 만전을 기한 방이었기 때문이다. 안내를 받아 방으로 들어간다면 또 모를까, 방 밖에서 침입하는 데에 성공하다니, 믿기 어려운 능력이었다.

"잠깐! 넌 누구냐?"

그렇게 묻는 휴즈에게 그 푸른색 머리의 침입자는 차가운 시선을 보냈다.

"내 이름은 소우에이. 리무루 님에게서 '밀정'의 역할을 부여받은 자다."

예전이었다곤 해도 한때 A-랭크였던 휴즈가 내뿜는 '위압'에 동요하지도 않고, 소우에이라고 이름을 밝힌 인물은 태연하게 대답한 것이다.

압도적인 격의 차이를 느꼈지만, 자신은 산전수전을 다 겪은 정보국을 부리는 휴즈이다.

"리무루…… 마물의 도시의 주인이라고 했었지. 마물이 왜 우리를 걱정하나?"

소우에이로부터 얻을 수 있을 만큼의 정보를 얻어보기 위해 시도한다.

"훗, 이미 네 동료에게서 듣지 않았나? 리무루 님은 인간과 공존공영을 모색하고 계신다. 뭘 경계하고 있는지는 모르겠지만 거절보다 융화를 고르는 게 현명한 선택이라고 충고해두지."

그 말을 듣고 휴즈는 놀라움을 감추지 못한다. 그 말은 정보국원의 첩보 활동이 다 드러났다는 사실을 뜻하는 것이기 때문이다.

(이거 큰일이군. 이런 마물을 부리는 리무루라는 자를 한번 만나봐야만 하겠어…….)

휴즈는 소우에이의 정체가 마물이라는 걸 꿰뚫어 보고 있었다.

그 이마의 뿔을 볼 것도 없이, 감출 생각도 없는지 오라(요기)가 흘러나오고 있었기 때문이다. 하지만 그 에너지(마력요소)양은 아주 적었으며, 도저히 거물이라는 생각이 들지 않는다. 그런데도 휴즈의 감이 경종을 계속 울리고 있었다.

휴즈는 자신의 감을 믿고 행동한다.

"과연, 우리가 조사하고 있다는 사실도 다 파악했다는 건가. 그럼, 그 전에 하나 물어보고 싶은데…… 당신 정도나 되는 마인이 어떻게 이 도시에 잠입할 수 있었나? 이 도시는 A랭크 이상의 마물의 침입을 저지하는 결계로 덮여 있었을 텐데. 그러니 당신 같은 상위 마인이 들어올 수 있을 리가 없네."

휴즈는 길드 마스터로서 도저히 그 일을 간과할 수 없었던 것이다.

짧은 시간에 확신까지 들게 되었지만, 눈앞에 있는 소우에이란 마물은 상위 마인임이 틀림없다고 생각한다. 그렇다면 왕국의 방어망을 어떻게 뚫고 들어온 것인지, 그것을 명확하게 해둘 필요가 있었다.

"흠, 그렇군. 결계의 존재는 느꼈지만 그런 구조였단 말이군. 리무루 님이나 슈나 님이라면 바로 알아차렸겠지만 나는 그런 구조까지는 알지 못했다. 공부가 되었으니 사례로 그 질문에 대답해주지. 내 몸은 '분신체'이며, 본체의 10분의 1도 안 되는 에너지양을 지니고 있다. 그러므로 너희들이 말하는 랭크 구분으로는 B랭크 정도의 랭크(계급)밖에 되지 않는다. 이제 이해가 되었나? 이 왕국의 방어망은 분명 훌륭하지만, 급이 낮은 마물을 우습게 보고 있는 것 같으니 아직은 멀었다고 할 수 있겠군."

차가운 시선을 받으면서 소우에이의 설명을 넋 나간 표정으로 듣는 휴즈.

그 내용은 거짓이란 생각이 들지 않았고, 지적은 정확한 것이었다.

해저드(재해)급이라 불리는 A랭크 이상의 마물에 대한 대책에 힘을 쏟은 나머지, 기본적인 것을 놓치고 있다는 지적을 받았다. 그것도 경계 대상인 마물이 지적한 것이다.

휴즈의 머리가 멍해지는 것도 무리가 아닌 이야기였다.

"그럼 나는 이만——."

"잠깐만!"

소우에이가 사라지려 한다는 기척을 느끼고 휴즈는 서둘러 그를 불러 세웠다.

그리고 마물의 도시의 주인인 리무루를 만나고 싶다는 요청을 한 것이다.

"——그렇다면 내가 리무루 님께 전해두도록 하지."

그런 소우에이의 말을 마지막으로 그날에 벌어진 일들은 끝이 난 것이다.

그런 사정도 있다 보니, 휴즈 자신도 직접 나서게 되었다.

자신이 나라를 휘말리게 해놓고선, 이대로 가다간 거꾸로 나라를 위해 봉사하게 생겼다며 자조한다.

(쳇. 난 애초에 나라를 위해 봉사할 생각은 없었는데 말이지…….)

휴즈는 그렇게 탄식을 하지만, 블루문드 왕국에는 애착도 있는데다 저버리고 도망칠 수도 없었다.

결국 카발 일행 3인조를 안내인으로 고용해서 휴즈도 마물의 도시——쥬라 템페스트 연방국 수도 리무루를 향해 여행을 떠나게 된 것이다.

⬤

　요움 일행은 숲을 나아가고 있었다.

　롬멜을 자신의 부하로 삼은 뒤로 며칠이 지났다.

　니들 백작의 명령을 들을 필요가 없어진 뒤에도 요움은 도시로 돌아가지 않고 숲 안쪽으로 계속 나아가고 있었다.

　요움은 니들 백작령으로 돌아갈 생각 따윈 없었으며, 다른 목적지를 향해 가고 있었던 것이다.

　"두목, 왜 도시로 돌아가지 않는 겁니까?"

　"가끔은 여자도 좀 안으면서 회포를 풀고 싶은데 말이죠……."

　"입 닥쳐라, 이 멍청이들아. 그 너구리같은 니들은 마음에 안 들지만 그래도 일단은 귀족님이야. 정면으로 싸움을 걸어봤자 못 이긴단 말이다. 그 너구리를 죽이는 것뿐이라면 쉽겠지만, 그런 짓을 저질렀다간 파르무스 왕국에서 수배자가 될 거다. 왕궁 기사가 나서기라도 한다면 우리도 죄다 죽은 목숨이 될 거 아니냐!"

　"그야 그렇습니다만……."

　"그럼, 우린 지금 어디로 가는 겁니까?"

　"이제 와서 그걸 묻는 거냐? 너희들도 머리를 좀 쓰란 말이다. 잘 들어, 우리는——."

　요움은 그렇게 말하면서도 머리가 나쁜 부하들에게 친절하게 설명을 해준다.

　애초에 요움 일행이 니들 백작령으로 돌아가도 제대로 된 일거리를 얻지는 못한다.

범죄자 신분으로 갇히거나 다시 강제 노동을 당할 게 뻔하다. 그러므로 요움은 다른 나라로 숨어드는 게 좋다고 생각하고 있었다.

"우리는 일단 숲의 중앙 부근까지 가서 오크 로드의 동향을 조사한다. 그러고 나서 안전하다고 생각되는 방향을 찾아서 그쪽에 있는 나라에 몸을 맡길 거야."

"하지만 두목, 일부러 위험한 곳을 갈 필요는 없는 게……."

"뭐야, 너, 겁먹었냐? 오크 로드는 이미 군대를 이끌 정도로 성장했다고 들었어. 만일의 경우라도 그런 괴물이 가는 도시랑 겹친다고 생각해봐라. 우리도 보나마나 죽게 될 거야. 위험하지만 안전을 확보하기 위해선 정보를 확보해둘 필요가 있단 말이다."

"과연, 역시 형님이십니다."

"잘 알았습니다, 두목!"

납득하면서 차례로 요움에게 찬성하는 부하들.

그리고 요움의 설명을 보충하려는 듯이 롬멜이 입을 연다.

"그리고 요움 씨는 전투를 벌일 생각이 없습니다. 제가 오크 로드의 군대를 한 번 확인한 다음, 그 정보를 니들 백작에게 전하게 하는 것도 목적에 들어가죠."

"어이, 롬멜, 그 말은 무슨 뜻이야?"

요움의 부관인 카질이 되물었다.

이제 롬멜은 요움의 참모로서의 지위를 굳혀가고 있었고, 일행의 멤버들도 롬멜의 지혜를 인정하고 있다.

"그러니까 제 본래 임무를 한 번 실행하게 한 다음, 우리가 오크 로드의 먹이가 된 걸로 여기도록 만드는 거란 말입니다."

"그 말은 즉……."

"그 너구리 같은 니들에게 우리가 죽었다고 여기게 만드는 거다. 그렇게 하면 추적자들이 쫓아올 걱정도 없는 데다, 오크 로드가 니들 백작령을 목표로 삼고 있다면 대책도 세울 수 있을 테니까 말이지. 뭐, 고향을 저버리는 것도 꿈자리가 사나우니 경고 정도는 해줄까 하는 생각도 있고."

이해가 느린 카질에게 요움이 보충 설명을 해줬다.

"그러므로 일단 한 번은 오크 로드의 군대 근처까지 다가가 마법으로 탐지를 할 겁니다. 군대의 방향을 확인하는 대로 저만 이동마법으로 니들 백작에게 경고하러 돌아갈 거고요. 그때 여러분은 전부 살해당했다고 보고할 테니까 안심하세요. 모처럼 힘들게 맡은 일이니 의뢰 대금은 받아야죠. 그 후에 적당히 핑계를 대고 돌아올 테니까, 그때는 잘 부탁드릴게요."

요움의 말을 이어 롬멜이 설명하자, 부하들의 눈에는 그제야 이해한다는 빛이 감돈다.

"과연, 우리는 안전하다고 생각되는 나라로 숨어들어서 새로운 인생을 손에 넣는 셈이 되는군요."

"그래. 바로 그거다."

요움은 다 같이 자유조합에라도 가입하여 신분을 보장받을 생각을 하고 있다.

자유조합의 신분증은 마법으로 등록하기 때문에 어느 나라에서도 통용된다. 다른 나라에서의 범죄 경력은 고려 대상이 아니므로 요움 일행에겐 더할 나위 없이 딱인 것이다. 단, 자유조합원이 된 뒤의 범죄행위는 전부 기록되기 때문에 그 점은 충분히 주의할 필요가 있지만.

"뭐, 나머지 일은 신천지에 도착한 후에 생각하면 되겠지. 우리 정도 되는 규모라면 적당한 토벌 의뢰라도 받아서 처리하면 먹고 살 수는 있을 테니까. 하지만 그 전에 반드시 살아남아야만 해. 알겠냐? 오크들에게 먼저 발견되기라도 하면 우리 목숨도 위험하다고. 너희들, 기합 단단히 넣고 주위를 경계해야 한다!"

그렇게 말하면서 요움은 이야기를 마쳤다.

우선은 오크 로드의 군대를 발견하고, 그 뒤에 무사히 도망치는 것이 중요하다. 잡담을 하는 건 좋지만 방심을 하는 건 절대 금지인 것이다.

그리고 몇 시간 후——.

계속 인원을 번갈아 교대하며, 주위를 경계하면서 나아가는 요움 일행.

그런 요움 일행이 진행 중인 전방에서 싸우는 소리가 들리기 시작했다.

"두목——."

"쉿!"

모두를 조용히 시킨 다음에 모이도록 지시하는 요움. 그리고 말없이 신호만으로 진형을 갖추게 한다.

준비가 됨과 동시에 앞쪽으로 수신호를 보내면서 조용히 나아가기 시작하는 일행. 모두가 무기를 손에 들고 전투태세를 갖추고 있었다.

그런 모두의 귀에 전방에서 싸우는 자들의 목소리가 들려오기 시작한다.

"잠깐, 위험하다니까요! 그쪽으로 갔다간 녀석의 생각대로 되는 거라고요!"

"하지만, 하지마안 이대로 여기서 싸워도 이기지 못할 거라고 생각해애!"

"야, 너희들, 내가 버틸 수 있는 것도 시간문⋯⋯, 우오! 위험해!"

키잉! 카아아━━앙!! 하는 단단한 것들끼리 서로 부딪히는 소리에 소란스럽게 불평을 주고 받는 사람들의 목소리까지 들리고 있다.

"너희들, 매번⋯⋯ 이런 위험한 행동만 저지르고 다녔단 말이냐?! 어떻게 이런 말도 안 되는 행동만 하면서 살아남은 거지? 아무래도 난 너희를 너무 과대평가한 모양이로군━━쳇, 에렌! 조심해, 그쪽으로 간다!"

소리가 커지면서 대화까지 또렷하게 들려왔다.

보아하니 마물과 마주친 인간이 있는 모양이다. 싸우는 소리가 끊임없이 들리는 걸 봐서도 아마 여러 명의 모험가들일 것이라 예상하는 요움.

"형님, 어떡할까요?"

요움은 망설였다.

작은 목소리로 묻는 카질에게 답하지 못한 채 날카로운 시선으로 전방을 노려본다.

요움의 부하들은 전부 30명이다. 그러나 모험가가 기준으로 삼는 랭크로 생각하면 기껏해야 C랭크 정도 되는 실력밖에 없다.

부관인 카질이 B랭크가 될까 말까한 수준이다.

　요움 본인조차 실력에는 자신이 있다 해도 마물과의 전투 경험
은 그렇게 많지는 않았다. 냉정하게 생각한다면 이 자리는 그냥
무시하고 지나쳐버리는 게 정답일 것이다.

　(쳇, 귀찮게시리……. 그쪽 모험가들에겐 미안하지만 이 자리
는 물러나는 게──응, 저 여자?!)

　후퇴를 지시하려 했던 요움의 눈이 전방에서 달려오는 여자의
모습을 포착했다. 아까부터 들려오는 목소리 중에 여자의 목소리
가 들렸으니, 전투 중이었던 모험가들 중의 한 명임이 틀림없다.

　"쳇! 너희들, 전투준비를 해라. 저 빌어먹을 여자 때문에 들켰다!"

　요움은 '원시(遠視, 멀리 봄)'라는 스킬(능력)을 가지고 있었기 때문
에 상세하게 상황을 꿰뚫어 보고 있었다.

　큰 덩치의 사내가 방패로 거미의 공격을 막아내고 있었지만 충
격을 다 흘려내지 못하면서 튕겨나가고 있었다. 거미는 전사를
추격하지 않고, 그대로 뒤쪽에 있는 여자를 공격 목표로 정한 것
이다.

　튼튼하고 상대하기 버거운 상대는 뒤로 미룬다. 그 정도의 지
능은 갖고 있다는 뜻이리라.

　그러나 여자의 판단은 재빨랐으며, 그리고 망설임이 없었다.
거미의 목표가 자신으로 바뀐 순간에는 이미 도망을 치기 시작한
것이다.

　그야말로 숙련된 모험가라는 증거다.

　요움은 약간 감탄하면서 '원시'를 통해 도망치는 여자의 뒤를
쫓아오는 거미 괴물 쪽으로 의식을 집중시켰다. 그때 거미의 눈

중 하나가 똑바로 요움 일행을 발견한 것을 느낀 것이다.

여자를 쫓는 거미는 그야말로 괴물이었다.

강철보다 단단해 보이는 외골격으로 몸을 보호하고 있기에, 관절 부분 외에는 공격이 통할 것 같지도 않은 견고한 체구. 하지만 수많은 관절을 자유자재로 움직이는지라, 그 움직임은 인간보다 몇 배 더 빠르다.

다리 하나하나가 잘 갈아낸 칼처럼 날카로워서, 나무든 인간이든 쉽게 뚫어버릴 것 같았다. 그건 검이라기보다는 신축 자재의 창 같다.

이 구역 일대를 지배하고 있는 에리어 보스(영역 주인)로 보인다. 그 위용와 강함은 요움 일행이 쓰러뜨려온 마물과는 일선을 긋는 것이었다.

(저 모험가들은 상당한 실력자로군. 그래서 그럭저럭 버티고 있는 것이겠지만, 이대로는 점점 밀릴 텐데…… 지금은 겨우겨우 저 검사 아저씨가 있는 덕분에 어떻게든 균형을 유지하고 있는 것 같지만…….)

솔직하게 말해서 요움도 이길 수 있을 상대로는 생각되지 않는다.

"저건――저건 나이트 스파이더예요! A―랭크급의 괴물입니다! 저건 위험해요. 요움 씨, 우리가 이길 수 있는 상대가 아닙니다. 도망치죠――저건 상대가 너무 안 좋습니다!!"

원소마법 : 클레어보이언스(원방시인, 遠方視認)로 상황을 보고 있던 롬멜이 잔뜩 새파래진 얼굴로 요움에게 진언했다. 그러나 요

움은 그 의견을 기각한다.

"안 돼. 저 괴물의 움직임을 봐라. 나무를 디딤대로 삼아서 종횡무진 이동하고 있어. 저기서 싸우고 있는 녀석들이 당하고 나면 그 다음은 우리야. 눈 깜짝할 사이에 쫓기면서 우리도 전멸할 거다. 지금부터 있는 힘을 다해 도망쳐도 소용없을걸?"

냉정하게 생각해서 요움은 그렇게 판단했다.

요움에게 나이트 스파이더의 지식은 없었지만 한눈에 보고 직감으로 마물의 본질을 꿰뚫어 보고 있었다. 그 직감이 도망은 불가능하다는 걸 알려주고 있다. 그렇기에 요움은 더더욱 주저하지 않고 공격을 선택했다.

나무들이 우거진 숲 속. 나이트 스파이더는 지상을 달리는 것보다도 재빠르게 나무 사이를 전전하면서 사냥감에게 다가간다. 한번 포착되어버리면 이미 도망을 치는 건 절망적이다.

이 숲은 나이트 스파이더의 사냥터이며 요움 일행은 불쌍한 사냥감에 지나지 않는 것이다. 살아남기 위해서는 적을 쓰러뜨릴 수밖에 없다.

이게 유일하게 살아남을 가능성이 있는 해답이었다.

요움은 각오를 굳히면서 외친다.

"빌어먹을, 우리를 휘말리게 한 대가는 나중에 확실히 받아내겠어!! 롬멜, 내게 강화마법을 써라! 카질은 지휘를 맡고! 원형으로 진을 만들고 부상을 입으면 즉시 교대하게 해라. 모두 살아남아야 한다!"

요움의 호령에 맞춰서 모두가 원형으로 진을 만들었다. 중앙부에 전투에 적합하지 않은 회복 역할과 정찰 역할을 맡은 자, 그리고 롬멜이 들어간다. 중앙부의 자들을 지키기 위해 앞에 선 자들은 방패를 든다. 방어에 전념하며 절대 공격을 하지 않도록 엄명을 받고 있었다. 중앙의 안전한 장소에서 활과 마법을 사용한 공격으로 대미지를 주는 작전인 것이다.

정찰 역할을 맡은 자는 활을 겨누면서 나이트 스파이더의 접근에 대비한다.

롬멜은 마법 주문을 읊기 시작했다. 평소에는 사용하지 않는 〈각인마법〉을 동시에 발동하여 요움을 강화시키고 있다. 부여마법 〈스트렝스(근력증강)〉에 〈어질리티(속력증강)〉, 〈프로텍션(보호장벽)〉. 게다가 〈리인포스(장비강화)〉로 각 방어구와 무기를 강화하여 만일을 대비하는 것 같았다. 이로 인해 요움은 대폭적으로 신체 능력이 강화되어 있다. 그러나 나이트 스파이더를 상대로 하기에는 아직 불안하다.

그래도 마음의 평정을 유지하면서 나이트 스파이더를 바라보는 요움.

그리고 싸움은 시작됐다.

뻔뻔하게도 그 여자는 조금도 망설이는 기색 없이 요움 일행 쪽으로 뛰어들었다.

"실례할게요오!"

그렇게 소리치면서 허락도 받지 않고 원형으로 진을 만든 한가운데에 파고든 것이었다. 그렇게 자신의 안전을 확보하면서 숨을 한 번 내쉬면서 호흡을 가다듬고 있다.

대단한 배짱이다. 요움은 그렇게 생각하며 감탄했다.

"잠깐, 누님! 혼자서만 치사하게 굴기 있습니까?!"

시끄럽게 굴면서 같이 도망친 도적풍의 남자까지 어느샌가 원형 진 안에 있었다.

조금도 방심하면 안 된다는 건 이런 걸 두고 하는 말인가 싶어 요움은 어이없어했지만, 지금은 그럴 때가 아닌 것이다.

"너 말이지……. 나한테 그런 불평을 할 수 있는 입장이 아닌 것 같은데에……."

"그런 말을 하셔봤자……. 저런 걸 상대하면 제가 나갈 차례는 없단 말입니다요. 단검으로는 치명상을 주는 게 무리라굽쇼."

긴장감이 없는 대화를 계속 나누는 두 사람을 방치한다.

"쳇, 당신들, 나중에 빚은 제대로 받아내고 말겠어."

요움은 그렇게 한마디 말을 내뱉고는, 다가오는 나이트 스파이더를 향해 그레이트 소드를 휘둘렀다.

요움의 전투 스타일은 방패를 들지 않고 그레이트 소드로 공격하는 것이다. 날 길이가 2m를 넘기는 양날식 대검은 그 무게를 위력으로 바꾸어 적을 베는 무시무시한 무기였다. 그 대신 다루기가 아주 어려운 무기다. 하지만 요움은 마법 보조가 없어도 가볍게 그레이트 소드를 휘둘러댈 수 있는 역량을 갖고 있었다. 그런 요움이 마법 보조를 받아서 쇳덩어리라고 부를 만한 대검을 휘두른다.

그 자리에 울려 퍼지는 것은 단단한 물질이 내뱉는 소음.

카아———앙! 하는 귀에 거슬리는 소리가 요움의 신경을 날카롭게 만들었다. 요움이 휘두른 대검이 나이트 스파이더의 다리를 때린 소리다. 원래라면 다리가 베여서 날아가야 했지만 단단한 외골격이 요움의 그레이트 소드의 위력을 버텨낸 것이다.

(쳇, 뭐가 이렇게 단단한 거야. 방금 그 소리의 정체가 이건가!)

요움은 혀를 차고는, 원형으로 진을 치고 있는 파트너(동료들)와 나이트 스파이더 사이의 거리를 벌리기 위해 위치를 바꿨다.

만만하다고 생각했는지 나이트 스파이더가 요움을 추격한다. 그리고 사냥감을 꿰뚫어 버리려고 수많은 다리를 연속적으로 움직여 요움에게 달려들었다.

요움은 당황하지 않고 그 공격을 흘려보내듯이 막아낸다. 방금까지 커다란 덩치의 전사가 방패로 막아내고 있던 공격이다. 방패를 들고 있지 않은 요움은 자신의 실력으로 받아내는 쪽을 선택한 것이다.

마치 영원처럼 느껴지는 시간. 요움은 나이트 스파이더의 연속 찌르기를 계속 막아냈다.

그건 요움에게는 영원으로 느껴지지만, 현실로는 한순간의 일에 지나지 않는다. 다리 몇 개가 볼을 스치고, 옆구리를 베고, 다리를 찔렀지만, 전투에 영향이 생길 만한 상처를 입진 않은 채 다 막아낸 것이다.

요움이 나이트 스파이더를 유인하고 있는 사이에 방패를 든 남자와 경장비를 장착한 검사가 전선으로 복귀했다. 각종 마법 보조를 다시 받으면서 전세를 재정비한 것이다.

"미안하군, 말려들게 해서. 내 이름은 카발. 불만은 나중에 듣겠네."

"자기소개를 하고 있을 틈은 없네. 나는 휴즈라고 부르게."

"요움이오. 내 동료들은 방해밖에 안 되오. 우리들만으로 저 녀석을 쓰러뜨립시다."

"알았어."

"잘 알았네."

짧은 대화로 이야기를 정리한 뒤에, 다시 나이트 스파이더에게 공격을 하는 세 사람.

세 방향에서 포위하듯이 둘러싸서 나이트 스파이더의 움직임을 제한한다. 세 사람이 교대로 한 명씩 나서 주위를 끌고 그 틈에 남은 자들이 공격을 가하는 작전이었다.

단단한 외골격을 앞에 둔 상태에서 어중간한 공격은 통하지 않는다.

요움의 부하들도 그건 잘 이해하고 있기에, 섣불리 나서는 자는 아무도 없었다. 실수해서 요움에게 화살이 잘못 맞기라도 한다면 그야말로 눈 뜨고 볼 수 없는 결과가 나와 버릴 테니까.

그들은 자신의 역할이 방해밖에 되지 않는다는 것을 파악하고 있다. 그렇기 때문에 요움과 모험가 두 명의 승리를 믿고 수비를 단단히 굳히고 있었다.

●

마법사인 에렌과 롬멜은 각자 자신의 특기인 마법을 준비한다.

에렌은 소서러이며, 〈원소마법〉을 특기로 한다. 공격계 마법을 여러 개 쓸 수 있는 대미지 딜러(공격 특화 역할)이지만 지금은 장소가 좋지 않았다. 나무가 우거지게 자란 숲 속에선 최대 화력을 낼 수 있는 화염마법은 쓸 수가 없다. 마법이란 이미지이므로 어느 정도는 술자의 뜻에 따라 변경할 수는 있지만⋯⋯. 고화력의 화염을 완전히 제어하는 건 어렵다.

그리고 지금——.

"내 최강 마법 중의 하나를 받아봐라! 스톤 샷(토석대마탄, 土石大魔彈)!!"

마법에 의해 지면에 떨어지고 있는 돌을 탄환으로 바꾼 불릿(토석탄). 에렌은 여기에 다시 마법을 주입하여 수많은 돌을 동시에 탄환으로 바꿔서 나이트 스파이더에게 날렸다.

마법으로 강화된 돌로 만든 탄환은 하나하나가 사람 주먹 크기에 해당하는 사이즈이다. 속도와 질량으로 위력을 산출한다면 하나의 돌이라 해도 몇 톤은 되는 충격을 주는 흉악하고 자비가 없는 마법 산탄이다.

요움은 대검으로 공격을 흘려서 받아내고, 휴즈는 교묘하게 검으로 막아냈으며, 카발은 방패로 공격을 튕겨낸다. 그렇게 세 사람이 교대로 탱크(방패 역할)를 해내고 있는 동안에 나이트 스파이더를 향해 전 방위에서 덮쳐오는 마법 탄환. 하지만 그 공격들은 나이트 스파이더의 외골격에 상처를 입히지도 못하고 너무나 쉽게 반사되어버렸다. 한순간 비틀거리게 만드는 데는 성공했지만, 효과는 그뿐이었다.

"말도 안 돼애⋯⋯. 내 비장의 수였는데에⋯⋯."

남은 마력의 대부분을 쥐어짜다시피 사용해 만들어낸 비장의 수가 통하지 않은 것을 보고 에렌은 경악한다. 이미 아이시클 랜스(수빙대마창, 水氷大魔槍)나 윈드 커터(風切大魔斬)는 시험해봤으며, 그 결과는 참담한 것이었다.

사실상 남아 있는 비장의 수는 최강 마법인 파이어 볼(화염대마
구, 火炎大魔球)뿐인 것이다.

"놀랄 것도 없죠. 나이트 스파이더는 A-랭크의 에리어 보스예
요. 높은 마법내성을 지니고 있다 해도 이상할 게 없습니다. 이
일대를 지배하는 숲의 포식자인 이상, 이 정도는 당연하다고 생
각해요. 우리 레벨의 마법으로는 결정적인 대미지를 주는 건 어
려워 보이는군요……."

"그럼, 어떡하면 되는 거야아?"

롬멜은 에렌의 질문에 어깨를 으쓱거리면서 대답한다.

"지원마법으로 원호할 수밖에 없겠죠."

그 간결한 대답에 에렌은 뭐라고 대꾸하려 했다. 그러나 자신
의 마법이 전혀 통하지 않는 현실을 앞에 두고 그 반론을 속으로
삼킨다. 시험해보지는 않았지만 파이어 볼조차도 통하지 않는 게
아닐까 하는 생각이 들었기 때문이다.

"알았다고오. 촌스러워서 나는 그런 류는 잘 다루지 못하지마
안…… 매직 배리어만큼은 쓸 수 있어."

에렌의 대답에 롬멜은 고개를 끄덕인다.

롬멜도 소서러지만 〈각인마법〉도 몇 가지는 사용할 줄 안다. 요
움에게 사용한 것이 그것이며, 다른 두 사람도 이미 강화가 끝난
상태다.

"적의 공격 위력이 너무 높아서 마법 효과가 바로 풀리는 것 같
아요. 무기가 파손되면 끝이니까 저는 〈리인포스〉만으로도 벅찬
상태예요. 당신은 당신 나름대로 매직 배리어가 끊어지지 않도록
신경 써주시면 고맙겠습니다."

"알았어어!"

롬멜의 충고에 에렌도 마음을 다시 잡았다. 자신의 마법으로 대미지를 줄 생각을 하지 않고 철저하게 보조에 임하기로 한 것이다. 그렇게 한다면 에렌도 일류의 마법사이다. 남은 마력과 회복을 계산하여 적절한 배분으로 마법을 구사하기 시작한다.

그리고 롬멜도.

화려하진 않지만 확실한 마법의 구사로 요움, 휴즈, 카발, 세 사람의 보조마법이 끊어지지 않도록 계속 정신을 집중하고 있었다. 〈리인포스〉만이라고 입으로 말은 했었지만, 그 외의 마법도 끊어지기 전에 다시 걸고 있었다.

그 행동은 일류 마법사 수준의 훌륭한 솜씨였다. 최근 며칠간 요움과 행동을 같이하던 사이에 롬멜 내부의 나약함이 사라지면서 원래의 재능이 싹튼 결과이다.

(제법이네에. 나도 뒤지고 있을 수는 없겠지이!)

그런 롬멜의 자세는 에렌의 투지에 다시 불을 붙였다.

이렇게 두 사람은 화려하진 않지만 중요한 역할을 담담히 수행하고 있었다.

한편, 나이트 스파이더와 대치하는 세 사람은 목숨이 줄어드는 것 같은 긴장 속에서 조금이라도 방심할 수 없는 찰나의 임기응변을 되풀이하고 있었다. 하지만 그런 극한의 상황 속에서도 세 사람의 얼굴에는 대담한 웃음이 떠올라 있었다.

"여어, 카발이라 했던가? 당신 갑옷은 내 갑옷과 달리 꽤 튼튼해 보이는데."

"헤헤, 그렇지? 이 갑옷은 그 유명한 장인인 가름의 작품이거든? 평범한 스케일 메일과는 다르다고!"

"헤에, 가름이라면 그 무기류를 만드는 드워프 장인 말인가. 어쩐지 직격을 받은 것처럼 보였는데 무사하다 했지."

"다 들컸나. 부끄럽구먼. 뭐, 나는 이래 봬도——."

"너희들, 진지하게 싸우지 못하겠냐! 내가 공격을 받고 있을 때에 느긋하게 무슨 잡담을 하고 있는 거야?!"

마치 술집에서 자기 자랑을 하듯이 가벼운 분위기로 대화를 나누는 두 사람에게 휴즈의 성난 고성이 날아들었다. 두 사람은 교사에게 꾸중을 들은 학생 같은 얼굴로 동시에 쓴웃음을 짓는다.

"교대하자고, 아저씨."

요움이 강하게 한 번 칼을 휘두르면서 휴즈와 교대한다. 직전까지 약해져 있던 마법의 빛이 광채를 되찾으면서 준비가 끝난 것이다.

세 사람의 연계에 더해지는 마법지원의 로테이션은 예전부터 알던 사이인 것처럼 절묘했다. 이게 즉석에서 벌어진 것이라고 믿을 자는 아마 없을 것이다.

"부탁하네."

그 말을 남기고 휴즈는 공격을 쉬면서 요움과 교대한다. 나이트 스파이더의 연속 공격을 막아내느라 신경이 다 소모되어버릴 정도로 지쳐 있었다. 그러나 약한 소리를 뱉지는 않는다. 왜냐하면 이 세 사람 중에서 가장 나이가 많고 경험이 풍부한 자가 이 휴즈이기 때문이다.

휴즈는 과거의 일이긴 하지만 A-랭크인 모험가였다. 블루문드 왕국에서 길드 마스터(자유조합 지부장)에 취임한 뒤로는 전선에 나갈 일이 없었지만, 단련을 게을리 한 적은 없었다. 그렇기에 지금까지는 그럭저럭 나이트 스파이더의 움직임에 대응할 수 있었던 것이다.

(하지만 나도 이젠 둔해졌군. 예전 같았으면 모르지만, 이젠 솔로로 이 녀석을 처치하는 건 무리──라고 할까, 아주 잠깐 동안의 시간 벌이밖에 할 수가 없다니 말이지…….)

그렇게 탄식하고 있지만, 그래도 세 사람 중에서 가장 솜씨가 확실한 자가 휴즈이다.

그런 휴즈이다 보니 이 앞의 전개도 예상이 가능했던 것이다.

(하지만, 위험한데…….)

이대로는 사태가 점점 악화될 뿐이다.

레벨이 높은 마물이 상대라도 마법이 있다면 대개는 기본적으로 상대를 할 수 있다. 하지만 이번에는 수준이 다르다.

마법에 대해 높은 내성을 지닌 나이트 스파이더에겐 무기를 통한 물리적 대미지 외엔 통하지 않는다. 신체 능력으로 판단해보건대, 나이트 스파이더의 상대를 할 수 있는 건 자신을 포함한 세 사람뿐이라는 걸 휴즈도 이해하고 있다. 요움의 부하는 전력이 되지 못하므로, 이대로 세 명으로 밀어붙일 수밖에 없다.

그러나──.

지금 십수 분 동안의 전투를 거쳐 나이트 스파이더에게 준 대미지는 아주 조금이었다. 그에 비해 세 사람에겐 큰 부상까지는 없었지만, 축적된 피로는 숨기지 못하는 모양이다. 요움 한 사람이 늘어나고 마법 원호가 추가되면서 그럭저럭 버텨내고 있는 것

에 지나지 않는 것이다.

"위험한데……."

"쳇, 약한 소리 하지 말라고! 당신들이 우릴 끌어들인 거잖아. 이 녀석을 쓰러뜨리지 않으면 다들 죽은 목숨이라고. 불평할 틈이 있으면 손을 움직이란 말이야!"

카발이 중얼거리는 소리에 요움이 화를 내면서 소리를 질렀다.

세 사람 다 뼈저릴 정도로 이해하고 있었다. 마법이라는 큰 힘이 통하지 않는 이상, 인간의 힘만으로 이 괴물을 쓰러뜨리는 게 얼마나 어려운 것인가를.

하지만 포기하는 것은 곧 죽음으로 직결되는 것이다.

세 사람은 용기를 쥐어짜내서 나이트 스파이더에게 절망적인 싸움을 계속 시도하던——.

바로 그때였다.

"어라? 카발 씨 아닙니까요. 오랜만입니다요! 그건 그렇고 매번 마물과 싸우고 있는 것 같은데, 그렇게 싸우는 걸 좋아하십니까요?"

그런 분위기와 전혀 안 어울리는 목소리가 들린 것은.

그곳에 나타난 것은 늑대 마물을 타고 있는 다섯 명의 마물——고블린 라이더의 일개 부대를 통솔하고 있는 고부타와 그 부하들이었다.

평소대로의 순찰을 마치고 도시로 돌아가려 했을 바로 그때, 멀리서 누군가가 싸우는 소리가 들렸다.

"고부타 씨, 어디선가 싸우는 소리가 들리는데요."

한쪽 눈에 안대를 한 부관인 고부치가 고부타에게 보고한다. 돌아가서 느긋이 쉬고 싶다는 생각을 하고 있던 고부타는 못 들은 척을 하고 있었지만, 아무래도 그건 안일한 생각이었던 것 같다.

"그러네요. 가보는 게 좋겠습니까요?"

"그야, 저는 가보는 게 맞다고 생각합니다만. 나중에 꾸중을 듣는 건 사양이니까요."

"알겠습니다요. 그럼 빨리 가서 확인만 해볼깝쇼."

부관 고부치의 말에 따라 고부타 일행은 싸우는 소리가 들린 방향으로 향한 것이다.

그리고 지금.

고부타는 나이트 스파이더와 싸우는 낯익은 인물을 발견하고 있었다.

"여, 고부타 군이 아닌가! 거기서 느긋하게 보지 말고 빨리 좀 도와달라고! 안 그러면 우리가 죽겠어!"

고부타의 가벼운 목소리와 대조적으로 카발이 필사적으로 외친다. 나이트 스파이더의 날카로운 연속 공격을 막으면서 하는 대화이다 보니, 카발은 반쯤은 될 대로 되라는 심정이 되어 있는 것 같다. 확실히 빨리하지 않으면 갑옷이 부서져 카발의 목숨도 위험할 것이다.

"이런, 거기 있는 사람은 휴즈 씨 아닙까요. 저는 고부토임다요."

"오오, 고부토 씨도 와 있었나! 빨리, 빨리 교대 좀!!"

고부토가 휴즈를 알아보고 말을 건 목소리에 반응한 건 지금 막 헬름(투구)이 날아가 버린 카발이었다. 아무래도 정말로 위험에 처한 모양이다.

"어쩔 수가 없네요. 제가 카발 씨랑 교대하겠습니다요. 고부치는 다른 사람들을 이끌고 거미를 교란시키는 겁니다요!"

고부타의 명령에 따라 모두가 일제히 움직이기 시작했다.

고부타는 재빨리 스타울프(성랑족, 星狼族)에서 내려 카발의 엄호에 들어간다. 동시에 고부치가 이끄는 고블린 라이더 부대가 인랑일체(人狼一體)의 움직임으로 나이트 스파이더를 교란시키기 시작했다.

스타울프의 날카로운 이빨과 발톱이 나이트 스파이더를 공격하지만 그 공격들은 외골격 때문에 튕겨진다. 그러나 고블린 라이더들의 움직임은 나이트 스파이더보다 빠르기 때문에 히트 앤드 어웨이로 계속 안전권을 유지하고 있었다.

B랭크인 스타울프의 공격은 나이트 스파이더에겐 통하지 않는다. 그러나 움직임만큼은 호각이다. 재빨리 이빨과 발톱을 동원한 공격은 포기하고, 타고 있는 홉고블린들이 공격을 담당하는 쪽으로 공격 스타일을 변화시킨 것이다. 이에 따라 고부치를 포함한 고부타의 부하들에 의한 공격이 조금씩 나이트 스파이더에게 부상을 입히고 있었다.

"굉장하군, 너무나 날카로운 창이야. 왠지 길이가 신축하는 것처럼 보이는군."

"신축하고 있어. 날카로움도 내 그레이트 소드보다 명확히 위야.

저 무기만 있다면 나도 조금은 더 제대로 싸울 수 있었을 거야."

전선을 이탈하여 회복에 힘쓰는 카발이 감탄하면서 중얼거렸다. 그 말에 대답한 사람은 요움이었으며, 어느샌가 카발 옆에서 휴식 중이다.

"아직도 믿어지질 않는군. 저 늑대는 대체 뭐지? 블랙울프랑 그레이울프와는 다른 변이종? 하지만 그건 그렇다 치고…… 홉고블린이 어떻게 저렇게 좋은 장비를 지니고 있는 거지? 게다가 저 이상할 정도로 강한 모습은 대체 어떻게 된 거야?!"

휴즈도 어깨를 들썩이며 숨을 쉬면서 합류하더니, 어이가 없다는 표정으로 중얼거렸다. 휴즈가 이야기한 의문에 답할 수 있는 자는 없었기 때문에 세 사람은 나란히 앉아 사이좋게 관전할 뿐이었다. 지금까지의 고전을 떠올려보면 눈앞의 전투가 갑작스럽게는 믿어지질 않는 것이다.

고블린 라이더들은 과감하게 공격하고 있는 것처럼 보이지만, 그건 상당히 안전선을 유지한 상태에서 벌이는 행동으로 보였다. 누구 하나 부상을 입지 않은 것이다.

그리고 유일하게 나이트 스파이더와 대치하게 된 고부타는 설렁설렁 가벼운 느낌으로 적의 시선을 끌고 있다. 그 모습을 보면 딱히 큰 부담도 없이 나이트 스파이더의 움직임을 완전히 파악하고 있는 것 같다.

"이봐…… 저 홉고블린――고부타라고 했던가? 대체 정체가 뭔가? 아니, 그 이전에――."

요움은 말을 하려다 입을 닫는다. 묻고 싶은 것은 잔뜩 있지만 지금은 그럴 때가 아니라고 생각하여 참는다. 그리고 한순간이라도 놓치지 않으려는 듯이 싸움을 뚫어지게 바라보고 있었다.

고부타는 휘적휘적 나이트 스파이더의 공격을 차례로 피한다.

(으음, 둔하네요. 하쿠로우 씨의 훈련에 비하면 이런 공격은 아무것도 아닙니다요.)

적의 움직임을 잘 살펴보니 연속 공격을 걸어오기 전에는 한 번 움직임을 멈추는 버릇이 있다는 걸 꿰뚫어 볼 수 있었다. 그리고 랜덤하게 많은 다리로 공격을 해 오지만, 리듬에 맞춰서 다리가 움직이기 때문에 다음에 어느 장소를 노리고 찌르는지를 예상하는 건 간단했다.

"그럼, 슬슬 끝내도록 하겠습니다요!"

고부타는 기합과 함께 허리에 찬 소태도를 빼 들어 일섬을 날렸다. 그리고 조금의 흐트러짐도 없이 고블린 라이더가 나이트 스파이더에게 입힌 자그마한 상처를 노리고 베어버린 것이다.

공중을 맴도는 창과 같은 다리가 하나.

고부타의 참격으로 절단된 것이다.

"말도 안 돼!"

"고부타, 대단해!"

"그 소태도, 과연 대단한뎁쇼. 반할 정도로 날카롭습니다요."

고부타와 친한 카발 일행이 칭찬하는 말에 기분이 좋아진 고부타.

그 소태도는 리무루가 고부타와의 약속을 지켜서 쿠로베에게 의뢰하여 만든 물건이다. 근처 도시의 무기상에서 팔 것 같은 싸구려와는 다른, 날카로움에 특화된 명품인 것이다.

게다가 이 소태도에는 리무루의 유니크 스킬인 '변질자'로 어떤 마법 효과가 추가되어 있었다. 리무루가 실험의 일환으로 만든 매직 웨폰(마법 무기)이었던 것이다.

고부타가 정신을 집중해 명령하면 칼날을 얼음이 덮으면서 얼음의 창이 된다. 그리고 그걸 아이시클 랜스로서 날리는 것도 가능했다.

하지만 고부타는 마법을 발동시키지는 않는다. 왜냐하면 마법을 사용하려면 고부타의 마력을 대량으로 써야 하기 때문에, 마음 내키는 대로 사용하는 건 불가능하기 때문이다. 하쿠로우에게서도 늘 비장의 수단은 타이밍을 잘 파악한 뒤에 쓰라는 말을 듣고 있다. 고부타는 순순히 그 말을 지키면서 쓸데없는 행동을 하지 않는 것이다.

그리고 지금은 아이시클 랜스보다도 효과적인 무기가 있었다.

"이쪽이 더 대단합니다요!"

자랑을 하고 싶어졌는지 왼손으로 쥐고 있던 칼집을 들어 보였다.

"칼집……?"

기도가 느낀 의문보다 빠르게 고부타는 다음 행동을 시작하고 있다.

칼집의 구멍을 나이트 스파이더 쪽으로 겨눴다. 다음 순간, 칼집이 묵직하게 검붉은색으로 빛난다.

칼집의 안은 전부 '마강'으로 덮여 있으며 솔레노이드 모양으로 녹색 전선이 밀집하게 말려 있었다. 그곳에 유니크 스킬 '변질자'

로 봉인해둔 '검은 번개'가 발산될 때 강력한 자기장이 발생한다. 이걸 이용하여 칼집 바닥에 넣어둔 탄환이 발사되는 것이다. 말하자면 코일 건의 원리이다.

이름하여, '케이스 캐논(칼집형 전자포)'.

리무루가 장난삼아 만든 것이지만 고부타는 이걸 아주 마음에 들어 하고 있었다.

발사된 것은 직경 2㎝ 정도의 강철 덩어리.

소리도 들리지 않았다. 그러나 효과는 극적이다.

나이트 스파이더가 고통스러워하며 꿈틀거린다. 그 입이 작게 경련하여 부딪치면서 마치 우는 것 같은 기분 나쁜 소리가 흘러나왔다.

그것도 당연했다.

그 눈 중 몇 개가 무참하게 터지고 뭉개지면서 청색의 액체가 솟아 나오고 있었던 것이다.

"휴—! 고부타 씨, 굉장하네요!"

고부타의 부하들이 박수를 보낸다. 그러나 카발 일행은 멍하니 있을 수밖에 없었다.

휴즈조차도 지금 일어난 일이 이해되지 않고 있다.

"——이봐, 방금 그건 뭔가?!"

휴즈가 당혹스러워하며 소리를 질렀다.

그러나 고부타는 그 질문에 대답하지 않고——.

"자, 오늘은 거하게 먹을 수 있겠습니다요! 이 거미는 아주 맛있어 보이지 않습니까요!"

눈앞의 나이트 스파이더에 정신이 팔려 있었다.

위협적인 존재가 아니라 맛있어 보이는 사냥감으로 말이다.

"잠깐, 잠깐, 그 녀석은 A-랭크인 에리어 보스라고! 그걸 맛있어 보인다니……."

무시당한 꼴이 된 휴즈였지만, 불평스럽게 내뱉는 목소리는 힘이 없었다. 눈앞에서 벌어진 현실에 머리가 따라가지 못하는 것이다. 마치 방심한 것처럼 그저 넋을 잃고 돌아가는 상황을 지켜만 볼 뿐이다.

요움 일행도 마찬가지로, 목숨을 걸고 싸웠던 위협적인 상대가 아무것도 못 하고 쓰러져가는 모습을 바라볼 수밖에 없었다.

요움은 그 사실이 달갑지 않았지만, 스스로도 뭐가 마음에 들지 않는 건지를 모르겠다. 저절로 망연자실한 표정으로 바뀐다…….

고부타가 이끄는 다섯 명은, 그런 일동을 아랑곳하지 않고 나이트 스파이더를 농락했다.

──그리고 몇십 분후.

눈앞에는 해체된 나이트 스파이더가 옆으로 쓰러져 있었다.

그 옆에는 기뻐서 어쩔 줄 모르는 고부타가 있으며, '사념전달'로 누군가와 대화를 나누고 있다.

"조금만 기다리면 회수반이 와준답니다요. 고부치, 세 사람이 남아서 주위를 경계하십쇼. 우리는 카발 씨 일행을 먼저 안내하겠습니다요."

"알겠습니다. 조심하십시오."

'사념전달'을 마치고 부관인 고부치와 짧은 대화를 나누는 고부타.

"그럼 가볼깝쇼?"

그런 뒤에 가벼운 목소리로 카발 일행의 출발을 재촉했다.

휴즈는 방심한 상태고.

카발 일행은 희희낙락해 있으며.

요움은 망연자실해 있다.

리더인 요움이 반응을 보이질 않기에 요움의 부하들은 난감해하면서도 동의한다.

이렇게 일동은 뭐가 뭔지 이해를 하지 못한 채로 마물의 나라──템페스트(마국연방)로 향하게 된 것이다.

　　　　　　　●

내 앞에서 고부타가 득의양양한 얼굴로 설명을 끝마쳤다.

장소는 늘 그렇듯이 회의실이다.

내 옆에는 당연하다는 얼굴로 밀림이 앉아 있다.

등 뒤에는 시온과 소우에이가 대기하고 있으며, 리그루도에 베니마루도 자리에 앉아 있었다. 고부타 옆에는 카발 일행 3인조와 처음 보는 아저씨가 있다. 게다가 검은 피부의 미청년과 신경질적으로 보이는 마법사 풍의 남자가 있다.

슈나가 차를 준비할 것을 지시하고 자리에 앉음과 동시에 고부타가 이야기를 시작한 것이다.

고부타의 설명이 끝나자, 각자가 자기소개를 했다.

아저씨는 휴즈라는 이름으로 불리며, 블루문드 왕국의 길드에서 가장 높은 사람이라고 한다. 소우에이에게서 보고를 받은 적이 있던, 나를 만나고 싶다고 말했던 인물인 것 같다.

검은 피부의 형씨는 상당히 미형이다. 베니마루나 소우에이보다는 못하지만 야성적이고 매끈거리는 근육을 지닌 상당한 미남이다. 이름은 요움이라고 하며, 파르무스 왕국의 백작령에서 파견된 변경 조사단의 단장이라고 했다. 신경질적으로 보이는 가는 몸매의 남자는 역시 마법사였다. 롬멜이라는 이름을 가지고 있으며, 요움의 참모 같은 역할을 맡고 있다고 한다.

모두에게서 인사를 받았으니, 나도 답례로 인사를 해둔다.

"아아, 내 소개가 늦었군. 나는 이 도시라고 할까 나라라고 할까, 어쨌든 이곳 쥬라 템페스트 연방국의 대표를 맡고 있는 리무루 템페스트라고 하오. 보다시피 슬라임이오!"

인간의 모습을 하고 있지 않으므로 보이는 대로 말했다.

그러자, 아저씨——가 아니라 휴즈가 놀라고 있었다. 어느 정도는 알고 있을 것으로 생각했지만 그래도 놀라고 마는 건 어쩔 수가 없는가 보다. 나도 나 자신의 일이 아니었다면, 슬라임이 마물의 나라에서 왕 노릇을 하고 있다는 사실을 믿을 수 없었을 테니까.

"그건 그렇고 리무루 나리, 예전엔 못 본 분들이 있는 것 같습니다만?"

카발이 물었다.

베니마루 일행을 말하는 것이리라. 가볍게 모두를 소개했다.

마지막이 밀림이다.

"내 이름은 밀림이야. 잘 부탁해!"

내 소개를 기다리지도 않고 스스로 이름을 밝히고 있었다.

가볍게 인사를 하고 있지만, 그 본성은 흉악한 마왕. 귀여운 외모에 속아 넘어가선 안 된다.

휴즈 혼자만은 밀림이라는 이름을 들었을 때 수상쩍어하는 표정을 지었는데, 어쩌면 마왕 밀림의 이름을 알고 있을지도 모른다.

카발과 기도의 시선은 슈나와 시온을 번갈아 오가고 있다. 밀림도 귀엽지만, 역시 너무 어린애 같은 걸까. 자신의 마음에 정말 솔직한 인간들이다.

휴즈와 요움은 그런 것엔 흥미가 없는지, 또는 마물을 상대하고 있다는 것에 긴장을 하고 있는 건지 진지한 얼굴을 여전히 유지하고 있었다. 카발 일행도 조금쯤은 저자들을 보고 본받는 게 좋을 것 같다.

뭐, 그 심정은 잘 알겠지만 말이지.

그건 그렇고 고부타에게서 설명을 들은 것만으로는 상황이 전혀 이해가 되지 않는다.

왜 휴즈와 요움이 같이 행동하고 있는 것인지……

"그럼 제가 설명을 드리도록 하지요."

그렇게 생각한 순간, 휴즈가 입을 열었다. 아무래도 고부타의 설명을 듣고 내가 납득을 못 하고 있다는 걸 알아차린 모양이다. 대신 설명해줄 생각인 것 같다. 눈치가 빠른 인물이다.

슬라임 모습의 나를 보고 약간은 동요했지만 아주 정중한 대응을 해주고 있으니, 지금은 순순히 이야기를 듣는 게 좋을 것 같다.

....

....

......

휴즈의 이야기를 듣고 사정을 어느 정도는 이해할 수 있었다.

듣자하니 오크 로드의 건으로 대혼란에 빠졌기 때문에, 스스로 상황을 확인하기 위해 카발 일행의 안내를 받아 찾아온 모양이다.

휴즈의 뒤를 이어 롬멜도 사정을 설명해줬다.

이쪽도 사정은 마찬가지였으며, 블루문드 왕국에 흘린 정보로 니들 백작령의 길드가 움직이게 된 모양이다. 롬멜이 알고 있는 선에서 니들 백작의 속셈까지 이야기해줬기 때문에 상당히 정확하게 상황을 파악할 수 있게 된 것 같다.

"왜 그렇게 정직하게 얘기해준 거지?"

그런 내 질문에 "아뇨, 솔직히 말해서, 어떻게 판단해야 좋을지 혼란스러워서……. 솔직하게 말하는 게 일이 잘 풀릴 것 같다는 느낌이 들었습니다……"라고 롬멜이 대답했다.

내 입장에서도 그편이 도움이 되기 때문에 힘을 주어 고개를 끄덕인다.

"그런 건 이제 상관없어! 나한테는 지금, 왜 슬라임이 저렇게 높은 사람처럼 구는 건지, 그게 더 신기하다고. 아니, 아니, 이상하잖아? 그 전에 왜 슬라임이 말을 하는 거지? 대체 이게 무슨 일이야? 왜 너희들은 납득하고 있는 거냐고?"

그때까지 망연자실해 있기만 하던 요움이 갑자기 스위치가 켜진 것처럼 떠들어대기 시작했다.

"리무루 님께 무례합니다!"

그렇게 시온이 격노했다. 그렇지만 요움은 말을 멈추지 않는다.

"시끄러워, 여자는 닥치고 있어!"

분노를 드러내는 시온에게 성난 목소리로 소리 지르며 꾸짖은 것이다.

아, 저 바보가! 그렇게 생각했을 때는 이미 늦은 뒤였다.

터엉, 하는 둔한 소리가 났고, 시온이 대태도의 칼집으로 요움을 때려눕히고 있었다.

"아! 나도 모르게 그만……."

"나도 모르게 그만이 아니지!"

늘 있는 일이지만 시온의 참을성 없는 성격은 어떻게 좀 고칠 수 없으려나. 요움의 말투도 좋지는 않았지만 곧바로 손이 나가는 건 대책을 좀 생각해봐야겠다.

시온은 내 말을 듣고 서둘러 요움을 간호하기 시작했다. 일단 힘을 빼고 때린 모양이라 죽지는 않은 게 다행이었다. 회복약을 뿌리자 요움은 곧바로 눈을 떴다. 시온을 보고 한순간 얼굴을 찌푸리긴 했지만 말없이 자리로 가 자세를 고쳐 앉는다.

그 모습을 보고 제법 근성이 있는 남자인 것 같아서 감탄했다.

"우리 시온이 실례되는 짓을 했군, 미안하오. 참을성이 조금 부족한 면이 있소. 용서해주길 바라오."

그런 내 사과의 말에 요움은 내키진 않겠지만 고개를 끄덕여 줬다.

"너무하십니다. 이래 봬도 인내력에는 정평이 나 있는걸요?"

시온이 잠꼬대를 하고 있지만 무시해도 괜찮겠지. 그런 얘기는 들어본 적이 없으니까.

"와하하하하! 참을성이 부족하다니 아직 멀었구나, 시온. 나처럼 넓은 마음을 가지고 있지 않으니까 그렇게 금방 화를 내는 거야!"

유쾌한 말투로 밀림이 말하는 소리가 들린 것 같았지만, 분명 내 기분 탓임이 틀림없다. 아무리 시온이라 해도 밀림에게만큼은 그런 소리를 듣고 싶어 하지 않을 테니까.

일단 뭐, 그건 그렇다 치고.

나는 이야기를 정리해보기로 했다.

휴즈의 목적은 정체불명의 슬라임──나 말이다──이 출현했으니까 그 정체를 확인해보고 싶다는 것이다. 인간의 적인지 아군인지, 그걸 자신의 눈으로 확인해보고 싶었다고 한다.

"마물이 도시를 만들다니──이런, 실례. 아인의 집락촌이라면 이해할 수 있겠지만 여러 종족이 공존하는 도시라는 건 들어본 적이 없는 얘기라서……. 이 눈으로 보지 못한 것은 믿기 어렵다는 생각이 들어서 말입니다. 그래서 그 얘기가 정말이었을 경우는 어느 정도의 규모이며 우리는 어떻게 관여할 것인가, 그걸 확인해보고 싶다고 생각했습니다. 위협이 되지는 않는다고, 그런 보고를 듣기는 했지만……. 그걸 판단하기에도 자신이 직접 보는 게 가장 좋을 테니까 말입니다. 그래서 이렇게 나선 참입니다. 잠시 동안 조사를 위해 머무르는 걸 부디 허가해주셨으면 좋겠습니만……."

그렇게 말하면서 휴즈는 설명을 마쳤다.

내가 들어도 납득할 수 있는 이야기인 데다, 위협이 될 존재인지 아닌지 의심을 사는 것도 내키지 않기 때문에 흔쾌히 허가를 내렸다.

그리고 내 생각도 전해둔다.

휴즈는 길드 마스터로서 나름대로의 지위에 있는 것 같은 데다, 의외로 블루문드 왕국에선 나름 대표자격인 인물이라고 한다.

그런 인물이라면 솔직히 말해서 협력을 요청하는 쪽이 더 좋을 거라 판단한 것이다.

"믿어지지 않을지도 모르지만 나는 인간과도 사이좋게 지내고 싶다고 생각하고 있소. 그건 카발 일행에게도 얘기한 대로요. 지금 당장이라곤 말하지 않겠지만, 나중에 교역 같은 방식으로 교류할 수 있게 되는 것도 좋겠다고 생각하고 말이오. 이건 당신들이 따로 확인해도 상관없는 것이지만, 실은 드워프 왕국과도 국교를 맺고 있소. 이 땅을 경유하면 상인들의 편리성도 향상될 거라 생각하는데, 어떻소?"

"잠깐, 아니, 잠깐만 기다려주십시오. 드워프 왕국──그건 무장 국가 드워르곤을 말하는 것입니까?! 확실히 그곳은 중립국에 아인과도 교류를 하고 있다고 들었습니다만…… 마물의 나라를 승인했다는 말입니까? 그건 아무리 그래도 믿기 힘든 이야기로군요……."

휴즈가 믿도록 하기 위해 솔직히 이야기했지만, 좀처럼 믿어지지 않는 모양이다. 그러므로 베스터를 데려와 증언하도록 했다.

"이럴 수가, 베스터 장관! 아니, 전 장관이었지요. 헌데, 당신 정도나 되는 인물이 이런 곳에 계실 줄이야……. 그럼 정말로?"

"이런, 이런, 휴즈 님 아니십니까. 오랜만입니다. 그 말대로 저도 신기한 인연을 따라 이 땅에서 신세를 지고 있습니다. 리무루 님이 말씀하신 건 사실입니다. 가젤 폐하와 리무루 님은 맹약을 맺고 계십니다."

그 후에 몇 마디 대화를 나눈 뒤에, 내 말에 거짓이 없다는 것을 믿어줬다.

믿어주기는 했지만 꿈이 아닌가 의심하고 있는 것 같은 느낌이다. 마물이 나라를 세웠다는 말을 들어도 곧바로 믿어지지 않는 건 당연할지도 모르겠다.

요움의 목적은 조금 복잡하다.

자유의 몸이 되기 위해 자신들을 죽은 걸로 처리할 생각이었다고 한다. 그런 뒤에 어딘가 안전한 나라로 가서 자유조합에 가입할 생각이었던 모양이다.

욕심 많은 너구리라고 부르는 니들 백작에게도 정보를 흘릴 생각이었던 것 같다. 그건 백작을 위해서가 아니라, 도시의 사람들을 조금이나마 배려한 것이리라. 얼굴과 태도에 어울리지 않게 사내다운 성격을 가진 인물 같다.

롬멜은 그런 요움의 인간성에 반했으며, 니들 백작을 배반하고 요움의 심복이 되었다고 한다.

나는 그런 이야기를 듣고 잠시 생각한다.

"흠, 휴즈 씨. 오크 로드가 퇴치되었다는 정보는 이미 알려져 있소?"

"아니오──이 정보를 아는 건 국왕과, 극히 일부의 사람들뿐입니다."

대답하는 휴즈. 그렇다면──.

"그건 그렇고 요움 군. 자네들은 나랑 계약하지 않겠나?"

"예에? 대체 무슨 소리를 하는──아니, 무슨 말씀을 하시는 겁니까?"

나에 대한 말투가 마음에 들지 않았는지, 시온뿐만이 아니라 슈나도 노려봤던 모양이다. 당황하며 말투가 정중하게 바뀐다. 모른 척해주는 게 좋을 것 같아서, 그대로 이야기를 진행한다.

"쉽게 설명하면 말이지──."

그렇게 말하면서 나는 이야기를 시작했다.

요움과 그 부하 30명. 이자들이 오크 로드를 쓰러뜨린 영웅이 되도록 만드는 것이다.

위협적인 존재인 오크 로드가 퇴치되었음에도 불구하고 휴즈가 불안하게 여기는 것은 내가 마물인 슬라임이기 때문이다.

그렇다면──우리는 요움에게 협력했을 뿐이며, 실제로는 요움이 오크 로드를 쓰러뜨린 것이라고, 세상에 그런 식으로 소문을 흘리기로 한 것이다.

출발한 시기가 안 맞는 것이라든가 시간적으로 나열해보면 부자연스러운 점은 나오겠지만, 그런 세세한 부분은 일반 시민에겐 관계없는 이야기다. 상세한 정보를 파악할 수 있는 상층부가 잠자코 있으면 알아서 머릿속으로 앞뒤를 끼워 맞출 것이다. 남겨진 오크의 군대에 대해선 자중지난을 일으켰기 때문에 어려움 없이 쓰러뜨릴 수가 있었다──그런 시나리오로 대충 설명하면 되겠지. 20만이나 되는 구체적인 숫자를 밝히지 않는다면 신용도

얻기 쉬울 것이다.

우리는 직접 싸운 게 아니라 무기와 방어구에 식량 같은 것을 지원했다. 그런 위치 정도면 충분하다. 그렇게 하면 오크 로드를 쓰러뜨린 영웅을 도운, 신용할 수 있는 마물이라는 위치를 확립할 수 있게 되지 않을까?

정체를 알 수 없는 위협적인 마물보다도 그쪽이 더 친해지기 쉬울 것이라 생각한다.

"──이렇게 생각하는데, 어떤가?"

절규하는 손님들 일동. 얼어붙은 것처럼 반응이 사라져버렸다.

카발 일행은 이미 내 이야기를 쫓아오지 못하게 된 모양인지 맛있게 차를 마시고 있었다.

그에 비해 감탄한 표정으로 고개를 끄덕이는 베니마루와 슈나 일행.

밀림과 시온은 잘난 듯이 가슴을 펴고 있지만 이해하고 있는지는 의심스럽다. 애초에 밀림은 이 이야기와는 관계가 없다. 얌전히 있어주니 괜찮지만, 질려서 난동을 부리기 전에 벌꿀이라도 미리 전해두는 게 좋을지도 모르겠다.

"넌 대체 날 뭐라고 생각하는 거야? 하지만 뭐, 좋아. 이건 받아둘게."

내가 내민 벌꿀이 든 병을 기쁘게 받아 드는 밀림. 그걸 시온이 부러운 듯이 보고 있지만, 유감스럽게도 네 몫은 없어.

"아니, 아니, 아니, 아니, 무슨 말을 하는 겁니까! 이건 어떤가로 끝낼 얘기가 아니잖습니까!"

"잠깐? 이봐요, 내가 영웅이라고? 용사 흉내라도 내란 겁니까?"

굳어 있던 휴즈와 요움이 동시에 큰소리로 외쳤다.

그야, 쉽게 고개를 끄덕일 수 있는 이야기는 아니겠지. 그런 반응을 보이는 것도 당연하다.

"용사는 안 되지. 그건 특별한 존재라 멋대로 자칭해서 되는 게 아니니까. 용사를 자칭하는 자에겐 응보가 따르게 돼. 적당히 영웅 정도로 행세하는 게 좋아."

요움이 외치는 소리에 밀림이 대답했다.

과연, 마왕과 마찬가지로 용사도 멋대로 자칭하는 건 위험한 모양이다. 딱히 영웅이라도 문제는 없으므로, 요움이 영웅이 되어줬으면 하지만…….

"그런 얘기가 아냐, 꼬맹아! 이건──."

퍼억!!

그 자리에 차가운 공기가 흘렀다.

"이봐?!"

"밀림 님…….."

나는 절규했고, 시온도 뭔가를 말하고 싶어 하는 표정이다.

"아, 아니야! 나, 난 아무 잘못도 없다고!"

크게 당황하면서 둘러대는 밀림. 아직 아무런 추궁도 하지 않았지만 이미 울음을 터뜨리기 직전이다.

"밀림, 변명은 됐어. 다음에는 안 봐준다?"

"알았어. 날 믿어, 리무루."

고개를 끄덕끄덕 끄덕이면서 두 번 다시 그러지 않겠다고 맹세하는 밀림.

약간 불쌍하다는 생각이 들었지만, 생각해보면 나쁜 건 밀림이다. 응석을 받아줬다간 또 일을 칠 것 같으니 지금은 제대로 꾸짖어둔다. 시온도 방금 들은 말을 마음에 담아두고 있었는지, 흐흥하고 살짝 기쁜 표정을 짓고 있다.

너하곤 아주 관계없는 일이 아니거든. 그런 지적은 속으로 삼켰다. 타산지석으로 삼아서 자신의 행동을 고쳐주면 좋겠다.

"밀림……? 아무래도 그 이름을 들은 기억이 있는 것 같습니다만……."

이런, 휴즈가 밀림의 이름을 듣고 눈썹을 찡그리고 있다. 아직 마왕이라는 걸 알아차리지는 못한 것 같지만 방심할 수는 없다. 마왕 밀림은 생각했던 것 이상으로 유명한 것 같다.

이 자리는 적당히 얼버무리는 게 좋으려나.

"그보다 요움은 괜찮은가?"

퍼억 하는 둔탁한 소리가 났으니까, 무사한지 아닌지 걱정이 되는 것도 사실이다.

"네에, 리무루 님. 약을 투여했으니까 이제 괜찮습니다."

슈나가 미소를 지으면서 보고함과 동시에 요움이 눈을 떴다.

"으—음……. 대체…… 무슨 일이……."

잠깐 혼란스러워하는 듯했지만 몸에 이상은 없는 것 같다. 시온과 밀림의 일격을 받았는데 살아 있다니, 제법 터프한 남자이다. 회복약도 대단하지만 살아남은 그 자신을 칭찬해줘야 할 것 같다.

"리무루…… 씨, 였었지. 알았어, 나는 당신을 따르겠어. 이런 위험한 녀석을 부리는 당신은 엄청난 슬라임이 분명하겠지. 오늘부터는 리무루 나리라고 부르도록 하겠어. 뭐든 명령을 내리라고."

의식을 차리면서 요움은 내게 그렇게 말했다. 폭력을 써서 말을 듣게 하는 것 같아서 약간 찜찜하긴 하지만, 본인이 그걸로 납득한 이상 다시 문제 삼을 일도 없을 것이다.

"아, 응. 잘 부탁하네."

나는 요움에게 고개를 끄덕이며, 앞으로 협력 관계를 맺기로 했다.

그런 대화를 나눈 덕분에 휴즈도 생각을 달리 해주었다.

"그런 거라면 우리도 흔쾌히 협력을 하겠습니다. 하지만 당신이 정말 인간 편인지 아닌지, 확실히 확인해보도록 하겠습니다만, 그래도 괜찮겠습니까?"

"응, 좋소. 그건 당연하겠지. 그래도 괜찮소."

이렇게 휴즈의 협력도 얻을 수 있게 되었다.

*

휴즈는 베르야드 남작이라는 인물에게 연락을 해서 블루문드 국왕에 대한 보고와 중재를 부탁해줬다. 동시에 주변 열국에게 소문을 흘릴 준비를 마무리해주고 있다.

내가 구술한 줄거리에 맞게 세세한 부분을 조정해서 각 자유조합으로 연락을 돌리는 것 같다.

휴즈에 대한 보답은 일부 상인에 대한 우대 조치이다.

자유조합에 소속된 상인이 쥬라 템페스트 연방국 수도 리무루에 머무를 수 있도록 허가했다.

현재는 관세를 물리지 않는다. 그런 계약은 우리를 신용할 수 있다고 판단한 후에, 국교를 맺은 뒤에 이야기를 나누기로 결정했다.

아니, 대놓고 말해서 관세를 어느 정도 거둬야 좋은지를 나는 몰랐던 것이다. 나는 정치가가 아니므로, 그런 계산을 할 수 있을 리가 없다. 그러므로 여유가 있는 연기를 하면서도 속으론 식은 땀을 흘리긴 했지만 말이다…….

그러므로 관세를 물리기까지의 기간 동안은 자유조합 블루문드 지부에 소속된 상인들은 상당히 많은 이익을 낼 수 있을 것이다.

그 일부가 휴즈의 주머니로 들어가는 구조인 것이다.

블루문드 왕국이 국가로서 우리를 신용할 수 있게 될 때까지 과연 얼마나 걸릴까?

그 시간은 짧을지도 모르고, 몇십 년이 걸려도 신용을 얻어내지 못할지도 모른다. 하지만 장기전이 되는 건 각오를 해둔 상황이니 국교 수립에 대비한 준비만은 착실히 해두자고 생각한다.

우선은 신용을 얻는 것이 선결 과제이겠지만 그와 동시에 어느 정도가 적당한 세율이 될 것인지 조사할 필요가 있을 것 같다.

파르무스 왕국이 물리고 있는 것보다 싸게 하는 것은 당연하며, 편리성을 높이고 안전성을 어필하는 것도 중요할 것이다. 교역로의 정비도 아직 끝나지 않았으니 관세를 물리는 건 그런 공사가 끝난 뒤에 해도 좋을 것 같다.

어쨌든 해야 할 일은 잔뜩 쌓여 있는 것이다.

휴즈의 문제는 이렇게 정리되었다.

블루문드 왕국은 약소국이기 때문에 새로운 교역로와 국교를 맺는 나라가 출현한다는 것은 커다란 의미를 지닌다. 이 일대의 안전보장까지 포함하면 블루문드 왕국이 얻을 수 있는 이익은 상당한 것이 될 것이다.

그건 어디까지나 우리를 믿고 국교를 맺을 경우의 이야기이겠지만 말이다.

나머지는 휴즈가 그 이야기를 전하면서, 더욱 상세한 보고를 해줄 것이다. 그 결과가 어떻게 될 것인지는 확실하지 않지만 더 좋은 방향으로 이야기가 진행되길 바랄 뿐이다.

그리고 요움 일행은 어떻게 됐는가 하면.

잠시 이 도시에 머무르도록 했다.

영웅에 어울리게 나름대로 겉모습을 정비할 필요가 있기 때문이다.

지금도 하쿠로우의 감시하에 수행을 하고 있을 것이다.

요움은 나름대로 실력이 있었지만 영웅으로 부르기에는 힘이 모자라다. 무기와 방어구를 좋은 것으로 바꾸기만 해도 달라 보이겠지만 그것만으론 부족한 것이다.

신체 능력과 전투 센스에만 의존하는 것이 아니라 확실한 아츠(기술)를 익힐 필요가 있다. 그게 하쿠로우의 견해였다.

장비에 관해선 문제가 없다.

때마침 사냥해 온 나이트 스파이더에서 거둬들인 소재가 있으므로 이걸 사용한 최고의 무기와 방어구를 준비하자고 생각했다.

그런고로 무기와 방어구가 완성될 때까지의 기간 동안 요움 일행의 심신을 단련시키기로 한 것이다.

그리고 시간이 지나면서 드디어 무기와 방어구가 완성되었다.

전투에 있어 중요한 요소는 속도, 공격력, 방어력의 세 가지이다. 이건 마법이라는 요소가 들어가도 마찬가지였다.

정신저항이라는 마법 방어가 추가되었을 뿐인 이야기다.

자유조합이 산출하는 랭크의 기준은 이 세 요소를 전부 합친 것으로 정해지는 모양이다. 그러므로 더욱 좋은 무기와 방어구를 준비하기만 해도 랭크를 올릴 수 있는 것이다.

그런 관점에서 말하자면, 이 소재는 최고의 것이라 할 수 있었다.

나이트 스파이더라는 마물은 사실 움직임은 그렇게 빠르지 않다. 여러 개의 다리가 동시에 공격하기 때문에 빠르게 보이지만 침착하게 대처하면 하나하나는 그렇게 빠르지 않은 것이다.

그건 B랭크인 카발이나 고부타가 대응할 수 있기 때문에 확실한 것이다. 뭐 고부타에 관해 말하자면 실은 이미 A-랭크 수준에 도달한 게 아닐까 하는 의심이 들긴 하지만…….

이야기가 딴 데로 샜군.

움직임이 느린 나이트 스파이더를 A-랭크로 존재하게 만드는 요소는 그 외골격이다. 그 강력함의 진수는 외골격으로 인한 높은 방어력과 스치기만 해도 큰 대미지를 주는 수많은 다리에 있다.

즉──.

"잠깐, 리무루 나리……. 이런 굉장한 장비를 받아도 되겠소?"

요움이 감동한 듯한 표정으로 외골격을 사용하여 제작한 갑옷을 바라보고 있다.

그건 삼색 반점 모양의 풀 아머였다. 암갈색을 베이스로 하여 녹색과 붉은색의 독특한 문양을 띠고 있다. 보기에 따라선 미술품처럼 아름답다.

──이름하여 엑소 아머(골갑전신갑주, 骸甲全身甲冑).

"게다가 대체 뭐야, 이 가벼운 무게는──."

팔 보호대 부분을 집어 든 요움이 놀라움에 큰 소리로 말하고 있다.

그것도 당연했다.

갑옷 안에 입는 미늘 옷에 맞춰서 요소요소를 판금으로 보강한 메일과는 달리 일체화된 풀 아머는 아주 무거워진다. 방어력은 높아지지만 기동력이 희생되기 때문에 보통은 잘 쓰이지 않는다. 하지만 이 엑소 아머는 판금을 사용하지 않고, 강철과 비교하여 비중이 적은 나이트 스파이더의 외골격을 썼기 때문에 특유의 경량화를 실현하고 있다.

안쪽에는 '끈끈하고 강한 거미줄'을 그물코 모양으로 짜 넣었으며, 내열 내한 사양으로 만들어져 있었다. 외골격 자체가 높은 마법내성과 방어력을 자랑하는 데다 '끈끈하고 강한 거미줄'로 보강까지 해놓았기 때문에 어중간한 마법 공격은 무효화할 수 있다는 건 이미 실험으로 증명된 상태다.

풀 플레이트 메일 이상의 강도를 자랑하면서도 3분의 1 이하의 가벼움. 근력으로 인간을 훨씬 능가하는 마물이라면 모를까, 인간인 요움에게는 최고의 갑옷이 될 것이다.

"음. 가름이 자신을 갖고 제작한 물건이네. 듣자하니 시장에 내놓으면 유니크(특질급, 特質級) 이상의 가치가 나올 것으로 호언

하더군."

"유, 유니크라고?! A랭크의 모험가가 10년이 걸려도 살 수 없는 물건이라는 최고품질이잖아!"

내 말을 듣자마자 요움이 경악하면서 소리를 질렀다.

모험가에 랭크(계급)가 있듯이 무기 및 방어구에도 등급이 있다고 한다.

보통 시판되는 무기와 방어구는 노멀(일반급), 성능이 조금 좋아지거나 마법 효과가 부여되거나 하면 스페셜(특상급)이 된다. 스페셜 무기는 고가이긴 하지만 돈만 낸다면 비교적 입수하는 건 간단했다.

늘 죽음과 마주하는 이 세계에선 조금이라도 좋은 장비를 갖추는 것은 당연한 일이기에, 일반적인 모험가는 대개는 스페셜로 무장한다고 한다.

하지만 이름 있는 장인이 만들어낸 최고의 성능과 가격을 자랑하는 무기와 방어구 앞에선 이런 것들이 소용이 없다. 그것들은 착용자의 랭크를 아주 쉽게 상승시켜줄 정도로 비정상적인 성능의 무기와 방어구이기 때문이다.

그런 일류의 물건들은 레어(희소급)라고 불리고 있다.

모험가에게 있어 이 레어 장비를 갖추는 게 자신의 스테이터스이자, 그걸 달성한 자는 동경의 시선을 받을 정도의 실력자로 여겨진다고 한다. 가름이 제작한 방어구는 이 레어에 해당하며, 카발 일행이 감격했던 것은 그게 이유였던 모양이다.

그러나 그런 일류품들조차 상회하는 터무니없는 성능의 무기와 방어구도 존재했다.

이름 있는 장인이 소재를 엄선하여 제작하는, 이익을 도외시한 작품이 그것이다.

유니크(특질급), 그것들은 그렇게 불리고 있다.

큰 도시의 무기 상점이 선전을 위해 가게 안에 장식해두거나, 왕후 귀족의 가보로서 소중하게 보관되기도 한다. 어쨌든 세상 밖으로 나오는 일이 적기 때문에 상당한 희소성을 자랑하는 최고의 장비품.

그런 물건들이 유니크 아이템(특질급 장비)인 것이다.

추가로 언급하자면 가젤 왕의 동료나 페가수스 기사단의 멤버들은 모두 이 특급 무기와 방어구를 장비하고 있었다. 제작 전문인 대국이 본 실력을 발휘했다고 해야 할까, 돈과 소재를 아끼지 않고 최고의 무기와 방어구로 최고의 전력을 유지하고 있는 모양이다.

그렇다면야 강할 수밖에 없겠군. 나중에 이야기를 들었을 때 그런 생각을 했다. 무기나 방어구로 랭크를 올리는 건 인간이 마물에게 대항하는 수단 중 하나이니, 불평을 말할 수는 없지만, 당하는 쪽의 입장에서 보면 참을 수 없는 일일 것이다.

그렇기 때문에 우리가 흉내를 내서 최고의 무기와 방어구를 준비하는 것도 더더욱 당연한 것이다.

이 일을 통해 이해할 수 있듯이 요움이 놀라는 것도 당연한 것이다.

요움이 쓰고 있던 그레이트 소드는 날이 망가진 데다 곳곳에 날이 빠진 부분이 있어서 쓸모가 없어졌기 때문에, 쿠로베가 대체할 수 있는 것을 준비해주긴 했는데…… 이게 또한 정말 훌륭한 완성도를 자랑하는 것이었다.

드래곤 슬레이어(참룡강도, 斬竜鋼刀)——대형 마수종을 상대로도 사용할 수 있는 그레이트 소드의 일종이다.

대태도처럼 휘지 않았으며, 형상은 서양풍의 양날 칼로 보인다. 하지만 실제론 한쪽 면은 베는 걸 목적으로 날카롭게 연마한 날이지만, 또 다른 쪽 면은 때리거나 찍는 것을 목적으로 그저 단단하게 만들어놓은 것이었다.

방패를 착용하지 않는 요움의 전투 스타일로 봐서도 이전의 것보다 쓰기가 편리할 것으로 생각된다. 손에 쥔 순간, "이건 정말 대단한데……"라고 말하면서 홀린 듯이 바라보는 걸 보니, 요움도 만족하는 것 같아서 무엇보다 다행이다.

이 드래곤 슬레이어도 쿠로베가 만든 것이기에 유니크에 해당하는 극상품이다. 나이트 스파이더의 외골격조차도 기량만 있다면 절단할 수 있는 위력을 품고 있다. 이런 말을 하는 것도 그렇지만 이 무기와 방어구를 장비하기만 해도 요움의 실력은 A-랭크 이상으로 올라갈 것이다.

장비품으로 실력의 레벨을 올리는 건 좀 아닌 것 같은 생각은 들지만, 활용할 수 있을 정도의 기량이 있어야 성립되는 이야기이니 그 점은 못 본 척 넘기자고 생각한다.

게다가 요움은 이런 장비에 걸맞을 정도로 강해져 있다.
식사와 잠자리를 제공해주고 있지만, 그것만으로 아무 불평 없이──고통스러워하는 비명과 하쿠로우를 악마라고 욕하는 원한 섞인 목소리는 들렸지만──노력하고 있었던 것이다. 나와 계약하여 협력해주고 있는 이상, 나름대로의 장비를 상으로 건네준다고 해도 문제는 없을 것이다.

속으로는 사실 이걸 넘겨주는 게 조금 아깝다고는 생각했다. 유니크 아이템은 아직 수가 적은데, 그걸 유출시켜도 괜찮을지 고민도 했다. 그러나 영웅에 어울리는 장비를 줌으로써, 보는 자들을 납득시킬 수 있으리라 생각한 것이다.

이 도시에서 수행하면서 실력이 부쩍부쩍 늘어나고 있으니 결코 장비에 뒤떨어질 일은 없다.

거듭되는 수행을 거치다 보면, 요움이 오크 로드에게 이겼다고 말해도 의심하는 사람은 나오지 않을 것이다.

*

그 후로도 요움 일행은 수행의 나날을 보내고 있다.

요움의 무기와 방어구는 완성되었지만 부하들에게도 장비를 준비해주기로 했다. 내게 도움을 주기 위한 선행 투자라고 생각하면 어느 정도의 지출은 필요하기도 하고.

요움과 마찬가지로 하쿠로우에게 호되게 훈련을 받고 있으니, 그들의 실력도 어느 정도는 레벨이 올라갔을 것이다. 영웅과 그 부하 일행이라는 느낌에 걸맞게 장비를 갖춰두면 격도 살 것이다.

그들의 목적은 장비뿐만이 아니라, 아무래도 이 도시에서의 생활이 마음에 들었다, 라는 것도 이유 중의 하나인 것 같지만——
아무 불만도 제기하지 않고 열심히 따라주고 있으니 나로서도 만
족한다.

준비 중인 것은 카발에게 건네준 시험 제작품의 완성판, 초록
색으로 물들인 스케일 메일이다. 도적풍의 몸이 가벼운 자들에겐
붉게 물들인 하드 레더 아머를 준비해주었다. 요움의 엑소 아머
에 모양과 색을 맞춘 것이다.

롬멜이라는 마법사에겐 에렌에게 건네준 순백의 스파이더 로
브와 같은 제품을 검은색으로 물들인 것과 슈나가 바느질로 만든
매직 수트를 건네줬다.

"저한테까지 이렇게 훌륭한 장비를——."

이 장비는 물리적 대미지에는 약하지만 마법에는 상당한 내성
이 있다. 영웅을 따르는 마법사로서 부끄럽지 않은 모습을 갖추
도록 하려는 것뿐이지만, 롬멜도 기뻐해주니 다행이다.

그리고 내가 해줄 수 있는 건 이 정도다. 마법사는 수행으로 단
련되는 게 아니므로, 나머지는 본인이 스스로 노력해주길 바랄
수밖에 없으니까.

그리고 또 하나, 통신용 수정의 복제품을 건네줬다. 연락 수단
이 없으면 아무래도 불편하기 때문에 마법사가 있었던 건 요행이
었다. 이것으로 연락을 취하는 것도 쉬워질 것이다.

장비를 완성해서 넘겨줌과 동시에 롬멜을 블루문드 왕국으로
보고를 하기 위해 돌려보냈다. 요움 일행이 오크 로드를 쓰러뜨
린 영웅이라고 과대광고를 해주겠다고 한다.

롬멜 자신은 니들 백작에 고용된 몸이라고 하지만 이번 보고를

끝내고 계약을 종료할 것이라 들었다. 백작이 키운 마법사였다고 하지만 위험한 임무에 보낼 정도로 대접이 신통찮았으니 미련은 없다고 했다.

보수를 확실히 받아낸 뒤에 앞으로는 요움과 행동을 같이하겠다고 말했다.

니들 마이검 백작이라는 자는 변변찮은 자인 것 같다.

영주민보다 자신의 이익을 우선하는 남자이며, 욕심이 많은 것도 모자라 사람을 귀하게 쓸 줄도 모른다.

높은 금액의 세금을 영주민에게 부과하는 것치고는 그 안전을 지키기 위한 경비에는 돈을 쓰지 않는다. 피해가 나온 후에 대책을 세우는 걸 보면 영주민이 자유조합을 의지하는 것도 어쩔 수 없는 이야기라고 본다.

"그 자식은 최악이야. 뭐, 우리도 악당이긴 하지만 그 자식은 더해."

위의 내용이 요움이 내뱉듯이 말한 대사이다.

영주가 욕심이 많다는 건 옛날이야기에서 종종 듣는 일이다. 그러나 그게 현실로 자신의 생활에 관련되는 것이라면 이 만큼이나 짜증 나는 경우는 없을 것이다.

하지만——.

이번에는 그게 내게 있어서는 반가운 상황이 되었다.

요움을 영웅으로서 귀환시키면서 영주민의 안전을 지키게 한다. 각 마을을 돌아다니면서 자유조합을 통해야 하는 수고를 던 것이다.

당연하지만 무상으로 봉사하는 것은 아니다. 마을에서 자유조합을 통해 토벌 증명 보고서만 받은 뒤에 보수는 나중에 영주에게서 받아내도록 할 예정이다. 결코 니들 백작을 위해 공짜로 영지를 지켜주는 건 아닌 것이다.

이렇게 함으로써 나와 요움의 이익은 일치한다.

가장 큰 메리트는 요움이 영웅으로서의 명성을 높이는 것이다. 도움을 받은 자들로부터는 감사를 받으면서 요움의 강한 실력과 성실성이 널리 입소문을 타고 퍼질 것이다. 그렇게 되면 그 요움을 도와준 것으로 알려진 마물──즉, 우리의 평가도 올라간다는 계획이다.

각 마을을 보급 없이 돌아다니는 건 힘들지만, 이 도시를 거점으로 한다면 이야기는 달라진다.

통신용 수정은 각 마을에 한두 명은 있는 샤먼(주술사) 정도의 실력으로도 작동시킬 수 있기 때문에 대량으로 복제해서 배급하기로 했다. 값비싼 매직 아이템이지만 수정과 마석은 대량으로 준비할 수 있기 때문에 실질적으로 무료로 복제 가능한 것이다. 그것도 나에게 '대현자'가 있기 때문에 할 수 있는 소리지만.

마물에게서 채취할 수 있는 '마정석(魔晶石)'을 유출해서 고순도로 결정화한다. 이 일이 알려지면 귀찮아지기 때문에 비밀로 해 둘 필요는 있겠지만 말이다.

도둑맞을 경우도 생각할 수 있지만, 아무래도 거기까지 책임을 지진 못한다. 그건 각 마을의 문제이며, 그렇게까지 편의를 봐줄 필요는 없을 것이다. 지금까지와 같은 생활로 돌아갈 뿐이므로, 자기 책임으로 대응하면 되는 것이다.

리그루도와 키진들의 의견도 포함되면서 우리는 요움 영웅화 계획의 세부 사항을 결정했다.

계약을 맺었지만 요움이 내 부하가 된 건 아니다. 그러므로 어디까지 협력 관계라는 외부적 관계가 있다. 그렇기 때문에 급료를 지불할 필요가 없는 것도 훌륭하다.

솔직히 말해서 지금의 내겐 외부에서 돈을 벌 수단이 없기 때문에, 반대로 내 쪽이 장소 제공비 명목으로 돈을 내줬으면 하고 바랄 정도니까 말이다.

그런 쩨쩨한 소리를 해봤자 아무 소용없으니 잠자리와 식사는 무료로 제공해주기로 한 것이지만.

또 하나의 이유는 이 도시의 선전이다.

마을에서의 생활이 힘든 사람은 도시로 나간다고 들었다. 그렇다면 이곳으로 이주해 올 수는 없을까 하고 생각한 것이다. 뭐, 마물과의 공존공영은 하룻밤 새에 실현할 수 있을 거라 생각하지 않으므로 이건 장기적으로 생각 중인 계획이다.

몇 주 후, 요움 일행의 장비가 전부 준비되었다.

통신용 수정과 말도 준비되어 있다. 31마리나 되는 말——유니콘(일각마수)을 포획하는 것은 아주 어려웠다. B+랭크의 마수이다 보니 아주 강하다.

하지만 요움은 물론이고 그 부하들도 하쿠로우에게 단련되면서 몇 주 전과는 사람이 달라 보일 정도로 바뀌었다. 마수 정도에 겁을 먹을 만한 자는 한 사람도 없었다.

상당히 믿음직스러워졌다. 다들 새로운 장비를 착용하고, 역전

의 전사처럼 변해 있었다. 이 정도라면 영웅의 동료라는 이름에
뒤떨어져 보이지는 않을 것이다.

"그럼, 리무루 나리, 다녀오겠소."

그렇게 말하면서 요움은 여행을 떠났다.

앞으로는 이 땅을 거점으로 삼은 그들의 활약이 시작될 것이다.

제4장

숨어서 다가오는 악의

Regarding Reincarnated to Slime

마인 뮬란은 감정을 억누르면서 숲을 걷는다.

──뮬란은 예전에 숲에서 살던 마녀였다.

인간에게서 박해를 받아 도망친 곳에서 300년 동안, 인간과도 마인과도 얽히는 일 없이 조용히 마법 연구를 하고 있었다.

하지만 그런 시간은 끝을 맞았다. 마법으로 수명을 늘렸다고 한들 한계가 있었기 때문이다.

죽음을 눈앞에 두고 뮬란은 살짝 후회했다. 아직 마법의 심연을 들여다보지도 못했고. 얻은 지식을 전수해줄 후계자도 없다. 과연 자신의 인생은 무엇이었나, 뮬란은 그렇게 자문한 것이다.

그런 그녀 앞에 나타난 것이 마왕 클레이만이었다.

약 300년 전에 마왕이 된 클레이만.

그는 당시에 이름이 있는 마인이나 마녀와 교섭하거나, 때론 힘을 앞세워 굴복시키면서 엄청난 기세로 부하를 늘리고 있었다.

뮬란의 앞에 나타난 것도 그녀를 부하로 끌어들이기 위해서였다.

'당신에게 영원의 시간과 늙지 않은 젊은 육체를 주겠습니다. 그 대신 제게 충성을 맹세하고 절 따르십시오.'

뮬란의 마법과 지식을 원했던 마왕 클레이만은 그녀에게 거래를 제안했다. 그리고 뮬란은 그 거래에 응한 것이다.

그건 실수였다고 이제 와서 생각한다.

그녀는 다시 젊어졌으며, 영원한 시간을 손에 넣었다. 하지만 그 대신 자유를 잃었다.

등가교환이라고는 할 수 없는 불평등한 거래였던 것이다. 마왕 클레이만의 입장에서 보자면 마법의 지식만 풍부하지 세상 돌아가는 걸 모르는 뮬란을 속이는 것쯤은 식은 죽 먹기보다도 쉬운 일이었을 것이다.

충성을 맹세함과 동시에 뮬란의 심장에 저주의 각인이 새겨졌다.

마왕 클레이만이 뮬란에게 건 것은 '지배의 심장'이라는 비술이었다. 고가의 마술 매체와 대상의 마력을 융합시켜서 피술자를 마인으로 다시 태어나게 만드는 비술.

그 비술은 성공했고 뮬란은 인간에서 마인으로 다시 태어났다. 동시에 클레이만에게 거역할 수 없는 마리오네트가 된 것이다.

뮬란은 커다란 마력을 보유하고 있었기 때문에 상당히 격이 높은 마인이 되었다. 그러나 자유를 잃은 그녀로서는 기쁘지만도 않은 얘기였다.

그 이후로 그녀는 클레이만의 말대로 움직이는 인형으로 지내고 있다.

게르뮈드 같이 스스로 지배당하고 싶어 하는 자의 마음을 그녀는 이해할 수 없다.

뮬란은 언제나 빈틈을 살피고 있었다. 자신에게 건 각인을 해제하고 마왕 클레이만을 칠 기회를 노리면서. 그러나 그녀의 지식이 그건 거의 불가능하다는 것을 가르쳐주고 있다. '지배의 심장'을 파괴한 순간, 그녀는 인간으로 돌아갈 것이다. 그렇게 되면 억지로 붙들어두고 있던 시간의 흐름에 의해 그녀의 수명은 순식간에 끝이 나고 말 것이라는 사실을.

그리고 또 하나의 이유가 있었다.

진절머리가 날 정도로 뮬란과 마왕 클레이만 사이에는 너무나 큰 실력 차가 있는 것이다.

거역할 마음 같은 건 아예 포기한 채 뮬란은 마왕 클레이만을 계속 따랐다. 언젠가 이 주박에서 벗어나기를 꿈꾸면서…….

그리고 이번에 마왕 클레이만으로부터 받은 명령은 정보 수집이었다.

"제게 전투는 어울리지 않는 것 같습니다만……."

"네, 당신은 상위 마인이라곤 해도 전투에는 적합하지 않지요. 그러므로 다른 마왕의 부하들이 싸우는 모습을 감시하고 기록하는 게 임무입니다. 직접 접촉을 하라는 건 아니니 당신이라도 할 수 있겠죠?"

뮬란은 전력 증강을 위해 스카우트를 하라는 명령을 받을 거라 지레짐작했지만, 예상외의 내용이었다. 마왕 클레이만은 온화한 미소를 지으면서 뮬란에게 그렇게 명령한 것이다.

마왕 클레이만.

별명은 '마리오네트 마스터(인형괴뢰사, 人形傀儡師)'라고 한다. 부하를 인형처럼 다루는 괴뢰술(傀儡術)과 인심장악술(人心掌握術)을 쓰는 자였다.

그에게 있어 동료란 일부의 자들만을 가리키는 단어다. 그리고 부하는 도구에 지나지 않으며, 쓰고 버리는 것에 아무런 망설임도 없다. 살아남기 위해서는 주어진 임무를 수행하는 수밖에 없는 것이다.

이번 건도 클레이만의 머릿속에선 이미 결정된 사항일 것이다. 이 이상 뮬란이 무슨 말을 한들 클레이만을 불쾌하게 만들 뿐이다.

"알겠습니다."

감정을 억누르면서, 뮬란은 클레이만을 따른다.

그녀가 할 수 있는 것은 고개를 끄덕이는 것뿐이니까.

미련이 남아 있나 보네. 뮬란은 그렇게 중얼거렸다.

과거에 자유로웠던 시절의 자신을 떠올리면서 감상에 빠져 있었던 모양이다.

뮬란은 마음을 다잡고 주어진 임무를 완수하기 위해 주위에 환각마법 : 매직 센서(마법감지)를 펼친다. 에너지(마력요소)의 흐름을 다루는 마법이지만, 엑스트라 스킬 '마력감지'와 병행하여 사용함으로써 더욱 넓은 범위의 정보를 읽어 들일 수가 있다.

뮬란이 수백 년을 살아온 것은 운이 좋았던 것이 아니라 확실한 실력이 뒷받침되었기 때문이다. 직접 전투가 서툰 것은 사실이지만 그건 결코 힘이 없다는 의미는 아닌 것이다.

뮬란은 위저드(마도사)이며, 세 가지 계통 이상의 마법을 구사한다. 전투 능력은 모자라겠지만 편의성을 생각한다면 게르뮈드보다도 훨씬 더 격이 높은 상위 마인인 것이다. 클레이만은 그런 특성을 잘 이해하고 있었으며, 상황에 적합한 임무를 준 것이라 할 수 있다.

(반응은…….)

마법 발동과 동시에 대량의 정보가 흘러들어온다. 짧은 간격을
두고 조사하던 중이었는데, 이번에는 커다란 에너지양을 보유한
마인의 존재가 감지된 것이다.

아무래도 감시 대상의 테리토리(지배 영역)에 가까워진 모양이라
는 생각이 들면서 뮬란은 긴장하기 시작한다. 그리고 의식을 극
한까지 집중시켜서 목표 향해 시선을 돌렸다——.

　　　　　　　　　　　*

뮬란이 본 것은 신기한 광경이었다.

수많은 마물이 나무를 베어 쓰러뜨리고 그걸 차례로 가공한다.
커다란 나무는 운반되었고, 작은 나무는 공간계의 스킬로 보이는
것에 의해 순식간에 그 자리에서 사라져버렸다.

아무래도 나무를 베어서 길을 만들고 있는 것 같다. 작업하는
자들의 뒤에는 깔끔하게 정리된 도로가 길게 이어져 있는 것이
보인다.

그중에는 땅바닥에 묻혀 있는 큰 바위를 파내서 산산조각으로
부수는 자도 있었다. 그리고 그 부서진 작은 바위들을 운반해 땅
바닥을 균일하게 만들기 위해 메우는 데 쓰고 있다. 그걸 크고 무
거워 보이는 철로 만든 통나무 같은 걸로 밀어서 평평하게 만든
뒤에 단단하게 굳히고 있었다.

철로 만든 통나무——그건 리무루의 요청을 근거로 만들어진

로드롤러의 일종이다. 인력──이 경우는 힘이 있는 마물──을 동원해 끌도록 설계되어 있지만, 앞뒤 양쪽으로 손잡이가 달려 있어서 앞뒤로 세 명씩 인원이 배치되어 있었다. 상당한 무게가 있지만 세 명의 마물이 기합 소리를 맞춰 가볍게 끌고 있다. 그 로드롤러가 지나간 뒤에는 깨진 돌이 서로 뭉치면서 깔끔하게 정리된 길이 완성되도록 되어 있던 것이다.

상위 개체의 마물이 지휘를 맡고 있으며, 다 같이 협력하여 도로를 넓히고 있는 것처럼 보인다. 그건 뮬란이 처음 보는 광경이었다.

그 작업을 진행 중인 자들은 하이 오크들이다. 그중에 한 사람, 풀 플레이트 메일(전신갑주)을 입고 이상한 오라(요기)를 풍기는 상위종이 있었다.

그가 바로 조금 전에 느꼈던 아주 커다란 에너지양을 보유한 마인의 정체이다.

(아무래도 오크 로드가 살아남아서 진화한 모양이네──.)

뮬란은 그렇게 판단을 하려 했지만, 자신이 결론을 내는 건 감시역의 본분을 벗어난 행위라고 생각하여 그 생각을 애써 지워버렸다. 감시자는 그저 정보를 모으는 것이 자신의 일이기 때문이다.

그리고 뮬란은 며칠 동안을 작업을 감시하는 데 써버렸다.

기록을 하면서 작업을 감시하고 있었을 때, 완성된 길의 끝이 어떻게 되어 있는지 문득 마음에 걸렸다.

(그래, 목표인 마물을 계속 감시하는 게 답일지도 모르지만, 역

시 넓은 범위의 정보를 얻는 게 더 좋겠지.)

조심성이 많은 클레이만이라면 분명 질문을 할 것이다. 부하로서 오래 지내온 뮬란은 그 모습을 손에 잡힐 듯이 상상할 수 있었다.

자신을 상회하는 마인 옆에서 들키지 않게 감시를 계속하는 스트레스에서 벗어나고 싶다는 마음이 있었다는 건 부정할 수 없지만.

아무튼 뮬란은 감시를 중단하고 이동을 시작했다.

숲 속을 우회하면서 들키지 않도록 완성된 도로 쪽으로 나온다. 그리고 똑바로 뻗은 도로를 따라 작업장과 반대 방향으로 직진하기 시작했다.

마법에 의한 인식 장애를 써서 자신의 모습은 보이지 않게 유지한 채로.

몇 시간을 계속 달렸다.

뮬란의 엑스트라 스킬인 '마력감지'에 새로운 정보가 도착했다.

(이건…… 상당히 상위에 위치한 마인이 와 있는 모양이네. 저건——'흑표아' 포비오?! 삼수사(三獸士)를 파견하다니, 마왕 칼리온은 진심이란 소리군——.)

뮬란 따위는 씨도 안 먹힐 엄청난 힘을 지닌 상위 마인. 오크 로드가 상대라도 포비오라면 문제없을 거라 생각했다.

그러나 신기한 건 포비오의 동향이다. 오크 로드를 그냥 통과하고 다른 장소로 향한 것으로 보인다.

그곳은 뮬란이 가는 목적지. 이 길이 이어진 장소일 것이다.

과연 그곳에 뭐가 있는 것일까. 뮬란은 흥미를 느꼈다.

정보 수집이라는 역할이 있기 때문에 대상에 너무 가까이 가는 건 금물이다. 하지만 뮬란에겐 원거리에서도 들여다볼 수 있는 마법의 눈이 있었다.

호기심이 이끄는 대로 뮬란은 포비오를 추적하기 시작한다.

그리고 잠시 후에──.

전방에 크게 뚫린 장소가 보이기 시작했다.

마법을 병용하지 않으면 인식할 수 없는 거리였지만 아무래도 포비오는 그곳에 착륙한 것 같다.

(그곳이 목적지란 말이군. 오크 로드의 근거지인 걸까? 포비오는 본거지를 먼저 박살 낼 생각인가?)

의문을 느끼면서도 뮬란은 포비오가 착륙한 장소로 '시선'을 옮겼다.

그리고 후회한다.

(마, 마왕 밀림──?!)

절대적이기까지 한 폭력의 파동.

그걸 내뿜고 있는 것은 아름다운 플라티나 핑크색의 머리카락을 가진 소녀.

그 소녀가 씨익 웃었다. 그자는 절대적인 마왕 중 한 명.

'디스트로이(파괴의 폭군)'라는 별명을 가진 마왕 밀림, 그녀가 거기 있었다.

마법으로 원거리에서 감시하고 있음에도 불구하고, 마왕 밀림은 뮬란을 알아차린 것 같다. 웃음과 동시에 번뜩이는 시선을 자신에게 보낸 것이다.

공포까지 느끼며 놀라서 마법을 해제하는 뮬란. 그러나 이미 포착된 후이니 때는 늦었다. 그 장소에서 도망쳤지만 뿌리칠 수 있을 거라는 생각이 들지 않는다.

다행인 건 밀림이 움직일 듯이 없었다는 것이라 할 수 있다. 뮬란의 '시선'을 알아차리고도 놓아주었으니까.

"서로 방해는 하지 않는다, 그렇게 합의를 했다고 했지……. 목숨을 건졌네……."

자신도 모르게 입 밖으로 중얼거리고는, 뮬란은 천천히 기운을 되찾는다. 밀림과 시선이 마주친 것은 충격적이었지만, 방해를 하지 않을 것이라 확신한 것만으로도 좋은 결과를 얻은 셈이다.

밀림의 주위에는 영상으로 봤던 마인들의 모습도 보였으니, 오크 로드뿐만이 아니라 정체불명의 마인들도 살아남아 있다는 것이 된다.

과연 마왕 클레이만에게는 어떻게 보고를 해야 좋을 것인가…….

뮬란은 머리를 굴려 깊이 생각하면서 그 자리를 떠났다.

*

뮬란은 마왕 클레이만에게 보고를 마친 뒤에 우울한 표정으로 한숨을 쉬었다.

맨 처음 들은 말은 '감시 대상에게 들키다니, 너무 허술했군요.'였다.

떠올리기만 해도 무시무시하다.

'주어진 임무도 제대로 완수하지 못한다면 당신에겐 아무 가치도 없습니다. 멋대로 죽는 건 귀찮으니 앞으로는 충분히 주의하세요. 그대로 감시를 계속하면서 다음 명령을 기다리십시오.'

그 뒤에 이어지는 말을 그렇게 내뱉듯이 툭 던진 것이다.

클레이만에겐 뮬란도 게르뮈드와 마찬가지로 별 가치가 없는 모양이다.

마왕 클레이만은 그런 남자다.

'마리오네트 마스터(인형괴뢰사)'라고 불리고 있듯이, 일을 지시하는 것은 너무나 절묘하다. 단, 그는 부하를 소중하게 다루지 않는다. 그곳에 존재하는 것은 지배자와 노예의 관계뿐인 것이다.

(실수했어. 정말 큰 실수를 했어……. 그런 남자에게 충성을 맹세하다니…….)

속마음을 애써 숨기면서 뮬란은 마음을 다잡았다.

확실한 건, 살아남으려면 다음에는 실패가 허용되지 않는다는 것이다. 주어진 역할이 정보 수집뿐이라곤 해도 마왕 밀림을 상대로는 그것조차도 어렵다. 이대로 감시를 계속한다는 건 자살행위 그 자체였다.

밀림이라는 마왕은 결코 지능이 낮지 않다는 사실을 뮬란은 알고 있었다. 그 참을성 없는 성격 때문에 지혜가 낮다고 여기는 자들이 많지만, 실은 그렇지 않은 것이다. 좀 더 언급하자면, 이상할 정도로 감이 좋아서 뭔가를 숨기는 건 불가능하다고 생각하는 게 옳다.

그것과는 별도로 마음에 걸리는 게 클레이만이 말했던 '다음 명령'이다. 뮬란의 감은 그렇게 충고하고 있었던 것이다.

(게르뮈드랑 같은 꼴을 당하는 건 사양이야.)

상황이 좋지는 않다. 이대로 손을 놓고 방관하고 있다간 자신의 파멸로 이어질 것 같았다.

(최악이네. 그래도──.)

뮬란은 각오를 굳힌다.

자신의 상황에 절망하면서도 이건 찬스일 수도 있다고 뮬란은 생각했다.

오랜 기간 따랐기 때문에, 어느 정도는 클레이만의 생각을 읽을 수 있게 됐다. 그런 뮬란이기 때문에 클레이만이 뭔가 큰일을 꾸미고 있다는 걸 알아차리고 있었다. 어쩌면 자신도 그 계획을 위해 쓰이다가 버려지는 게 아닐까, 그런 예상을 했던 것이다.

클레이만의 지배에서 벗어나지 못하면 자신을 기다리는 건 죽음일 것이라고.

그렇다면 기선을 제압해서 뮬란이 죽었다고 여기게 만들 수 있다면…… 어쩌면 '마리오네트 하트(지배의 심장)'가 해제되면서 자유를 손에 넣을 수 있을지도 모른다. 그게 뮬란이 건 희망이었다.

클레이만이 기뻐할 만한 정보를 얻을 수 있다면 아주 좋고, 그 정보와 거래하여 자유를 손에 넣을 수 있게 되면 더 할 말이 없다.

그렇게까지 하지 않더라도 당초의 계획대로 뮬란이 죽었다고 여기게끔 움직인다.

그게 부자연스럽다는 생각이 들지 않도록 행동하는 데에도 마왕 밀림의 존재는 아주 적당한 소재였다.

마왕 밀림이 뭔가 일을 벌이면, 그건 크게 눈길을 끌게 된다. 클레이만의 흥미를 끌기에는 충분하며, 뮬란의 일 따위는 상관할 필요 없는 자그마한 일이라고 여기게 될 것이다.

뮬란은 그렇게 결론을 내렸다.

마왕 밀림의 행동은 읽을 수가 없다. 하지만 '디스트로이(파괴의 폭군)'라고 불릴 정도의 마왕이 움직이면 그건 커다란 투석이 될 것이다.

그 파문이 크면 클수록 뮬란이 눈에 띄는 일도 없을 것이다.

하지만 절대로 서둘러선 안 된다.

마왕 클레이만은 방심하지 않는 남자이므로, 어중간한 꿍꿍이는 쉽게 간파당할 것이기 때문이다.

지금은 굴복할 때이며, 뮬란이 할 수 있는 건 그저 충실하게 임무를 수행하는 것뿐이다.

뮬란은 조용히, 때가 오기를 계속 기다렸다——.

●

마왕 클레이만은 뮬란과의 통신을 끝내고 살짝 비웃는다.

뮬란을 몰아붙이듯이 발언했지만 여기까지 모든 것이 다 클레이만의 계획대로였다. 클레이만은 회담에서 본 밀림의 분위기를 보고, 본인이 직접 가 있으리라는 것도 예상해둔 상태이다. 그걸 알고 있는 상태에서, 남들이 클레이만은 정체불명의 마물들에게 흥미가 없는 것으로 여기는 건 좋은 상황이 아니었다. 이 계획을 세우고 여기까지 중심에 서서 진행해온 것이 클레이만이었기 때문이다.

클레이만이 바라는 건 충실한 꼭두각시인 마왕이지, 불확정 요소를 품은 지금, 살아남은 자를 마왕으로 옹립하는 건 무리가 있다고 판단하고 있다. 하물며 자신의 장기말로 삼을 생각은 털끝만큼도 없다. 뭔가 약점이라도 잡을 수 있다면 이야기는 다르겠지만, 칼리온처럼 힘을 앞세워 따르게 할 생각은 클레이만에겐 없었던 것이다.

하지만 그걸 설명할 필요는 없다. 클레이만도 흥미를 가지고 있다고 여기게 만드는 것이 밀림의 의심을 사지 않고 넘길 수 있을 테니까.

클레이만의 진짜 목적이 프레이를 자기편이 되도록 구슬리는 것인 이상, 밀림의 주의를 정체불명의 마인 쪽으로 끌도록 유도하는 것이 움직이기 편하다는 것도 이유였다.

이것으로 밀림은 클레이만을 앞질렀다고 흐뭇해하고 있을 것이다. 밀림은 감이 좋아서 어설프게 속이려 하다간 실패한다. 그렇기 때문에 뮬란은 진지하게 행동해줄 필요가 있었다. 그러다가 뮬란이 밀림에게 처분된다 해도 그건 그것대로 아무런 문제가 없다.

"결국 뮬란도 이제 와선 쓰고 버릴 수 있는 장기말이지. 그녀의 지식은 이미 다 얻은 데다 전투에서 크게 도움도 안 되니까. 슬슬 처분할 시기였으니 딱 적당하겠군요."

클레이만은 냉혹한 말투로 그렇게 중얼거렸다.

그때──.

"여전히 심한 말을 하네, 클레이만은. 난 슬퍼. 도구는 소중히 다루지 않으면 안 된다고 라플라스도 말했거든?"

딱히 누구를 향해 뱉은 것이 아닌 클레이만의 말에 응답하는 목소리가 울려 퍼진다. 방구석에 머물러 있는 어둠 속에서 소녀가 모습을 드러낸 것이다.

우는 것 같은 눈물 마크가 그려진 광대 가면을 쓴 소녀. 그 소녀가 슬픈 듯한 목소리로 클레이만에게 말을 걸어온다.

그러나 클레이만은 놀라지 않았다.

"이런, 돌아온 건가요. 빨리 왔군요, 티어."

자연스럽게 돌아보면서 그 소녀에게 허물없는 말투로 말을 걸었다.

개인 방에 무단으로 침입했음에도 불구하고 그 목소리에는 친밀감이 묻어난다. 클레이만치고는 드문 일이었다. 하지만 그건 당연한 것이다. 왜냐하면 그 소녀는 클레이만의 진짜 동료이니까.

중용광대연합의 부회장인 '원더 피에로(향락의 광대)'인 라플라스와 마찬가지로 '티어 드롭(눈물의 광대)'인 티어도 또한 클레이만의 오랜 친구 중의 한 사람인 것이다.

"응. 오늘은 좀 힘들었어. 역시 마왕이다 보니 프레이의 테리토리(지배 영역)를 자유롭게 돌아다닐 수가 없었거든."

"그건 그렇겠죠. 들키진 않았나요?"

"그건 문제없어. 조사도 완료했거든! 나도 중용광대연합의 일원이라고. 조금은 믿어봐!"

"하하하하하. 믿고 있어요, 티어. 하지만 당신이 무모한 짓을 하지 않을까, 저는 그게 걱정인 거예요."

클레이만은 유쾌한 표정으로 웃으면서 티어를 달랜다. 방금 전까지 뮬란에 대해 보이던 태도와는 너무나 달랐으며, 그 목소리에는 티어를 배려하는 마음이 담겨 있었다.

클레이만이 티어의 신상을 걱정한다는 것이 진심이라는 사실을 단번에 이해할 수 있을 정도이다.

"나 참! 언제까지 날 어린애 취급할 거야!"

"하하하하하! 알았어요, 티어. 그건 그렇고, 들었나요? 마왕 밀림은 그 마인들을 어지간히 마음에 들어 하는 것 같더군요. 이건 생각 이상으로 재미있는 전개입니다. 삼수사까지 보낸 칼리온도 설마 마왕 밀림 본인이 나설 거라고는 생각하지 못했겠죠. 유쾌하다니까요, 정말로."

그렇다면 좋겠지만, 그렇게 중얼거리면서 티어는 고개를 갸웃거렸다.

"하지만 말이야, 실제론 어때? 나는 아직 기록의 수정구를 보지 못했는데, 마왕 밀림이 흥미를 가질 정도로 대단한 마인이야?"

순수한 호기심에서 티어는 클레이만에게 물어봤다. 클레이만은 티어에게 본심을 숨기지 않고 대답한다.

"──그렇, 군요……. 솔직하게 말하자면 무시는 할 수 없을 정도였어요. 실력만 따진다면 제 적은 아닙니다. 그렇지만──."

거기서 일단 생각에 잠기는 클레이만.

"라플라스가 말이죠, 왠지 모르게 찜찜한 느낌이라고 할까…… 뭔가를 느꼈다고 하더군요. 그의 생각이 지나친 것이라고 생각했지만, 오크 로드뿐만이 아니라 정체불명의 마인들까지 생존해 있었다는 건 조금 마음에 걸리네요."

말을 골라서 그렇게 마무리 지었다.

"흐—응, 그런가——."

티어는 클레이만의 말을 듣고 어딘가 납득이 간다는 표정을 지었다.

그리고 말한다.

"그 잔꾀 많은 라플라스가 찜찜하다고 했으니 역시 무슨 일이 있는 거 아냐? 오크 로드와 그자들이 화해를 했거나, 어쩌면 둘 중 하나가 승리한 상대를 따르고 있거나. 그것도 모르는 상황에서 가치를 판단할 수는 없을 거라 생각하는데. 적어도 마왕 밀림이 흥미를 가진 이유는 알아둬야 할 것 같아."

"확실히 그렇군요……. 그런 말을 들으면 부정은 할 수 없겠네요."

"그렇지? 평소에는 신중하더니, 클레이만답지 않아."

클레이만 입장에서도 티어에게 그렇게까지 이야기를 들으니 인식을 다시 하지 않을 수 없었다. 이게 부하인 마물들에게서 나온 진언이었다면 성실하게 대응하는 일은 없었을 것이다. 자칫하면 분노를 참지 못하고 부하를 죽이기까지 했을지도 모른다.

"그럴지도 모르겠군요. 너무 성급하게 군 것 같네요. 좀 더 다각적으로 여러 정보를 모아서 검토해봐야겠습니다."

"응. 그게 좋겠어!"

클레이만은 티어의 의견을 받아들여 마인들에 관해서도 조사를 해보기로 했다.

딱히 장기말을 추가할 생각도 없고, 계획 그 자체를 다시 검토할 생각도 없다.

그저 한 가지.

마왕 밀림이 어떤 점에 흥미를 가지게 된 것인가?

듣고 보니 그게 아주 마음에 걸렸다. 마인들의 정보를 알면 그에 대한 답이 나올 것이라고 판단한 것이다.

마왕 클레이만에게 있어 상위 마인 같은 건 아무래도 상관없는 존재였던 것이다.

클레이만은 마음을 다잡은 뒤에 티어에게서 조사 결과를 듣기로 했다.

"그럼 보고를 해주세요."

"응. 프레이는 말이지, 쥬라의 숲에 관여할 생각이 없는 것 같았어."

"역시 프레이는 움직이지 않는단 말인가요……. 그쪽은 어떻게 돌아가고 있는지 상황을 파악했나요?"

"응, 확실하게!"

그렇게 말하면서 씨익 웃는 티어.

이번에 라플라스는 다른 일로 움직이고 있는지라, 그 대신 티어가 클레이만의 의뢰를 받은 것이다.

그 내용은 마왕 프레이에 대한 조사였다. 약점을 쥐기 위해서, 정보를 모으는 것이 목적이었다. 그 의뢰를 받아서 티어는 마왕 프레이의 영역에 침입한 것이다.

소녀처럼 보이지만 티어도 또한 초일류의 실력자인 것이다.

"응, 그러니까― 프레이는 역시 뭔가를 경계하고 있는 것 같았어. 영역 전체에 하피(유익족)들이 돌아다니는 게 말이지, 마치 전쟁 준비라도 하는 것 같은 느낌이더라고."

"역시 그런가요. 그 원인은 알아냈습니까?"

클레이만이 그렇게 물어보자, 티어는 이히히 하고 웃었다.

"알아냈어. 세상에나! 그 카리브디스(폭풍대요와, 暴風大妖渦)가 부활할 거라면서 당황하고 있더라고!"

즐거운 표정으로 티어는 말했다.

그 말을 듣고 클레이만은 고개를 끄덕이면서 납득한다.

"과연, 그랬군요……. 그럼 티어──다음 일을 의뢰하고 싶은데, 예정은 괜찮은가요?"

"이히히. 그렇게 나올 줄 알았지. 풋맨도 부를 테니까 어느 정도 거친 일도 문제없어!"

"후후후, 역시 대단하군요, 티어. 하지만 가능한 한 폭력은 쓰지 말아주세요. 우선은 봉인의 땅을 찾아내서 카리브디스를 길들일 수 있을지 아닌지 그걸 조사해주세요."

"알았어! 맡겨만 둬, 클레이만!"

"장소는 아마도──."

"맡겨두라고 했지! 그럼 난 이만 갈게."

그 말을 남기고 티어는 구석에 머물러 있는 어둠 속으로 다시 사라져간다.

그걸 지켜보는 클레이만의 눈동자는 그답지 않게 걱정스러워하는 빛을 띠고 있었다.

그러나 곧바로 평소의 대담한 빛을 되찾는다.

"흠, 카리브디스란 말이죠. 과연, 마왕에 필적한다고 일컬어지는 그 힘이 어느 정도의 것인지 아주 기대가 되는군요──."

그렇게 중얼거리더니, 유쾌한 감정이 담긴 웃음을 지으면서 생각의 바다 속으로 잠겨 들어갔다.

●

라이칸스로프(수인족)의 왕인 칼리온이 힘을 추구한 끝에 마왕을 자칭한 것이 400년 전의 일.

당시는 격동의 시대였으며, 신구 마왕의 교체가 격렬히 일어나던 시대였다. 500년을 주기로 발생한다던 세계대전. 그 전쟁이 끝나가는 동안에 벌어진 일이다.

칼리온과 같은 시기에 탄생하여 살아남은 마왕이 프레이다. 그 후 100년 정도 늦게 태어난 마왕이 클레이만이었던 것이다.

그리고 지금부터 200년 전에 커스 로드(주술왕)를 쓰러뜨리고 스스로 마왕이란 이름을 쓰기 시작한 자가 레온 크롬웰이다.

이 젊은 세대의 네 명의 마왕을 '신세대'라고 부른다.

그에 비해 구세대는 두 번 이상의 대전을 거치고도 살아남은 맹자들이며, 실력의 차원이 다르다는 말을 듣고 있었다.

그렇기 때문에 신세대의 마왕들은 자신의 세력 확대를 획책하는 자가 많다고 한다.

칼리온도 그런 마왕이었으며, 그가 강자를 찾아다니는 것은 지극히 당연한 일이었던 것이다.

마왕 칼리온의 삼수사 중 하나인 '흑표아' 포비오는 그런 주인의 심정을 가장 잘 이해하고 있는 남자이다.

그렇기 때문에 공포조차 느낄 정도로 압도적인 마왕 밀림에게 패배했음에도 불구하고 아직 깊은 숲 속에 잠복하고 있는 것이다. 이대로 순순히 돌아가는 건 절대 있을 수 없는 이야기였기 때문이다.

마왕 칼리온이라면 사정을 이야기하면 웃으면서 용서해줄 것이다. 하지만 그건 포비오의 긍지가 허락하지 않는다.

큰 은혜를 입은 칼리온의 기대를 배반한다는 건 포비오에겐 참을 수 없는 일이었다.

"그런 건 절대 받아들일 수 없어!"

으르렁거리듯이 외치는 포비오.

"진정하십시오, 포비오 님!"

"그 패배는 불가항력이었습니다. 마왕 밀림을 상대로는 칼리온 님이라 해도——."

"이 바보 자식! 칼리온 님이라면 이런 비참한 모습을 보이시지 않았을 거다. 내가 아직 미숙한 것뿐이야. 하지만 이대로 성과도 없이 돌아가는 건 내 긍지가 허락하지 않는다."

분노를 담아서 말하는 포비오에게 네 명의 부하들도 할 말을 잃는다.

잠복한 지 벌써 일주일이 지나고 있었다. 그 동안 상시 교대하면서 도시를 감시하고 있지만, 마왕 밀림은 계속 그곳에 머무르고 있는 것 같다. 게다가 도로를 넓히는 자들과 건물을 건설하는 자들, 목적에 따라 마물들이 드나들고 있는 것 같았다.

식량 조달이나 주변 조사를 하는 자도 있는 것 같았으며, 놀라울 정도로 통제가 잘 잡힌 집단이라는 걸 알 수 있었다. 이 점에 관해서는 포비오도 내심 놀라움을 감출 수 없었다.

"그건 그렇고 저 녀석들은 스스로의 힘으로 도시를 만들고 있단 말이지……. 하등한 마물이라고 얕보고 있었는데 우리들도 미치지 못할 것 같은 기술을 갖고 있어……."

"동감입니다. 부하로 들어오라고 말하는 게 아니라 나라 대 나라로서 국교를 맺고 싶을 정도군요."

원숭이 수인인 엔리오가 지혜로운 자의 일면을 보이면서 포비오에게 동의했다. 몇 개의 반으로 분류된 상태에서 각각 통솔자의 명령에 따라 규칙적으로 작업을 하고 있는 것이다. 그건 엔리오 일행의 나라──수왕국 유라자니아의 돌로 만든 집과 울퉁불퉁한 흙을 다지기만 한 길과는 비교도 되지 않을 정도로 고도의 기술이 쓰이고 있다는 건 명백했다.

"그래……. 마왕 밀림이 없었다고 해도 내 대응은 잘못된 것이었다. 처음부터 힘으로 윽박을 질러서 부하로 삼으려고 했던 방식으로는 녀석들의 신뢰는 얻을 수 없었겠지. 하지만 이제 와선 소용없어. 게다가 말이야, 마왕 밀림에게 당한 굴욕은 상처가 나아도 사라지지 않는다고. 칼리온 님에게 폐를 끼치지 않도록 무슨 수를 써서라도 복수해주고 싶단 말이다! 머리로는 그게 무리라는 걸 알고 있지만, 이것만큼은 이성적으로 따질 일이 아니야."

그렇게 말하는 포비오의 표정은 평소의 쾌활함이 사라지면서 유령처럼 어두웠다.

지금까지 절대적인 강자로서 군림해온 포비오가 처음으로 맛보는 좌절 때문이다. 포비오는 칼리온 이외에 누군가에게 진 적이 없었던 것이다. 밀림에게 진 것은 어쩔 수 없는 것이라고 머리로는 생각하고 있어도, 포비오의 마음에는 굴욕의 불꽃이 꺼지지 않고 계속 남아 있었다.

"하지만, 그렇게 말씀하신들――."

엔리오도 포비오의 심정은 이해하고 있었다. 하지만 밀림에게 복수한다는 건 현실적이지 않다. 포비오를 어떻게든 말려보려고 입을 열었지만――.

"이런, 이런, 저도 동감하는 바입니다. 그 분한 심정은 저도 정말 뼈저리게 이해가 되는군요."

그런 목소리가 방해를 했다.

"누구냐?!"

"대체 어느 틈에?"

포비오의 부하들이 놀라서 경계하지만 이미 늦었다. 그 인물은 이미 모닥불을 둘러싸고 있는 포비오 일행의 근처까지 다가와 있었으니까. 상위 마인인 포비오 일행에게 들키지 않고 접근해 온 걸 봐도 그 인물의 능력이 대단하다는 걸 엿볼 수 있다.

"호――옷홋홋호. 안녕하십니까, 여러분! 저는 풋맨이라고 합니다. 중용광대연합 중의 한 명인 '앵그리 피에로(분노의 광대)'인 풋맨이 바로 절 말하는 것이죠. 앞으로도 기억해주시길!"

예의 바르게도 인사하는 정체불명의 인물.

뚱뚱한 몸에 분노의 표정을 지은 광대 얼굴.

밝은 말투로 말하는 그 피에로는 뭔가 이상한 분위기를 내뿜고 있다.

"그래, 그래. 그렇게 경계하지 말아줘. 난 티어. 나도 중용광대연합의 한 명이야. 그리고 말이지, '중용광대연합'이란 건 뭐든지 해주는 심부름꾼이니까 너희들의 적이 아니야!"

그 광대──풋맨의 뒤에서 나타난 건 눈물이 맺힌 광대 가면을 쓴 소녀이다.

분노의 광대 가면의 남자와 눈물이 맺힌 광대 가면의 소녀. 그런 수상한 조합의 두 사람이 포비오에게 말을 건 것이었다.

포비오 일행의 입장에서 보면 경계하지 말라는 게 무리일 정도다. 하지만 홀연히 나타난 것을 보더라도 그 두 사람의 실력은 확실할 것이다. 그렇다면 적이 아니라는 말을 믿고 포비오는 우선 두 사람의 목적을 확인해보기로 했다.

"호오? '중용광대연합'이라는 이름의 심부름꾼 같은 건 들어본 기억이 없는데 말이지. 하지만 됐어. 그보다도 너희들의 목적은 뭐지?"

포비오의 질문에 기뻐하며 대답한 자는 풋맨이다.

"호─옷홋홋호. 전 말이죠, 분노와 증오의 감정에 이끌려서 온 거랍니다. 이 장소에서 아주 훌륭한 분노의 파동을 느꼈죠. 그 감정의 주인은 당신이겠죠? 뭐에 대해 화를 내고 있는 건지, 꼭 좀 들려주시죠. 분명 제가 힘이 되어드릴 수 있을 테니까요."

분노의 표정을 재주도 좋게 변화시키면서 수상한 웃음을 지어 보이는 풋맨.

"그런 수상쩍은 얘기를 받아들일 거라고 생각하나? 포비오 님, 이런 자들의 얘기는 들을 필요 없습니다. 제거해도 괜찮겠습니까?"

"그렇습니다. 이런 장소에 누가 부르지도 않았는데 찾아오다니, 이상합니다. 네놈들도 상위 마인인 모양이지만, 상대가 안 좋았다. 우리는 마왕 칼리온의 수왕전사단(獸王戰士團)에 속한 몸. 떠돌이 마인 정도가 상대가 될 것으로 생각했나?"

포비오의 부하들은 풋맨의 이야기를 들을 것도 없다고 단정한다. 너무나도 수상쩍은 데다 떠돌이 마인 주제에 힘을 빌려주겠다고 큰소리를 친 것에 화가 난 것이다. 그들은 마왕 칼리온의 부하 중에서도 엘리트이며, 수상한 자들의 힘을 필요로 할 정도로 몰락하지는 않았으니까.

하지만 그런 그들의 말을 흘려들은 양 풋맨은 이야기를 계속한다.

"힘이 필요하지요? 있답니다, 엄청난 힘. 당연하지만 위험도 큽니다. 그러나 그 위험에 맞서서 이겼을 때 얻을 수 있는 힘은 절대적이랍니다."

"──호오?"

"그 말이 맞아. 이기고 싶지? 마왕 밀림에게. 그렇다면 너도 마왕이 되면 돼!"

그 자리는 어느샌가 침묵에 휩싸이고 있었다.

꿀꺽, 하고 누군가가 침을 삼키는 소리가 울려 퍼진다.

"마왕, 이라고? 너희들, 그런 헛소리로 날 속일 수 있을 거라──."

"카리브디스──를 알고 있습니까?"

풋맨이 중얼거린 한마디는 절대적인 효과가 있었다. 카리브디스의 이름을 들은 순간, 포비오의 움직임이 멈춘 것이다.

거기에 한술 더 떠──.

"그 대요괴의 사악한 힘이라면 마왕에게도 필적할 텐데 말이야. 필요 없다면 다른 사람을 찾아볼 테니까 이만 갈게!"

추가 타를 날리듯이 티어가 말한다. 그리고 풋맨을 재촉하여 그 자리를 떠나려는 몸짓을 보였다.

마음을 초조하게 만들고 판단력을 빼앗아서 냉정한 사고를 방해한다. 그건 악마의 속삭임이었다.

"——잠깐."

포비오는 자신의 욕망에 지고 말았다.

"안 됩니다, 포비오 님!"

"이 녀석들의 얘기를 들어선 안 됩니다!"

포비오를 말리는 부하들의 목소리를 무시하고 티어를 불러 세운 것이다.

"자세히 얘기해봐라."

풋맨 쪽으로 향하는 포비오의 눈동자는 야망과 광기로 물들어 있다.

그 강대한 힘을 지닌 마왕 밀림에게 제대로 된 한 방을 먹일 수 있을지도 모른다. 아니, 어쩌면 자신이 마왕이 되어 군림하는 것조차 꿈이 아닐지도 모르는 것이다.

그걸 상상하면서 포비오는 냉정함을 집어던졌다.

(그래. 나는 처음부터 달갑지 않았어. 왜 단순한 잔챙이 오크 로드 따위가 마왕으로 발탁되는 거냐고. 웃기지 마. 그래…… 새로운 마왕이 필요하다면, 내가 되어도 문제는 없겠지. 내가 강해진다면 칼리온 님도 웃으며 용서해주실 거다!)

원래 깊은 생각을 하지 못하는 경향이 강했던 포비오는 티어와 풋맨의 달콤한 말에 쉽게 넘어가고 말았다.

"오오! 역시 포비오 님이시군요. 그러셔야죠. 마왕이 될 자는

당신을 제외하면 아무도 없지 말입니다!"

"오오, 할 마음이 생겼어? 그렇겠지, 역시 강한 자가 마왕이 되지 않는다면 그건 잘못된 거지! 나도 그렇게 생각해. 그 점에서 포비오 님이라면 적임자라 할 수 있겠네!"

그래도 포비오는 바보가 아니었다.

추켜세우는 그들을 노려보면서 물어볼 것을 잊지 않는다.

"시끄러워! 자세히 얘기해보라고 하잖아. 내가 그 얘기를 받아들인다고 해서 네놈들에겐 무슨 이득이 있지? 당연히 뭔가 목적이 있을 텐데! 그건 대체 뭐냐?"

그런 포비오의 질문은 티어와 풋맨에겐 이미 예상했던 것이다.

"우리도 이득은 있어. 포비오 님이 마왕이 되면 우리를 같은 편으로 삼아서 돌봐주면 돼. 당연히 여러모로 우리에게 편의를 도모해주겠지!"

"홋홋호. 게다가 우리만으로는 카리브디스를 부릴 수가 없어서 말이죠. 모처럼 봉인된 장소를 발견했는데 이대로 놔두는 건 보물을 썩히는 짓이죠. 그런 때에 딱 타이밍 좋게 포비오 님을 발견한 거랍니다!"

그렇게 포비오가 납득하기 쉬운 이유를 댔다.

"그렇단 말이지. 하지만 내가 카리브디스를 부릴 수 있을지 없을지는——."

"호———옷홋홋호, 그건 안심하십시오. 포비오 님이라면 반드시 성공하겠지요! 그리고 만일 실패한다고 해도 아무런 보수를 요구하진 않겠습니다. 우리는 늘 손님에겐 성공 보수만 받으니까요. 그 점**만큼**은 우리들, 심부름꾼인 '중용광대연합'을 신용해주시길 바랍니다!"

과연. 포비오는 그렇게 생각했다. 자신이 마왕이 되었을 때에 가장 큰 도움을 주었다는 실적을 바라는 것이라고, 그렇게 판단한 것이다.

그렇다면 만일을 위해 포비오가 마왕 칼리온의 부하로 있는 것을 그만둔다면, 실패했다 해도 손해를 보는 일은 없을 것이라고.

포비오는 스스로도 힘에 대한 갈망을 가지고 있었다. 그리고 카리브디스를 부릴 자신도 있었다. 그렇기 때문에 실패를 겁내는 게 아니라 성공을 확신하여 이 이야기를 받아들일 결심을 한 것이다.

게다가 두 사람의 부추김을 받으면서 이미 마왕이 된 것처럼 기분이 크게 들떠 버렸다. 어쩌면 그 시점에서 이미 포비오는 두 사람의 꼬드김에 넘어가버린 건지도 모른다.

"좋다. 그 얘기를 받아들이도록 하지!"

이렇게 말하면서 포비오는 승낙했다.

본능이 명령하는 대로 티어가 꺼낸 계약서에 사인을 한 것이다.

＊

포비오는 부하들에게 명령을 내린다.

"너희는 칼리온 님께 돌아가라. 그리고 이 일을 전부 전하는 거다."

"포비오 님?!"

"하지만……."

동요하는 부하들을 제지하면서 이야기를 계속하는 포비오.

"잘 들어라, 너희들. 칼리온 님에게 폐를 끼칠 수는 없으니까 삼수사의 지위를 반환함과 동시에 야인으로 돌아가겠다고 전해다오. 재야의 마인이 멋대로 일으킨 행동이라면 누구도 불만을 제기하진 못하겠지. 그리고──지금부터 나는 수라가 되어 마왕 밀림이 내 힘을 인정하도록 만들겠다."

포비오의 결의는 단단하다. 아니, 그보다는 부자연스러울 정도로 머릿속이 마왕 밀림에 대한 복수에 치우쳐 있었다. 굴욕과 분노, 그런 감정이 사라지지 않은 채 마치 포비오를 조종하고 있는 것처럼…….

엔리오는 그런 상사의 모습을 보면서, 침묵을 유지한 채 깊은 생각에 잠겨 있었다. 다른 동료들이 차례로 포비오를 말리는 모습을 곁눈질로 보면서 관찰을 계속했던 것이다.

포비오의 심복으로서 오랫동안 그를 따른 엔리오야말로 포비오가 한번 결심한 것은 쉽게 바꾸지 않는다는 걸 잘 알고 있었다. 그리고 지금 포비오의 결심은 굳으며, 그 마음을 움직이는 것은 불가능하다는 걸 깨달은 것이다.

그렇기에──.

"알겠습니다. 우선은 칼리온 님께 보고를 드리겠습니다. 그러나 카리브디스의 힘은 미지수. 그 힘은 마왕과도 필적한다고 하는 무시무시한 괴물입니다. 쉽게 부릴 수 있을 거라고는 부디 생각하지 마시길. 조심하십시오."

그렇게 충언을 남기고 마왕 칼리온에게 보고하는 것을 우선시하기로 했다.

엔리오는 다른 동료들을 재촉하여 그 자리를 떠난다. 마왕끼리 상호 불가침조약을 맺은 이상, 여기서 포비오가 밀림에게 싸움을 건다면 큰 문제가 된다. 그렇게 되기 전에 칼리온에게 보고하여 대책을 강구할 필요가 있었다.

엔리오로서도 본의는 아니었지만, 정에 이끌려 우선순위를 착각하는 어리석은 짓을 할 수는 없다. 그건 포비오의 명령이기도 했으며, 그 명령에 마지막 이성이 엿보이기도 했던 것이다.

(포비오 님은 어리석은 분이 아니다. 저런 수상한 자들에게 속아 넘어간 채로 계시지는 않을 거야. 가령 정말로 카리브디스가 있다고 해도 포비오 님이라면 놈을 부릴 수가 있을 거다——.)

그렇게 생각하여 포비오를 믿고 행동한다.

그 자리에 남은 자는 티어와 풋맨, 그리고 포비오다.

"그럼 가보도록 할까요."

"그래. 내 힘을 보여주고 가볍게 놈의 목을 비틀어주지. 그리고 나와 카리브디스의 힘을 합친다면 저 마왕 밀림을 우는 낯짝으로 만들어줄 수 있을 거다."

"응응. 그럴 거야! 나도 응원할 테니까 방심은 하지 마! 그럼, 가볼까."

풋맨과 티어의 재촉을 받으면서 포비오도 뒤를 따라간다. 그리고 도착한 곳은 쥬라의 대삼림 속에서도 더 안쪽인 지역에 있는 작은 동굴이었다.

"여기에 카리브디스가 있다고?"

"그래."

"지금은 아직 부활하진 않았지만, 그래도 파괴에 대한 갈망이 흘러나오고 있군요. 그런 감정을 아주 좋아하는 저희이기 때문에 발견할 수 있었지만 말이죠."

그렇게 말하면서 풋맨은 사악한 미소를 지었다.

포비오는 동굴에서 느껴지는 이상한 오라(요기)에 정신을 빼앗겨 그걸 깨닫지는 못한다. 그걸 이미 감안하고 있는 듯한 태도로 풋맨은 뒤를 이어 말한다.

"자, 그럼 설명을 드리죠. 카리브디스의 부활에는 대량의 시체가 필요합니다. 카리브디스는 정신 생명체의 일종으로 그 체질은 데몬(악마족)과 같죠. 이 세계에서 힘을 구사하려면 육체를 부여해 줘야 합니다. 그래서 말인데──."

슬쩍, 풋맨은 포비오에게 시선을 돌렸다.

그 시선이 의미하는 것, 그걸 이해한 포비오는 꿀꺽하고 목을 울리는 소리를 내면서 침을 삼킨다.

"──설마 너…….."

"네, 그 설마입니다. 카리브디스를 부린다는 건 곧 카리브디스를 그 몸에 깃들이게 하여 자신과 '동일화'를 하는 것이랍니다!"

풋맨이 흥분한 것처럼 높은 목소리로 설명한다. 그리고 그걸 이어받듯이 티어가 계속 말했다.

"응응. 그만두려면 지금이 좋아. 이 봉인은 이제 오래 버티지 못하니까, 그렇게 되면 어딘가의 전쟁터나 마물끼리의 분쟁이 일어난 장소에서 자동적으로 카리브디스가 부활하겠지. 아니, 어쩌면 남아 있는 힘만으로 자신의 부활에 필요한 만큼 마물의 시체를 준비할지도 모르겠네……. 그렇게 되면 우리는 고생만 하고 손해를 보게 되는 거야."

그 말은 사실일 것이다. 티어의 태도에는 약간 조급해하는 기색이 보였다.

"카리브디스가 저절로 부활해버리면 제어하는 건 무리겠지. 단순한 파괴 의지 자체이다 보니, 누구의 명령도 듣지 않을 테니까……. 쓰러뜨려도 말을 듣지는 않을 거라 생각해."

거기서 말을 한 번 끊더니, 신중하게 말을 골라서 잇는다.

"──그러니까, 부활하기 전에 봉인을 풀고 그 힘을 빼앗지 않으면 안 되는 거야."

그렇게 말하면서 티어는 이야기를 마무리 지었다.

그리고 포비오를 똑바로 바라본다.

풋맨과 티어, 두 사람의 시선이 포비오를 쏘아본다. 그건 말로 하는 것보다 더 무겁게 어떻게 할 것인지를 묻고 있었다.

"좋아. 이미 각오는 되어 있어. 이제 와서 겁을 먹고 멈추지는 않을 거다. 카리브디스의 힘을 내 것으로 만들어내고 말겠어!"

망설임을 떨쳐내듯이 포비오는 내뱉었다.

"응! 그렇게 나와야지!"

"호──옷홋홋호. 역시 포비오 님이군요. 우리도 믿음직한 분과 만날 수 있게 됐으니 이 행운에 감사해야만 하겠습니다."

결론은 정해졌다.

이렇게 하여 포비오는 혼자서 동굴로 향한다.

그의 눈에 담겨 있는 것은 상위 마인으로서의 긍지. 실패를 두려워하지 않고, 자신의 승리를 믿는 순수한 의지이다. 하지만 아

343

쉽게도 그 마음의 깊은 곳에는 마왕 밀림에 대한 원한이 존재하며, 자신의 미숙함을 저주하는 분노의 감정이 억눌러진 채 숨겨져 있었다.

그건 즉, 카리브디스(정신 생명체)가 아주 좋아하는 것이다.

티어와 풋맨의 달콤한 말에 넘어간 시점에서 포비오의 운명은 정해진 것이었다.

그걸 깨닫지 못한 채 포비오는 동굴의 어둠 속으로 서서히 잠겨 들어갔다——.

——그리고 잠시 동안의 시간이 경과했다.

"가버렸군요——."

"가버렸네——."

"훗훗훗. 호——옷훗훗호!"

"아하하, 아——핫핫하!!"

동굴 안으로 포비오가 들어간 걸 확인하자 티어와 풋맨은 대폭소를 터뜨렸다.

"역시 뇌까지 근육으로 이뤄진 칼리온의 부하답군요. 많은 변명을 준비해놨는데 딱히 난감한 질문도 받지 않았어요."

"그러게, 그러게 말이야! 그 원숭이 쪽이 더 똑똑해 보였지?"

그런 말을 서로 주고받으면서 포비오를 바보 취급하는 두 사람.

실제로 수상한 자신들을 신용하도록 만들기 위해 나름대로 많은 준비를 했었는데, 분노와 욕망으로 눈이 흐려져 있던 포비오는 생각했던 것 이상으로 쉽게 속아 넘어간 것이다.

티어와 풋맨의 입장에서 보면 맥이 빠질 정도로 쉽게 일이 진행되었다.

"티어, 할 일은 이걸로 끝인가요?"

"응응. 클레이만으로부터는 카리브디스를 부활시켜서 밀림에게 보내라는 말만 들었어."

"새로운 의뢰는 없다는 건가요?"

"응. 이걸로 의뢰는 종료됐습니—다! 아, 그렇지. 만일을 위해 준비해둔 레더 드래곤(하위용족)의 시체는 이제 필요 없으니까 여기다 버릴게."

"그러네요, 모처럼 임시 대용할 육체로서 준비해 왔지만, 저 바보가 대신 육체가 되어준다면 이건 이제 필요가 없겠군요."

그런 말을 하면서 두 사람은 레더 드래곤의 시체를 내던져 버린다. 그 수는 열몇 마리나 되는 것이, 무리 하나를 통째로 죽인 것이라는 걸 바로 알 수 있었다.

레더 드래곤은 베루도라 같은 '용종'과는 계통이 다른 마물이며, 평범하게 육체를 가지고 있다. 마법도 구사하지 못하는, 지혜가 없는 마물이긴 하지만 그 강인한 육체는 단단한 비늘로 덮여 있으며, 접근 공격에 관해선 따를 자가 없는 강함을 자랑하는 종족이었다.

인간이 정한 기준으로는 B+랭크에서 A-랭크에 위치하는 강력한 마물이지만, 그런 레더 드래곤이라 해도 상위 마인 두 사람의 적은 되지 못했다. 무참하게도 목숨을 빼앗겨 쓰레기 같은 취급을 당하고 만다.

인간의 도시로 가져가면 그 재료만으로도 한몫 단단히 벌 수 있겠지만, 티어와 풋맨에겐 귀찮은 짐에 불과했다.

공간마법에 의해 수납되어 있던 시체를 버리고는, 두 사람은 일을 끝낸 만족감을 맛보면서 그 자리를 떠난 것이다.

●

밀림이 온 뒤로 몇 주의 시간이 눈 깜짝할 새에 지나갔다.

매일이 전쟁이다.

농지를 견학하고 밭을 가는 걸 도왔던 날도 있다.

내 짐작이지만, 현대의 농경기를 사용하는 것보다도 더 빠르게 나무를 벌채하고 남은 토지가 정리되는 것 같았다. 무시무시한 속도로 밭이 만들어지는 모습은 보고 있기만 해도 유쾌했다.

또 다른 날은 공방 견학을 했다.

쿠로베가 칼을 두들기는 모습을 홀린 듯이 바라보다가, 이내 금방 질려서 자기가 해보고 싶다고 고집을 부린다. 시켜보았더니 너무 난폭한 나머지 망치질 한 번에 작업대까지 포함하여 작업장 자체를 박살 낼 뻔했다.

밀림에게 힘 조절이 필요한 작업은 무리라는 걸 모두가 이해한 날이기도 했다.

그런 식으로 파란만장하지만 평화로운 나날이 계속되고 있었다.

요움 일행이 출발한 뒤에도 우리 생활에 변화는 없다. 다른 점이라고 하면 손님이 머무르고 있다는 것이지만…….

카발 일행 세 사람뿐만 아니라 휴즈도 우리 마을에 여전히 머무르고 있는 것이다.

"이봐, 슬슬 돌아가는 게 좋지 않은가? 언제까지 여기 머무를 생각이지?"

라고 물어봤다.

카발 일행 세 사람이 밀림을 사냥에 데려갔기 때문에, 그 사이에 휴즈의 속마음을 확인해보기로 한 것이다. 그 세 사람도 아이 다루는 법은 능하기에, 나 다음으로 밀림이 잘 따르고 있어서 도움이 되고 있다.

이 기회를 유효하게 이용하지 않으면 안 된다.

"야아, 여기서 할 일이 좀 많아서 말이죠. 좀 더 머물러도 되겠습니까?"

그렇게 생각하여 직접적으로 질문해봤지만, 휴즈는 그런 식으로 대답하며 머무르는 시간을 더 늘리려고 했다.

그리고 마을 곳곳을 돌아보고 있다. 이쪽은 밀림과는 달리, 눈을 떼도 문제는 일으키지 않겠지만 아무래도 영 진정이 되질 않는다.

"이봐, 아직도 우리가 해가 되지 않는다는 걸 납득하지 못하는 건가?"

애초에 휴즈가 여기 머무르고 있는 건 우리——라기보다 나를 의심하기 때문이니, 머무르는 시간이 길어지면 길어질수록 불안해지는 것도 당연했다.

"아, 아뇨. 리무루 님의 의심은 이미 다 풀렸습니다만……."

말을 흐리는 휴즈.

"그럼 왜 아직 여기 있는 건가?"

추궁하는 날 보면서 단념한 표정으로 입을 연다.

"야아, 이곳은 정말 지내기가 편해서 말이지요. 생각해봤더니 저도 최근에는 제대로 쉰 적이 없기도 했고……. 이 기회에 느긋이 좀 쉬는 것도 좋지 않을까, 그런 생각이 들다 보니……."

넉살좋게 그런 말을 뱉은 것이다.

이봐?! 내 쪽은 걱정이 되어서 여러모로 신경을 쓰고 있었는데, 휴즈, 이 인간은 관광 기분을 만끽하고 있었단 말이야?!

"당신 말이지, 우리를 파악해보겠다는 멋들어진 말을 했기 때문에 여기 머무르는 걸 허가한 것이거든……."

어이가 없어 말이 나오지 않는다는 건 이런 걸 두고 말하는 것이다.

정중하게 대접한 것이 점점 바보처럼 느껴졌다.

"게다가 요움 일행을 영웅으로 만드는 걸 도와주겠다고 한 약속은 어떻게 된 거지?"

그리고 잊어선 안 되는 가장 중요한 사항을 물어보니…….

"아, 그건 문제없습니다. 리무루 님을 믿을 수 있다고 판단했기 때문에 이미 제 부하들에게 전달해서 준비는 다 마쳐놨으니까요."

자랑스럽게 대답하는 휴즈.

블루문드 왕국에 대한 보고와 파르무스 왕국에 대한 교섭을 이미 다 마쳐놓았다고 한다.

자신이 느긋이 휴양을 취하는 한편, 할 일은 확실히 끝내놓은 모양이다. 빈틈이 없다고 할까, 방심할 수 없다고 해야 할까…….

"그렇다면 뭐 됐네. 그래, 이곳이 마음에 들었나?"

"네, 이곳은 정말 훌륭하군요! 블루문드 왕국 근처에 이런 휴양지가 생긴 건 정말 기쁜 일이니, 환영합니다. 단…… 역시 왕복하는 길이 위험하다는 건 무시할 수가 없겠군요."

이곳이 휴양지로서 마음에 든 모양이다.

고생해서 온천을 만들고 식사의 질을 높인 보람이 있었던 것 같다. 이건 나만의 성과가 아니라 슈나와 드워프 3형제의 역할도 컸지만 말이다.

특히 식사에 대해서 말하자면, 최근 몇 주 동안에 극적으로 변화했다.

완성된 메뉴는 소박하지만 메뉴 하나하나의 맛이 상당히 좋아진 것이다.

아쉽게도 맛술이나 간장 같은 조미료가 없어서 깊은 맛을 내는 건 불가능하지만.

소금은 있는 데다 후추를 대신할 것도 있다. 향초에서 향신료를 입수할 수 있게 된 것이다.

그렇게 꾸준히 식재료를 모은 결과, 슈나의 재능과 어울리며 효과를 발휘한 나머지 상당히 레벨이 높은 요리를 만들어낼 수 있게 되었다.

"아아, 매일 이렇게 맛있는 걸 먹을 수 있다니. 난 정말 행복해!"

밀림도 만족하며 기뻐하고 있다.

어느샌가 슈나와 친해졌는지, 음식 맛을 본다는 이유로 요리를 훔쳐 먹는 것이 일상의 한 부분이 되었을 정도다.

슈나도 밀림을 귀여워하고 있으며, 최근에는 마왕으로 인식하는 게 아닌 것 같다는 생각이 들 정도이다.

뭐, 사이가 좋은 건 좋은 일이다.

요리사로 키우기 위해 슈나의 제자들도 교육 중이다. 여성만이 아니라 남성도 같이 수행하고 있다.

슈나와 같은 유니크 스킬 '해석자'에 의한 '해석감정'이 없으니까 자신의 오감에 의지해 요리를 해야만 한다. 그런 만큼 진지하게 슈나의 가르침을 잘 지켜서 이 도시에 사는 사람들의 위장을 만족시키기 위해 노력하고 있는 것이다.

여러 종족이 찾아옴으로써 주민의 수가 대폭적으로 늘어난 상태다. 그렇기 때문에 요리를 담당하는 자들의 수도 자연스럽게 많아지게 되었다.

마을의 치안 유지에 잘 곳의 청소와 요리, 세탁. 잘하고 못하는 게 있기 때문에 요리, 청소, 식재료 다듬기, 재봉, 심부름, 그 외의 것들 등등, 각자에게 적합한 역할 분담이 정해져 있었다. 그런 문제를 통솔하여 분담한 자는 리그루도다. 그 수완은 실로 대단하여, 이 도시의 마물을 총괄하는 역을 훌륭히 해내주고 있었다.

요움 일행도 요리가 맛있다고 절찬했었다. 게다가 그들을 묵게 한 시설에도 만족했는지 이 땅에서 사는 걸 상당히 마음에 들어하는 것 같았다.

그렇지 않았다면 악마 같은 하쿠로우의 수행에서 앞다투어 도망쳤을 테니까.

도시의 일원들도 요움과 휴즈 일행이 보여준 반응을 보고 자신들의 일에 만족감을 느끼고 있는 것 같다. 이 정도면 상인들이 찾아와도 잘 대응할 수 있을 것으로 보인다.

앞으로도 다 같이 정진하여 이 땅을 관광지가 될 정도로까지 발

전시켜보고 싶다. 그에 관해선 여러 가지 복안은 있으나 구체적인 계획은 아직 없다.

지금은 어쨌든 우리가 위험하지 않다는 걸 알리는 게 선결 과제이니까……

그건 그렇고 왕복하는 길이 위험하단 말이지.

역시 그럴 거라 생각한다. 나이트 스파이더 같은 거물은 자주 마주치는 편은 아니지만 그래도 상당한 수의 마물이 서식하고 있는 것은 사실인 것이다.

게다가 수목이 우거지게 자라는 깊은 숲은 인간이 살 만한 장소가 아니다. 마물과 마주칠 위험뿐만 아니라 길을 헤매다가 식량이 떨어질 우려도 있는 것이다.

다치게 되면 치료도 할 수 없으며, 여행 도중에 병이 들 우려도 있다. 가는 데만도 2주 가까이 걸리지만, 갖가지 원인 때문에 날짜를 자꾸 잡아먹는 것도 당연한 일이다.

우리에겐 '그림자 이동' 같은 것으로 즉시 이동할 수 있는 장소일 뿐이지만, 모험가들에겐 그렇지 않을 것이다. 카발 일행과 같은 숙련된 자들조차도 빨라도 이동하는 데에 10일 전후는 걸린다고 했었다. 전투가 벌어져 숲에서 길을 잃기라도 한다면, 그야말로 며칠은 쓸데없이 낭비하게 되는 게 이 세계에선 상식이었던 것이다.

이 도시를 선전하여 상인들이 이용하도록 하자. 그게 내 계획이지만 그걸 실현하기에는 아직 많은 과제가 남아 있다고 할 수 있다.

"그렇단 말이지. 역시 길을 만드는 게 빠르려나."

"예? 그게 무슨——."

"아니, 지금은 드워프 왕국으로 이어지는 도로를 포장하는 중이지만, 그것과는 별도의 부대가 건물을 짓는 작업을 하고 있었거든. 그래서 그쪽이 일단락된 후에는 먼저 블루문드 왕국까지 이어지는 길을 포장할까 생각하네. 그렇게 하면 적어도 길을 잃고 헤매는 자는 없어지겠지."

"잠깐, 예? 아니, 아니, 그러려면 대규모의 국가사업이 될 텐데요? 막대한 예산이——."

"바로 그거네, 휴즈 군."

"구, 군? 리무루 님에게 그렇게 불리니 왠지 등이 근질거립니다만……."

"그건 상관없네, 휴즈 군. 도로를 따라 포장만 해놓으면 마차로 이동할 수도 있으니 시간이 단축될 것이네. 앞으로 거래하기에도 편리하겠지? 당연하지만 작업은 우리가 맡아야 하지 않겠나. 단——."

"——단?"

"약속대로 제대로 선전을 해주면 좋겠네. 우리가 위험하지 않은 마물이라는 걸 모두가 알아주기만 하면 그걸로 충분하니까. 그리고 관세에 대해서 잘 아는 인물을 소개해주길 부탁하네. 그 외에도 우리나라의 특산품을 팔고 싶으니까 자세하게 상담할 수 있는 사람도 소개해주면 좋겠는데?"

그렇게 제안한다.

지금 존재하는 길은 말은 지나갈 수 있지만 마차는 지나갈 수 없는, 동물이 지나다니는 수준이다. 드워프 왕국 쪽으로는 길을 내기 시작했지만, 블루문드 왕국 방면은 나무들을 베어내는 것도 제대로 진행되지 않은 상태다.

눈에 띄는 것을 경계한 것이 가장 큰 이유지만, 그건 숲의 소란이 일어나기 전의 이야기다. 지금에 와선 숲도 안정을 되찾은 데다, 도시끼리의 교역을 위해서라도 도로를 정비하고 싶다. 우리가 적이라고 인식될 거 같으면 방치할 생각이었지만, 국교를 맺으려면 도로정비는 시급히 해결할 사항이다. 이 숲 속은 내 관리 하에 놓여 있으므로, 그곳의 정비는 우리 쪽 부담으로 진행할 예정이었던 것이다.

이번에는 그걸 우리가 은혜를 베푸는 양 굴면서 휴즈가 여러모로 우리를 위해 일하도록 시켜야겠다고 생각했다. 그리고 그 생각은 성공한 것인지, 휴즈는 내게 너무나도 고마워하는 시선을 보내고 있다.

"리무루 님, 그렇게까지 해주시겠다는 겁니까? 그럼 우리도 할 수 있는 한 최대한의 편의를 도모해보겠습니다!"

음. 쉽게 넘어가는군.

이제 휴즈도 자기 나라에 돌아가면 열심히 선전을 해주겠지. 적어도 우리를 편견이나 차별적인 눈으로 보지 않게 된다면 그것만으로 성공이라 할 수 있다.

남아도는 노동력으로 길을 내주기만 해도 감사를 받는다면 우리가 더 이득인 셈이다.

*

뭐, 이런 식으로 휴즈를 우리 편으로 끌어들이고 있었을 때에 카발 일행이 돌아왔다.

"와하하하하! 오늘도 대박이야!"

밀림이 기쁜 표정으로 달려와 내게 그렇게 보고한다.

그 뒤를 보니, 카발과 기도가 둘이서 대량의 마물을 등에 지고 있었다.

"밀림은 정말 대단해요오! 마물을 금방 발견하기 때문에 이번 에도 사냥이 너무 편하지 뭐예요!"

밀림을 따라 빈손인 에렌이 들어왔다.

아무래도 중노동은 남자들에게 죄다 맡긴 것으로 보이는 것이, 전혀 더럽혀진 곳이 없다. 슈나가 직접 만들어준 신작 의상을 입고 있기 때문에 피가 묻는 게 싫었던 모양이다.

애초에 그런 차림으로 사냥을 가지 말라고 말하고 싶다만…….

"후우———, 이제 겨우 돌아왔네."

"지쳤습니다요. 하지만 온천에 몸을 담근 뒤에 같이 한 잔———."

"그거 좋지! 이곳의 과일주는 최고니까!"

정작 실컷 부려먹힌 카발과 기도에겐 그런 자각이 전혀 없다.

남자들이 너무 봐주는 것도 원인인 것 같으니, 이제 와서 내가 굳이 간섭하는 바람에 다툼이 일어나는 것도 뭔가 아닌 것 같다. 그들이 납득하고 있다면 그건 그것대로 좋은 일이겠지.

어느 세계에서든 남자는 여자에게 이용당하는 생물이라는 생각이 슬며시 들었다. 그러므로 나만큼은 그들을 따뜻하게 대해주자고 생각하여 말을 걸었다.

"여, 수고가 많군. 그럼 우선 몸을 씻고 오지, 그래?"

"그러네요, 당신들처럼 더러워진 채로 그냥 있는 건 역시 내키지가 않습니다——."

내 말을 받아 시온이 그렇게 말하려고 했을 때——.

"음?!"

밀림이 재빨리 내 옆에 서서 전방으로 시선을 보낸다.

"——누구냐?!"

시온이 나를 밀림에게 넘겨준 뒤에 전방을 향해 물었다.

그 전에, 나는 짐이 아니야. 뭘 당연한 듯이 귀중품을 다루는 것처럼 주고받는 건지 모르겠다…….

내가 살짝 불만스럽게 생각하고 있는 동안에 밀림의 뒤에 베니마루와 소우에이가 서 있었다.

어느샌가 하쿠로우도 나무 그림자 속에 숨어 있다. 지금까지 수행을 하고 있었던 것 같지만, 복장에 전혀 흐트러진 부분이 없다. 정말 대단하다.

란가가 내 그림자에서 튀어나오면서 이 도시에 남아 있는 주요 전력이 다 모였다.

게루도는 여전히 도로 공사를 하고 있기 때문에 여기에 없는 것이다.

며칠 전에 수상한 기운을 느낀 것 같다는 보고를 받았지만, 주위에는 아무도 없었다고 한다. 기분 탓일지도 모르기 때문에 그대로 공사를 속행하라고 명령했다.

그리고 한 명 잊어버린 녀석이 있는 것 같지만, 이 정도로 모였으면 문제는 없겠지.

그리고 이 기운은 낯이 익었으니까——.

"오랜만에 뵙습니다, 맹주님——."

역시 드라이어드 중의 한 사람이자 트레이니 씨의 여동생인 트라이어다.

"아아. 그보다 그 살기와 그 모습은 어떻게 된 거요?"

내 앞에 무릎을 꿇은 트라이어에게 묻는다.

멀리서 봐도 느낄 수 있을 정도로 그 살기는 밀림과 시온이 반응할 만큼 날카로웠다. 그리고 반투명하게 변한 모습은 대미지를 받았는지 곳곳이 어슴푸레 사라지려 하고 있다. 한눈에 봐도 무슨 일이 있었다는 걸 알 수 있는 상태다.

"——네. 긴급사태입니다. 캘러미티 몬스터(재액급 마물)인 카리브디스가 부활했습니다. 그 요괴는 마왕에 필적할 위력을 가지고 있습니다. 제 언니가 저지하기 위해 갔습니다만, 전혀 공격이 통하지 않습니다. 그리고——그 요괴의 목표는 이 땅인 것 같습니다. 대공의 지배자라 할 수 있는 카리브디스에게 지상의 전력은 소용이 없습니다. 당장 방어 태세를 갖추고 하늘을 날 수 있는 전력을 준비하시도록 알려드리려 왔습니다."

피로한 기색이 역력한 얼굴로 날 보면서 그렇게 알렸다.

그 말을 듣고 순식간에 그 자리는 긴장감에 휩싸인다.

맨 먼저 반응한 사람은 의외로 휴즈였다.

맨 처음 트라이어를 본 순간부터 "드라이어드라고?!" 하며 절규했지만, 카리브디스의 이름을 듣고 머릿속이 재가동한 모양이다.

금세 얼굴이 새파래지면서 소리쳤다.

"카리브디스라고?! 이럴 수가. 정말로 부활했다면 마왕 이상으로 위협적인 존재가 됩니다. 애초에 마왕과 달리 얘기가 통하는 상대가 아니란 말입니다. 캘러미티라곤 하지만 디재스터(재화급) 이상의 위협으로 여겨지는 마물이 아닙니까…….”

휴즈의 설명에 따르면 그 힘은 마왕에 필적하지만 군대를 이끌거나 하지는 않으며, 마음 내키는 대로 날뛰고 돌아다니는 마물이라고 한다.

들어보니 지혜가 없는 마물인 모양이다. 단, 고유 능력 ‘서몬 몬스터(마물소환)’로 메갈로돈(공영거대교, 空泳巨大鮫)이라는 상어 모양의 마물을 불러내서 날뛴다고 한다.

이 ‘서몬 몬스터’로 불러낸 이계의 마물은 일정 시간이 지나면 마력요소로 만들어진 가상의 육체가 붕괴된다고 하지만, 그래도 A-랭크인 강력한 능력은 무시할 수 있는 것이 아니다. 한 번에 열 몇 마리를 불러낼 수 있다고 하니, 이 시종마만으로도 번거롭다고 한다.

휴즈의 말이 사실이라면, 솔직히 말해서 위험도로 따지자면 오크 로드 이상이었다.

“무슨 이유인지 모르지만, 이 도시가 목표라면 잘된 것 아닙니까. 지금 당장 싸울 자를 뽑아서 맞서 싸울 준비를 끝내도록 하죠.”

베니마루는 싸울 생각이다.

하지만 비행을 할 수 있는 자가 아니면…… 그렇지, 잊고 있었다!

“그렇군, 가비루 녀석을 잊어버리고 있었군. 동굴에서 연구 중일 테니까 누가 좀 불러오게.”

일단 가비루를 불러오기 위해 소우에이가 이동했다. 그리고 우리는 장소를 이동하여 대책 회의를 벌이기로 한 것이다.

　이제는 익숙해진 회의실에서,

　트라이어는 '사념전달'로 자매들과 교신 중이다.

　소우에이도 가비루를 데리고 돌아오면서, 모두가 회의실에 모여 있었다. 베스터도 가비루를 따라왔으니, 여차하면 가젤 왕에게 연락하는 것도 부탁할 수 있을 것 같다.

　하늘을 날 수 있는 전력이라는 말을 듣고 맨 처음 떠올린 것이 페가수스 나이츠(천상 기사단)였다. 전원이 A랭크에 해당하는 기사로 구성되어 있으니, 만약 도와줄 것을 요청할 수 있다면 이 정도로 믿음직한 존재는 없을 것이다.

　가비루와 가비루의 부하들로 이뤄진 전사단도 하늘을 날 수 있지만 그들의 실력은 B+랭크다. 랭크가 높은 존재를 상대하는 건 위험이 크다. 할 수만 있다면 우리 쪽에 피해가 나오지 않는, 확실하게 이길 수 있는 대책을 생각해내고 싶다.

　"상황은 최악입니다. 소환된 메갈로돈 말입니다만, 어떻게 된 건지 레더 드래곤의 시체를 육체로 삼은 것 같습니다. 20m 급이라는, 지금까지 확인된 적이 없는 레벨로 구체화된 모양입니다. 그 수는 열세 마리. 언니의 추정입니다만, 개개의 능력은 A랭크까지 도달한 상태로 보인다고 합니다——."

　""…….""

　할 말을 잃어버리는 우리들.

　마왕급의 괴물 하나와 A랭크의 마물이 열세 마리? 그건 대체 무슨 농담인지 묻고 싶은 기분이다.

"어떻게 하시겠습니까? 리무루 님."

베니마루가 물었다.

정말이지, 내가 오히려 묻고 싶은 바다…….

그렇다곤 하나 이래 봬도 내가 맹주이니, 결정은 내가 할 일이다.

게다가 고민해봤자 답은 하나다.

"어떻게 하겠냐니, 그야 물리칠 수밖에 없지 않나?"

내키지 않아하면서도 나는 답을 말했다.

"훗. 여쭤볼 것도 없었군요. 그러면 준비를 하도록 하겠습니다."

"그렇군요, 그것밖에는 없겠지요."

"당연합니다! 리무루 님의 적은 못 됩니다."

내 답을 듣자마자 모두 일제히 움직이기 시작했다. 여전히 이런 일에는 망설임이 없는 녀석들이었다. 누구 하나 이견을 주장하지 않고, 자신의 역할을 찾아 행동으로 옮기고 있었다.

그 모습을 보고 휴즈는 놀라서 당황하고 있다.

"잠깐, 그렇게 간단히 정한다고요?! 알고 있는 겁니까? 상대는 마왕급의――."

"하지만 휴즈 군, 우리가 시간 벌이를 해봤자 블루문드 왕국에서 응원군이 오기를 기대할 순 없지 않나?"

"아니, 그건 그렇지만…….."

"뭐, 질 생각은 없지만, 만일의 경우엔 이곳 주민들을 받아주는 것에 대해서 검토해주게."

"아니, 질 생각은 없다니……. 드라이어드조차 제지하지 못한 괴물이란 말입니다!! 그렇게 느긋한 소리를 하고 있을 때가 아니죠. 이건 국가 차원을 넘어서 서로 협력할 필요가 있는 큰 문제가 아닙니까!!"

딱히 우리는 느긋하게 굴고 있는 게 아니라, 이래 봬도 상당히
초조하게 굴고 있는 것이다. 그렇기 때문에 베니마루 일행은 더
더욱 서둘러서 준비를 하고 있는 것이며, 가비루도 부하로 이뤄
진 전사단을 호출하기 위해 달려가고 있다.

하쿠로우는 고부타 일행에게 연락하여 고블린 라이더를 집합
시키고 있다. 개개인의 전력은 B+랭크지만 100명이 모여 하나로
뭉쳐 싸우면 메갈로돈 한, 두 마리는 죽일 수 있다고 호언장담하
고 있었다.

상위 랭크에 있는 존재와의 실전을 경험할 수 있는 좋은 기회
라고 기뻐하는 모습은 좀 질리긴 했지만…….

리그루도는 도시의 요인들을 모아서 상황을 설명한 뒤에, 리그
루에게 명령하여 피난 유도를 시키고 있다. 상공에서 눈에 띄면
표적이 될 것이니, 모두를 숲 속으로 피난시킬 생각일 것이다.

이런 일들을 크게 서두르지도 않은 채 모두가 냉정하게 실행하
고 있다. 그건 슬프게도 상당히 자주 큰 문제가 일어나기 때문에
이제는 익숙해져 있는 측면도 있는 것이겠지만.

그런 전체의 움직임을 모르는 휴즈가 우리를 보고 위기감이 없
다고 생각하는 것도 어쩔 수 없는 일인지도 모른다.

*

밀림은 시온을 따라 목욕을 하러 갔다.

적이 공격해 온다고 해서 밀림이 그걸 신경 쓸 일은 없는 것이

다. 그러나 그런 밀림의 평소와 다름없는 행동 덕분에 모두가 차분함을 유지하게 된 것은 큰 도움이 되었다.

결국 휴즈와 카발 일행 세 명만이 그 자리에 남았다.

좋은 기회이므로 잠시 이야기를 나눠보기로 한다.

"안심하라는 말은 못 하겠지만 최선을 다할 생각이네. 베스터에게 부탁하여 가젤 왕과도 연락을 취했으니, 응원군을 기대할 수도 있겠지. 뭐, 해볼 만큼은 해봐야지."

그런 내 말을 듣고도 여전히 찜찜한 표정을 유지하고 있는 휴즈. 갖가지 의문과 불안, 그런 다양한 생각이 말로 잘 표현이 안 되는 모양이다.

나는 서두르지 않고 휴즈가 진정하길 기다렸다.

"──도망치지 않는 겁니까?"

잠시 망설인 뒤에 휴즈는 이내 결심한 얼굴로 내게 물었다.

그 진지한 얼굴을 본 이상, 성실하게 답하자는 생각이 들었다.

"도망쳐서 뭘 어떡하겠나? 내가 이 나라에서 가장 강하네. 내가 지면 모두에겐 도망치라는 말을 해두긴 했지만 말이지. 그렇지만 한번 붙어보고 진다고 해서 나는 포기할 생각은 없어. 절대 이길 수 없을 것 같으면 곧바로 도망쳐서 다음 계책을 생각하겠지만, 그게 아니라면 정면에서 내 눈으로 적이 얼마나 강한지를 확인해야 하지 않겠나?"

그렇지 않으면 대책도 세울 수 없을 테니까, 가장 강한 내가 지지 않는 한 다른 자들도 도망치지 않을 거야──라는 말은 속으로 삼켰다. 조금 부끄러웠기 때문이다.

지는 모습을 보이는 것도 주인으로서 해야 할 일이다, 라는 말은 한심하게 보일 것 같아서 말하지 못했다. 그러므로 나는 가능한 한 지지 않도록 노력할 것이고, 실제로 질 때까지는 모두의 신뢰에 응할 수 있는 강한 주인을 연기해야만 하는 것이다.

내가 지면 당장 도망치라고 늘 얘기 해두었으니까 패배한 후의 일은 걱정하지 않아도 될 것이고 말이다.

"——과연, 마물의 주인. 그랬었죠."

"뭐, 왕을 잃으면 끝인 나라와는 그런 점이 다르다고 할까."

내 맞장구에 고개를 끄덕이는 휴즈. 보아하니 납득한 것 같다.

"하지만, 그건 좀 재미있군요. 리무루 님은 우리 인간과 비슷한 생각을 하시는군요. 도저히 마물이란 생각이 들지가 않습니다. 게다가 슬라임이 가장 강하다는 것도 왠지 이상한 기분이 드는군요."

그리고 휴즈는 쓴웃음을 지으면서 그렇게 말했다.

그런 말을 듣고 보니 그럴지도 모르겠다. 나는 원래 인간이니 스스로는 당연하다고 생각하고 있지만, 휴즈 같은 입장에서 보면 마물이 인간과 비슷한 사고를 하는 것만으로도 위화감이 느껴질 것이다.

게다가——,

나는 카발 일행에게 말하지 않은 게 있다. 그렇다, 시즈 씨의 마지막에 대해 아직 이야기를 하지 않았던 것이다.

말을 꺼내기가 어려운 화제였기 때문에 질문을 받을 때까지 잠자코 있을 생각이었다.

——하지만 알려준다면 지금이 적기일 것이다.

"으음, 그럴지도 모르겠군. 믿을 수 없을지도 모르지만, 실은 나는 원래 인간이었네. 시즈 씨를 알고 있겠지? 나는 아마 그 사람과 마찬가지로 '이세계인'이었을 거야. 뭐, 저쪽 세상에서 죽는 바람에 여기서 슬라임(마물)으로 다시 태어났지만 말이지. 그리고 이참에 말해두겠는데——."

그렇게 말하면서 나는 엑스트라 스킬 '만능변화'를 써서 인간의 모습으로 변했다.

"세상에!"

휴즈는 놀라움에 눈을 휘둥그레 떴고, 조용히 있던 카발 일행도 너무 놀란 나머지 말도 나오지 않는 것 같이 보였다.

그러던 중에 맨 처음에 알아차린 사람은 에렌이었다.

"어라아, 잘 보니까…… 어린 시즈 씨?"

그렇게 조심스럽게 물어본 것이다.

"아니, 아니, 아니, 무슨 소리를 하는 거야, 에렌?"

"시즈 씨는 할머니였잖습니까요? 이렇게 귀엽지는 않았습니다요."

카발과 기도는 외모를 보고 부정했지만 그래도 에렌은 주장한다.

"틀림없어요오! 전 봤단 말이에요오. 그때 가면 속에 있던 맨얼굴을——."

그렇군, 봤단 말인가. 너무나 짧은 순간이라 나는 그렇다 치고 에렌 일행은 보지 못했을 거라고 생각하고 있었는데…….

하지만 지금이 딱 좋은 기회다. 어찌 됐든 지금부터 설명할 예정이었으니까.

나는 품에서 가면을 꺼내 책상 위에 놓았다.

"그건 시즈 씨 가면이군요?"

카발 일행도 신경이 쓰이는지 가면과 나를 번갈아 보고 있다.

"음. 딱히 숨길 생각은 없었지만 이상한 오해를 사는 것도 곤란하다고 생각해서 이 모습으로 변하지 않은 거네. 에렌이 말한 대로 이 모습은 시즈 씨에게서 물려받은 것이니까 말이지."

"――물려받았다고요?"

"그래. 내가 잡아먹었네, 시즈 씨를――."

네 사람은 놀란 얼굴을 하고 있지만, 누구 하나 화를 내는 자는 없었다.

기쁘게도 내 말을 믿어주고 있었다.

"시즈 씨는 나랑 같은 출신으로, 이후의 일을 내게 부탁하며 눈을 감았네. 그래서――시즈 씨의 뜻을 이어받겠다는 증표로서 이 모습을 얻었지. 그러니 시즈 씨의 모습으로 내가 꼴사나운 짓을 할 순 없지 않겠나?"

그렇게 조용히 말한다.

반은 진심으로, 반은 스스로를 속이기 위한 변명이다.

그리고 날 의심한다면 어쩔 수 없다고 생각하면서 휴즈를 바라봤다.

"――얘기를 들려주시겠습니까?"

휴즈는 의심하지도 않고 조용히 내게 물었다.

그래서 나는 시즈 씨의 마지막 모습과 내가 다시 태어난 사정을 모두 들려줬다.

"과연……. 그런 사정이 있었단 말입니까……."

휴즈는 그렇게 중얼거렸다.

어쩌면 휴즈가 이 도시에 오래 머무르고 있었던 것은 시즈 씨의 일을 듣고 싶었기 때문인지도 모른다. 하지만 나와 마찬가지로 그 말을 꺼낼 타이밍을 잡지 못하고 있었던 것이겠지.

"리무루 나리, 난 믿겠소."

"저도 믿습니다요."

"나도오! 하지만 그랬구나아⋯⋯. 시즈 씨, 무슨 일이 있어도 소원을 이루려고 했었구나⋯⋯. 그리고 리무루 씨는 그런 시즈 씨의 소원을 이뤄줄 생각인가요오?"

에렌은 생각보다 날카로운 질문을 했다. 하지만 그 질문에 대한 대답은 얼버무릴 필요도 없다.

"그래. 그게 약속이니까 말이지. 시즈 씨의 마음을 얽어매는 집착은 내가 풀어줄 생각이네. 뭐, 만나봐야 알겠지만, 마왕 레온은 내 사냥감이야."

"그렇구나아⋯⋯. 역시 리무루 씨는 믿을 수 있는 사람이네요!"

그렇게 말하면서 에렌은 만면에 미소를 지었다.

그리고 남자들 세 명의 반응은──.

"네? 마왕 레온?!"

"무모한 소릴 다 하는군요, 리무루 나리는⋯⋯. 그야 마왕 레온에 비하면 카리브디스 쪽이 훨씬 더 쉬운 상대⋯⋯."

"아니, 아니, 아니, 그런 거물을 사냥감이라고 말하는 건 위험하다니까요! 전 못 들은 겁니다요!"

그렇게 볼썽사나운 모습으로 동요하고 있었다.

뭐, 그렇게 구는 것도 상관은 없지만, 조금쯤은 에렌을 보고 본받았으면 좋겠다.

하지만 뭐랄까, 진심을 이야기한 보람은 있었기에 네 명 다 나를 신용할 마음이 생긴 것 같다.

이번 싸움에 참가하겠다고 말했지만, 그건 거절했다. 우리가 질 경우, 즉시 대책을 세울 필요가 있기 때문이다. 그렇게 설명하자 네 사람은 납득해주었다.

──그건 그렇고 이번에는 카리브디스(폭풍대요와)인가…….

나는 이 앞에 기다리고 있을 싸움을 생각하면서 약간은 우울해졌다.

제5장

카리브디스
(폭풍대요와, 暴風大妖渦)

Regarding Reincarnated to Slime

싸움이 시작되려 하고 있었다.

장소는 드워프 왕국 쪽으로 이어진 도로 위. 무장 국가 드워르곤과 템페스트(마국연방)의 수도가 연결된 중간 지점. 정비된 도로의 끝 부분이다.

그 자리에서 도로를 넓히는 공사를 하고 있던 게루도 일행과 합류하여 시간이 지나가기를 기다리고 있었다.

슬슬 카리브디스(폭풍대요와)의 모습이 보일 때가 됐다.

베스터가 가젤 왕에게 연락을 하여 사정을 이야기하고 있다. 맹약을 거론할 것도 없이 가젤 왕은 기사단의 파견을 약속해줬다.

"흥. 사제가 곤란에 처해 있다면 도와주는 건 당연한 거 아닌가?"

그게 그때 가젤 왕이 한 말이다.

어지간히도 사형 티를 내고 싶었던 걸까? '그래도 괜찮은가, 드워프 왕국?'이란 생각도 들었지만 도와준다고 하니 불만은 없다.

재빨리 준비를 마친 기사 100명은 이미 출발했으며, 카리브디스의 후방을 칠 예정이다. 우리와 협공을 할 계획이라는데, 이번에는 많이 의지하게 될 것으로 보인다.

나머지 400명의 기사들은 제1차 토벌 작전이 실패로 끝났을 때를 대비해 준비를 하고 있도록 지시했다고 한다.

이번 작전이 성공하면 좋겠지만 실패했을 경우의 일도 생각해

야만 한다. 가젤 왕은 어리석지 않기 때문에 이번 작전에서 정보
도 수집할 생각을 하고 있을 것이다.

내 입장에서는 이번 싸움으로 쓰러뜨릴 예정이므로 문제는 없
었다. 나중 일을 신경 쓰지 않아도 되기 때문에 오히려 안심할 수
있을 정도다.

그러므로 이제 남은 건 작전이 시작될 때를 기다리는 것뿐인 것
이다.

그 대기시간을 이용하여 우리는 합류한 트레이니 씨로부터 카
리브디스에 관한 설명을 듣고 있었다.

엄청나게 강한 마물 정도로 인식하고 있었지만 이야기를 들어
보니 훨씬 더 위험한 녀석인 모양이다. 과장이 아니라, 마왕급에
해당하는 힘을 갖고 있다고 한다.

캘러미티 몬스터(재액급 마물)라는 호칭을 보고 캘러미티급의 위
험도를 갖고 있는 건가 했지만 그렇지 않다. 휴즈가 했던 말이 사
실이었는지, 디재스터(재화)급에 해당한다는 것이다.

그럼 처음부터 그렇게 부를 것이지. 그런 생각을 했지만 이것
도 이유가 있다고 한다.

원래 디재스터급이라는 호칭은 마왕을 가리키는 것이며, 마왕
이 아닌 카리브디스에는 적용되지 않는 것이라고 한다.

그럼 왜 카리브디스는 마왕으로 인정받지 못하는 것인가?

이 이유도 간단한 것이, 카리브디스는 단순히 날뛰기만 하는
마물이기 때문이다. 무리를 지은 인간을 멸망시키고자 하는, 그
런 식의 지혜가 있는 행동을 하지 않는다고 한다. 아니, 아예 지

혜가 없는 게 아닐까 하고 추측하는 모양이다. 더할 나위 없이 폐를 끼치는 마물이긴 하지만, 그 한 가지가 마왕이 되기엔 모자라는 이유였다.

그리고 이 카리브디스 말인데, 사실은 정신 생명체라나. 육체를 날려버려도 어딘가에서 새로운 육체를 손에 넣어서 부활하거나 하는 모양이다. 어딘가에서 들어본 것 같은 이야기였다.

아니, 아무리 생각해도 베루도라 씨와 같은 특성을 지니고 있는 것 같다.

"이 카리브디스는 먼 옛날에 태어나 죽음과 재생을 반복하고 있습니다. 흉포한 천공의 지배자. 역시 숲의 지배자이며 수호자인 '폭풍룡' 베루도라 님의 부산물이라 할 수 있겠죠——."

뭐? 방금 그냥 흘려들을 수 없는 말을 트레이니 씨가 하지 않았나?

베루도라의 부산물? 역시 내 예상은 옳았단 말인가?!

"잠깐만. 베루도라의 부산물이라니, 그게 무슨 뜻이지?"

놀라서 따져 묻자, 아무렇지 않은 얼굴로 "카리브디스는 베루도라 님에게서 흘러나온 마력요소의 덩어리에서 발생한 마물입니다"라고 설명해줬다.

그 말은 즉, 나와 마찬가지란 뜻. 인간으로 따지자면 형제 같은 것이라 할 수 있으려나.

그렇게 생각하자 카리브디스가 똑바로 우리를 향해 오는 이유도 짐작이 갔다. 즉, 베루도라와 인연이 있는 나를 노리고 있는 것이리라.

어쩌면 내 안에 베루도라가 '있다'는 걸 알아차린 건지도 모른다…….

지나친 생각인지도 모르지만 일단은 조심하는 게 좋을 것 같다.

트레이니 씨의 설명을 다 들은 후에 우리는 한 번 더 작전을 확인했다.

카리브디스의 능력 중에 경계해야 할 것은 고유 능력인 '마력방해'이다. 이 능력으로 인해 카리브디스를 기점으로 반경 300m의 범위 안은 마력요소의 움직임이 흐트러진다.

카리브디스가 강력한 마력으로 주위의 마력요소에 간섭을 하고 있기 때문이다.

"제가 다루는 바람 계통의 상위 마법조차 카리브디스에겐 통하지 않았습니다. '마력방해'의 영향하에선 마법 효과가 저하되는 것으로 추측됩니다. 그리고 제일 곤란한 점은 비행마법의 효과가 강제로 사라진다는 것이겠지요. 접근하려고 하면 마법 효과가 사라지면서 추락하고 맙니다. 높이에서 유리함을 빼앗기기 때문에 아주 싸우기 힘든 상대라 할 수 있겠네요."

그게 실제로 싸워본 트레이니 씨의 감상이었다.

그렇기 때문에 마법에 의지하지 않고 하늘을 날 수 있는 전력을 준비할 필요가 있다는 이야기였다.

날개가 있어도 마법과 같이 효과가 사라지는 건 아닌가?

《해답. 비행 원리가 다릅니다. 페가수스와 드라고뉴트 같은 마물의 날개에는 중력을 조종하는 힘이 갖추어져 있습니다. 이로 인해 중력을 가볍게 만들어서 힘의 흐름을 바꿔 추진력을 발생시킵니다. 이 비행방

법에는 마력요소의 유무는 관계가 없습니다.》

내 의문에 '대현자'가 재빨리 대답해줬다.

그 말은 곧, 내 날개도 영향을 받지 않는다는 뜻이다. 생각해보니 이런 날개만으로 날 수 있다는 것이 신기하다고 생각은 하고 있었다. 근력만으로 나는 게 아니었던 것이다.

그야 날개를 파닥파닥 펄럭이고 있지도 않았으니, 이제 와서 궁금하게 여기는 것도 우습긴 하지만.

그렇다면 마음에 걸리는 점이 있었다.

"그렇군, 비행마법은 마력요소의 반발을 이용하고 있으니까. 그렇다면 베니마루 일행의 '비공법'도 소용이 없는 것 아닌가?"

'비공법(飛空法)'이란 건 〈기투법(氣鬪法)〉의 일종으로 오라(요기)를 이용하는 아츠(기술)이다. 비슷한 구조로 비행마법과 유사한 효과를 발생시키지만, 원리가 같은 이상 '마력방해'의 영향을 받을 것 같다.

방금 몰래 얻은 지식을 근거로 트레이니 씨에게 물어보니…….

"그렇군요, 생각하신 게 맞을 거라 봅니다. 역시 리무루 님이시네요."

칭찬을 받았지만 기쁘지 않은 대답이다.

"쳇, 그게 정말인가. 귀찮은 자식이로군. 그렇게 되면 범위계 공격으로 태워버리는 것도 어려운가……."

"그러네요, 오라버니. 마력요소를 매체로 하는 공격이 통하지 않는다면 공격 수단이 상당히 한정될 거예요."

나와는 달리 베니마루 일행은 적극적으로 싸울 방법을 검토하기 시작했다.

바로 그때였다.

"홋홋후. 뭔가 중요한 걸 잊고 있지 않아? 내가 누군지 잊어버리면 안 되지! 크기만 한 물고기 따위는 내 적이 못 돼. 가볍게 비틀어서 죽여주겠어!"

어느샌가 전투 의상으로 갈아입은 밀림이 자그마한 가슴을 활짝 펴고 마구 으스대면서 그런 말을 뱉은 것이다.

그런 수가 있었구나! 나는 그 이야기를 듣고 당장 밀림에게 부탁을 하려고 했다.

그런데 "그럴 수는 없습니다. 리무루 님이 곤란해 하실 겁니다. 이건 우리 도시의 문제니까요"라고 시온이 멋대로 거절한다.

왜? 왜 내가 곤란해 하는데? 그렇게 생각한 순간, "맞아요. 친구라고 해서 뭐든지 의지하려는 건 잘못이에요. 리무루 님이 정말로 곤란해 하실 때, 그때 부디 도와주시길 부탁드릴게요"라고 말하는 슈나.

나는 지금 엄청나게 곤란한 상태인데…….

그런 본심을 말할 수 있을 리가 없다. 다른 자들도 고개를 끄덕이고 있는 걸 보니, 모두 이 도시를 자신들의 힘으로 지키자고 생각하고 있는 모양이다. 그런 분위기 속에서 내가 맨 먼저 밀림에게 부탁을 할 수는 없는 것이다.

"하, 하하. 그 말이 맞아, 밀림. 일단 나를 믿어봐."

그렇게 말하면서 속으로 눈물을 삼키며 거절한다.

자기 스스로가 자기를 믿고 있지 않으면서 잘도 그런 소리가 나오는구나, 라고 생각한 건 비밀이다.

"뭐, 뭐라고?! 모처럼 내가 활약하는 모습을 보여줄 차례가 왔다고 생각했는데……."

밀림은 고개를 푹 숙이고 있었다.

모처럼 옷을 갈아입고 의욕을 보인 것 같은데, 거절당한 충격이 큰 모양이다.

울상이 된 얼굴로 나를 힐끔힐끔 보고 있지만 이것만큼은 나도 어쩔 수가 없다. 나로서도 너무나 아쉬우니까.

뭐, 그런 연유로 역시 우리가 카리브디스를 상대하기로 된 것이다.

*

그 후로 논의를 해봤지만 문제가 되는 건 권속인 메갈로돈에도 고유 능력인 '마력방해'가 있다는 점이다.

원거리 공격은 대부분 통하지 않는 데다 접근하려고 해도 비행이 방해를 받게 되면 카리브디스와 메갈로돈을 쓰러뜨릴 방법은 실제로 적다는 게 문제가 된다.

결국은 일단 한번 싸워보자는 것으로 결론이 나왔다. 논의를 해봐도 어쩔 수가 없으니 통할 것 같은 공격을 시도해보기로 한 것이다.

그러고 있는 사이에 내 '마력감지'가 접근해 오는 열네 마리의 마물을 감지한다. 그리고 곧바로 직접 눈으로 확인할 수 있게 됐다.

원거리에서 봐도 그 이상한 모습은 압권이었다.

몸길이 20m를 넘는 거대한 상어가 대공을 유유히 헤엄치고 있다. 그 겉 표면은 단단한 드래곤의 비늘로 보호를 받고 있어서 어설픈 공격은 전부 튕겨낼 것 같았다. 모습은 상어와 비슷하지만 본질은 전혀 다른 괴물인 것이다.

그러던 중에 좀 더 눈에 띄는 이상한 괴물이 있다.

열세 마리의 상어를 거느린 거대한 외눈박이 용.

그 크기는 너무나 압도적이라 메갈로돈이 작게 보일 지경이다. 비교한다면 메갈로돈의 약 세 배. 몸길이 50m를 넘는 체격을 자랑하고 있었다.

상어처럼 뾰족한 머리 아랫부분에 커다란 눈동자가 달려 있다. 그 윗부분은 단단한 뿔같이 뭉쳐져 있는 것이, 바위든 뭐든 꿰뚫어서 파괴할 수 있을 것 같았다.

장식처럼 느껴지는 다리가 상어의 몸통에 부착되어 있는 것 같은 모습. 그러나 그 등에 돋아난 크고 작은 두 쌍의 날개만은 베루도라의 것과 아주 유사했다.

카리브디스는 기분 나쁜 아름다움을 느끼게 하는 마물이었다.

전쟁이 시작되었다.

페가수스 나이츠(천상 기사단)는 현재 이쪽을 향해 급하게 달려오고 있다.

트레이니 씨의 동생 중 한 명인 드리스가 그들을 맞이하러 갔으며, 원소마법 : 윈드 프로텍트(바람의 방호막)와 군단마법 : 아미무브(행군 증강)를 연거푸 걸어서 페가수스의 비행 속도를 높이고 있다고 한다.

예정보다 빨리 도착할 것이라고 '사념전달'을 통해 전해주었다.

우리는 우선 한번 싸워보기로 했다. 페가수스 나이츠가 와서 혼전이 벌어지면 대규모 마법은 쓸 수 없게 된다. 그러므로 접촉함과 동시에 마법을 걸 수 있도록 준비하고 있었다.

"받아라! '헬 플레어(흑염옥)'!!"

선제공격으로 최대이자 최강의 위력을 가진 광범위 마법 공격을 선택하는 베니마루. 마주치자마자 최강 기술을 쓰는 것은 어떤 의미로 보면 낭만적이긴 하지만……

내가 쓸데없는 생각을 했기 때문일까, 반경 100m까지도 미칠 법한 검은 돔 안에 가둘 수가 있었던 건 카리브디스 한 마리와 한 마리의 메갈로돈뿐이었다.

아니, 생각해보면──상대가 너무 큰 게 문제다. 50m의 거구라면 옆에서 헤엄치고 있는 것 같이 보여도 상당히 먼 거리에 있는 것이다. 직경 200m는 상당한 사이즈이긴 하지만 적의 거구를 생각해보면 좁은 범위라는 결과가 나온 것이다.

그리고 그 결과는……

"말도 안 돼!! 전력을 다한 공격이었는데…… "

베니마루의 짜증 섞인 중얼거림이 들렸다.

유유히 헤엄치는 카리브디스.

같이 걸려든 메갈로돈은 몸 대부분이 불에 타 추락했는데, 정작 중요한 카리브디스는 아무렇지 않았다. 온몸을 덮어 보호하는 비늘이 벗겨지고 새롭게 돋아나긴 했지만 그뿐이었다. 그 거구의 방어력과 고유 능력 '마력방해'로 인한 마법내성으로 '헬 플레어'에 대한 레지스트(자항)에 성공한 것이다.

아니, 메갈로돈조차 완전히 타버리지 않았으니, 고유 능력 '마력방해'는 상당한 효과가 있는 것으로 보인다.

예상하고 있었기 때문에 충격을 받지 않았지만, 이건 상당히 번거로운 상대라는 걸 재인식하게 됐다. 하지만 누구하나 난감해하는 자는 없었다.

"그러면 예정대로 분산시켜서 각개격파로 가볼까."

이렇게 될 것이란 전제하에 세워둔 계획에 따라 우리는 행동을 시작한다.

페가수스 나이츠가 올 때까지 시간을 버는 것과 방해가 되는 메갈로돈의 처치를 우선시한 것이다. 내 명령을 받고 모두가 지정된 자리로 흩어진다.

나도 인간 모습으로 '변화'했다.

무슨 일이 생겼을 때 즉시 대응할 수 있도록 하기 위해서다.

남은 메갈로돈은 열두 마리.

이 녀석들의 수를 줄이는 것만으로도 엄청난 고생을 할 것 같다.

개개의 힘이 A랭크라고 하지만, 스피드에 비해서 파워는 그렇게 대단하지 않다. 기량 면을 살펴보자면, 카리브디스와 마찬가지로 지능이 낮은 만큼 그렇게까지 경계할 상대는 아닌 것으로 보인다.

예를 들자면 고부타들이 싸웠던 나이트 스파이더와 메갈로돈이 싸웠을 경우 나이트 스파이더가 물어뜯기면서 승부는 금방 결정이 날 것이다. 그러나 상대가 고부타였다면 이리저리 도망치느라 승부가 쉽게 끝나지 않을 것이다.

즉, 주의할 점은 그 높은 공격력과 방어력이지, 전투 속도는 그렇게 위협적이지 않은 것이다. 전투에 있어 가장 중요한 요소인 속도를 기준으로 생각해보면 메갈로돈은 그 정도로 경이적인 마물은 아니라는 뜻이다.

말할 것도 없겠지만, 한 번 공격을 허용하면 치명상을 입을 상대다. 얕보고 덤벼도 되는 상대가 아니라는 건 당연하며, 내 부하들은 그 사실을 잘 이해하고 있었다.

*

베니마루에 이어 전투를 시작한 건 게루도와 부하들이었다.

지휘소는 약간 높은 언덕 위에 세워져 있기 때문에 아래에서 벌어지는 전투를 잘 볼 수 있다.

게루도가 이끄는 부하들은 하이 오크 중에서도 B랭크 이상의 용맹한 자들뿐이다. 그 이하의 자들은 이번 싸움에서 방해가 될 우려가 있기 때문에 도시 주민들의 피난을 맡겼다.

100명도 채 되지 않는 정예가 이번 작전의 주역이다.

게루도와 부하들은 나무들을 방패 대신으로 삼아 메갈로돈을 유인하여 공격하는 작전을 시작했다. 그러나 이 작전은 실패였다.

숲 속으로 끌어들이면 나무들이 방해가 돼서 움직이지 못할 것이라고 생각하여 세운 작전이었는데…… 메갈로돈은 그 강인한 육체로 나무들을 마른 가지처럼 아주 쉽게 부러뜨린 것이다.

그리고 발동하는 고속 돌격. 그 공격은 칼날처럼 튀어나온 비늘을 동원하여 충돌한 상대를 베어버린다. '칼날 돌격'이라고 이름을 지어줘도 될 것 같은 공격이었다.

게루도의 지휘를 받는 정예 하이 오크들은 곧바로 회피에 들어 갔다. 그러나 메갈로돈은 너무나 거대했다. 평소라면 쉽게 피할 수 있는 속도이긴 했지만 종횡무진으로 공간을 헤엄치는 거대 상 어의 몸체를 피하는 건 어려웠다. 이번에는 반대로 자신들이 나 무들로 이뤄진 감옥 속에 갇힌 꼴이 된 것이었다.

게루도처럼 모두가 방어력에 특화된 덕분에 다행히 죽은 자는 나오지 않은 것 같다. 하지만 전투를 계속하는 건 불가능할 정도 로 수십 명이 중상을 입고 말았다.

숲 속으로 숨은 나머지 전사들도 이 사태를 맞아 안색이 변하 고 있다. 메갈로돈의 엄청난 공격력 앞에서는 무리도 아닌 이야 기였다.

그 와중에 흥분한 것처럼 포효하는 자가 있었다.

"용서하지 않겠다, 내 동료들을!"

게루도다.

게루도는 소리치면서 메갈로돈을 정면에서 노려본 채로 그 돌 진을 받아낸 것이다.

게루도는 갑옷으로 온몸을 감싸 지키고 있다. 그 덕분에 칼날 같이 돋아난 비늘에 다치질 않았다. 그리고 그대로 게루도는 괴 력으로 메갈로돈을 붙잡고 누른다.

"지금이다, 공격해라!"

명령이 떨어짐과 동시에 일제히 움직이는 하이 오크 전사들. 그 걸음은 둔하고 무겁지만, 배틀 액스(전투용 도끼)에 의한 일격은 묵직하다. 조금씩 메갈로돈의 몸에 상처가 나기 시작한다.

하지만 아쉽게도 그 상처는 메갈로돈에겐 치명상이 아니다. 그 거구를 놓고 보면 하이 오크들의 공격은 언 발에 오줌 누기에 지나지 않았다.

메갈로돈이 몸을 한 번 뒤튼 것만으로도 수십 명의 전사들이 날아가 버린다.

게루도의 표정이 험악하게 변하더니, 증오가 담긴 얼굴로 메갈로돈의 머리에 압력을 가한다. 그걸 거부하면서 더 크게 날뛰는 메갈로돈.

게루도의 괴력과 메갈로돈의 저항이 정면으로 맞부딪혔다.

힘은 서로가 비슷하다. 그러나 행운은 게루도에게 미소 지었다.

"내가 돕겠소!"

그렇게 외치는 소리가 들렸다.

그 직후에 하늘에서 수직으로 내리꽂히는 빛이 메갈로돈을 뚫는다. 그 일격으로 무슨 일이 일어난 건지 이해하지도 못한 채로 메갈로돈은 절명하고 말았다.

나타난 자는 가비루다.

유격 부대인 그는 게루도의 위기를 알아차리고 재빨리 구원하러 달려온 것이다.

그때 게루도가 메갈로돈을 붙잡아 누르고 있는 것을 목격하고 위력에만 온 힘을 쏟은 일격을 날린 것이다.

적어도 A랭크급인 가비루의 전력을 다한 일격. 20m 급의 거구를 자랑하는 메갈로돈조차 그 공격력에는 버텨낼 수 없었던 것이다.

게루도의 행운은 그뿐만이 아니다.

가비루의 부하인 드라고뉴트들이 재빨리 자신들이 생산한 '풀 포션(완전 회복약)'을 써서 부상자를 치료하고 있다. 아낌없이 뿌려진 약에 의해 중상자들도 부활했다.

누구 하나 빠짐없이 이 위기를 돌파한 것이다.

"크와하하하하! 게루도 공이 이 괴물의 움직임을 막아준 덕분에 편하게 해치울 수가 있었소!"

"덕분에 살았소, 가비루 공. 제안이 있는데, 이대로 같이 싸우는 건 어떻겠소?"

"오오! 그거 재미있겠구려. 도움이 될 수 있다면 내 쪽에서 부탁드리고 싶은 바요!"

이렇게 게루도와 가비루는 태그를 맺었다. 게루도와 가비루의 부하들도 서로 협력하면서 약간의 부상은 신경 쓰지도 않은 채 용맹 과감하게 메갈로돈을 공격한다. 그리고 이번 싸움으로 서로 간의 인연을 더욱 공고히 했다.

그리고 그 후에 두 마리의 메갈로돈을 더 토벌하는 데 성공한 것이다.

*

게루도 일행이 싸움을 시작한 후, 다른 장소에서도 사투가 시작되고 있었다.

하쿠로우의 명령을 받은 대로 고부타가 '케이스 캐논(칼집형 전자포)'으로 메갈로돈을 쏜 것이다.

절대적인 위력을 자랑하지만 직경 20㎝의 탄환으로 치명상을 입히는 것이 가능할 리가 없다. 배에 직경 50㎝나 되는 큰 구멍이

났지만 그건 메갈로돈의 분노에 불을 지필 뿐이다.

"역시 무리 아닙니까요?!"

"헛헛허. 그야 당연하지. 네 녀석들이 저걸 쓰러뜨리게 하기 위해서 이쪽으로 유인했을 뿐이야."

"케엑! 이 영감님이 터무니없는 소리를 합니다요!"

고부타의 비명이 울려 퍼진다. 그러나 누구 하나 말리려고 하지 않는다.

그리고 시작된 것은 숲 속의 숨바꼭질이다.

하쿠로우의 선언대로 고블린 라이더들에게 메갈로돈을 쓰러뜨리게 시킬 생각인 것 같다. 목숨을 건 숨바꼭질을 통해 고부타가 이끄는 고블린 라이더는 메갈로돈에게 떼로 덤벼들고 있다.

창으로 찌르고 물러난다. 메갈로돈의 타깃이 그자에게로 이동함과 동시에 다른 자가 공격하는 사이클로 진행된다.

모두 필사적이다.

자랑거리인 속도에서 밀리고 있지만 상대는 거구다. 반경이 작은 회전을 할 수 있는 만큼 고부타 일행 쪽이 약간이나마 유리하다.

그런 조건하에서 싸우고 있기 때문에 약간의 실수가 목숨을 좌우하게 된다. 그런데도 얼마간의 상처는 하이퍼 포션(상위 회복약)으로 치료하면서 무모한 공격을 계속하고 있었다.

"최악의 경우에도 풀 포션이 있으니 즉사만 하지 않으면 괜찮다."

사람 좋은 할아버지 같은 말투로 악마 교관이나 할 법한 짓을 보여주는 하쿠로우.

"젠장! 이 영감님, 지금 진심입니까요?"

불평을 말할 여유가 있는 것은 고부타뿐이다. 다른 자들은 공격과 회피만으로 벅찬 상태다.

"자자, 미끼 담당은 확실하게 주의를 기울여라! 공격 담당은 아무것도 생각하지 않아도 된다. 그저 온 힘을 다해 적을 공격하는 거다! 단, 공격과 동시에 이탈하는 걸 잊지 마라. 뭐, 깜빡 잊는다고 해도 고통 없이 죽을 게다, 헛헛허."

진짜 악마다. 하쿠로우는 일말의 자비도 없이 고부타 일행을 단련시킬 생각이다.

스무 명밖에 안 되는 집단이 교대로 미끼와 공격 역할을 연기하고 있다.

다섯 팀으로 나뉘어져 있지만 순서를 맞춰 자신의 역할을 연기하고 있는 것이다. 공격, 회피, 이동, 회복, 준비, 이런 식으로 차례차례 교대하면서 메갈로돈을 농락한다. 단, 타깃이 변경되지 않은 경우도 있으므로 주의가 필요했다.

방어력이 없는 이상, 미끼 역할은 메갈로돈을 유인하면서 회피에 전념할 수밖에 없다. 가장 위험한 역할이었다.

타깃이 바뀌지 않으면 그대로 계속 미끼 역할을 계속할 필요가 있는 데다, 공격 직후부터 메갈로돈의 타깃이 변경될 때까지의 시간이 가장 위험한 시간대라고 할 수 있다.

하지만 고부타를 포함한 고블린 라이더는 일사불란하고 잘 정돈된 동작으로 위험 없이 역할을 전부 소화하고 있었다.

"훌륭하군."

"네, 역시 하쿠로우 님이네요."

"그래. 젊어지면서 더더욱 악마 교관다운 모습이 되었어."

내가 칭찬하자, 슈나와 베니마루가 동의했다.

"굉장한데! 나도 같이 놀고 싶어!"

밀림은 뭔가를 착각하고 있는 것 같지만…… 왠지 신경을 쓰면 지는 것 같다.

"리무루, 리무루, 역시 내가——."

"안 돼."

내 옷소매를 잡아당기면서 호소하지만 마음을 차갑게 먹고 받아들이지 않는다.

울고 싶은 건 내 쪽이니까 그런 눈으로 날 보는 건 그만했으면 좋겠다.

*

공중에선 화려한 일이 벌어지고 있었다.

소우에이다.

소우에이도 베니마루와 마찬가지로 '비공법'밖에 사용할 줄 모른다. 그것도 굳이 말하자면 능숙하지 않았다. 그런데도 무슨 수법을 쓴 것인지 메갈로돈의 등에 붙어 있었다.

방법은 간단했다.

소우카 일행 다섯 명이 메갈로돈보다도 높은 곳에 위치하여 그 등에 그림자를 드리우고 있었다. 그 그림자를 목표로 삼아 소우에이는 '그림자 이동'을 한 것이다.

공중의 마력요소에 간섭을 하는 것이 고유 능력 '마력방해'의 효과다. 그러므로 '그림자 이동'에는 영향이 없을 것이다.

그걸 꿰뚫어 보고 즉시 이용하다니, 역시 소우에이는 대단하다.

하지만 그의 본 실력은 지금부터 발휘되었다.

소우카 일행은 다섯 명. 그리고 각자가 다른 메갈로돈 위에 달라붙어 있었다. 그게 의미하는 것은 소우에이의 본체와 '분신체'로 동시에 다섯 마리의 등에 붙어 있다는 사실이다.

"조요괴뢰사(操妖傀儡絲)!"

네 개의 소우에이의 '분신체'가 동시에 기술을 발동했다. 그건 지혜가 없는 마물을 조종하는 비술이다.

뇌에서 지령을 전달하는 신경망에 요기를 통해 접촉을 시도한다. 그리고 거짓 명령을 흘려보내는 것이다.

이에 의해 네 마리의 메갈로돈이 소우에이의 지배하에 들어갔다. 시체를 이용한 단순한 구조가 도리어 화가 된 셈이라 할 수 있을 것이다.

소우에이는 각 분신을 조종하여 메갈로돈을 서로 싸우게 만든다. 이로 인해 네 마리의 메갈로돈이 두 쌍으로 갈라져 서로 싸우기 시작한 것이다.

그리고——,

"적당히 때를 봐서 처리해라."

소우에이는 소우카 일행에게 그런 말을 남기곤 본체가 탄 다섯 번째의 메갈로돈을 조종하여 카리브디스에게로 향했다.

그 모습이 너무나 깔끔한 나머지, 메갈로돈이 A랭크라는 걸 잊어버리게 한다.

아니, 소우에이도 베니마루와 마찬가지로 차원이 다르게 강해진 모양이다. 소우에이는 진심으로 싸우고 있겠지만 힘든 싸움을 겪어본 적이 없는 것처럼 적당히 상대하고 있는 듯이 보일 지경이다.

게루도와 그렇게 실력 차이는 없을 터인데, 이 차이는 대체 어디에서 오는 걸까······.

나는 이런 상황에서도 그런 생각이 들고 말았다.

남겨진 소우카 일행은 뭘 하는가 하면,

"잘 알겠습니다, 소우에이 님. 나머지는 맡겨주십시오."

소우에이의 말에 공손하게 고개를 숙이는 소우카.

그리고 표정이 냉정하게 변하면서 메갈로돈을 바라봤다.

"방심하지 마라. 소우에이 님을 실망시킬 짓을 하는 건 절대 용서하지 않는다!"

부하를 모아서 차갑게 말하는 소우카. 토우카에 사이카, 난소우와 호쿠소우도 소우카와 마찬가지로 차가운 표정이었다.

솔직히 말해서 하쿠로우는 악마 교관이 맞다고 생각한다.

하지만 소우에이는 대체 뭘까? 이런 짧은 시간에 직속 부하 다섯 명을 깜짝 놀랄 정도로 냉혹한 느낌이 들도록 바꿔놓았다. 대체 어떤 교육을 시키면 이렇게 되는 거람······.

잠시 후 메갈로돈끼리의 싸움이 격렬해졌을 때 소우카를 제외한 네 명이 일제히 공격을 시작했다. 소우카가 상공에서 지시를 내리고 네 명이 그에 따르는 스타일이다. 그리고 멋지게 자신들보다 강한 메갈로돈을 처리해낸 것이다.

소우에이뿐만 아니라 그 부하 다섯 명도 훌륭하게 싸웠다고 할 수 있을 것이다.

이렇게 소우카 일행은 네 마리를 격추한 전공을 세웠다.

*

굉장하다고 말하자면 시온과 란가도 마찬가지다.

어느샌가 이 두 사람은 콤비를 이루고 있었던 모양이다.

"이번에는 어떻게든 눈에 띄어야합니다!"

"음. 나도 그 의견에는 찬성이다."

그렇게 두 사람의 의견이 일치한 모양이다.

원래의 거구로 변한 란가의 등에 시온이 올라탄다. 그걸 기다린 후 재빠르게 달리기 시작하는 란가. 그리고 그대로 지휘소가 있는 언덕에서 점프하여 하늘로 내달린다.

응? 하늘, 로?

잘 보니 란가는 아무것도 없는 공간에 마치 발판이 있는 것처럼 힘찬 도약을 반복하면서 하늘을 달리고 있었다. 엑스트라 스킬 '풍조작(風操作)'으로 공중에 발판을 만든 것이다.

참으로 기발한 방법을 쓰고 있다. 이름을 붙이자면 '공구법(空驅法)'이라 할 수 있을까. 어쨌든 란가는 지상을 달리는 것보다도 빠르게 하늘을 달리게 된 것이다.

단, 이 아츠(기술)도 마력요소를 이용한다는 점에선 '마력방해'의 영향을 받는다. 메갈로돈 정도의 간섭력이라면 혹여나 란가의 발판을 흐트러뜨릴지도 모르는데…….

어쩔 생각인지 몰라서 보고 있으려니, 란가는 놀랄 만한 행동을 했다. 메갈로돈이 있는 상공까지 이동하여 거기서 가속하듯이 바로 밑에 위치한 사냥감을 향해 뛰어든 것이다.

란가의 거구는 몸길이가 5m나 된다. 메갈로돈과 비교하면 작지만 그래도 상당한 질량을 갖추고 있다.

　자신의 도약력에 중력가속도를 더해 그저 달리는 것만으론 낼 수 없는 속도로 메갈로돈에게 육박하는 란가. 하지만 그건 자신의 몸으로 몸통 박치기를 거는 것이 목적이 아니었다. 란가의 등에 선 채로 대태도를 들고 있는 시온이 있는 것이다.

　지면에 대해 평행으로 서 있음에도 불구하고 시온의 자세는 흐트러짐이 없었다. 그리고 란가와 메갈로돈이 교차하는 찰나, 옅은 보라색으로 빛을 내고 있는 대태도를 시온이 아래로 휘둘러 내리쳤다.

　시온의 오라(요기)가 대태도를 강화 및 확장시키면서 칼날의 길이는 세 배 이상으로 늘어났다. 상공에서 급속도로 낙하하는 기요틴의 날처럼 시온의 요도가 메갈로돈의 머리를 베어서 떨어뜨렸다.

　"봤느냐! 이게 바로 단두귀인(斷頭鬼刃)이다!!"

　'단두귀인'——그 이름 그대로인 기술이다. '귀도포(鬼刀砲)'처럼 오라(요기)를 방출하는 것이 아니라 일정한 형태로 고정하여 사용하기만 하는 기술.

　그러나,

　란가와 협력하여 현재 낼 수 있는 최고의 속도로 칼을 휘두른 결과 확장된 대태도의 끝 부분은 음속조차 뛰어넘으면서 메갈로돈의 머리를 잘라버린 것이다.

　시온에게 어울리는 단순하고 호쾌하기 그지없는 기술이라고 생각했다.

그 후에 머리를 잘리면서 '마력방해'가 사라진 메갈로돈을 란가의 번개가 불태워버린다. 그걸로 끝이었다.

같은 방식으로 두 마리를 연속으로 처리하는 시온과 란가.

그리고──,

"이렇게 덩치만 크고 싸우는 재미가 없는 적만 상대하는 건 질리는군요. 적의 수괴를 노리려고 하는데 어떻게 생각하시나요? 란가."

"시온이여, 나도 그 의견에는 마음이 동하는군. 얼마나 강한지 우리가 한번 알아보도록 할까."

"란가라면 당연히 그렇게 나와야죠. 그럼 갑시다!"

제멋대로 그런 말을 하더니 둘이서 카리브디스 쪽으로 향했다.

*

맨 처음에 메갈로돈은 열세 마리가 있었다.

각각이 A랭크에 달하는 위협적인 마물들──이었을 것이다.

그런데 지금 살아남아 있던 두 마리 중의 한 마리가 죽었다. 하쿠로우의 베기 공격에 산산조각이 난 것이다.

우리 쪽 전력 중에 사망자나 탈락자는 없다.

생각했던 것 이상으로 전황이 좋아서 나도 속으로 안도한다.

"아직 멀었다. 기동력과 회피 능력은 나름대로 성장했지만 공격력은 전혀 아니구나. 겨우 한 마리도 처리하지 못하다니…….

이 싸움이 끝나면 수행을 더 엄하게 해야겠구나."

"잠깐만요, 영감님! 이 이상 더 엄하게 하면 죽습니다요, 죽는 다굽쇼!"

"영감님, 이라고?"

"앗?!"

왠지 비통한 고부타의 비명 소리가 들리더니, 그리고 조용해졌다.

무슨 일이 있었는지는 모르겠지만, 어쩌면 고부타 군이 **메갈로돈**에게 당하면서 중상을 입은 건지도 모르겠군. 이 싸움에서 첫 번째 탈락자가 되어버린 모양이다. 하지만 분명 죽지는 않았을 테니 괜찮을 거라고 믿도록 하자.

——그렇게 스스로 생각해도 멍청한 생각을 하고 있는 동안에 새로운 전개가 시작됐다.

소우에이가 마지막 한 마리를, 마치 자신이 탄 말처럼 조종하여 카리브디스에게 물려 뜯기도록 유도한 것이다. 징그러운 오브제처럼 카리브디스의 입에서 버둥거리는 메갈로돈.

엽기적인 광경이었다. 아직 살아 있는 것 같지만 이미 위협은 되지 않는다.

이렇게 남은 적은 카리브디스만 존재하게 되었다.

소우에이는 메갈로돈 따위에겐 눈길도 주지 않고 카리브디스에 올라탔다.

"저런, 소우에이 녀석은 괜찮은 건가?"

"리무루 님, 안심하십시오. 소우에이는 저 다음가는 실력자입니다. 카리브디스의 실력을 시험해보기에는 딱 적당할 것으로 생각합니다."

내가 걱정이 되어 중얼거린 말에, 베니마루가 가벼운 분위기로 대답했다. 그 목소리에 걱정하는 투가 없는 걸 보니 진심으로 소우에이를 믿고 있다는 걸 엿볼 수 있었다.

"게다가 보십시오. 저 녀석들도 참전하고 있는 것 같군요."

손가락으로 가리킨 쪽에는 시온과 란가가 있었다.

카리브디스의 '마력방해'의 영향을 받지 않는 것인지, 상당히 높은 고도까지 이동한 후 낙하하는 중이었나 보다. 능숙하게 등에 착지하는 것 같다.

그건 그렇고, 이렇게 보니 정말 엄청난 거구다.

전장 50m를 넘는다는 것은 그것만으로도 굉장한 위협이 된다. 그 정도의 질량이 상공에서 도시로 낙하하기만 해도 얼마나 많은 피해가 나올지 상상도 되지 않는다.

《해답. 규모로 추정하건대, 고도──.》

됐거든. 구체적인 숫자는 설명하지 않아도 돼. 나는 '대현자'의 입을 다물게 했다.

그런 설명을 들어봤자 우울해질 뿐이다. 기왕이면 쉽게 쓰러뜨릴 수 있는 방법을 가르쳐주면 좋겠다.

《──.》

이번에는 침묵.

정작 중요할 때에는 말이 없어지는 게 '대현자'의 안 좋은 버릇이란 말이지. 아니, 그냥 토라져 있는 건지도 모르겠지만.

그건 일단 내버려 두고.

내 시야에는 소우에이, 시온, 란가가 카리브디스를 공격하기 시작하는 모습이 보였다.

지금까진 순조로웠으니 의외로 카리브디스도——라고 생각했지만 그건 아무래도 안일한 생각이었던 모양이다.

덩치가 큰 건 그 자체만으로 위협적이다. 그걸 증명하는 사태가 벌어지고 있었다.

소우에이, 시온, 란가가 한바탕 공격을 했지만 그게 일절 통하지 않았던 것이다.

50m의 거구 앞에선 그들의 공격은 외피를 살짝 베는 정도일 뿐이며, 중요한 마력 신경망까지는 닿지 못하고 있는 것 같았다.

애초에 카리브디스는 생물이 아니다. 비정상적인 생태의 마물이므로 내장 기관 같은 것은 존재하지 않는다. 레더 드래곤의 시체를 이용하여 육체로 만들어진 갑옷을 두르고 있는 셈이다.

이런 결과가 나오는 것은 당연한 것이며, 이 상황을 돌파하려면 어중간한 공격으론 불가능할 것으로 보인다.

"——역시 이렇게 됐나요. 제 마법도 300m 밖에선 전혀 효과가 없었습니다만……. 저렇게 근접 거리에서도 공격이 통하지 않는다면 달리 손쓸 방법이 없겠군요. 그것도 마법뿐만 아니라 물리 공격까지도 의미가 없을 줄이야……."

트레이니 씨가 고뇌하는 표정으로 그렇게 중얼거렸다.

그런 때임에도 불구하고 밀림 혼자만은 "그래서 나한테 맡기라고 했는데"라고 말하며 여전히 토라져 있지만······.

지금은 밀림을 신경 쓰고 있을 때가 아니다.

들자하니, 트레이니 씨가 다룰 줄 아는 것 중에 최강 클래스의 원소마법 : 에어리얼 블레이드(대기압축단열, 大氣壓縮斷裂)조차도 그 위력이 10분의 1정도로 흩어지는 바람에 결정타가 되지 못했다고 한다.

어느 정도의 대미지는 줄 수 있었지만, 즉각 상처가 나아버렸다나.

그리고 통증이 뇌에 전달되는 속도가 느린 것인지, 한동안 공격을 계속하던 중에 갑자기 날뛰기 시작했다고 한다.

"급격하게 가속하여 몸통 박치기를 시도해 오더군요. 온몸을 덮은 비늘은 하나하나가 마치 칼날인 양 절 베려고 했습니다. 눈에서 발사되는 파괴 광선은 마력요소를 흩어지게 하는 효과를 가지고 있어서 저처럼 마력요소로 육체를 구축하고 있는 마물에겐 대처하기가 곤란한 공격이었어요──."

상황을 다시 떠올리면서 그렇게 말했다.

회의실에서 설명을 한 번 듣기는 했지만 실물을 직접 보니 그 장대함이 잘 이해가 된다. 확실히 이런 괴물을 쓰러뜨리려면 웬만한 공격으론 의미가 없을 테니까······.

"──안 돼!"

갑자기 트레이니 씨가 소리쳤다.

"지금 한순간이지만 저 외눈이 붉게 빛났습니다. 저건 카리브디스가 공격을 시작하려는 사인일지도 모르겠군요."

트레이니 씨 대신 베니마루가 설명했다.

나도 알아차리고 있었거든? 저게 뭘까~ 하고 느긋하게 생각하고 있었을 뿐이지…….

게다가 그 순간, 시온이 오라(요기)를 최대한 높여서 '귀도포'를 발사하는 바람에 그쪽으로 정신이 팔리고 있었다. 어쩌면 그게 원인이 되어서 카리브디스가 화가 난 건지도 모른다.

이유야 어쨌든 간에 위험해 보이니 '사념전달'로 알려주기로 한다.

'들었나? 뭔지 모르지만 공격을 해 올지 모르니까 방심하지 마라!'

'잘 알겠습니다, 리무루 님!'

'알겠습니다.'

'잘 알겠습니다, 나의 주인이여!'

각양각색으로 들려오는 세 사람의 대답에 고개를 끄덕이는 나.

일일이 말하지 않아도 방심 같은 건 하지 않겠지만 만일을 위해서다.

하지만 미리 전해두길 잘했다.

그 직후에 엄청난 공격이 소우에이 일행을 덮친 것이다.

유리를 긁는 것 같은 귀에 거슬리는 소음이 주위의 공간을 가득 메웠다.

그 소리만으로도 정신이 오염되는 것 같은 불쾌한 기분이 든다.

카리브디스의 온몸을 덮은 비늘이 삐걱대는 소리였다.

그리고──.

"이런! 저런 공격 수단까지 가지고 있었을 줄이야──."

"위험한데, 저건——피할 수가 없어."

트레이니 씨와 베니마루가 절박한 목소리로 외친다.

카리브디스의 온몸에서 죽음과 파괴를 흩뿌릴 재앙이 발사된 것이다.

——한창 그걸 바라보던 중에,

"호오! 저게 카리브디스를 폭군이라고 칭하게 만든 기술——템페스트 스케일(폭풍의 비늘 소나기)인가. 처음 봤어!"

밀림이 이렇게 말했다.

심심했는지 드디어 해설을 하기 시작했다.

지금 중요한 부분은 기술의 이름이 아닌 데다, 알고 있었다면 미리 좀 가르쳐주면 좋겠다…….

나도 모르게 "뭔지 알고 있어? 밀림."이라고 생각 없이 물을 뻔했지만 자중했다.

지금은 자세하게 설명을 들을 상황이 아닌 데다, 보면 알 수 있을 공격이었기 때문이다.

그보다도 지금은 시온 일행 쪽이 걱정이었다.

내 충고를 따라 경계하기 시작한 직후였기 때문에 아슬아슬하게 피할 수 있었던 소우에이, 시온, 란가. 그러나 그들에게 닥쳐오는 것은 압도적인 물량을 자랑하는 카리브디스의 비늘이다.

그야말로 수백, 수천, 수만 개나 되는 비늘이 모든 것을 찢어발길 포탄으로 변해서 전 방위로 발사된 것이다. 크기는 제각각이긴 하지만 작은 것만 해도 크기가 몇 ㎝나 되었다. 직격으로 맞으면 칼로 베이는 것보다도 비참한 일이 일어날 것이 틀림없다.

그런 것이 수만 개 이상이다. 엄청난 속도로 빗발치듯이 쏟아진다.

도망갈 곳은 없다.

밀림이 말하기로는 '템페스트 스케일'이라는 이름이었지만 '헬 플레어'를 훨씬 초월하는 규모의 광범위 섬멸 공격이다.

"큭, 전부 피하는 건 불가능해. 나와 란가에겐 '그림자 이동'이 있지만——."

"도망친다고요? 무슨 그런 안일한 말씀을……. 이 정도로 죽을 제가 아닙니다!"

소우에이의 말에 시온이 비웃으며 대답한다.

눈에 핏발이 서 있는 것이, 머릿속이 완전히 날아가 버린 것 같다. 닥쳐오는 비늘을 피하려고도 하지 않고 카리브디스를 향해 대태도를 휘두르고 있었다.

아무리 생각해도 이대로 놔두면 시온이 위험하다.

"——소우에이여, 그대는 도망치도록 해라. 내가 시온의 방패가 되겠다."

공중에서 시온과 합류하는 란가.

그대로 도약하면서 란가는 네 다리에 힘을 주었다. 그리고 카리브디스의 '마력방해'의 영향하에서 탈출하자마자 엑스트라 스킬 '풍조작'을 사용하여 카리브디스 쪽으로 방향을 바꾼 것이다.

첫 번째 비늘 탄환은 이미 란가의 몸에 닿으면서 그의 몸에 상처를 입히고 있었다. 란가는 자신의 말대로 시온의 방패가 될 생각인 것이다.

"바보 같은 짓을……. 죽을 생각입니까, 란가? 당신은 어서 도망가세요!"

냉정함을 되찾은 시온이 소리치지만, 란가는 그걸 일소에 부친다.

"후후후. 리무루 님이라면 살아남을 확률이 높은 쪽을 고르시겠지. 게다가──내 거구로는 '그림자 이동'을 하려고 해도 몸을 숨길 만한 그림자가 없다. 소우에이, 그대만이라도 어서 가도록 하라."

만능인 것으로 보이는 '그림자 이동'에도 발동시키기 위한 조건이 있었다. 불안정한 발판밖에 없는 공중에선 란가는 애초에 그 기술을 쓸 수가 없었던 것이다.

란가의 말을 듣고, 소우에이가 망설인 것은 한순간이었다.

"──살아남을 확률이라. 그렇다면 나도 남겠다. 아아, 착각하지는 마라. 죽기 전에 '본체'는 후퇴할 것이니 부담가질 것 없다."

"후후, 소우에이답군요. 그러면 다 같이 살아남도록 하지요!"

후련해진 표정으로 시온이 선언한다.

절망적이기까지 한 '템페스트 스케일'을 앞에 두고 누구 하나 포기하지 않은 것이다.

무모하다는 생각이 들었지만 내가 보기엔 바람직하게 보이는 선택이었다.

세 사람이 각오를 굳인 바로 그때.

"정말이지 너희들은 바보구나. 이런 때에는 날 믿어도 좋을 텐데."

미리 계산한 것처럼 말을 걸었다.

""""──?!""""

놀라움에 굳어버리는 세 사람.

그 앞으로 날아와 닥쳐오는 비늘을 향해 왼손을 뻗는 나.

"""리무루 님!!"""

놀라움과 기쁨이 뒤섞인 목소리로 내 이름을 소리쳐 부르는 것이 들렸다.

나는 그 목소리에 대답하지도 않은 채 그저 정면을 바라보며 해야 할 일을 마친다.

즉——,

"모조리 집어삼켜라——'글러트니(폭식자)'!!"

내가 외치는 소리에 응하듯이, 절대 다 채워지지 않을 위장을 가진 폭식의 왕이 눈을 떴다.

그건 한순간의 일.

무슨 일이 일어난 것인지 이해가 안 되는 사람들이 많을 것이다. 눈앞에서 마치 벽처럼 닥쳐오는 수많은 비늘이 깨끗이 사라져버린 것이다.

"괴, 굉장해……. 역시 리무루 님——."

그렇게 겨우 입을 열어 말할 수 있었던 자는 소우에이 한 명뿐이었다.

실은 실행한 나도 놀라고 있었다.

원거리 공격이라면 전부 먹어치워 버리면 어떻게든 해결할 수 있을 거라 생각하여 달려온 것이다.

——아니, 거짓말입니다. 사실은 '대현자'가 가장 적합한 방법을 알려줬습니다.

나는 그걸 믿고, 모두를 지키기 위해 달려왔을 뿐이다. 소우에이를 비롯한 세 명 앞에 '그림자 이동'으로 달려와 아슬아슬하게 처리할 수 있었다. 그리고 '대현자'의 말대로 '글러트니(폭식자)'를 사용한 것이다.

'글러트니'의 능력은 엄청났으며, 우리와 카리브디스 사이에 존재하는 모든 비늘을 집어삼킨 것으로 보인다. 예상 이상으로 엄청난 힘을 가진 스킬(능력)이었던 모양이다. 그걸 미리 예상하고 알려주다니 역시 '대현자'는 대단하다고 할 수 있을 것 같다.

하지만 그건 굳이 말할 필요가 없는 일이다.

이 상황을 이용해서 내가 멋진 모습을 보여주는 장면으로 유용하게 쓸 것이니까.

"뒷일은 내게 맡겨라. 너희들은 물러나서 쉬도록 하고."

지극히 당연한 일을 했다는 투로 가장하여 나는 세 사람에게 말했다.

"그, 그렇지만……. 저희는 아직 아무 도움도──."

소우에이가 그렇게 말하려 했지만 나는 그 행동을 제지했다.

"봐라, 이미 비늘의 재생이 시작되고 있다. 저건 한 번만 쓸 수 있는 큰 기술이 아니라 몇 번이고 사용할 수 있는 공격 수단 중 하나인 것 같다. 다음에 저 기술을 사용했을 때 또 지켜줄 수 있을지는 모른다. 게다가 카리브디스의 방금 그 공격을 이끌어낸 것만으로도 충분하다. 저런 게 있다는 걸 모른 채로 페가수스 나이츠에게 맡겼다면 얼마나 많은 피해가 나왔을지 모르지. 너희들은 자랑스러워해도 된다!"

그렇게 말하면서 설득하자, 납득했는지 물러나는 소우에이.

"무운을 빕니다!"

"조심하십시오, 리무루 님."

"나의 주인이시여, 저는 언제든지 소환에 응하겠습니다."

각자 자신의 마음을 말로 표현한 후에, 란가가 모두를 데리고 그 자리를 떠났다.

자, 그럼 어디.

폼은 잡아봤지만, 이 큰 덩치를 앞에 놓고 보니 불안해지는걸. 하지만 뭐, 겁먹은 소리를 뱉는다고 해서 해결되는 것도 아니니 할 수 있는 만큼은 해보도록 할까.

그리고 나는 카리브디스와 대치했다.

※

그렇다곤 해도 페가수스 나이츠가 도착하기 전에 카리브디스의 '템페스트 스케일(폭풍의 비늘 소나기)'을 볼 수 있었던 건 정말 다행이었다.

내가 먹어버린 공간 이외의 비늘은 전 방위로 날아가 막대한 피해를 입힌 것이다. 저걸 정통으로 맞았다간 방어 운운하기 전에 다진 고기 신세로 끝났을 것이다.

내 부하들 중에 직격을 받은 자는 없는 것 같지만 주위의 숲은 지형이 변해버릴 정도의 피해를 입은 상태다. 정말로 터무니없는 파워를 갖고 있는 것 같다.

아무튼 나는 내가 할 일을 전부 다할 뿐이다.

우선 중요한 점은 '템페스트 스케일'을 몇 초 후에 다시 사용할 수 있는가 하는 것이다.

저 멀리 원군인 페가수스 나이츠의 모습이 보인다.

조금 전의 대규모 공격을 목격했는지 진군은 일단 멈춘 것으로 보이는데…….

내가 카리브디스를 상대하고 있는 사이에 누군가가 사정을 설명해주겠지. 그러므로 카리브디스의 주의를 내 쪽으로 끔과 동시에 녀석의 공격 수단을 죄다 밝혀내야겠다.

그 다음에는 안전선을 지키면서 적은 위력이나마 조금씩 다 같이 협공할 것이다. 끝이 보이지 않을 것 같은 작업이지만 분발해서 시도해볼 수밖에 없다.

이렇게 되자, 밀림의 제안을 거절한 것이 후회가 된다. 아니, 사실은 지금부터라도 교대해줬으면 하고 바라지만 그래선 내 체면이 엉망이 된다. 적어도 조금이나마 노력해보고 그래도 안 된다면 고려해보기로 하자.

이러저러하다 보니 카리브디스 공략전이 시작됐다.

우선은 선제공격으로 신기술인 마염탄(魔炎彈)을 쏴봤다.

명중과 동시에 강렬한 '흑염'이 카리브디스를 불태운다. 생각했던 대로 이 공격은 통하는 모양이다.

평범한 불꽃을 발사했다면 강력한 마법내성을 지닌 카리브디스에겐 통하지 않았을 것이다. 그건 '흑염'도 마찬가지인지라 본체에 접촉하기 전에 에너지(마력요소)가 흐트러지면서 효과를 잃어버리고 만다. 이걸 방지하려면 접촉하여 직접 공격을 하거나, 내가 방금 한 것처럼 뭔가로 보호하여 직접 본체에 부딪치게 만들면 된다.

그렇게 생각하여 마력탄 안에 '흑염'을 집어넣고 발사해본 것이다. 결과는 성공이었고, 고열에 불타면서 카리브디스는 괴로워하는 것처럼 보인다.

……아니, 그냥 아파하고 있을 뿐이려나? 역시 너무 거대해서 실제로는 큰 대미지를 입지 않은 것 같다. 하지만 거기서 포기하면 안 된다. 대량으로 발사해서 맞추다 보면 차츰 대미지는 축적되겠지. 그렇게 애써 자신을 북돋우면서 나는 일관되게 공격을 계속한다.

여러 번 공격을 시도하여 카리브디스의 반응을 살핀다.

아무래도 카리브디스는 '흑염'과 '흑뢰'를 버거워하는 것 같다. 불은 대미지의 면적을 늘리고 번개는 마력 신경망에 약간 영향을 주는 것 같다.

하지만 그런 유익한 정보와 함께 알고 싶지도 않은 정보를 손에 넣고 말았다.

"──야, 어이……. 이 자식, '초속재생'을 갖고 있는 거 아냐?"

나도 모르게 입 밖으로 뱉었다. 대답할 사람도 없는데 혼자서 중얼거리는 나.

《해답. 신체 조직의 회복 속도로 판단컨대, 개체명 : 카리브디스가 엑스트라 스킬인 '초속재생'을 소유하고 있는 것으로 생각해도 틀리지 않습니다.》

아, 대답이 왔다.
아니, 그 전에 인정하고 싶지 않은 사실이 판명된 순간이었다.

간단히 말해서 비늘의 재생이 빠른 것도 '초속재생'에 의한 것이었다.

이 비늘의 재생이 끝나는 대로 다시 '템페스트 스케일'이 발사될 것은 틀림없다. 전 방위에 구애받지만 않는다면 좀 더 빠르게 다시 발사할 수 있을 것이다. 그렇다면 가장 빠르게는 3분 정도 걸린다고 봐야 한다. 대미지가 크면 그 부위에서는 발사하지 못할 것이다.

그런 정보를 확인하고 '사념전달'로 모두에게 전달한다. 그리고 정보가 어느 정도 모였을 때 페가수스 나이츠가 참전할 준비를 하고 있었다.

*

그 후로──10시간을 넘어선 싸움이 계속되고 있었다.

싸움에 참전하지 않은 밀림은 너무나도 지루했는지 잠이 들고 말았지만, 우리는 필사적으로 싸우고 있었다.

카리브디스의 치유 속도를 넘어서는 대미지를 줄 수 없으면 모든 건 처음으로 되돌아갈 뿐이다. 모두가 절망적인 싸움에 몸을 던지고 아낌없이 회복약을 마구 들이키면서 계속 싸우고 있었던 것이다.

전체적으로 따지면 3할 정도는 피해를 입혔다고 할 수 있을까?

비행이 가능한 자는 물론이고 '그림자 이동'이 가능한 란가와 소우에이도, 원거리에서 시도하는 마법 공격에 베니마루와 트레이니 씨 자매들, 원호에 회복이나 보호 같은 후방 지원에 슈나 이

407

하 전원이 종사하고 있다.

전장에는 괴광선과 비늘이 사방으로 날아다녔고 그에 대응하는 마법이나 스킬이 난무하면서 엄청난 참상이 벌어지고 있었다.

모두가 하나가 되어서 노력한 결과가 3할이다.

안전선을 지키고 있기 때문에 탈락자는 아직 아무도 없다. 한 사람이 있었던 것 같지만 기분 탓이다. 하지만 이 이상 이 페이스를 유지한 채 전투를 계속하는 건 싸움으로 단련된 자들에게도 아주 힘들 것이다.

단 한 번의 미스도 허용되지 않는다. 집중력을 잃는다면 자신뿐만 아니라 공격 그 자체가 파탄날 수도 있는 상황.

그건 절망적인 것이었다.

그래도 누구 하나 포기하지 않는다.

그러므로 나도 이 상황을 어떻게든 타개하고자 머리를 굴리고 있었을 때——.

'끄. 끄윽. 끄아. 아. 빌어먹을, 미——.'

응? 무슨 소리가 들린 것 같은데…….

'빌어……먹을, 미, 밀……밀림!!'

으응?! 밀림? 밀림이라고 들렸는데?!

서둘러 '대현자'에게 '해석감정'을 실행시켰다.

《해답. 카리브디스가 빙의한 소체에 약간이나마 생명 반응이 있음을 확인했습니다. 마핵(魔核)과 완전하게 동화되어 있지 않거나, 대미지를 입으면서 이상이 발생한 것으로 추측됩니다. 그리고——.》

자세한 설명을 듣는다.

그 설명에 의하면 아무래도 카리브디스는 자신이 깃들 육체를 얻을 때 살아 있던 마인을 이용한 것으로 보인다고 한다. 원래는 자아가 사라지면서 동화되지만, 소체가 된 마인이 강렬한 분노와 증오의 감정을 지니고 있었기 때문에 동화가 완전하지 않았을 것이라고 했다.

그리고 그 감정의 대상은 내가 아니라 밀림이라⋯⋯.

응, 잠깐? 그럼 뭐야? 그 마인이 밀림에게 원한을 품고 있어서 우리가 사는 도시를 향해 일직선으로 오고 있었단 거야?

우리는 관계가 없었던 거잖아!

당연히 내 안에 베루도라가 있으니까 어떤 파동 같은 걸 느낀 것이라고, 그런 식으로 너무 깊이 생각했던 모양이다.

어라? 그럼, 밀림에게 맡겨도 아무런 문제가 없는 거네?

나는 그때 충격적인 사실을 깨달았던 것이다.

밀림을 빨리 일으켜 깨운 뒤에 그녀에게 '사념전달'을 한다.

'야, 밀림. 아무래도 이 녀석은 너한테 볼일이 있는 건 같은데——.'

'응. 나도 들었어. 그 녀석은 얼마 전에 왔던 '흑표아' 포비오를 소체로 삼고 있는 것 같아.'

아아, 얼마 전에 왔던 그 녀석. 그랬었구나. 나도 모르게 납득했다.

밀림은 먼 거리에 있음에도 불구하고 카리브디스에서 흘러나온 사념을 받아들이고 있었다. 게다가 '용안'으로 꿰뚫어 보고 그 정체까지 정확하게 파악한 것 같았다.

내 '대현자'를 상회하는 '해석감정' 능력에 놀라긴 했지만 밀림이라면 신기한 일이 아니다.

'그런 것 같군. 나한테 온 손님이라고 생각해서 네가 참가하는 걸 사양했는데——.'

'그럼 혹시 내가 상대해도 되는 거야?!'

내 설명을 듣기도 전에 밀림이 기대가 가득한 말투로 내게 물었다.

내가 의도한 대로 밀림이 먼저 반응을 보여서 다행이었다. 그렇게 말은 해도 그녀가 싸우고 싶어 하는 마음이 가득했다는 건 처음부터 알고 있었지만.

그보다 용케도 지금까지 잘 참았다고 할 수 있다.

'그래, 교대하자. 네 손님인데 우리가 방해한 것 같아서 미안하네.'

그렇게 밀림을 찾아온 손님이라는 것을 강조하는 걸 잊지 않는다. 이로써 이 한없이 번거로운 카리브디스를 밀림에게 떠넘길 수가 있을 것 같다.

아, 그렇지.

'——아, 그리고 포비오라는 마인 말인데, 마왕 칼리온의 부하라고 했지? 소체 부분만 남겨둔 채로 몽땅 다 날려버릴 수 있겠어? 가능하면 살려둔 채로 구해주고 싶은데——.'

중요한 부탁을 밀림에게 한다.

카리브디스 같은 괴물을 상대로, 상당히 무모한 말을 하고 있다는 자각은 있지만…… 그래도 밀림이라면 어떻게든 해낼 수 있을 것 같은 기분이 든 것이다.

게다가 마왕 칼리온의 부하를 죽여버리기라도 하면 새로운 문제가 발생할 것 같기도 하고.

다른 목적도 하나 있지만 그건 너무 큰 욕심인지라, 하는 김에 이뤄진다면 다행이긴 하지만…….

어쨌든 가능하다면 포비오를 구해내고 싶다고 생각했다.

'와하하하하, 맡겨줘! 그 정도는 딱히 힘든 일도 아냐. 최근에는 나도 힘 조절하는 법을 배웠으니까. 딱 좋은 기회니까 여기서 배운 걸 보여주겠어!'

밀림은 자랑을 할 수 있다는 게 기쁜지 흔쾌히 받아들였다.

그건 그렇고 힘 조절하는 법을 배웠다니…… 그게 네가 할 말이냐?

왠지 모르게 불안해지는 말이다. 나는 그런 불안을 속으로 삼키면서도 밀림에게 나머지 일을 맡기기로 했다.

그렇게 하기로 정했으면 빨리 진행시키자.

"좋아, 다들, 이 자리에서 재빨리 벗어나라!"

"무슨 말씀입니까, 리무루 님. 우리는 아직 포기하지 않았습니다."

"부탁이네, 시키는 대로 해주게. 지금은 날 믿고 모두 이 자리에서 벗어나주게!"

내가 소리 높여 말하자 페가수스 나이츠를 이끄는 단장 돌프가 내키지 않는 표정으로 모두에게 후퇴 지시를 내렸다.

어찌 됐든 간에 다들 극도로 피로해진 건 사실이다. 이대로 가다간 상황이 악화될 뿐이니 나머지 기사단원이 오는 걸 기다리는 것도 하나의 전술이라고 판단한 것 같다.

"뒷일은 맡기겠습니다! 무운을 빕니다."

그런 말을 남긴 뒤에 기사단을 이끌고 후퇴하기 시작한다.

내 동료들은 문제없다. 어느 정도의 정보는 '사념전달'을 통해 다들 파악하고 있었기 때문이다.

그렇게 우리를 남겨두고 모두가 떠나는 걸 확인한 뒤에,

'좋아, 밀림. 우리 쪽 준비는 끝났어!'

밀림에게 신호를 보냈다.

"응! 내게 맡겨!"

내 신호를 기다리지 않고 뛰쳐나간 모양이다. 등의 날개를 펄럭이면서 신이 난 듯이 입가에 미소를 짓는 밀림. 어느샌가 밀림이 옆에 날고 있었다.

'끄. 끄오오오―! 밀리, 밀림――!'

밀림을 알아차린 것인지 카리브디스가 거체를 비틀면서 우리를 정면으로 노려본다.

──그러나 이미 늦었다.

"그럼 보여주지! 적당히 힘을 뺀다는 건 이런 걸 말하는 거야! 드래곤 버스터(용성확산폭, 竜星擴散爆)!!"

희푸르고 환상적인 빛이 확산되더니 밀림의 양손 사이에서 해방되어 발사된다.

그건 모든 걸 날려버리는 파괴의 빛.

《──?! 해석불능. 데이터 수집…… 실패했습니다.》

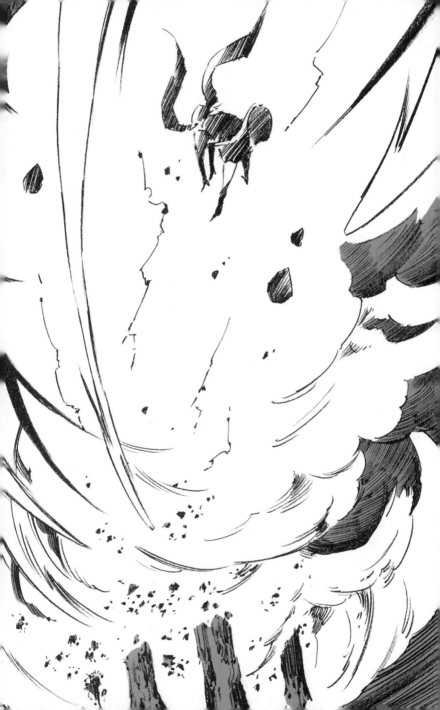

내 안에서 '대현자'가 놀라고 있는 것 같은 기분이 들었지만 아마도 내 기분 탓이리라.

밀림의 공격의 정체를 알아낼 수는 없었지만 그 결과는 일목요연했다. 내 눈앞에는 적당히 힘을 빼고 싸운다는 말의 뜻을 다시 생각해야만 할 것 같은 광경이 펼쳐져 있었다.

희푸른빛이 여러 다발로 모이더니 카리브디스를 꿰뚫는다. 그 빛은 침식을 시작하면서 카리브디스에게 '초속재생'을 할 여유를 주지 않는다. 그리고 50m의 거구를 전혀 개의치 않고 눈 깜짝할 사이에 날려버렸다.

이곳이 공중이라 다행이라는 생각이 든다. 지상이었다면 그야말로 지형이 크게 변해버릴 사태가 벌어졌을 것이다. 그 정도나 되는 극대 공격이었다.

우리가 시간을 들여 계속 공격을 해도 3할 정도밖에 대미지를 주지 못했던 카리브디스를 단 일격으로 재기 불능 상태가 될 정도로 파괴해버린 것이다.

상상을 초월하는 힘이란 것은 그야말로 밀림을 위해 존재하는 말이었다.

카리브디스의 거구가 사라지면서 작은 파편이 지상으로 떨어지기 시작한다. 아니, 그건 파편이 아니라 육체로 쓰였던 마인——포비오다. 밀림은 확실하게 약속을 지켰고 포비오만 남겨둔 것이다. 이 정도면 적당히 힘을 뺐다기보다는 너무나도 정교한 기술이라고 할 수 있을 지경이다.

나는 서둘러 포비오에게 날아가 땅에 부딪치기 전에 그를 회수했다.

포비오는 살아 있었다.

아슬아슬한 상태이긴 하지만 이 정도라면 내가 노리는 것도 성공할 수 있을 것 같다.

이 작업은 가능하면 다른 사람에게 보이고 싶지 않기 때문에 빨리 조치를 시작하기로 했다.

포비오의 상태를 '해석감정'해보니 9할 정도 융합이 완료된 상태였다. 이대로 놔두면 또 카리브디스가 부활해버릴 것이다.

그걸 저지하기 위해서라도 이 작업은 반드시 거쳐야 한다.

"뭘 하려고 그래?"

"응, 보고만 있어. 이대로는 포비오를 해방시켜줄 순 없잖아? 그러니까 완전하게 마무리를 지을 거야."

밀림의 질문을 가볍게 받아넘기고 나는 작업을 시작했다.

그 작업이란 것은 바로 포비오와 카리브디스의 완전 분리였다.

내 유니크 스킬 '변질자'의 능력은 '융합'과 '분리'다. 이번에는 그 '분리'를 활용할 것이다. 포비오에게서 카리브디스를 '분리'하는 것이지만, 그대로 작업을 하면 정신 생명체인 카리브디스는 놓치고 말 것이다.

그때가 유니크 스킬 '글러트니(폭식자)'가 등장할 차례다.

아무리 '대현자'라고 해도 유니크 스킬끼리의 통합은 불가능 할 것이다. 하지만 '대현자'의 통제하에 두고 병렬 가동시키는 것은 가능하다.

그야말로 수술과도 같은 정밀한 작업이 되겠지만 못할 일은 아니다. 실패하면 포비오까지 같이 처리해야 하기 때문에 마왕 칼리온과의 관계에도 문제가 생길 우려가 있었다. 그러므로 이 작업은 무슨 일이 있어도 성공시켜야 할 필요가 있는 것이다.

나는 집중하면서 온 힘을 기울여 작업을 진행한다.

조금씩 '분리'해서 벗겨낸 부분부터 '포식'하기 시작했다. '대현자'는 능력의 통제를 맡고 있기 때문에 이 작업은 내가 스스로 진행해야 할 필요가 있다.

카리브디스와의 싸움은 왠지 남의 일 같은 기분이 들었다. 그이유는 짚이는 바가 있다. 밀림이 있었기 때문이다.

내 열 배 이상의 에너지(마력요소)양을 보유하고 있는 데다 강대한 힘을 지닌 마왕. 그런 밀림이 있어준 덕분에 카리브디스를 앞에 두고도 긴장도 되지 않았다.

위험하다고 머릿속으로는 생각했어도 밀림에게 도움을 청하면 어떻게든 도와주지 않을까 하는 애매한 믿음이 어딘가에 있었던 것이다. 그 결과로 인해 내가 위기감을 느끼지 못했을 것이다.

하지만 지금은 아니다.

이 작업은 남에게 맡길 수가 없다. 내가 실패하면 그 결과 새로운 불씨가 만들어질지도 모른다. 그러므로 모든 책임을 내가 지기 위해서라도 다른 이들에게 보일 수 없는 것이다.

그렇게 말해봤자 옆에서 밀림이 흥미진진하게 응시하는 중이지만 말이지…….

그리고──.

《알림. 개체명 : 포비오에게서 개체명 : 카리브디스의 마핵(魔核)을 '분리'……. 성공했습니다. 뒤이어 개체명 : 카리브디스의 마핵을 '포식'……. 성공했습니다. 마핵의 '해석감정'…… 일부 실패…… '격리'하여 '해석감정'을 속행하겠습니다. 획득 스킬은 다음과 같습니다――.》

성공했다.

한없이 길게 느껴졌지만 밀림의 공격에서 대피해 있던 자들이 돌아오기 전에 작업은 무사히 종료된 것이다.

내 머리에 대량의 정보가 흘러들어 온다. 일부 실패한 점이 마음에 걸리지만 지금은 다른 이들이 돌아왔으니 나중으로 미루기로 했다. 아마 내 예상이지만, '격리'를 한 것 같으니 위험은 없을 거라 생각하니까.

나머지는 잊어버리기 전에 쇠약해져 있는 포비오에게 회복약을 먹이는 것뿐이다.

내가 제작한 풀 포션(완전 회복약)을 마시게 하자 포비오의 상태가 안정됐다.

나머지는 눈을 뜨기를 기다리는 것뿐이다.

이렇게 우리에게 닥쳐온 위협――카리브디스는 완전한 형태로 토벌된 것이다.

*

"설명해주실 수 있겠습니까?"

그게 페가수스 나이츠 단장인 돌프가 맨 처음 뱉은 말이었다.

아, 응. 그렇겠지. 설명이 필요하겠네.

"아니, 그러니까…… 말이지. 실은 이 소녀는 마왕 밀림이라고

417

하는데 말이야, 그렇지?"

그렇게 설명을 시도한다.

"하하하, 리무루 님은 농담을 좋아하시는군요. 저런 고출력의 마법 병기를 소지하고 있었다면 처음부터 그렇게 말해주셨으면 좋았을 텐데요! 이 건은 나중에 정식으로 설명을 요청하도록 하겠습니다."

눈이 웃고 있지 않았다.

엄격한 표정으로 그렇게 힘을 주어 말하는 돌프.

지당한 말이었기에 나도 더 변명할 여지가 없다.

"그건 그렇고 인류에게 재앙이 될 수도 있는 카리브디스를 처리할 수 있었던 건 요행이었습니다. 저도 폐하께 보고를 드려야 하니 이번에는 이쯤에서 실례하겠습니다."

그리고 살짝 표정을 누그러뜨리면서 내게 인사를 했다.

"이번엔 아주 많은 도움을 받았소. 가젤 왕에겐 나도 설명을 드리도록 하겠네."

나도 답례를 한다.

마왕급의 괴물을 상대로 두려워하지 않고 싸워준 것이다. 그들의 도움이 없었다면 포비오가 소체로 이용되었다는 것도 알아차리지 못했을 것이다.

최악의 경우엔 밀림에게 의존하게 되었을 테지만, 그랬을 경우엔 일절 봐주는 것 없이 모든 것을 날려버렸을 것이다. 나도 그걸 말리지는 않았을 테니 그랬을 것이 틀림없다.

그들이 싸워준 시간이 있었기 때문에 포비오와 카리브디스 사이에 존재하는 미묘한 괴리감을 알아차린 것이다.

"감사는 가젤 폐하께 하시죠. 그리고——이건 제 혼잣말이지만——."

그렇게 일단 전제를 깐 후에 돌프는 목소리를 낮춰서 내게 속삭였다.

"폐하께 보고를 해주시겠다면 저랑 같이 드워르곤까지 가시지 않겠습니까? 전에는 아쉽게 헤어지는 바람에 폐하도 마음에 두고 계십니다. 국외 추방과 체류 거부 같은 조치는 이미 철회하셨으니——."

그렇게 말끝을 흐리면서 드워프 왕국으로 초대한다는 내용을 언급했다.

이건 돌프의 뜻이라기보다 가젤 왕의 마음을 배려해서 한 말일 것이다.

"알았네. 그러면 이번 사건의 보고도 할 겸 그쪽으로 가보고 싶으니, 정식으로 초대해주길 바란다고 가젤 왕에게 전해주면 좋겠군."

"오오! 폐하께서도 아주 기뻐하실 것입니다. 아, 그렇지. 카이진과 가름 형제들의 국외 추방 조치도 이미 해제되어 있습니다. 원하신다면 그들을 동행에 넣으셔도 문제없습니다."

내가 들를 것을 승낙하자 기쁜 표정으로 그렇게 말했다. 카이진 일행도 고향에 들러보고 싶을 테니 데려가는 것도 좋을지 모르겠다.

돌프 입장에선 사실 그게 진짜 바라는 바이며 지금 그 마음을 말로 표현한 것일 테니까. 마냥 진지해 보이지만 제법 배려를 할 줄 아는 인물로 보인다.

나중에 정식으로 국빈 대우로 초대장을 준비해 보내주기로 했다.

　그런 대화를 짧게 나눈 뒤 돌프는 서둘러 귀국길에 올랐다.

　그들에게 피해가 가지 않아서 정말 다행이라고 나는 진심으로 그렇게 생각했다.

*

　위기가 사라졌으니 슬라임 모습으로 돌아간다.

　그리고 우리도 돌아가기로 한 바로 그때──.

　"큭, 여긴…… 어디지? 나, 난 대체…….''

　혼란스러워하는 낮은 목소리가 들렸다.

　베니마루와 시온이 경계하고 있지만, 지금의 포비오에게 싸울 만한 힘은 남아 있지 않다. 온몸의 상처는 완치되었지만 마력이 완전히 바닥난 상태다. 게다가 카리브디스는 완전히 제거했으므로 지금의 포비오는 단순한 상위 마인일 뿐이다. 적어도 내 적은 아닌 것이다.

　"여, 이제 눈을 떴나? 자신이 무슨 짓을 한 건지 기억하고 있나?''

　나는 느긋이 말을 걸었다.

　몽롱한 포비오의 의식이 내 말을 듣고 서서히 깨어난다. 그리고 자신이 무슨 짓을 했는가를 떠올렸는지, 갑자기 나와 밀림 앞으로 뛰쳐나와 엎드렸다.

　"미, 미안! 아니, 미안했습니다! 전 밀림 님께 말도 안 되는 짓을……. 그리고 당신에게도 폐를 끼친 것 같은데──."

창백해진 얼굴로 맨 먼저 사과의 말을 입에 올렸다.

포비오라는 마인은 생각한 것 이상으로 솔직한 성격인 것 같다. 그렇다면 이 정도의 소동을 일으킨 것도 부자연스럽게 느껴지는데…….

왜 이런 짓을 벌인 것인지를 내가 물어보려 했을 때, 트레이니 씨가 핵심을 찌르는 질문을 했다.

"당신은 어떻게…… 카리브디스의 봉인 장소를 알고 있었죠? 우연히 발견했다는 말은 통하지 않습니다."

그 말을 듣고 보니 그렇다.

이 녀석은 긍지 높은 마인인 것 같았고 밀림에 대한 복수를 생각했다 하더라도 자신의 힘으로 이루려고 생각할 타입으로 보인다. 그런데 봉인되어 있던 카리브디스를 자신의 몸에 깃들이면서까지 복수를 시도하려 했다는 게 부자연스럽다.

아까부터 마음에 걸렸던 게 바로 그 점이었던 것이다.

"아아, 그건──."

포비오는 숨김없이 솔직하게 무슨 일이 있었는지를 말해줬다.

중용광대연합이라는 가면을 쓴 수상한 2인조가 자신들을 도와주길 요청했다고.

"가면을 쓴 수상한 2인조──? 봉인의 장소는 용사에게 부탁을 받은 우리 말고는 모르는 비밀의 장소. 그 장소를 찾아냈다는 걸로 보아 방심할 수 없는 자들인 것 같군요……. 게다가 가면, 이라고요? 혹시 좌우비대칭 모양의, 사람을 비웃는 듯한 표정의 가면을 쓴 자는 없었나요?"

뭔가 고민스러운 표정으로 생각에 잠기는 트레이니 씨.

그리고 뭔가 짚이는 게 있는지 포비오에게 그런 질문을 한다.

"아, 아니. 내 앞에 나타난 건 눈물의 가면을 쓴 소녀와 분노한 표정의 가면을 뚱뚱한 남자뿐이었어. 이름은 티어와 풋맨이라고 하던데?"

"티어와 풋맨……. 그 수상쩍은 남자는 아니란 말이군요……."

아무래도 다른 사람인 모양이다.

그건 그렇고 정체불명의 가면을 쓴 마인이라…….

어라, 잠깐──?

"그러고 보니 베니마루 쪽 마을을 멸망시켰을 때 있었다고 하던──."

"네. 저도 그걸 떠올리고 있었습니다. 분노한 표정을 새긴 가면을 쓴 뚱뚱한 마인. 틀림없이 오크를 조종하고 있던 자들 중 하나입니다."

내가 베니마루 일행과 싸우게 된 원인이기도 했던 가면의 마인이 틀림없는 것 같다.

"그 말이 맞습니다. 저와 별도로 행동하고 있던 오크 제너럴의 선발대에 게르뮈드가 고용한 상위 마인이 호위 역할로 같이 있었습니다. 그 마인의 이름은 '풋맨'입니다."

베니마루의 발언을 게루도가 긍정한다.

게다가──,

"그러고 보니 우리를 도와줬던 라플라스 님도 게르뮈드에게 고용된 자였지요……. 분명, '중용광대연합'이라는 이름을 가진 심부름꾼 모임의 부회장'이라고 자신을 밝혔습니다. 그리고…… 트레이니 님이 말씀하신 '좌우비대칭 모양의, 사람을 비웃는 듯한 표정의 가면'을 쓰고 있었습니다."

그렇게 가비루가 폭탄 발언을 한다.

각지에서 일어난 사건, 점과 점이 선으로 이어지는 순간이었다.

"——과연. 그자의 이름은 라플라스라고 하는군요."

"——그렇군. 풋맨이란 말이지. 그 이름을 잘 기억해두도록 하지."

트레이니 씨의 눈에 위험한 빛이 감돌았으며, 베니마루가 수상쩍은 웃음을 입가에 띤다.

트레이니 씨까지 중용광대연합이라는 자들과 관련이 있었다는 건 의외지만 신출귀몰한 그녀이니 어딘가에서 만났을지도 모른다.

베니마루 일행 입장에서도 풋맨 자신은 손을 대지는 않았다고 하지만, 그래도 고향이 멸망한 요인 중 하나라는 것은 달라지지 않는다.

완전히 적이라고 단정할 순 없지만 어떤 형태로든 인연이 만들어진 것은 확실하다 할 수 있을 것이다.

정체불명의 심부름꾼, 중용광대연합.

번거로울 것 같은 상대다.

일단 밀림에게도 뭔가 아는 게 없는지 물어봤다.

"으응? 난 중용광대연합이란 걸 들어본 적은 없어. 그런 자들을 써서 종족 간의 대립을 부추긴다는 건 설명을 들을 때 말하지 않았는데? 그런 재미있어 보이는 녀석들이 있다면 꼭 한번 만나보고 싶지만 말이지."

보아하니 밀림은 아무것도 듣지 못한 모양이다. 애초에 작전의 세부적인 사항을 몰랐던 것 같다.

오크 로드 계획의 실행을 전부 맡으면서 계획을 세운 것도 게르뮈드였다고 하지만…….

대략적인 계획 설명을 듣기는 했지만, 중용광대연합이라는 심부름꾼 같은 자들을 고용했다는 이야기는 듣지 못했다고 한다.

"어쩌면 게르뮈드가 아니라 클레이만 녀석이 몰래 뭔가를 꾸미고 있었는지도 모르겠네. 그 녀석이라면 그런 연줄도 가지고 있을 테니까 말이야."

밀림이 자연스럽게 그리 말했다.

"클레이만? 누구지, 그자는?"

"응? 마왕 중의 한 명인데? 녀석은 그런 꿍꿍이를 꾸미는 걸 아주 좋아해."

잠깐, 잠깐. 별일도 아닌 것처럼 가볍게 폭로했지만, 그래도 되는 거야? 의심스럽다는 이유만으로 범인 취급을 할 수는 없겠지만…….

밀림이 말하기로는 클레이만이라는 마왕이라면 충분히 그럴 수 있다고 한다.

게르뮈드가 믿음직스럽지 못해서가 아니라, 다른 마왕보다 유리하게 일을 진행시키려고 그랬을지도 모른다고 말이다.

오크 로드 계획은 세 명의 마왕이 꾸민 것으로, 평등을 기하기 위해 게르뮈드에게 작전을 일임했다고 하지만…… 경쟁을 하기로 했다면 마왕 클레이만의 짓이 분명하다고 밀림이 단언한 것이다.

그 말에 관해선 달리 코멘트를 할 수가 없으니 머릿속 한쪽 구석에라도 기억해두기로 했다.

이걸로 이야기는 끝났다고 생각했지만 아직 남은 게 있는가 보다.

"마음에 걸리는 게 하나 있는데……. 그 라플라스라는 자는 자신은 마족이 아니라고 말했습니다."

밀림의 이야기를 다 듣자, 트레이니 씨가 내게 그렇게 보고를 한 것이다.

분명 이 세계의 마족이란 이름은 인류에 적대하는 자들의 총칭이었을 것이다. 스스로 자신을 마족이 아니라고 했다면 인류를 적대하고 있는 게 아니라고 말하는 것과 같은 뜻이다.

그게 거짓말이 아닐 경우라면 그렇겠지만.

그러나 딱히 인간과 적대하는 게 아니라는 것만 따진다면 나 같은 생각을 지닌 마인이 있어도 신기할 것 없는 데다 신경을 쓸 일도 아니라고 생각하지만…….

아니, 잠깐?

"마족이 아니다, 그렇게 말했나?"

문득 마음에 걸려서 트레이니 씨에게 확인한다.

"네, 리무루 님. 어쩌면 인간 사회에도 협력자가 있을지 모릅니다."

역시 그런가. 이거 귀찮아지겠군.

그렇다면 그건 그것대로 큰 문제가 되겠지만…… 그렇다고 해서 우리가 그걸 확인할 수 있는 방법은 없다.

증거가 없는 이상, 여기서 논의을 해봤자 해결이 되는 건 아니다. 앞으로는 그런 수상쩍은 집단에 주의하기로 하면서 포비오의 사정 청취를 마쳤다.

*

웬만한 정보는 모았다.

이것들을 근거로 이번 사건을 종합적으로 생각해보면 하나의 사실이 보인다.

중용광대연합이란 자들은 대상자에게 협조적인 분위기를 가장하여 접근한다는 점이다. 자신의 손을 더럽히지 않고 그들의 목적을 수행한다.

오크 로드 때는 종족 간의 전쟁을 목적으로 움직였다.

이번 경우에는 카리브디스를 우리와──혹은 밀림과 싸우도록 유도하는 것을 목적으로 움직였다.

보아하니 포비오는 그자들에게 실컷 이용당한 것으로밖에 생각되지 않는다. 그렇다면 진짜 흑막은 따로 있다는 이야기가 된다.

"넌 아무래도 이용당한 것 같군. 다음부턴 속지 않도록 좀 더 조심하는 게 좋겠어."

포비오에게 아무 죄가 없느냐고 묻는다면 대답하긴 미묘하지만, 진짜 범인이 따로 있다면 처분을 내리는 것도 적합하지 않은 것 같았다. 게다가 이 이상 분쟁 거리를 만드는 것도 싫고 말이다.

앞으로도 우리에게 귀찮게 굴지 않겠다고 맹세한다면 석방해도 문제는 없을 것이다.

"……뭐? 아니, 나는 용서를 받을 수 없는 몸이지. 하지만 이번 일은 내 독단으로 벌인 일. 마왕 칼리온 님은 관계가 없어. 그러니까 제발 내 목숨 하나로 용서해주길 바라──."

엎드려 비는 자세를 유지하면서 그렇게 잘라 말하는 포비오. 그런 자세를 취하고 있는데도 왠지 멋있어 보이는 게 신기하다.

"아니, 난 딱히 네 목숨도 필요가 없다니까. 그렇지? 밀림."

"음, 당연하지! 가볍게 한 대 정도 때려줄까 하는 생각은 들지만, 난 어른이 됐으니까 말이야. 지금은 전혀 화가 나질 않으니까 용서해줄게!"

때릴 생각이었구나……. 그러면서 어른이 됐다는 말을 해봤자 설득력이 없는 것 같은데…….

뭐, 됐다.

"그런고로 밀림도 널 용서하겠다고 하니, 더는 신경 쓰지 않아도 돼."

"──하지만 내가 분노에 치우쳐 벌인 행동은……."

"그거 말인데. 아마 그 분노의 가면을 쓴 녀석? 그 녀석이 네 감정을 이용해 조종한 것 같더군."

내 말에 헉하고 뭔가를 깨닫는 포비오.

"그러고 보니…… '분노와 증오의 감정에 이끌려서 왔다.'라는 말을 지껄였는데……."

아무래도 짐작 가는 바가 있는 모양인지, 포비오가 놀란 표정을 지었다. 적당히 설득해보려고 말해본 거였지만, 의외로 제대로 맥을 짚은 발언이었나 보다.

"그렇지? 그러니까 마음에 둘 필요 없어."

"그래. 칼리온도 그 정도면 충분하겠지?"

응, 칼리온?

내 의문에 답하기라도 하는 것처럼 나무 그늘에서 한 명의 남자가 나타났다.

고급스러운 옷을 대충 걸쳐 입은 야성미가 느껴지는 남자. 짧은 금발은 곤두서 있으며, 그 예리한 눈빛이 점점 날카롭게 빛나고 있다.

"흥, 눈치채고 있었나, 밀림."

"당연하지."

그랬겠지, 남자는 그렇게 가볍게 대꾸했다.

밀림을 상대로 이렇게 편한 태도로 굴 수 있다니……. 그리고 칼리온이란 이름.

조용함 속에 거칠디거친 힘을 느끼게 하는 커다란 덩치의 남자. 크기는 카리브디스와 비교도 안 될 정도인데, 마구 불어닥치는 것 같은 위압감은 카리브디스와 동등하거나 그 이상의 힘을 느끼게 한다.

그렇구나——이자가 '마왕' 칼리온인가.

카리브디스는 분명 마왕급이긴 했지만 진짜 마왕은 역시 격이 달랐다.

"여어, 나는 마왕 칼리온이라고 한다. 그 녀석을 죽이지 않고 구해줘서 고마워."

마왕 칼리온은 날 똑바로 바라보면서 그렇게 말한 것이다.

그 자리에 긴장이 감돌았다.

압도적일 정도의 위압감을 앞에 두면서 나도 말이 나오지 않았다. 마왕이란 이름은 장식이 아니라는 걸 알게 됐다.

그러나 모두의 주인으로서 이대로 위축된 채로 있을 수는 없다.

"일부러 직접 와줄 줄은 몰랐군. 내 이름은 리무루 템페스트. 이 숲의 마물들이 만든 '템페스트(마국연방)'의 맹주다."

나는 용기를 짜내서 당당하게 선언했다.

"흥! 기껏해야 일개 마인 주제에 나라를 부흥시킨다고? 옛날이라면 또 모르겠지만 요즘 세상에선 목숨 아까운 줄 모르는 멍청이일 뿐이야. 정체불명의 마인은 오크 로드에 패해서 죽었다는 보고를 받았는데, 아무래도 그건 착각이었던 모양이군. 네가 게르뮈드를 죽인 가면의 마인이지?"

슬라임 모습의 나를 보고도 그렇게 연결시킨단 말인가. 뭐, 그것 말고는 달리 생각할 수는 없겠지만…….

밀림도 있는 데다, 카리브디스와의 싸움을 보고 있었다면 알아차리는 것도 당연한가.

"그래, 그 말이 맞아."

그렇게 말하면서 나는 사람 모습으로 변화했다.

"그래서 내가 게르뮈드를 죽였으니 되갚아주러 온 건가?"

아마 그렇지 않을까 하여 일단 물어봤다.

내 말에 씨익 웃는 칼리온.

"후하하하하! 재미있는걸, 밀림이 마음에 들어 하는 것도 이해가 되네."

그 웃음은 그 자리의 긴장을 날려버렸다.

크게 폭소를 한 번 터뜨리더니, 칼리온은 진지한 표정을 지었다. 그리고 누구도 예상 못한 행동을 했다.

놀랍게도 자신의 잘못을 인정한 것이다.

"미안하다, 내 부하가 그만 폭주를 해버린 것 같아. 내가 부하 관리를 잘못한 것으로 치고 한 번만 용서해주면 좋겠어."

역시 머리까지 숙이진 않았지만 칼리온 나름대로 사과의 말을 건넨 것이다.

거기에 더해──.

"이번 일은 빚을 하나 진 걸로 하지. 무슨 일이 있을 경우 내게 부탁해도 된다."

그렇게까지 말하면서 최대한의 성의를 보여주었다.

훨씬 더 높은 곳에 존재하는 마왕인 칼리온이 나 같은 자에게 성의를 보인다. 그건 칼리온이 끝없이 넓은 도량을 가지고 있음을 보여주는 증거라 할 수 있을 것이다.

빚이라. 그렇게 생각해준다면 부탁하고 싶은 게 있다.

"그럼 우리와 불가침조약을 맺어준다면 기쁘겠는데."

"──그런 걸로 만족한단 말인가? 좋아. '마왕'의──아니, 수 왕국 유라자니아 '비스트 마스터(사자왕)' 칼리온의 이름을 걸고 너희들에게 칼을 겨누지 않을 것을 맹세하지. 단, 어디까지나 그쪽 에서 먼저 공격해 오지 않는다는 전제하에 말이야."

쉽게 승낙하는 칼리온.

여기서도 그의 큰 기량에 감탄하게 된다.

이 자리에서 이야기를 나누기에는 분위기가 아직 어수선하니, 우리도 나중에 사자를 통해 대화를 나눌 자리를 마련하기로 했다.

이 협정을 어디까지 신용할 수 있는지는 모른다. 하지만 저 감정에 솔직한 포비오의 주인이니 칼리온이라는 인물도 또한 솔직하지 않을까? 적어도 앞으로 당분간은 빈틈을 찔려 공격을 받을 일은 없을 것이다.

나중에 적당한 때를 봐서 수왕국 유라자니아와도 국교를 맺을 수 있으면 그게 가장 좋겠지만 말이다.

이야기는 이렇게 마무리되었다.

칼리온에게 맞는 바람에 포비오는 다시 빈사의 중상을 입게 되었지만 그건 애교로 보는 게 맞겠지.

그리고 그 후에 칼리온 자신이 한쪽 어깨로 포비오를 부축해주면서 이동마법으로 사라졌으니까.

그러면 우리도 그만 돌아가기로 하자.

많은 일이 있었지만 이제 겨우 일련의 일들이 일단락되었다.

종장
새로운 책략

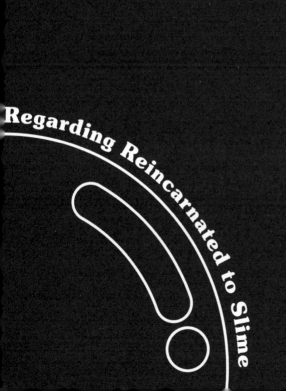
Regarding Reincarnated to Slime

카리브디스(폭풍대요와)의 소동이 정리된 지 며칠 후.

템페스트(마국연합)는 이제 겨우 안정을 되찾았다.

정말로 많은 일이 있었지만 우리나라의 존재가 인정을 받을 것으로 보여서 기쁠 따름이다.

무장 국가 드워르곤에 블루문드 왕국.

이 두 나라와는 우호 관계를 맺을 수 있을 것 같다.

무장 국가 드워르곤과는 이제 곧 길도 트이게 될 것이며, 정식으로 초대장도 도착했다. 이번 사건의 보고를 하는 겸 국빈 대우로 들러볼 예정이다.

블루문드 왕국에선 휴즈도 열심히 노력해주고 있다. 이번 소동의 전말을 직접 목격한 데다 그 결과, 우리와는 적대하기보다 우호 관계를 맺는 것이 이득이라고 국왕을 비롯해 각 귀족들을 설득하면서 돌아다녀 주고 있다.

블루문드 왕국은 강대국은 아니기 때문에 귀족의 수는 적다고 한다. 그러므로 속 좁게 구는 인간도 그렇게 많이는 없다고 하니 그쪽도 걱정할 필요는 없을 것 같다.

"걱정 없습니다. 귀족들에 관해서는 약점을 쥐고 있으므로 당근과 채찍을 동원해 어떻게든 구슬리도록 하겠습니다."

그게 휴즈가 떠날 때 남긴 말이었다.

악랄한 표정을 짓고 있었으니 그에게 모든 걸 맡겨두면 괜찮을 거라 생각했다.

카발 일행 세 사람은 여기에 남아 있고 싶어 했다. 그러나 휴즈를 배웅해야 할 임무가 있다.

"또 와도 되겠습니까?"

"저도요오. 슈나 씨의 요리가 없으면 이제 못 살 것 같거든요오……."

"거절해도 또 들를 겁니다요!"

그렇게들 말하면서 각자 아쉬운 표정으로 휴즈를 따라간 것이다.

딱히 거절할 생각은 없으므로 또 와준다면 환영하려고 한다. 그런고로 그들이 다시 와도 괜찮도록 그들의 잘 곳이 되어줄 숙소 같은 것도 준비해놓기로 했다.

잊어서는 안 되는 나라가 하나 더 있다.

수왕국 유라자니아다.

이야기가 잘 정리되면 그 남자의 나라와도 국교를 맺어야 할 것이다. 힘든 일을 겪었지만, 얻은 이득은 컸다.

앞으로 이야기를 어떻게 하느냐에 따라 달린 것이지만, 마왕의 한 축과 친분을 맺는 의미는 크다. 어떻게든 이 교섭은 성공시키고 싶은 바이다.

얻은 이익이라고 말한다면 나 개인으로서도…….

카리브디스로부터 고유 능력인 '마력방해'와 '중력비행'을 얻은 것이다. 그 외에도 마법에 대응하는 비장의 카드라 할 수 있을 '마법내성'을 획득한 상태다. 이것들은 '대현자'가 총력을 기울여 '해석감정'을 하고 있으므로, 가까운 시일 내에 다른 스킬과의 통합도 가능할 것 같다.

밀림에게 포비오를 살려놓으라고 부탁한 것은 실은 이것도 노리고 한 행동이었다. 아니, 사실은 카리브디스의 격리가 목적이었지만, 부차적으로 스킬을 얻을 수 있으면 좋겠다고 생각했던 건 사실이다.

그만큼이나 고생을 했으니 이 정도는 자신에 대한 보상으로 여겨도 되겠지.

그리고 지금 우리가 뭘 하는 중인가 하면…….

퍼억, 짜악, 빠악, 퍼퍽!

그런 소리와 함께 두들겨 맞는 중이었다.

나, 베니마루, 소우에이, 시온, 이렇게 네 명이서.

"와하하하하! 소용없어!!"

새된 목소리로 웃고 있는 상대는 말할 것도 없이 마왕 밀림이다.

모처럼 말도 안 될 정도로 강한 밀림이 여기 있으니 수행을 한번 받아봤는데…….

네 명이 한꺼번에 덤벼보았지만 상대가 되지 않았다. 밀림의 '용안' 앞에는 자잘한 속임수를 포함한 모든 공격이 완전히 간파당하고 마는 것이다.

역시 밀림은 대단하다고 진심으로 감탄하지 않을 수 없었다.

밀림은 주먹에 드래곤 너클을 차고 있다.

밀림과의 약속을 지키고자 내가 만들어 선물한 무기였다.

너클이란 건 맨손으로 때려도 다치지 않도록 하는 것이 원래 역할이며, 위력을 증가시키는 것을 목적으로 만든 무기지만 이건 다르다.

그야말로 정반대의 목적으로 만든 것이다. 이걸 장비하면 때리는 위력을 10분의 1 정도로 억제한다.

중심부의 '마강'에 '감속'과 '탈력' 효과를 〈각인마법〉으로 부여한 물건이었다.

내가 드래곤 너클을 건네주자, 흥미진진하게 그걸 바라보고 있던 밀림이 기쁜 표정으로 받아들였다.

그 이후 한시도 떼놓지 않고 착용하고 있다.

밥을 먹을 때도 계속 차고 있었기 때문에 아무래도 그건 아니다 싶어서 주의를 주고 벗도록 했다. 그랬더니 토라져버릴 정도였다. 마음에 들어 하는 건 무엇보다 기쁘지만 때와 장소는 좀 생각해주면 좋겠다.

하지만 뭐, 그 드래곤 너클 덕분에 우리는 큰 도움을 받았다.

그날 이후로 매일, 오전 중에 밀림과 모의전을 치르는 것이 우리 일과가 된 것이다.

말도 안 되는 파워. 사기 같은 몸놀림. 끝이 없는 스태미너.

적이 아니라 정말 다행이었다.

제대로 된 시합을 치를 수 있는 자는 하쿠로우뿐이다.

단순한 힘과 스킬(능력)에 의존하는 것이 아니라 기량이 중요하다는 것을 재확인했다. 애초에 밀림이 진심으로 싸우면 하쿠로우의 기량으로도 상대가 되지 않을 것 같지만 말이다.

기량은 중요하지만 그것만 있어도 안 된다.

하지만 내게 부족한 것은 무엇보다도 전투 경험이었다.

이렇게 매일 밀림이 내 상대를 해주는 것으로 그 부족한 부분을 메울 생각이다.

왜 이런 일을 하고 있느냐면 그 이유는 간단하다.

생전이랄까, 전의 세계와 비교하면 이 세계에선 싸움을 통해 일이 해결되는 요소가 너무 많다.

오크 로드가 그랬고.

카리브디스가 그랬다.

마왕 칼리온과는 다행히도 우호 관계를 맺을 수 있을 것 같지만 다른 마왕도 그렇다고만은 할 수 없다.

그리고 무엇보다 나는 마왕 레온과 풀어야 할 인연도 있다.

실제로 밀림과 칼리온 같은 진짜 마왕을 직접 본 결과, 지금의 나로선 마왕을 상대할 수 없다는 걸 깨달았다.

그런고로 이렇게 조금씩이나마 노력을 쌓고 있는 것이다.

밀림과 특훈을 한 몇 주 동안의 시간에도——.

오전 중에는 특훈.

오후부터는 각 부문의 시찰.

규칙적인 생활이 계속되고 있었다.

적당한 운동 뒤에는 영양이 풍부하고 맛있는 식사.

닭튀김, 햄버그, 스테이크에 고로케. 그리고 새우튀김.

새우와 비슷한 생물이지만 이름도 하필 비슷한 에비라(일본어로 '새우'는 '에비'라고 부른다.)였다. 재미있는 우연이다.

요리할 때 미생물 같은 걸 걱정할 필요는 없다. 슈나의 살균 처리는 완벽한 데다, '해석감정'이 있으므로 먹거리의 안전은 잘 지

커지고 있다.

애초에 마물에게 식중독의 위험이 있는지 아닌지는 확실하지 않지만 말이다…….

그런 메뉴에 밀림이 더할 나위 없이 감격하고 있다.

"와하하하하! 왜 똑같이 고기를 구웠을 뿐인데 이렇게 맛이 다른 거지?!"

그게 바로 그녀가 스테이크를 먹은 감상이다.

매번 만족하고 있다.

새우튀김 때도 말 한마디 없이 일심불란하게 먹고 있었다. 어린애가 좋아할 요리부터 재현하고 있기 때문이겠지. 슈나의 빈틈 없는 성격에도 조금씩 도가 트이고 있는 것 같다.

마음에 들어 하는 것 같아서 다행이다.

수행을 도와주는 것에 대한 감사 표시도 겸하고 있으니 밀림이 기뻐해준다면 나도 기쁘다.

그런 식으로 매일을 보내면서 다른 사람들도 상당히 강해졌다.

하쿠로우는 기술적으론 이미 완성되어 있었기 때문에 성장 폭이 적었지만, 다른 자들은 아예 달라 보일 정도로 변해 있다. 지금의 베니마루와 소우에이라면 슬며시 나타나곤 하는 트레이니 씨와도 좋은 승부를 벌일 수 있을 정도로까지 성장한 상태였다.

그리고 나도.

"실력이 꽤 좋아졌어! 지금이라면 리무루가 마왕이 되겠다고 해도 난 반대 안 할 거야!"

밀림이 신이 난 표정으로 그런 말을 해줄 정도로 성장했다.

마왕이 될 생각은 없다고 매번 말하고는 있지만…….

그래 봤자 오늘도 넷이 한꺼번에 덤비고도 참패했다. 이런 상태에선 마왕을 자칭해봤자 아무 소용이 없을 것 같다.

"그런데 말이지, 밀림은 왜 마왕이 된 거야?"

화제를 돌리기 위해 그런 질문을 했다.

"으————음, 그러게…… 왜 그랬을까? 뭔가 안 좋은 일이 생겨서 속이 상해서 그렇게 된 걸까?"

"아니, 나한테 물어본들…….."

"그러네, 잘 기억이 안 나. 한참 예전 일이라 잊어버렸어!"

밀림은 밝은 표정으로 그렇게 말했지만, 뭔가 안 좋은 일이 있었던 건지도 모른다. 이 이상 질문하는 건 눈치가 없는 짓이다.

"그렇군. 뭐, 잊어버렸다면 일부러 떠올리진 않아도 돼."

그 화제는 그걸로 끝났다.

밀림은 어린아이 같은 외모를 갖고 있지만 속은 제대로 된 마왕이다.

그것도 최고참 마왕 중의 하나라고 한다.

그 말은 즉, 내 상상을 초월할 정도로 오랜 세월을 살아왔다는 뜻이리라.

어쩌면 친구도 없었을지도 모른다. 지나치게 긴 수명은 사이가 좋았던 자들까지 앗아가 버렸을 테니까…….

"너, 가족이나 걱정해주는 사람은 없어? 계속 여기 머물러 있는데 누군가에게 연락을 하지 않아도 괜찮아?"

줄곧 신경이 쓰이던 걸 물어봤다.

"음. 날 돌봐주는 사람들은 있지만 그자들은 걱정은 하질 않아.

나는 최강이니까 날 걱정하는 것도 불경스러운 짓으로 생각하고 있거든. 그러니까 내 친구는 너 하나야."

갑자기 그런 말을 듣는 바람에 나도 말문이 막힌다.

밀림이 말하는 절친이란 단어에는 내가 생각했던 것 이상의 마음이 담겨 있을지도 모른다. 그렇다면 나도 성실하게 응해야만 할 것이다.

"그렇구나. 앞으로도 잘 부탁할게, 밀림."

나는 그렇게 말하면서 밀림의 머리를 쓰다듬어준다. 너무나도 어린아이 같은 외모인지라 나도 모르게 친척집 아이를 상대하고 있는 것 같은 느낌을 받곤 한다.

그래도 밀림은 기쁜 표정으로 웃으면서 "물론이지!"라고 말했다.

*

그리고 며칠 후.

"난 지금부터 일하러 간다!"

라고 밀림이 말했다.

"뭐? 갑작스럽기도 하네. 지금 바로 말이야?"

"응? 그러네……. 뭐, 이제 만나지 못할 것도 아니니까 이대로 갈게!"

그렇게 말하면서 순식간에 처음 만났을 때 입었던 의상으로 갈아입었다.

드레스 체인지라는 편리한 마법이다. 나도 배웠기 때문에 쓸 수 있다.

장비가 많은 사람에게 권장할 만한 마법이라고 하는데, 바꿀 수 있는 장비를 수용해두는 〈공간마법〉을 먼저 배워야 할 필요가 있어서 난이도는 의외로 높다.

옷을 다 갈아입자 밀림은 이쪽을 보고 미소 짓는다.

"다른 마왕들에게도 이 땅에 손대지 말라고 확실하게 말해두고 올 테니까 리무루도 안심해!"

"으, 응. 그 말은 즉, 다른 마왕들을 만나러 가는 거야?"

"응. 그게 일이니까!"

그렇게 말하면서 자랑스럽게 가슴을 펴는 밀림.

듣자하니, 예전에 온 칼리온과 다른 마왕들과 회담이 있다고 한다.

마왕답게 뭔가 나쁜 꿍꿍이를 꾸미는 걸 자기가 할 일이라고 생각하는 것 같아서 무섭다. 오크 로드 건도 원래는 밀림과 다른 마왕들의 밀담에서 시작된 것이니, 내 입장에서도 남의 일은 아닌 것이다.

뭐, 다른 마왕이 손을 대지 않는다면 나도 대환영이지만.

덧붙여 말하자면 밀림이 속한 그룹에 마왕 레온은 가담하고 있지 않은 모양이다. 레온은 신참 마왕이기 때문에 밀림도 레온에 관해선 자세하게 모르는 것 같지만.

칼리온은 그렇게 악한 인물은 아닌 것 같았지만 다른 마왕들은 과연 어떨까? 약간 걱정이 되지만 밀림이라면 괜찮으려나.

이래 봬도 오랜 경험을 통해 지혜도 갖추고 있는 데다, 마왕 중에서도 특히 강하다고 하니까 말이지.

속아 넘어가지 않도록 주의하라고 충고해뒀다.

"리무루는 참 걱정이 많다니까. 나는 똑똑하니까 속아 넘어가거나 하지 않아!"

웃으면서 단언하는 밀림. 그 자신감이 걱정이 된단 말이지.

"그럼 다녀올게!"

그렇게 한마디 말을 남기자마자 날아올랐다.

올 때와 마찬가지로 갑작스럽게.

그대로 소리도 충격파도 남기지 않은 채 음속을 초월한 속도로 사라져간다.

제법 장소가 멀다고 하지만 초고속 비행으로 가는 밀림의 입장에서 보면 별것 아닐 것이다.

"어라? 밀림 님께선 어디로 가신 건가요?"

시온이 물었다.

이래저래 지내다 보니 사이가 좋아졌기 때문이다.

"음. 일이 있다는군."

"일, 이라고요?"

"다른 마왕과 만날 약속을 했다나 봐."

"다른 마왕…… 속아 넘어가지 않으면 좋겠는데……."

그러게 말이지, 저절로 그런 생각이 든단 말이야.

시온도 나와 같은 걱정을 했던 것 같다.

"뭐, 일이 끝나면 돌아오겠다고 했으니 걱정해봤자 어쩔 수 없는 일이야."

"우리보다 훨씬 더 강한 저분을 걱정하다니, 불경 그 자체가 아닙니까."

"그건 그러네……."

"좀 더 강해져서 돌아왔을 때엔 깜짝 놀라게 해줘야겠어요!"

"그러려면 좀 더 수행을 하지 않으면 안 되겠습니다, 그려."

밀림을 상대로 숙연한 감정은 어울리지 않지만, 정작 사라지니 갑자기 쓸쓸해진다.

생각해보니 참으로 정이 많이 들었다. 정말로 다른 사람들의 마음을 끌어당기는 신기한 마왕이다.

하지만 지금은 베니마루 일행이 말한 대로 강해지는 것만을 생각하자. 그리고 돌아온 밀림을 놀라게 만들어주는 거다.

우리는 마음을 다잡고 악마 교관 하쿠로우의 지도 아래 수행을 재개했다.

●

넓고 호화로운 방.

우아하게 앉아서 와인을 마시는 자는 마왕 클레이만이다.

그 맞은편 자리에 앉아 우울한 시선으로 창밖을 바라보는 자는 '스카이 퀸(천공 여왕)'이라 불리는 마왕 프레이였다.

"그래서 그 일은 어떻게 됐지?"

"잘 풀렸습니다, 프레이. 칼리온의 부하가 밀림에게 품은 분노를 미끼로 삼아 카리브디스를 꼬드기는 데 성공했죠. 감시를 시킨 자의 보고에 의하면 카리브디스는 밀림의 손에 의해 쓰러진 것 같더군요. 이걸로 당신의 걱정거리도 사라진 셈이죠?"

클레이만은 유쾌한 표정으로 웃으면서 프레이에게 말한다.

그렇다. 모든 건 클레이만의 계획대로였다.

싸움의 결과도 예상했던 대로.

밀림이 이기는 게 당연하다고, 두 명의 마왕은 의심도 하지 않았던 것이다.

"하지만 칼리온의 분노를 산 것 아니야?"

"애초에 제가 관여했다는 증거 같은 건 없습니다. 그러므로 칼리온의 분노는 밀림이나 정체불명의 마물에게 향하게 되겠죠. 어쩌면 포비오란 자를 속인 '심부름꾼'에게 분노의 칼끝이 향할지도 모르겠지만 제가 의뢰했다는 사실만 숨긴다면 문제는 없습니다."

그렇게 말하면서 클레이만은 희미하게 비웃는다. 그의 진짜 동료인 심부름꾼──중용광대연합은 그 존재 자체가 정체불명인 집단이다. 클레이만과의 관계가 밝혀질 일은 절대 없으며, 그들의 소재지를 밝히는 건 연락 수단을 가지고 있지 않은 칼리온에겐 불가능할 테니까.

(하지만 그렇다고 해도──.)

클레이만은 문득 뮬란이 보내온 마지막 영상을 떠올린다.

강대한 카리브디스를 일격으로 분쇄한 밀림.

그 힘은 너무나도 절대적이라 클레이만으로서도 도저히 한계를 예상할 수 없는 것이었다.

그리고 또 한 사람.

"그건 그렇고 게르뮈드를 쓰러뜨린 그 마인, 혼자서 카리브디스와 맞서 싸우더군요. 밀림이 집착하는 것도 이해가 될 정도로 강력한 마인입니다. 자칫하면 우리 '마왕'과 어깨를 나란히 하는 존재로까지 성장할지도 모르겠군요."

"후후후, 의외로 재미있는 소리를 하네, 클레이만은."

흥미 없어 보이는 태도로 맞장구를 치는 프레이. 그대로 화제를 바꾸려는 듯이 본론으로 들어간다.

"그래서 이번 건의 보수로 나는 당신에게 뭘 지불하면 되는 거지?"

그렇게 말하면서 프레이는 클레이만 쪽으로 시선을 옮겼다.

그 화제야말로 오늘 두 사람이 만난 목적인 것이다.

"그렇게 경계하지 않았으면 좋겠군요. 나중에 제 부탁을 뭔가하나 들어주면 그걸로 충분합니다. 저도 당신의 도움이 되었으니까 등가교환인 셈이죠."

"그러네…… . 내가 할 수 있는 범위의 일이라면 당신의 부탁을받아들이겠어."

"감사합니다. 당신이라면 그렇게 말해주실 거라고 생각했습니다."

그런 약속을 나누면서 클레이만은 만족스럽게 웃는다.

그런 약속을 맺는 것이야말로 클레이만이 노리는 바였다.

(후후후후후. 이걸로 다음 마왕 회담에선 내게 유리하게 이야기를 이끌어갈 수 있겠군요. 그게 아니면 다른 목적에라도──아니, 잠깐. 잘만 사용하면 저 밀림도 내 손안에 넣을 수 있을지도모르죠. 그래, **그분**에게서 받은 그 아이템(보구, 寶具)을 이용한다면──.)

클레이만은 그런 생각에 미치자 전율과도 같은 감정을 느끼면서 몸을 떨었다.

프레이라는 장기말을 손에 넣은 지금이라면 어쩌면 가능할지도 모르는 책략이 머릿속에서 번뜩인 것이다.

볼일은 끝났으니 돌아가려고 하는 프레이에게 클레이만은 말을 걸었다.

"그건 그렇고 이걸로 당신의 눈엣가시는 밀림 한 사람이로군요. 하늘에서의 절대적 우위, 그런 건 그녀 앞에선 아무것도 아니죠. 프레이, 이야기를 들어드릴 테니 제가 도울 수 있는 게 있다면 뭐든지 말씀하십시오. 언제든지 찾아오셔도 괜찮으니까요."

친절해 보이는 표정 뒤에는 사방으로 둘러쳐진 책략이 존재한다.

프레이는 그걸 깨닫지 못하고, 깨달았다 해도 깨닫지 못한 시늉을 하면서 "응, 그때가 오면 또 부탁할게. 그럼 안녕."이라고 작별 인사를 남기고는 클레이만의 성을 떠났다.

혼자 방에 남아 클레이만은 생각한다.

(만약 밀림의 힘을 손에 넣을 수 있다면 마왕들을 선동할 필요도 없어지게 되겠죠. 이건 신중히 검토할 필요가 있겠군요. 즐겁게 기다려주세요, 밀림——.)

품에서 가면을 꺼내 얼굴에 썼다.

마음이 차분해지는 것을 느낀다.

클레이만에게 있어선 가면을 썼을 때의 모습이야말로 본래의 그의 모습이라 할 수 있었다.

(——하지만 그렇다고 쳐도…… 정체불명의 마인은 확실히 무시할 수가 없겠군요. 라플라스와 티어가 말한 대로 어느 정도는 경계하는 게 좋을 것 같습니다. 명예 회복의 기회도 줘야 할 테니

까 뮬란에게 다시 잠입을 시키도록 할까요——.)

뮬란에게서 받은 정보는 생각했던 것 이상으로 도움이 됐다. 그렇기 때문에 클레이만은 뮬란을 이용할 만큼 이용한 뒤에 제거할 생각이었다.

그리고 이번 잠입 조사는 뮬란에게 가장 적합한 임무였다.

임무를 잘 성공시키면 좋은 일이다. 실패해서 뮬란이 제거된다해도 그걸 구실로 클레이만이 개입할 이유가 된다.

그야말로 뮬란을 대신할 새로운 장기말이 되어줄 것이다.

정체불명의 마인은 경계해야 하지만 그건 어디까지나 큰일을 앞에 둔 세세한 일일 뿐이었다.

만일의 경우가 생기더라도 지금부터 계획 중인 책략의 방해가 되지 않도록 정보를 모으면서 이용할 수 있는 때가 오기를 기다릴 뿐이다.

단지 그 정도의 인식이었지만, 이때를 기점으로 마왕 클레이만의 흥미가 리무루 일행 쪽으로 향하기 시작한 것이다.

어슴푸레한 희열을 가슴속에 품고 클레이만은 차가운 미소를 지으면서 자신의 책략에 흥겨워하기 시작했다…….

카리브디스
(폭풍대요와)

Charybdis

종족 Race	정신 생명체	**가호** Protection	폭풍의 문장
칭호 Title	베루도라의 부산물		
마법 Magic	없음	**필살기** Special	(폭풍의 비늘 소나기) 템페스트 스케일

엑스트라 스킬
Extra Skill

중력조작 　 마력감지 　 마력방해 　 초속재생

내성
Tolerance

통각무효 　 물리 공격내성 　 마비내성

베루도라의 부산물이면서 거대한 외눈박이 용. 베루도라의 마력요소 덩어리에서 발생했다. 리무루와 마찬가지로 베루도라의 권속이라고도 부를 수 있는 마물. 확고한 자아를 가지고 있지 않으며 파괴 충동에 따라서 행동한다.

밀림 나바

Milim Nava

종족 Race	드라고노이드(용마인, 竜魔人)
가호 Protection	Unknown
칭호 Title	디스트로이(파괴의 폭군) 진정한 마왕 가장 오래된 마왕
마법 Magic	Unknown
스킬 Skill	Unknown

기술
Normal

- 펀치 …… 바위도 부수거든!
- 킥 …… 건방진 자식을 입 다물게 하는 거야.
- 밀림 아이 …… '용안(竜眼)'. 어떤 속임수도 놓치지 않아!
※초고성능. '감정해석', '마력측정', 그 외의 능력을 두루 갖췄음.
- 밀림 이어 …… '용이(竜耳)'. 어떤 험담도 놓치지 않아!

필살기
Special

- 드래곤 버스터(용성확산폭, 竜星擴散爆) …… 밀림이 힘을 빼고 공격하는 법을 익히면서 위력을 낮춘 대신 정밀도를 높인 공격법 중 하나. 더 강대한 위력의 기술도 있다고 한다.

내성
Tolerance — Unknown

가장 오래된 마왕 중의 한 명. 마왕들 중에서도 격이 다른 존재이며, 압도적인 강자이다.

후기

여러분, 오랜만에 인사드립니다. 후세입니다.

우선 이 책을 구입해주셔서 감사하다는 인사를 드립니다.

1권의 후기에서도 같은 내용의 글을 적었던 것 같지만 구입해주시지 않았다면 보시지 못했을 테니 몇 번을 써도 문제는 없겠지요!

그런고로 《전생했더니 슬라임이었던 건에 대하여》도 드디어 3권이 발매되게 되었습니다.

이것도 모두 여러분의 덕택입니다.

정말 감사합니다. 그리고 앞으로도 잘 부탁드리겠습니다.

이렇게 우선 인사를 마쳤으니 이번 책의 내용에 관해 잠깐 이야기를 드리려고 합니다. 약간의 내용 누설도 있기 때문에 본문을 읽은 뒤에 후기를 읽으시는 것이 좋을지도 모르겠습니다.

웹 연재분을 아직 읽지 않은 분이 계시다면 특히 더 그렇습니다!

*

앞에서 주의를 드렸으니 이제 본론으로 들어가겠습니다.

이번 콘셉트는 대놓고 말해서 '마왕 밀림'입니다!

표지부터 내용까지.

마왕 밀림 일색으로 전개하기로 이야기가 정리되었습니다.

이런 결정에는 갖가지 어른의 사정이 얽혀 있습니다.

처음으로 이런 아이디어를 떠올리게 된 것은 담당 편집자가 보여준 '조금 야한 일러스트'였습니다.

과연, 이건 이것대로 괜찮은데!

그런 연유로 밀림의 '야하고 귀여운' 콘셉트가 결정되었습니다.

웹에선 고딕 롤리타 패션으로 묘사되어 있었지만 서적판에선 크게 변경되었습니다. 이건 표지를 보면 단번에 이해하실 수 있을 거라 생각합니다.

맨 처음에 완성된 일러스트를 보고,

"이거 조금 더 과격하게 만들어도 되지 않을까요?"

"그러네요, 밋츠바 씨랑 잠깐 상의해보겠습니다."

그런 식의 대화가 있었던 건 사실입니다.

하지만 완성된 표지의 러프는 조금 정도가 아니었던 것이죠.

"……저기 이거 끈팬티로 그려진 것 같은데――괜찮은가요?"

"괜찮습니다!"

믿음직한 담당 편집자의 말에 그렇다면 좋다는 생각이 들어서 저도 이론은 없었습니다.

이렇게 밀림의 외모가 정해진 것입니다.

간단히 적고 있습니다만 여러 일이 있었습니다. 아무런 지시 사항도 말하지 않은 마왕들――특히 프레이――쪽이 먼저 쉽게 외모 설정이 정해졌을 만큼, 정말로 밀림에겐 심혈을 기울여 회의에 임했습니다.

이것도 전부 저와 담당 편집자와 밋츠바 씨의 열의가 낳은 것이라 할 수 있겠습니다.

결코 야한 부분이 원동력이 된 게 아니므로 그 점은 착각하지 말아주시길 부탁드립니다.

내용에 관해선 일단 읽어봐주시면 바로 아실 수 있습니다.

표지랑 일러스트와는 달리 아주 진지한──으음, 진지하다고 단언해도 될는지는 조금 망설여집니다만…… 야하지는 않습니다.

아쉬우신가요? 저도 조금 아쉽습니다.

웹 연재분에 대폭적으로 새로 쓴──아니, 4분의 3 정도는 새로 쓴 것이지만──내용을 추가하면서 웹에는 없는 새로운 장──'마왕 내습 편'이 완성되었습니다.

3장의 내용을 둘로 나누기로 한 것은 담당 편집자와의 회의를 통해 정해졌습니다. 하지만 거의 대부분은 제 고집에 의해 정해진 것에 가깝습니다.

웹에선 슬쩍 넘겨버린 에피소드를 깊이 다뤄보고 싶다는 제 고집 때문이죠. 몇 번인가 회의를 거치면서 이번 권은 밀림을 밀어주는 것으로 가겠다고 정했기 때문에 그에 따라서 제 고집이 통하게 된 것입니다.

이번 권에서는 도시 건설부터 드워프 왕국과의 교섭, 그리고 그 외의 국가들의 속마음을 다루는 것과 함께 등장인물이 한꺼번에 늘어나기도 했습니다.

각 등장인물의 속마음과 행동에 이해와 납득을 해주신다면 이번 권은 성공이라고 할 수 있을 것입니다.

이렇게 바뀌었어도 웹 연재분을 읽지 않은 분도 읽기 쉽도록 등장이 사라져버린 마인도 있습니다. 그런 캐릭터도 다음 권 이후에 등장할 것으로 생각하지만, 이것만큼은 확실히 약속할 수는 없을 것 같습니다.

큰 틀은 웹 연재분과 같이 진행되겠지만 세부적인 내용은 조금씩 변경을 더할 예정이기 때문이니까요!

처음 보는 분들도, 웹 연재분을 읽으신 분들도, 양쪽 모두 재미있게 즐기실 수 있도록 앞으로도 여러모로 수정을 더할 수 있도록 노력하고자 합니다.

*

자, 그럼 여기서 알려드릴 것이 있습니다.

이미 알고 계신 분은 알고 계실 테고, 표지에 둘러쳐진 띠를 보셨다면 바로 아셨겠지만 놀랍게도 이번에 《전생했더니 슬라임이었던 건에 대하여》가 만화로 만들어지게 되었습니다!

코단샤(講談社)에서 발행되는 잡지인 '월간 소년 시리우스'에서 2015년 봄부터 연재가 시작될 예정입니다.

만화를 그려주실 분은 카와카미 타이키 작가님입니다.

멋지고 귀여운 그림을 그리시는 분으로 서적판의 일러스트와는 또 다른 리무루 일행을 그려주실 것입니다.

저도 아주 큰 기대를 하고 있으며, 소설과는 다른 매체에서 보여줄 리무루 일행의 활약에 지금도 너무나 기대가 되어 참을 수가 없습니다.

──그렇게 말은 하지만 실은 이미 콘티 같은 것들을 봤지만 말이죠!

야아, 작가가 된 것이 더할 나위 없이 행복합니다.

어쩌다가 이렇게 이야기가 진행되어버린 건지 궁금하게 여기실 분도 계실지도 모르겠군요. 사실 저도 아직 잘 모르겠습니다.

무슨 일이든 인연이 중요하다는 것은 이런 걸 두고 하는 말일까요?

다시 또 이야기할 기회가 있을지도 모르기 때문에 이번에는 여기까지만 하겠습니다.

그러면 앞으로도 《전생했더니 슬라임이었던 건에 대하여》를 잘 부탁드립니다.

TENSEI SITARA SURAIMU DATTA KEN Vol. 3
©2014 by Fuse
First published in Japan in 2014 by Fuse.
Korean translation rights reserved by Somy Media, Inc.
Under the license from Micro Magazine Co., Ltd., Tokyo JAPAN

전생했더니 슬라임이었던 건에 대하여 3

2015년 9월 1일 1판 1쇄 발행
2020년 9월 15일 1판 18쇄 발행

저   자 후세
일 러 스 트 밋츠바
옮 긴 이 도영명
발 행 인 유재옥
본 부 장 조병권
편집부장 성명신
편집 1팀 정영길 김민지 조찬희
편집 2팀 김다솜 이본느
편집 3팀 오준영 곽혜민 김혜주
미   술 김보라 서정원
라이츠담당 김슬비 한주원
디 지 털 박상섭 이성호 최서윤
물   류 허석용
발 행 처 ㈜소미미디어
등   록 제2015-000008호
제 작 처 코리아피앤피
주   소 서울시 마포구 토정로222, 403호(신수동, 한국출판콘텐츠센터)
판   매 ㈜소미미디어
마 케 팅 한민지 이주희 우희선
전   화 편집부 (070)4164-3962, 3963 기획실 (02)567-3388
            판매 및 마케팅 (02)567-3388, Fax (02)322-7665

ISBN 979-11-5710-186-3 04830
ISBN 979-11-5710-126-9 (세트)